서브 남주가
파업하면 생기는 일
6

숙임 장편소설

서브 남주가 파업하면 생기는 일

DEA SPES NOSTRA

EMPIRE DE RIESTER

WHEN THE THIRD WHEEL STRIKES BACK

문학수첩

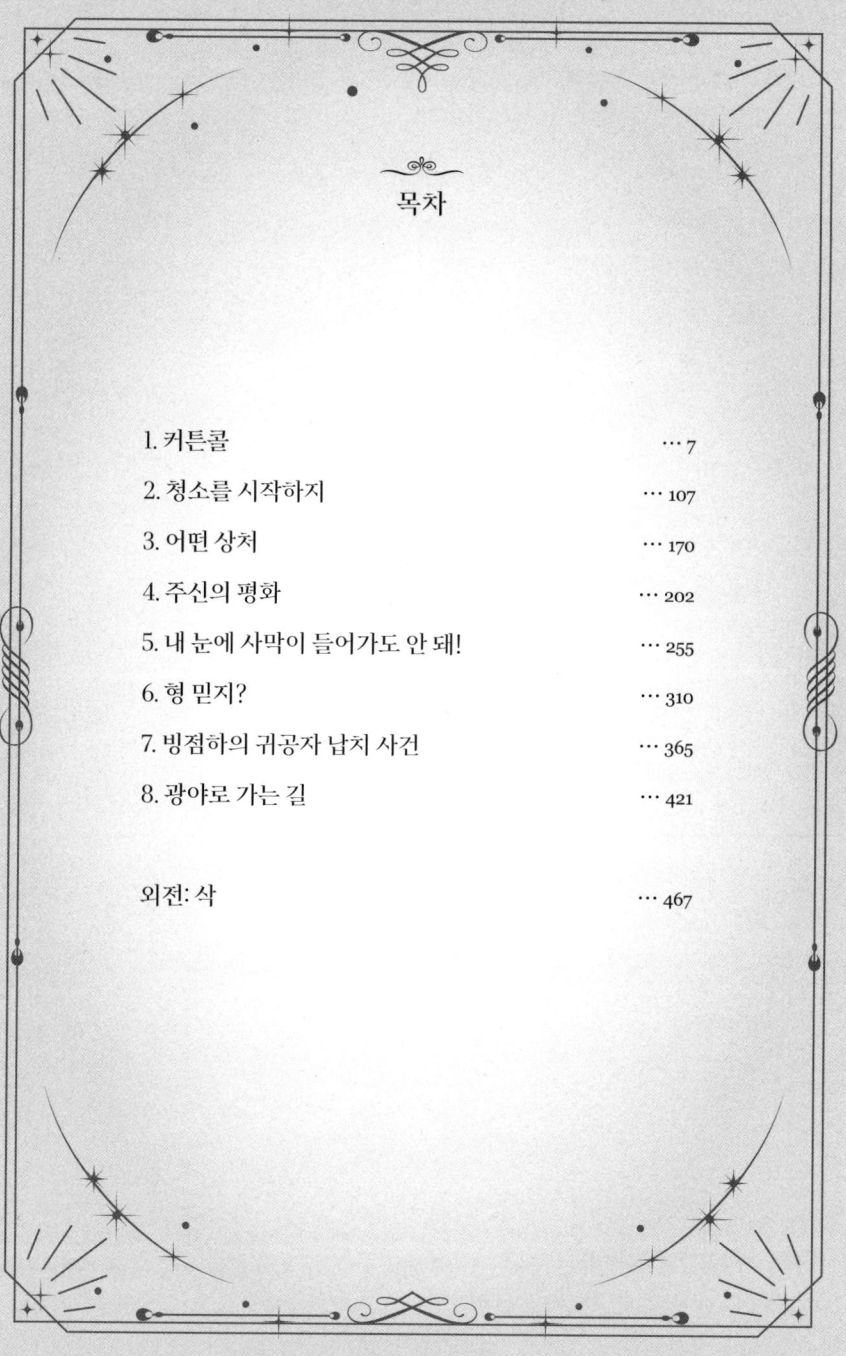

목차

오렌지색 눈을 지닌 사내에게 '야, 타!'라니.

"하하하."

나는 주인공의 위풍당당한 등을 보며 웃음을 터뜨렸다. 그렇지 않아도 데미와 티테를 안고 있었는데, 레아와 페리에 뚝심이까지 엉겨드니 정신이 하나도 없었다. 심지어 이건, 크리스텔이 여름휴가 때 이블린으로 끌고 왔던 추억의 해적선이었다.

깡깡 언 해수 기둥이 용오름처럼 치솟아 선박을 떠받치고 있었다. 머리 위에선 저택 침실이 불타오르고, 까마득한 높이의 해안 절벽 아래로는 파도가 들이친다. 이토록 혼란스러운 밤은 처음이었다!

"잘 지냈어? 태자님이 잘해줬어?"

-끼이, 끼이!

"그랬어. 발바닥은 왜 이렇게 지지야?"

-끼잉, 끼으응!

"어, 우리 뚝심이가 고생했네. 쪼끄만 게 얼마나 힘들었을까."

–삐르르르, 삐삐삐!

다리에 들러붙어 반가움을 표하는 레서판다들과, 손가락에 앉아 자신의 노고를 토로하는 굴뚝새를 보고 있자니 절로 실소가 터져 나왔다. 웃을 상황이 아니라는 걸 아는데도 그랬다. 이게 꿈인가 생신가 싶어서 어리벙벙한 와중에, 이자벨 공작 부인과 크리스텔의 유모 엘렌이 우리를 담요로 감싸주었다. 마리아가 특히 즐거워했다.

"오빠, 우리 배 생겼어! 역시 내가 말한 대로 되네!"

에르베 경이 껄껄 웃었고, 프랑수아 후작은 이자벨의 손등에 입을 맞추었다. 볼수록 기가 막힌 전개였다. 대체 두 분은 여기 어떻게, 아니…

"저희 때문에 이곳까지 오셨습니까?"

나는 미소를 숨기지 않으며 사내에게 물었다. 조금 전 불타는 카사 코를레오네에서 추락한 그는,

'–타앗!'

모든 것이 연극의 일부라는 양 우아하게 뱃전으로 낙하했더랬다. 일행의 턱이 쩍 벌어졌다. 마수 털가죽과 검은 망토가 그토록 반갑게 느껴질 줄이야. 어쩌다 제독의 방에 불이 난 건지 궁금했는데, 스승인 요한 경을 구할 계획이었나 보다. 우리의 공식 커플이 이렇게나 기특했다.

"같이 움직이자고 하지 않았나?"

그가 복면을 풀어 던지며 고고하게 대꾸했다. 칠흑의 머리칼이

바닷바람에 흩날리고, 주홍빛 눈동자가 어둠 속에서 나를 똑바로 바라보았다. 조각 같은 낯엔 미동도 없었다. 일순 머릿속이 멍해졌다.

'앞으로는 그냥 같이 움직이죠. 우리는 짝이잖아요.'

…그러고 보니 내가 그런 제안을 했었지. 기억하고 있었구나.

"그랬죠."

당시엔 커플을 붙여놓고자 핑계 삼아 꺼낸 말이었지만, 지금은 솔직히 친구로서 감동했다. 우리를 철석같이 믿은 걸로 모자라 이 토록 추운 겨울에 타국까지 와주었다는 게 못내 고마웠다.

녀석은 귀하게 자란 데다 신분도 무려 황태자였다. 여정 중에 분명 말 못 할 어려움이 많았을 텐데, 애물단지들까지 챙겨주었다. 나는 환한 얼굴로 고개를 끄덕였다.

"감사합니다."

-쩌저저적!

그때, 불길한 소음이 선체를 울렸다. 태자와 나 사이의 공기가 순식간에 얼어붙었다. 담요로 상반신을 싸맨 요한 경이 기민하게 저택을 올려보았다. 뱃전에 선 크리스텔과 절벽 끝의 엠마 코를레오네 제독이 팽팽하게 대치하고 있었다. 주인공의 양손에서 물꽃이 회오리쳤다. 써늘한 효과음이 이어졌다. 우우우우…

"어? 배가 기우는 건가?"

마리아가 중얼거렸다. 우연이네요. 저도 같은 생각을 했거든요.

-끼이이익…

"미친."

우연 아니잖아, 시야가 사선으로 눕기 시작했다!

"다들 조심하세요! 저 인간이 기둥에 도끼를 던졌어요!"

크리스텔이 비장하게 홱 뒤돌며 외쳤다. 고마운데 다음부터는 10초만 빨리 말해주세요!

"애들아!"

내가 신수 꾸러미를 끌어안고 다급히 소리쳤다.

'끼이잉!'

레서판다들의 발끝에서 덩굴이 샘물처럼 퐁퐁 솟아올랐다. 슈슈숙! 모두의 몸뚱이가 넝쿨에 묶여 선체에 단단히 고정됐다. 배는 이제 45도가 넘게 기울어서…

"요한 경!"

"전하."

-끄으으으…!

"허억."

선박에서 다 죽어가는 소리가 났다. 나 이거 알아, 롤러코스터 꼭대기에서 이렇게 멈추잖아. 떨어지기 직전에!

"으악!"

"으아악! 언니! 테레즈!"

"주신 맙소사아아아!"

나는 눈을 세게 감은 채 외마디 비명을 질렀고, 마리아가 자매들을 부르짖었고, 엘렌이 우리 중 가장 큰 성량을 자랑했다. 이내 배가 무시무시한 속도로 바다를 향해 내리꽂혔다!

-쐐애애애액-!

"으하학!"

-끼이이!

-아-우-우!

-삐뽀오!

크리스텔과 애물단지들이 고함인지 뭔지 모를 소리를 내질렀다. 아찔한 느낌과 동시에 정수리까지 오소소 전율이 일었다. 선체가 거의 수직으로 바닷물에 처박히나 싶을 즈음!

-휘이이이잉…!

미친 듯한 강풍이 선박을 에워쌌다. 나는 황급히 요한 경을 바라보았다. 처진 눈꼬리가 슬쩍 휘었다. 기우뚱! 해적선은 놀라울 만치 부드럽게 각도를 바꾸더니,

-촤아아아악-!

밤바다에 새하얀 메밀꽃 벌판을 만들며 무사히 착수着水했다. 쏴아아…! 초대형 후룸라이드라도 탄 것처럼 차디찬 바닷물이 뺨이며 머리칼을 마구 때렸다. 푸흐흐! 나는 순간적으로 솟구친 아드레날린과 안도감을 이기지 못하고 웃어버렸다. 헤릿 아버지가 도와줄 걸 알았는데도 미치고 팔짝 뛸 뻔했다!

-후두둑!

"와, 진짜 재밌었어요! 한 번 더 하고 싶어요!"

"마리아."

쫄딱 젖은 공녀가 두 다리를 동당동당 흔들었고, 프랑수아는 동생의 머리카락을 떼주며 숨을 몰아쉬었다. 나는 신수들을 한껏 보듬은 채 서둘러 친구들을 살폈다. 두 짝꿍과 뒤엠 남매는 물론 요한

경, 이자벨, 엘렌까지 모두 무사했다.

안절부절못하며 포드닥거리던 뚝심이가 잽싸게 내 품을 파고들었다. 크리스텔은 와다닥 덩굴을 풀고 일어서더니 절벽을 등지고 우리 앞에 섰다. 이마에 미역처럼 달라붙은 앞머리가 귀여웠다.

"이제 됐네요! 저랑 선생님이 있으니까 제국까지 가는 덴 문제없고, 전하께서 계시니 체온 유지도 거뜬하겠습니다. 해적선은 걱정 마세요. 사르네즈에서 비싼 돈 주고 튼튼하게 보수했거든요. 몰고 나온 것도 이번이 처음입니다. 포털은 잊어버리시고 이대로 황도까지 쭉…"

"어…"

말이 길어질수록 우리의 입꼬리가 내려갔다. 그녀가 아니라, 그녀 등 뒤의 존재 때문이었다.

－첨벙!

예사롭지 않은 소리가 났다. 크리스텔이 재깍 뒤를 돌았다. 우리는 우르르 일어나서 난간을 붙들고 그쪽을 확인했다. 불그림자가 아른거리는 바다에 둥근 거품이 일고 있었다. 보글보글…

"왜 그러세요, 왕자님? 뭐였는데요?"

"제독이 절벽 아래로 몸을 던졌습니다."

"허어."

"당장 출발하지."

태자가 날카롭게 명령했다. 말이 어쩐지 조금 빨랐다. 뒤엠 형제는 마리아를 뒤로 물리고 즉시 마나를 흩뿌렸다. 내가 그들을 돌아보며 물었다.

"제독이 아무리 해적보다 독한 해군이라지만, 그래도 사람인데 이렇게 큰 배를 따라올 수 있겠습니까?"

"저자의 특기를 모르는군."

…특기? 저 사람 마법사야? 나와 크리스텔의 안색이 싹 굳었다.

"엘렌-!"

"맡겨주셔요, 아기씨!"

엘렌이 조타수인 모양이었다. 그녀가 허둥지둥 키로 향하자 이자벨이 돛의 밧줄을 잡아당겼다. 마리아도 부인을 돕고자 달려갔다. 나 역시 서둘러 손을 보태려는데-

-촤아앗!

"허어억!"

배의 턱밑에서 귀신같은 인영이 솟아올랐다. 푹 젖은 레게 머리는 너무 무서웠다.

'아우웅!'

식겁한 티테가 울며 파닥거렸다. 형도 심장 뱉을 뻔했어!

"드디어 나타났군. 내게 영원한 희열을 안겨줄 존재가!"

제독이 얼굴을 씻어내며 암녹색으로 물든 눈동자를 번쩍거렸다. 눈을 부릅뜬 그녀는 열 살 이상 어려 보였고, 상황에 걸맞지 않게 행복해 보였다. 목소리조차 평소보다 맑게 들렸다. 잠깐, 뭐가 나타나요?!

"나의 인어."

중년인이 크리스텔을 뚫어져라 보며 속삭였다. 꼭 사랑에 빠진 것 같은 눈빛이었다. 하얀 입김과 반짝웃음 사이로 고른 치아가 빛났다. 아무래도 크리스텔의 물 속성 에테르와 그녀가 신력을 쓸 때의 자유로운 모습에 사로잡힌 듯했다.

하지만 내게는 제독이야말로 아름답고 위험천만한 세이렌처럼 보였다. 당장이라도 우리 배를 전복시킬 것만 같아 소름이 돋았다. 주인공이 심오한 표정으로 나를 흘끔거렸다.

"왕자님이 되게 맘에 들었나 봐요. 수청도 강요했다더니."

나한테 떠넘기려고 하지 마요, 당신 얘기인 거 알잖아!

"저택에 너를 위한 수조를 만들겠다. 산호 대신 금관과 다이아몬드 발찌를 넣어주마."

차르륵! 그렇게 말한 제독이 물 위로 발을 내디뎠다. 크리스텔과 내가 입을 떡 벌렸다. 이건 진짜 보고도 못 믿겠다. 신앙이라는 개념과 해저 2만 리쯤 떨어져 사는 사람이, 여유롭게 수면을 걷고 있었다!

"태자님… 저게 뭡니까?"

이것을 네가 믿습니까?

"부력浮力."

사내가 무뚝뚝하게 대답했다. 세상에.

"어린 나이에 대양을 호령하게 된 것도 당연합니다. 마담은 육해陸海를 가리지 않고 뛰노는 8급 마법사이자, 능란한 싸움꾼이니까요."

프랑수아가 쓴웃음을 지으며 설명했다. 진짜 미쳤다. 부력을 조종하는 특기도 모자라 8급이라고? 마법사인데 싸움도 잘하고?

"…빠라바라바라밤!"

크리스텔이 난데없이 옛 가락을 부르며 뱃머리로 달아났다. 철써덕! 순식간에 파고가 높아지고 배에 속력이 붙었다. 나는 슬슬 달리기 시작하는 제독을 보며 뒷걸음쳤다.

해변에서는 어느새 횃불 든 해병들이 모여 쾌속선을 준비하고 있었다. 노를 젓든 발을 첨벙거리든, 뭐라도 해야겠다는 위기감이 밀려왔다. 바람을 맞던 태자가 나를 보며 미간을 찌푸렸다.

"에테르가 정숙하지 못하군."

네가 소시민의 불안을 알겠냐. 가인 씨!

"같이 가요!"

나는 허겁지겁 선수 방향으로 내달렸다. 요한 경의 웃음소리가 들렸다.

* * *

12월 26일이 지났다. 동방의 태양이 밝아오고 있었다. 엘리서 페네티안은, 연회장에 널브러진 이들을 보며 볼웃음을 지었다. 코가 비뚤어지도록 마신 마르티어가 단상 아래 쿨쿨 잠들어 있었다. 꼭대기에 마련된 비단 침상엔 어머니가 자리했고, 그녀의 품속에는 사랑스러운 코르넬리서가 안겨있었다. 모녀의 머리맡엔 마도구 유리 덮개를 씌운 보랏빛 튤립이 놓였다. 왕세녀는 원망스러운 그것을 묵묵히 응시하다가, 수행 기사에게 모포를 덮어주며 중얼거렸다.

"…보기 좋구나."

정말로 그러했다. 그녀의 서른한 번째 생일 축하연은 어느 때보다도 조촐하게 끝났다. 비록 사랑하는 두 동생 중 하나가 없었지만, 대신 건강한 정신의 어머니가 참석했다. 아버지의 본가인 스네이더르 공작가에서는 누구도 모습을 드러내지 않았다.

주로 어머니를 보필하는 귀족들이 얼굴을 비췄는데, 일부는 밤까지 꼬박 새우고 새벽 마차로 귀가했다. 엘리서는 오래간만에 기쁨과 만족을 느꼈다. 아버지와 가까운 호사바치 야욕가들이나, 아버지가 점찍은 잠재적 약혼자가 없는 자리였다. 그저 소박하고 평화로웠다. 홀로 준비한 잔치는 그녀의 성격에 딱 맞았다.

"예서도 있었다면 좋았을 것을."

잘 지내고 있을까. 그럴 것이다. 엘리서는 분홍빛 머리카락을 지닌 물의 아이를 떠올리며 마음을 가라앉혔다. 요한 헤인스의 아들도 무사히 구출해 제국으로 보냈으니, 추기경은 내내 동생의 든든한 검이 되어줄 터였다. 어쩌면 검이 필요 없을 만치 평안한 하루하루를 보내고 있을지도 모른다.

"신년에는 너를 데리고 가볼까."

왕세녀가 여동생의 뺨에 입 맞추며 속삭였다. 아이는 아직 왕도王都를 벗어나 본 적이 없었다. 제국 여행이라면 필시 방방 뛰며 기뻐할 것이다. 교황청을 통하면 어떻게든 구실을 만들 수 있을 듯했다. 황태자가 동생의 삶을 구속할까 저어되니, 1년에 한 번은 억지를 써서라도 만나야…

-달칵

"전하."

서브 남주가 파업하면 생기는 일 6

그때, 왕세녀의 시종 자닌이 문을 열고 들어왔다. 언제나 차분하던 낯이 파리하게 질려있었다. 좋지 않은 예감이 심장을 찔러들었다.

"자닌?"

"리에스테르에서 온 급보입니다. 왕, 왕자 전하께서."

'흡.'

중년인이 자신의 입을 틀어막았다가, 간신히 손을 떼고 말을 이었다.

"제국의 태자 전하를 노린 테러가 있었는데, 왕자 전하께서 그 배후로 지목되셨다고 합니다."

"…뭐?"

목소리가 지나치게 컸다. 하지만 그런 것을 생각할 겨를이 없었다. 왕세녀의 손끝이 벌벌 떨리기 시작했다.

"그게 무슨 말이냐. 그런 일을 벌일 아이가 아닌 것을. 누가 그런 중상을 한단 말이야."

"아직 무엇도 밝혀지지 않은 듯합니다. 다만 왕자께서는, 테러 당시에 황도를 떠나 계셨다고…"

엘리서의 동공이 확장됐다. 그녀는 무섭도록 성큼성큼 자닌에게 다가갔다.

"왜. 어찌하여 궁을 나갔다고 하느냐?"

"모르겠습니다. 그 일로 황도가 여태 소란하고, 황제께서는 왕자 전하의 체포를 명하셨다는 첩보입니다."

자닌이 가쁜 숨과 함께 허리를 숙였다. 왕세녀의 사파이어색 시선이 바쁘게 움직였다. 황실이 동생의 성정을 모를 리 없었다. 아버지의 어린 인질을 구하고자 모두가 힘을 모았던 여름의 환송연을, 엘리서는 똑똑히 기억했다. 허나 만약 이것이 교묘하게 판 함정이라면. 황제조차 동생을 의심할 수밖에 없다면, 그리하여 끝내 제국에서 내치거나 처벌하게 된다면…

"주신이시여."

마르티어의 목소리였다. 두 여인이 즉시 바닥을 돌아보았다. 전투 신관이 경악한 채 왕세녀를 우러르고 있었다. 나이 든 입술이 파르르 울었다.

"전하… 전하, 안 됩니다. 왕자께서는 기억이 온전치 않으세요. 그대로는 위험하십니다."

"방금 뭐라고 하였느냐?"

-쩽그랑!

세 여인이 소스라쳤다. 엘리서는 황급히 침상을 올려다보았다. 어머니의 살굿빛 눈동자가 공포에 차있었다. 보라색 튤립을 쥔 그녀의 손은 피투성이였다. 아주 오래된 유리 덮개가, 깨졌다.

* * *

"예서, 우리 아이가, 불쌍한 내 아기…"

'로스나.'

크리스타너 페네티안의 입술 사이로, 가녀린 부름이 샜다. 한때 검을 잡았던 손은 이제 구근도 없는 꽃을 쥔 채 가냘프게 떨리고 있었다. 붉은 핏줄기가 팔꿈치까지 흐르는데도 그녀는 자신의 상태조차 알아차리지 못했다. 엘리서가 재빨리 고개를 저으며 침상의 어머니에게 다가갔다.

"어머니. 괜찮습니다. 예서는 무사할 겁니다. 자닌, 태의를!"

"예, 전하."

시종이 명령을 받들어 황급히 연회장을 떠났다. 왕세녀는 코르넬리서부터 안아 들었다. 아이는 깰 시간이 아닌지라 칭얼거렸지만, 어쩔 수 없었다. 쇠약해진 어머니의 모습을 보이고 싶지는 않았다. 여덟 살 나이에 이미 상처가 많은 동생이었다. 자닌의 명으로 달려온 종들이 2왕녀를 받아 안고 허둥지둥 문밖을 나섰다.

"위실, 네 동생이 또 그런 일을 당하고 있어…!"

국왕의 언성이 높아졌다. 살구색 눈엔 슬픔과 절망이 그득 고여 있었다. 어젯밤 같은 총기는 찾아볼 수 없었다. 크리스타너가 눈물을 떨구며 딸의 뺨을 쓸었다. 대리석처럼 하얀 왕위 계승자의 얼굴이 삽시에 피로 물들었다.

"그 사람을 그리 잃었는데, 어찌 이럴 수 있느냐. 어떻게 너희에게마저 이런 짓을… 어떻게 이럴 수 있어!"

"헛된 모략입니다."

"기억이 온전치 않다는 게 무슨 말이냐? 설명, 설명해 보거라."

크리스타너가 흐트러진 금발로 마르티어에게 물었다. 시선은 허공을 헤맸고, 화제는 빠르게 바뀌었다. 여전히 본인의 상처엔 개의치 않는 태도였다. 기사는 바르게 무릎을 꿇고 단상 아래 조아렸다. 여인의 목소리가 지진이라도 난 것처럼 요동쳤다.

"지난여름 리에스테르 황궁을 방문했을 때… 왕자께서, 제게 마도구 발열기를 하사하셨습니다. 안마기 같았습니다."

"…하."

모녀가 충격에 빠졌다. 10년 전. 마르티어는 왕자를 지키다 마수의 피와 맹독이 발린 화살을 맞았고, 이후로 줄곧 마도구를 사용하지 못했다. 체내에 남은 마魔의 흔적이 고장을 일으키기 때문이었다. 예서가 그것을 모를 리 없었다. 눈비 내리는 날마다 그녀의 통증을 심려하던 표정이 선했다. 마르티어가 주먹을 쥐고 잇새로 말을 뱉었다.

"신국에 계실 때와는 말씨가 조금 다른 것도 묘하다고 느끼던 차였습니다. 한데 더없이 다정하고 맑은 얼굴로 그런 물건을 내리시니,"

"안 돼, 안 돼, 아니야…"

크리스타너가 도리질했다. 엘리서는 이를 악물며 어머니를 붙들었다.

"내 아들이 언제 기억을 잃었단 말이냐! 대관절 언제!"

왕이 악을 썼다. 핏방울이 사방으로 튀었다.

'죽여주십시오.'

마르티어가 죄를 토하며 엎드렸다.

"착오가 있었을 겁니다. 선물이 뒤바뀌었을지도 모릅니다."

딸은 이성적으로 행동하고자 애썼다. 어머니는 이런 와중에도 튤립을 놓지 않았다. 결국 엘리서는 그녀의 왼손만을 펼쳤다. 새빨간 혈흔이 자신에게 번져, 이제는 누가 다친 것인지 구분조차 할 수 없었다. 왕세녀는 생채기를 확인하며 끊임없이 말했다.

'분명 별일 아닐 것입니다. 예서는 무탈할 테니 걱정 마십시오.'

"왜 기억을 못 해. 그 애가 마르티어의 찜질을 돕지 않았느냐. 그런데 왜, 응?"

"제가 본 예서는 건강했습니다."

"내 귀한 딸, 네가 잘 알지 않니? 예서는 누구를 해할 애가 아니야!"

"맞습니다. 하니 안심하십시오."

국왕의 말이 오락가락했다. 엘리서는 그 사실을 곱씹지 않고자 부단히 노력했다.

"어디가 아파서 망각했을까? 다시 독을 삼킨 것은 아닐까?"

"아닙니다. 제국 황실이 식재료를 엄격히…"

"미카엘?"

그리고, 어머니의 입에서 애증의 이름이 흘러나왔다. 찰나 숨이 콱 막혔다.

"미카엘."

돌연 세상의 모든 빛이 흐려지고, 모든 소리가 멀어졌다. 어머니가 딸의 입술을 애틋하게 쓰다듬었다. 곱게 접힌 눈동자엔 초점이 없었다. 엘리서는 느릿느릿 눈을 감았다. 피 맛이 났다.

"미카엘, 보고 싶었어. 내 사랑…"

가슴이 무너지는 고통이 밀려왔다. 마르티어는 숨죽여 흐느꼈다.

* * *

아버지일 것이다.

-콰앙!

"전하, 이러시면 아니 됩니다!"

필시 이번 사태의 배후에, 아버지가 있을 터였다.

"왕세녀 전하!"

"비켜라."

낮은 목소리가 실내를 울렸다. 주신의 창, '역풍의 예기'가 주인의 손아귀에서 번뜩였다. 연회장에서 밤을 지새운 왕세녀가 가운 차림으로 국서의 침실에 당도했다. 늘 꼼꼼하게 땋아 내리던 금발은 바닥에 닿을 만치 풀어져 있었고, 서슬 퍼런 눈매는 거역하는 모든 것을 베어버릴 듯 날카로웠다. 페네티안 왕성의 아랫것들이 전부 공포에 질렸다. 상대는 신국의 강력한 전사, 그것도 불 속성 추기경이었다.

"두, 두 분 전하를 비롯한 누구도, 들이지 말라는 국서 전하의 명이 있으셨습니다."

국서의 시종 총괄이 그녀의 발치에 넙죽 엎드렸다. 노인은 상전의 진노에 머리를 들지 못하면서도, 더듬더듬 할 말을 마쳤다.

"듣지 않겠다."

"전하!"

엘리서가 살기를 흩뿌렸다.

"문을 열어라. 신국의 왕위를 이을 자가 보이지 않느냐?"

"허억, 헉! 컥!"

노인이 핏대 선 목을 쥐고 바닥을 뒹굴었다. 추기경의 위압에 호

서브 남주가 파업하면 생기는 일 6

흡이 막힌 것이다.

'시종 총괄님!'

질겁한 시종들이 그를 붙들고 울음을 터뜨렸다. 엘리서는 동요하지 않았다. 마치 주신이 깎아 만든 인간의 모조처럼, 온기라곤 없는 눈빛이었다. 시동 두엇이 눈물범벅으로 문고리에 매달렸다. 손이 자꾸 미끄러져 문을 열기가 힘들었다. 달칵!

─콰강!

"아악!"

입구가 열리자마자 문짝이 날아갔다. 어린것들이 비명을 지르며 주저앉았다. 엘리서는 문을 걷어차 박살 낸 뒤 흉기를 쥐고 성큼성큼 곁방을 통과했다. 시종과 하인들이 기겁하여 카펫 위로 엎더졌다. 여기저기서 억눌린 신음이 흘렀다.

─콰가강!

"전하!"

"전하, 어찌!"

침대가 있는 방문을 부수자, 대야와 수건 따위를 들고 있던 시종들이 소스라쳤다. 쿠당탕! 물이 쏟아지고 의자가 넘어졌다. 엘리서는 예상 밖의 광경에 멈칫했다.

"엘리서… 우리 공주님, 오셨습니까."

침상에서 희미한 음성이 들렸다.

'우리 공주님.'

아버지가 1왕녀 시절 자신을 부르던 애칭이었다. 왕세녀는 그제야 방중에 맴도는 약초와 향초 내음을 감지했다. 아침 시간인 것을 고려하더라도, 여태 침실이 어두운 것 또한 이상했다. 사파이어색 눈동자가 서서히 커졌다.

"아버지?"

착! 엘리서는 서둘러 침대 휘장을 걷었다. 그리고 대경했다.

"밖이, 소란스럽더군요. 폐하께 무슨 일이 있습니까…?"

오랜만에 보는 낯이, 식은땀으로 흠뻑 젖어있었다. 하얗게 트고 갈라진 입술에선 피가 배어 나왔다. 이불 밖으로 간신히 뻗은 손가락은 마디 끝까지 창백했다.

왕세녀는 한동안 말을 잇지 못했다. 그녀는 지금껏 단 한 번도, 아버지가 앓는 모습을 본 적이 없었다. 부친은 가벼운 고뿔조차 걸리지 않는 강골이었다. 그런데 어째서.

"어찌… 이리 편찮으십니까."

속절없이 마음이 약해졌다. 엘리서는 그런 자신이 분하고 한심스러워 혀를 깨물었다. 베르너르의 눈꼬리가 호선을 그렸다.

"지난번… 손을 다친 뒤로, 쿨럭!"

"…"

퍼뜩, 아버지가 다치던 날이 떠올랐다. 엘리서는 그의 손을 흘깃했다. 벌건 흉터가 손바닥을 가로지르고 있었다. 자신이 신물로 자해하려던 것을, 아버지가 직접 막으며 생긴 상처였다. 창을 잡은 팔뚝에 힘이 들어갔다.

"콜록콜록! 마음을 앓으니, 육신도 약해진 듯합니다…"

"그런 말씀 마십시오."

"하하. 아비도 나이를 먹은 게지요. 쿨럭! 예전 같지 않아서… 폐하와 식사 한 끼 함께하지 못한 후로는, 입맛도 잃었습니다."

남자의 눈꺼풀이 힘없이 깜빡였다. 엘리서는 침묵했다. 전부 당신의 죗값이 아니겠느냐고 묻기에는, 어릴 적 아버지를 사랑했던 추억이 너무나 크고 깊었다. 지금의 그는 몹시 무력해 보였다.

"크흠, 곧 왕세녀의 생일이 아닙니까. 아비가 이런 꼴이 되어 신경을 쓰지 못했는데… 채비는 잘되어 갑니까?"

'우리 공주의 선물을 마련해야 할 텐데.'

부서질 것 같은 미소가 뒤따랐다. 그녀의 생일은 지났다. 잔치도 이미 끝났다. 왕세녀는 속에서 울컥 치솟는 어떤 감정을 가까스로 짓눌렀다. 그러고는 침대맡에 선 태의를 형형하게 응시했다.

"언제부터 몸져누우셨느냐."

"부친의 말씀대로입니다, 전하. 늦여름부터 체력과 식사량이 떨어지시고, 가벼운 기침을 하셨습니다. 체중도 조금씩 내리셨지요. 열이틀 전부터는 환후가 급격히 나빠져…"

"원인은."

"그것이, 치유 신관도 어찌하지 못하는 것을 보면… 마음의 병이 아닌가 합니다."

노인장이 겸허히 허리를 숙였다. 문득 엘리서의 머릿속을 스치는 것이 있었다.

'아바마마가 기운이 없으시대' 하고 종알거리던, 막내의 목소리.

"…"

그저 아이가 지나가며 하는 말이겠거니 했다. 자신은 몰랐다. 왕세녀의 공간엔 흘러들어 온 적 없는 이야기였다. 그녀는 악다문 입을 겨우 뗐다.

"쉬십시오. 햇무리초라도 달여 보내겠습니다."

"고맙습니다. 바쁠 것인데…"

남자가 부드럽게 대답했다. 왕세녀는 예를 차리지 않고 즉시 방을 떠났다. 전혀 그녀답지 않았으나, 생각해 보면 이른 시간부터 부끄러운 차림으로 창을 들고 다니는 것부터가 엘리서답지 않은 행동이었다. 이윽고 딸의 기척이 완전히 사라졌다. 국서는 긴 숨을 내쉬었다.

'하아…'

"흐… 흐흐흐흐…"

한숨은 이내 웃음으로 변했다. 가슴팍이 들썩거리고, 농염한 눈이 다시금 생기를 얻어 빛나기 시작했다. 차륵! 남자는 일부러 꺼내놓았던 다친 손으로 접선을 펼쳤다. 장기간 환자 행세를 하려니 방 안이 불덩이 같았다. 어느새 다가온 시종 총괄이 그의 곁에 다소곳이 섰다. 국서는 거침없이 입을 열었다.

"일이 잘 풀리는 모양이군. 저리 흥분한 것을 보면, 부고까지는 아니더라도 왕자가 큰 위기에 처한 것이다."

"예."

"콜록! 당장 해독제를 올려라. 몸이 이 지경이니 답답하구나. 난롯불도 죽여."

"명 받들겠습니다, 전하."

노복이 절하고 물러갔다. 엘리서가 보았으니 되었다. 여기까지는 계획대로였다. 베르너 페네티안은, 아랫것들의 바쁜 시중을 받으며 눈부시게 웃었다.

* * *

아슬아슬한 추격전이, 벌써 몇 시간째 이어지고 있었다.

-쏴아아, 쏴아아, 쏴아아아…!

"으악, 또 따라붙어요!"

크리스텔이 다급히 바다를 향해 팔을 뻗었다. 찰싸닥, 철썩철썩! 주인공의 작은 손 밑에 놓인 망망대해가, 망아지처럼 날뛰며 해적선을 앞으로 밀어냈다. 나는 잽싸게 그녀의 팔꿈치를 잡았다.

"윽."

쑥! 다량의 에테르가 한꺼번에 빠져나가며 현기증이 일었다. 크리스텔은 다행히 본인의 신력에 집중하느라 내 신음을 듣지 못한 것 같았다. 나는 티테를 꼭 끌어안고 버텼다. 신수가 근심스러운 눈길로 나를 올려보았다.

-우으…

"걱정 마. 형 엄청 강해."

내가 입꼬리를 올리며 속삭였다. 외려 우려스러운 건 크리스텔이었다. 공기 중의 수증기를 물방울로 만드는 건 비교적 쉽다고 했다. 조종도 어렵지 않다고 전해 들었다.

하지만 이미 존재하는 바다를 자신의 뜻대로 움직이는 행위는, 규모와 차원부터 다른 일이었다. 해류와 조류는 물론, 해양 생물과 지형의 존재까지 모조리 '저항'으로 여겨야 했다. 그야말로 어마어마한 에테르가 소모되는 미친 짓이었다!

-콰아앙!

"저쪽에서 공포탄을 쐈어요!"

마석 망원경을 들여다보던 이자벨이 침착하게 외쳤다. 나는 후다닥 친구들을 돌아보았다. 아직 지친 사람은 없지만, 곧 그렇게 될 거라는 게 문제였다. 방어 마법식을 펼친 뒤엠 형제가 불안한 눈빛을 교환했다.

해적선 곳곳을 밝힌 횃불 건너, 체보임에서 출발한 해군 쾌속선들이 보였다. 선두의 뱃머리엔 엠마 코를레오네 제독이 서있었다. 그녀는 물 위를 달리다가도 훌쩍 배에 올라 체력과 마나를 비축했다. 부하들이 가져온 여분으로 갈고리 팔도 갈아 끼웠다. 저런 식이면, 언젠가는 우리 선미에 사슬이 닿을 것이다!

"제독이 접근했을 때… 내가 신탁을 내리면 가능성이 있을지 모르는데. 접근을 허용하는 것 자체가 위험하겠지, 저런 사람은."

-아우으

내가 중얼거렸고, 티테는 안타깝게 울며 파닥거렸다. 저들은 우리를 '해칠' 의도가 없으니 서클의 보호 기능도 먹히지 않을 터였다.

-휘이이잉!

요한 경이 배의 후면에서 순풍을 일으켜 주고 있으나, 아무리 추기경이라도 내내 저렇게 신력을 쓰게 둘 순 없었다. 위협적인 불꽃으로 제독 무리의 근접을 막는 태자도 마찬가지였다.

설상가상으로 뚝심이가 본신의 힘을 내지 못하고 있었다. 그간 제국 전역을 비행하느라 진을 쪽 뺐다는 듯했다. 나는 선실 입구에 동그랗게 모인 애물단지들을 일별했다. 한데서 조는 게 안쓰러웠다.

"따돌리는 게 이렇게 어렵네."

공격은 할 수 없고, 해서도 안 된다. 저들은 결국 제국의 병력이었다. 어떻게 해야 서로 다치지 않게…

–후드드득!

그때, 발치에 뭐가 와르르 쏟아졌다. 나는 식겁해서 갑판을 살폈다. 펄떡펄떡 뛰는 오징어, 갈치, 전복… 각종 횟감들.

"티테?"

–아웅

하프물범이 곧장 답했다. 나는 녀석을 안은 채 소리 죽여 키득거렸다. 크리스텔의 집중을 깨고 싶지 않았다.

"도와주고 싶나 보다."

–우웅

"근데 힘이 없어서 아쉽고, 그치? 우리 티테 아직 어리니까."

–아우…

까맣고 둥근 눈망울이 촉촉해졌다. 나는 녀석과 코끝을 맞대고 달랬다.

"괜찮아. 네가 따끈해서 형이 안 추워. 티테는 존재만으로도 큰 보탬이야."

–…

"꼬마는 건강하기만 해. 어려운 일은 형이랑 누나들이 할게."

그러고는 밝게 웃었다. 신수는 나를 빤히 보다가, 온몸을 부들거리며 에테르를 쏟아내는 크리스텔을 보았다. 이어서 내게 시선을 돌렸다. 그렁그렁한 눈동자에 결연한 빛이 깃들었다. 그리고,

-아우우우…!

하프물범이 지느러미발을 팔딱이며 목청 높여 울었다. 나는 깜짝 놀라 녀석을 양팔로 보듬었다. 기어코 크리스텔의 에테르 보급이 끊겼다. 그녀가 비틀거리며 갑판에 털썩 주저앉았다. 어두컴컴한 대양에 티테의 울음이 메아리쳤다.

'아우우, 아우우, 아우우우…!'

"쉬이, 형 여기 있어! 하나도 안 무섭네?"

내가 크리스텔의 상태를 체크하며 신수를 얼렀다. 그러자 황태자가 대꾸했다.

"제독의 생각은 다르겠군."

응?

-우우우우…

그 순간, '해저'가 공명했다. 나는 전신에 소름이 돋는 것을 느끼며 사내와 눈길을 마주했다. 우리는 물론이고 쫓아오던 배들 또한 적막에 휩싸였다. 요한 경이 느릿느릿 바람을 거두었다. 누가 설명해 주지 않아도 알 수 있었다. 무언가 오고 있다.

"다들 조심!"

-콰아아아아…!

코앞에서, 아파트처럼 거대한 물보라가 솟구쳤다. 절써덕, 철써덕철써덕! 배가 당장이라도 뒤집힐 듯 크게 울렁거렸다. 요한 경이 질풍처럼 날아와 크리스텔을 감쌌고, 뒤엠 남매는 이자벨과 엘렌을

지켰다. 나는 본능적으로 몸을 던져 신수들을 부둥켰다. 한껏 구부린 팔뚝 너머로 믿을 수 없는 장면이 펼쳐졌다.

　-촤아아아아!

　-쿠우우우우…!

산더미만 한 대왕고래가, 달빛에 반짝이며 밤하늘로 솟아오르고 있었다.

* * *

"이게 무슨-"

대왕고래가 정수리에서 집채만 한 숨결을 뿜어냈다!

　-쿠우우우…!

나는 경악했다. 정말로 그런 단어 외엔 떠오르는 게 없었다. 바닷물에 흠뻑 젖은 초거대 생명체가, 월광에 쉴 새 없이 반짝거렸다. 마치 백금으로 만든 신의 피조물 같았다.

우리는 쫄딱 젖은 채 입을 떡 벌리고 녀석을 바라보았다. 내가 빙의 이래 목격한 가장 비현실적인 광경이었다. 웅장한 탑이 무너지는 것처럼, 고래는 몸을 비틀며 느릿느릿 대양의 품에 안겼다. 철썩덕…!

　-콰아아아아!

병풍 같은 물보라가 수직으로 솟구쳤다. 억, 이러다 배 뒤집어지게 생겼다!

"웬일이야! 엄마악!"

"크리스텔!"

"맘마 미아!"

크리스텔이 즐거움과 충격 섞인 고함을 내질렀고, 이자벨이 반응했고, 해군 쪽에선 경탄이 쏟아졌다. 잠에서 홀딱 깬 애물단지들이 우리를 덩굴로 붙들어 주었다. 살다 살다 별 경험을 다 하는구나. 집에 돌아가도 아이맥스는 성에 안 차겠다, 이제!

－삐이!

"응, 고래 친구 대단하지!"

－끼이이!

"형 꽉 잡아!"

－아우우우!

나는 미친 듯이 젖고 흔들리면서도 티테의 울음에 흠칫했다. 동그랗고 까만 눈망울이 칭찬을 바라듯 빤짝이고 있었다. 순간 넋이 쑥 빠져나가는 기분이었다.

"너…"

꼬마 하프물범은, 해양 생물을 자유자재로 부린다. 대지 속성이라도 육지 생물을 소환하진 못하는 레서판다들과 달리, 티테는 고등어와 미역을 내 앞에 불러올 수 있었다. 어제까지는 요 녀석의 도움으로 제철 해산물을 즐기는 데 만족했는데.

－아욱

"세상에."

그런데 우리 애가, 그보다 훨씬 큰 친구도 초대할 줄 알았다!

－우우우우…

바닷속 고래가 노래하듯 울며 해적선 주변을 맴돌았다. 전율이
일었다. 나는 힘낸 꼬마의 입에 서둘러 에테르 구슬을 넣어주며,
어느새 다가온 황태자를 돌아보았다. 소금물이 뚝뚝 떨어지는 흑발
사이로 주홍색 옥안이 드문 빛을 냈다. 축축하다고 싫어할 줄 알았
는데 이런 건 재밌는 모양이었다. 열혈 주인공의 예비 신랑답다.

"동료를 부르는군."

그가 나직이 말했다. 나는 에테르를 꼴깍꼴깍하는 티테를 도닥이
며 고개를 끄덕였다. 기우뚱거리는 돛대 너머, 저편에서 회녹색 눈
동자를 번쩍이는 엠마 코를레오네 제독이 보였다. 자극과 쾌락이라
면 사족을 못 쓰는 그녀에게도 대왕고래는 진귀한 구경인 듯했다.

'하하하하!'

중년인이 자신의 갈고리 팔을 쓰다듬으며 호걸웃음을 터뜨렸다.
크리스텔을 갈구할 때는 그냥 미친 사람 같았는데, 지금은 아예 나
사 풀린 전쟁광 같았다. 설마 사냥할 생각은 아닐…

-쏴아아…!

"우와!"

코앞에서 두 번째 이변이 펼쳐졌다. 슬슬 턱이 아팠다.

-철썩, 철썩, 철써억…!

아까보다 작은 대왕고래들이, 춤추듯 펄쩍펄쩍 물 밖으로 뛰어오
르고 있었다. 놀랍고도 아름다운 광경이었다. 이쪽은 정신이 하나
도 없는데 고래 가족은 몹시 평온해 보였다. 요한 경의 웃음기 섞인
말소리가 들렸다.

"우리 배를 밀어주네요."

"예?"

나는 그제야 해적선이 빠르게 전진하고 있음을 깨달았다. 뒤를 보니, 해군과 우리의 거리가 급격히 벌어지고 있었다. 첫 번째로 나타난 대왕고래가 선두의 제독을 막고 대치 중이었다. 여인의 쩌렁쩌렁한 목소리가 대해에 울려 퍼졌다.

"오랜만이구나! 백 년 묵은 나의 숙적… 몬스트로!"

내가 눈을 휘둥그레 떴다. 이건 또 무슨 설정이냐?

"오늘이야말로 내 팔을 돌려받겠다!"

"와아아아-!"

리에스테르 해군이 병장기를 들고 함성을 내질렀다. 콰아앙! 쾌속선에서 공포탄이 발사됐다. 중년인이 칠흑의 바다로 뛰어내렸다. 이내 모두가 손톱보다 작은 크기로 멀어졌다. 나는 헛숨을 내뱉었다.

그러니까 태산처럼 커다란 '몬스트로(100세, 흰긴수염고래)'가, 오래전 제독의 오른팔을 꿀꺽한 범인인 모양이었다. 무슨 동화 같기도 하고. 저 사람이 얽힌 일이라 그런지 무시무시하게 느껴지기도 하고. 아무튼!

"고마워, 티테! 진짜 잘했어. 오늘의 최우수 선수는 너야."

-아우, 아우!

"티테야! 네가 누나의 은인이다!"

요한 경에게 기댄 제독의 인어, 아니, 크리스텔도 엄지를 세웠다. 하프물범이 기쁘게 답했다. 나는 기특하고 사랑스러운 꼬마와 한참 이마를 맞대고 있다가, 애물단지들을 안고 바다를 내다보았다.

좌아아, 좌아아…! 검은 물살이 시원하게 갈라졌다. 고래들이 배를 갖고 놀며 밀어주니 쾌속선보다 두 배 이상 빠른 듯했다. 이대로라면 황도는 금방일 것이다.

"수고하셨습니다, 여러분! 이제 씻고 쉴까요?"

잔뜩 물먹은 프랑수아 후작이 메이스를 휘두르며 제안했다. 그제야 긴장이 탁 풀리고 추위가 실감 났다. 우리는 웃으며 고개를 주억, 허억!

"아…"

"프랑수아!"

저 환자 또 기절한다!

* * *

리에스테르 황궁은 겉보기에 평화로웠다. 황제와 추기경의 최측근을 제외하면, 일손 대부분은 무슨 일이 어떻게 돌아가고 있는지 몰랐다. 군주의 지엄한 뜻이었으니 당연했다. 사관학교 창립식 테러 사건으로 궁 안팎이 뒤숭숭했으나, 아직 조사가 끝나지 않았으므로 모두 입조심을 했다.

그간 수많은 시종이 조용히 오렐리 부티에를 접견하고 기억을 잃었다. 죽은 범인이 예서 페네티안 왕자와 신국의 만세를 기원했다는 소문은, 일주일 새 전국으로 퍼져 나갔다. 그러나 다수의 백성은 회의적이었다. 그 또한 당연한 일이었다.

'왕자님은 골목 노인들의 좌판 물건도 사주시는 분이라네. 그런

끔찍할 짓을 하실 수가 없어.'

'나도 그 소문 들었어. 마음씨가 비단결처럼 고우시다지?'

맹추위에도 불구하고 첫눈은 기이할 만치 느렸다. 그러나 연말의 리에스테르는 어김없이 축제 분위기였다. 빨랫줄에 걸린 마법 조명이 건물 사이를 밝게 가로질렀다. 거리 곳곳에 모인 평민들은 와인을 물처럼 마시며 언성을 높였다.

'그래! 내 오촌이 세레니테에 사는데, 왕자께서 세금을 1할밖에 걷지 않으신다는군. 그마저 몽땅 영지 사업에 투자하신다지 뭔가. 오촌네 아기는 그분께 축복도 받았다네.'

'세상에. 그런 영주님이 있단 말인가? 나는 솔직히, 왕자님이 태자 전하를 노리셨을 수도 있다고 생각했는데…'

왕자님을 의심하는 이들이 간혹 있기는 했다. 엘리자베트는 출근 길에 들은 이야기를 묵묵히 곱씹었다.

'에헤! 모함이야, 모함! 귀한 분이 나라님의 귀염까지 받으니 누가 수작을 꾸민 게지.'

'그런가?'

'자넨 얼마 전에 쫄딱 망한 앙드레지 백작가 얘기도 못 들어봤나? 대대손손 아기들을 버려왔다지 않아!'

'에구! 인두겁을 쓰고 누가 그런 짓을 해?'

그녀는 요즘 마차 대신 애마를 타고 백작저와 황궁을 오갔다. 일부러 찻집과 식당이 즐비한 거리로 돌아가기도 했다. 신년을 목전에 둔 날씨는 차다 못해 코가 아릴 지경이었지만, 이런 시기에 민심을 파악하는 건 중요한 일이었다. 직속상관인 에르베 근위대장님이 없으니 자신의 책임이 무거웠다.

'더럽다는 이유로 사생아를 내버렸는데, 알고 보니 적통이어도 아이가 아프면 완벽하지 못하다고 내쳤다는군. 그걸 잡은 게 태자 전하와 친우분들이야!'

'왕자님도 그 친우분 중 하나고?'

'그렇지! 머리를 좀 써보게. 그런 가문의 공자가 왕자님의 이름을 부르고 감히 태자 전하께 덤볐다? 이유가 무엇이겠나.'

-또각, 또각, 또각…

부근위대장은 황제궁 복도를 걸으며 새삼스러운 생각을 했다. 일부 귀족은 평민들이 자신들보다 멍청하고 모자란 존재라 여겼다. 그건 결코 사실이 아니었다. 신분의 차이만 있을 뿐, 어딜 가나 명석한 자와 부족한 자는 존재했다.

'그, 왜. 아스 상단주가 감옥에 가지 않았습니까? 그림 사기를 쳐서 말입니다. 서부에선 제일 큰 상단이잖아요.'

'그것도 왕자님이 잡았나?'

'그렇다니까, 속고만 살았나!'

그리고 리에스테르 백성들은, 대체로 똑똑한 이의 의견을 따르는 편이었다. 하나의 국가로서 무척 모범적인 경우였다.

'다른 건 모르겠고. 나는 태자 전하 책봉식 전야제에서 왕자님을 직접 봤어. 보라색 눈동자에, 금발에, 아주 천사처럼 고우시더라. 날개 달고 하늘도 나셨다니까! 악한 사람이라면 그런 조화를 부릴 수 있겠어?'

'보라색 눈이라니. 저도 실제로 뵙고 싶습니다.'

'그야말로 주신의 핏줄이시지. '눈은 영혼의 창이요.' 성서에 그런 말도 있잖아.'

'이 친구 성서도 읽는구면!'

'와하하하!'

왁자글한 웃음이 쏟아졌다. 엘리자베트는 짧은 감상에 잠겼다. 세이디와 왕자님, 크리스텔과 친구들. 그리고 자신이 착실히 함께 걸어온 시간이… 나름대로 최선을 다하겠다고 애쓴 일들이, 저들의 신뢰와 애정이라는 결과로 돌아와 기뻤다.

-뚜벅, 뚜벅, 뚜벅…

"…"

허나 모략은 아직 끝나지 않았다. 검사는 꺾이지 않는 각오를 다졌다. 헤릿과 산트 사제님이 헛소리 가득한 전단을 수거해 주긴 했지만, 만약 그것들이 퍼졌더라면 어찌 됐을지 상상만 해도 아찔했다. 전단지가 제구실을 못 했다는 걸 눈치챘을 텐데 사르네즈 공작은 배포를 반복하지 않았다.

종잇장이 황제의 손아귀에 들어갔다는 사실을 알고 몸을 사리는 것이다. 소백작이 클레르 광장에 사복 근위대원을 심었으나, 지금껏 특이 사항은 없었다. 하지만 곧 증거가 모일 것이다. 반드시 그래야만 했다. 폐하께서 뒤엠 후작가에 내리신 일주일의 말미가, 이제 겨우 하루 남았으니까.

"저어."

그때, 따라오던 시종이 조심스레 그녀를 불렀다. 엘리자베트가 뒤돌아보았다. 시종장을 보좌해 황궁 회계 업무를 담당한다는, 문제의 여인 '지네트'였다. 크리스텔은 최근까지 그녀가 부친의 불륜 상대이리라 짐작했다.

"추기경 전하께서 저를 부르시는 이유를, 부근위대장께선 아시는지요? 요즘 시종장님의 사무실도 어수선해서…"

여인이 불안한 목소리로 물었다. 언뜻 보면 그저 윗전의 의중을 파악하지 못해 긴장한 낯이었다. 부근위대장이 부드럽게 대답했다.

"다음 달에 있을 폐하의 탄신일 기념제와 축하연 예산을 검토하시려는 것 같았습니다."

"아. 그렇군요."

여인의 낯에 화색이 돌았다. 소백작은 미소를 보낸 후, 다시 무뚝뚝하게 전방을 응시했다. 추기경 집무실은 금방이었다. 시종 나탈리가 둘의 도착을 알리고 문을 열어주었다.

-달칵

"전하."

"어서 오렴, 엘리자베트. 다과 좀 들고 가."

"감사합니다."

"아까운 볼살이 쪽 내렸구나."

추기경 특유의 온화한 목소리가 들렸다. 지네트는 크게 안도하며 집무실로 들어섰다. 최근 황궁의 공기는 묘했다. 물론 예서 왕자가 암살 시도를 당했을 때처럼 무섭진 않았고, 엘리서 왕세녀가 입궁하기 전처럼 쥐 잡는 분위기도 아니었다. 다만 어딘가 스산하고 불길한 느낌이었다. 테러 사건 역시 불안을 더했다. 여인은 혹시나 자신이 한 짓을 들킬까 봐 조마조마했다.

"네가 로라의 회계 담당이구나. 궁금한 게 있어서 불렀어."

"하문하시옵소서, 전하."

"응. 별일은 아니야."

그런데 다행히, 발각되지 않은 것 같았다. 궁이 음산하다고 느낀 건 날씨 탓인 듯싶었다. 지네트는 공손하게 절을 올리고 상전의 말을 기다렸다.

"네가 시몽에게 왕자님의 지출 내역을 빼돌렸니?"

"…"

소름이 끼쳤다. 그녀는 황급히 고개를 들었다. 상석에 자리한 베이지색 눈동자가 자신을 직시하고 있었다. 분명 입꼬리와 눈꼬리가 웃고 있는데, 완성된 표정에서는 약간의 감정도 느껴지지 않았다. 철컥. 배후에서 문 잠기는 소리가 났다. 지네트가 입을 벙긋거렸다.

"무슨, 무슨 말씀이신지, 저는 잘…"

"다들 처음엔 이런 식이네. 내가 맡겠다고 나서긴 했지만 조금 지루해."

"전하. 저는,"

–파아아아…!

눈부신 광채가, 신성한 황금의 원이 그녀를 포위했다. 지네트의 사지가 병든 것처럼 부들거리기 시작했다. 소백작은 익숙한 눈길로 여인을 일별하고 사과 밀푀유를 오물거렸다.

[가만히 있으렴. 달아날 곳도 없겠지만.]

끔찍한 감각이었다. 신탁이 떨어지기 무섭게 두 다리가 꼼짝도

하지 않았다. 본능적인 공포가 폐 속까지 시커멓게 눌어붙었다. 여인은 숨을 헐떡이며 추기경을 바라보았다.

[다시 물을게. 네가 시몽에게 왕자님의 지출 내역을 전했어?]

"…네, 네. 네! 그랬습니다! 헉, 하지만 공작님이 시켜서 그런 것입니다. 저는 아무것도 몰랐습니다!"

다급한 음성이 쩍쩍 갈라졌다. 어쩌면 오늘, 자신은 송장이 되어 궁을 나갈지 모른다. 그런 두려움이 순식간에 여인을 광기로 몰아갔다.

[그렇구나. 그럼 다음 질문이야.]

"예! 뭐든 답하겠습니다. 살려만 주시면,"

[너는 신국의 세작이니?]

맙소사.

"아, 아닙니다! 절대! 비, 비록 무거운 죄를 지었으나, 감히 폐하와 제국을 배반하는 건 꿈에도…"

'허억.'

지네트가 말을 하다 말고 자신의 머리를 양손으로 붙잡았다. 이내 해일 같은 고통이 밀려왔다.

"…아아악! 으아아악!"

여인은 바닥에 쓰러져 등을 구부리고 비명을 질렀다. 뇌가 불타는 듯 뜨겁게 달아올랐다가, 얼음물에 담근 것처럼 쩡하게 시렸다. 천근만근 무거워지더니 둘로 쪼개지는 듯 아팠다. 차라리 그냥 콱 죽는 게 나을 성싶었다. 고통이 너무 힘겨워 부릅뜬 눈알에서 눈물이 줄줄 쏟아졌다. 뿌연 시야에 추기경의 모습이 아른거렸다.

"아악! 괴로워…! 윽, 살려주세요! 아아아악!"

[…세뇌에 당했구나.]

처음으로 그녀의 얼굴에 표정이 떠올랐다. '유감'이었다.

* * *

-달칵, 끼이익…

그 순간, 추기경 집무실의 벽면이 열렸다.

"소란스럽군."

책장 한편이 갈라지며 프레데리크 리에스테르가 모습을 드러냈다. 책꽂이는 황제와 국서만이 드나들 수 있었던 비밀 통로였다. 오렐리가 눈썹을 늘어뜨리며 자리에서 일어났다. 엘리자베트는 재빨리 천으로 입을 닦고 기립했다. 황제가 딸 같은 아이에게 손짓했다.

"너는 계속 먹어라. 네가 살이 내려서 카롤린을 볼 면목이 없어."

"넵."

부근위대장이 명을 받들어 착석했다. 프레데리크는 반쯤 혼절한 시종을 빤히 내려다보았다. 핏빛 시선엔 일말의 동정심도 비치지 않았다. 지네트는 간헐적으로 경련하며 숨을 몰아쉬고 있었다.

추기경의 신력 덕분에 아까보다 통증은 많이 가라앉았다. 그러나 공포와 충격으로 몸이 말을 듣지 않았고, 지엄한 군주의 어전이건만 손 하나 까딱할 수 없었다. 입을 떼는 것조차 힘들어 인사를 올리지 못했다.

"흑, 끅, 으윽…!"

"이자인가?"

"응. 로라와 다른 시종들은 깨끗했어."

그리고 그들 모두, 추기경을 만난 기억을 상실했다. 오렐리의 방법은 간단했다. 먼저, 별것 아닌 용건으로 시종을 불러올린다. 소환 대상은 지난 10개월간 시몽 드 사르네즈와 접촉했던 자로 한정한다.

당사자가 집무실에 들어서면 서클을 열어 압박한다. 거짓을 답하면 에테르 반응이 있을 것이고, 참을 말하면 아무 일도 벌어지지 않는다. 후자의 경우 신탁을 걸어 신문받은 기억을 지운다. 그러면 황궁에는 어떠한 괴소문도 퍼지지 않게 된다.

"수고했어."

추기경은 오랜 세월 이런 식으로 황제를 보필해 왔다. 프레데리크가 그녀의 등을 한 번 쓸며 물었다.

"그럼 세뇌인가?"

"응. 추기경은 아니고, 매우 강력한 대주교의 짓이야."

"풀 수 있겠군."

"어쩌면 그전에 저 애가 정신을 놓을 수도 있고. 지난번 근위대원처럼."

오렐리가 반려를 올려보며 대답했다. 그녀가 말한 근위대원이란, 근위대장과 베랑 남작령으로 급파된 인원 중 하나였다. 그는 초주검이 되어 황궁으로 복귀했고, 근위대를 무참히 격파한 것이 예서 페네티안의 명을 받은 요한 헤인스였다고 증언했다. 어전에서 감히 거짓을 고했다고 보기는 어려웠다. 그러나 황제는 찜찜함을 느꼈다.

'오렐리, 너는 생존한 근위대원을 접견해 봐.'

하여 반려에게 그의 영혼을 들여다볼 것을 요구했다.

'…으아아악! 크흑! 아파! 하아악!'

'으음.'

그런데.

'으으…! 끅, 으하하, 하하하하!'

'-콰당, 쨍그랑!'

결과는 참담했다. 환자는 추기경의 강대한 신력을 버티지 못하고 미쳐버렸다. 이미 강력한 세뇌에 걸린 영혼이 생사를 넘나든 이후 유리병처럼 위태로워졌고, 그녀가 억지로 뚜껑을 열자 끝내 깨져버린 것이다. 육신이 죽어가는 탓에 그릇조차 약해진 경우였다. 결국 그자에게선 무엇도 건지지 못했다. 누군가에게 앞서 정신 지배를 당했단 사실 외에는.

"이자는 건강해 보이니 견딜 수 있겠지."

"그게 내 바람이야."

오렐리가 미소 지었다. 추기경은 당연히 대주교보다 강했고, 그녀는 추기경 중에서도 고위급에 속했다. 그러니 이론적으로는 대주교의 주문을 쉽게 해제할 수 있어야 했다. 허나 신탁에 의한 세뇌라는 것은 변수가 많았다. 피해자의 나이, 체력, 정신력, 지배 신관과의 관계…

'내 신탁은 아주 강하거든. 평생을 세뇌당하며 살아온 아이들의

서브 남주가 파업하면 생기는 일 6

머리를 깨끗하게 씻어주는 건, 별로 힘든 일도 아니야.'

추기경은 문득, 지난봄 자신이 왕자님에게 들려주었던 이야기를 떠올렸다. 그때의 둘은 사제지간이 아니었다. 당시 오렐리는 왕자를 암살하고자 했던 쌍둥이의 세뇌를 성공적으로 씻어냈다.

두 사제급 성기사를 조종한 건 겨우 주교급 신관이었고, 열세 살 소년들은 맑은 그릇과 튼튼한 신체를 지니고 있었다. 세뇌가 잘 걸리지만 잘 풀리기도 하는 나이였다. 그래서 까다롭지 않았다. 반면 이쪽은…

[노력해 보자, 지네트. 네가 마음먹기에 달렸어.]

"흐으으…"

[고통을 잘 참아내면 자유로워질 수 있을 거야. 눈앞이 훨씬 또렷해질 거란다.]

프레데리크는 조종당한 죄인에게도 가차 없는 편이었으나, 오렐리는 이들을 딱하게 여겼다.

'쯧.'

황제가 뒤편에서 혀를 찼다. 어차피 죗값을 치를 자에게 달게 구는 것이 마음에 들지 않았다. 자장가처럼 부드러운 신탁이 울렸다.

[조금 쉬렴. 이따 보자.]

"전하…"

여인이 끊어질 듯한 목소리로 추기경을 부르며 눈을 감았다. 가녀린 호흡이 이어졌다. 묵묵히 서있던 나탈리가 지네트에게 모포를 덮어주었다. 오렐리는 황제를 바라보았다.

"황도 수비대는 어떻게 됐어?"

"뻔하지. 왕자 일행을 찾겠다고 자원한 병사는 죄다 사르네즈에서 양성한 자들이더군."

"수비대장은 황도에 머무르며 부대장의 보고를 받고 있는데, 둘 중 외제니 케시에 대주교를 만난 건 부대장뿐입니다. 뒤를 캐보니 부대장이 황도 중앙 신전의 신자라고 합니다. 케시에는 얼마 전부터 자신의 대교구가 아닌 황도에 올라와 있고요."

소백작이 마시던 홍차를 내려놓으며 말했다.

"그랬구나. 부대장이 문제였어."

"예. 케시에가 사르네즈 영주성을 방문한 정황도 포착했습니다."

추기경이 고개를 끄덕였다. 저명한 대주교인 케시에가 황도에 머무르는 건, 딱히 특별한 일은 아니었다. 그녀는 중앙 권력에 목숨을 거는 신관 중 한 명이었다. 평소 대귀족들의 저택에 자주 드나들었으며, 이런저런 청탁도 하는 것으로 알려져 있었다.

요컨대 교구 회의보다 사교장에 가는 날이 더 많은 권력형 성직자였다. 그러나 지난 연례 기도회 때는 조용했다. 황실의 면전에서예서 왕자에게 반하는 행동을 한 적도 없었다. 프레데리크가 투덜거렸다.

"외제니 케시에. 겉으로는 현명한 노인인 체하지만, 그걸 믿는 자가 몇이나 될까."

"의외로 많을걸."

오렐리가 쓴웃음을 지으며 지적했다. 하지만 구속된 지네트의 혼을 풀어주면, 어떠한 진실이든 밝혀질 것이다. 그녀가 물었다.

"블랑케르 공작은?"

"스트로다 궁에 있어. 딸과 남편도 함께야. 아들 장례는 아직 치르지 않았다더군."

"그 집 식구가 황궁에 머무르는 건 오랜만이네."

황제가 코웃음 쳤다. 둘은 이제 알렉상드르를 두고 이런 농담도 할 수 있었다.

"바카리 군은 깨어났니?"

"아직입니다, 전하."

나탈리가 공손히 답했다. 예언자가 의식을 잃은 지도 벌써 여드레째였다. 마나 휴지기가 유독 길었다.

"불과 폭발, 검과 피… 그런 끔찍한 예언을 몸이 감당하지 못하는 걸까."

"현실은 더 끔찍했지, 오렐리. 태사가 서른을 죽였어."

"왕자님이 봤을까?"

추기경이 속삭였다. 엘리자베트는 포크를 움직이며 생각했다. 사람이 죽었다는데 왕자님 비위를 걱정하는 전하도 보통은 아니라고.

"흥. 요한 헤인스는 그런 꼴을 보일 놈이 아니야."

황제가 신랄하게 대답했다. 용병은 백여우 같은 자였다. 자신에게 충성을 맹세한 성기사가 왕자에게 영혼을 바쳤다는 것쯤은, 프레데리크도 진즉 알았다. 애당초 본인이 그렇게 언약하지 않았던가.

'저는 황제 폐하를 위해 살고, 왕자 전하를 위해 죽겠습니다.'

황제의 검이자 왕자의 활.

"녀석들은 걱정할 것 없어."

군주가 단칼에 화제를 돌렸다. 체리색 눈동자에 날이 섰다. 부근위대장은 재빨리 자세를 바로 했다.

"내 영지의 기사단 일부를 소집했다."

"…"

집무실에 무거운 침묵이 흘렀다. 황제의 군대는 황실 근위대와 황도 수비대, 제국군만이 아니었다. 그녀가 상속받은 제국 도처의 땅엔 당연히 수많은 기사가 존재했다. 소리 소문 없이 움직여 비밀 임무를 수행하는 정예 인력도 상당했다.

소백작은 마른침을 삼켰다. 후작령으로 보냈던 자신의 보좌관이, 누구의 눈에도 띄지 않고 복귀한 게 어제였다. 그녀는 황실 어른들에게 이런 보고를 올렸다.

'왕자님과 후작님 일행은 진작 황도로 떠났다고 합니다. 영주성엔 앙투아네트와 테레즈 공녀뿐입니다. 칼라마르 공자님을 비롯한 시종 두 사람과 베랑 남작 가족도 부상 없이 성내에 머무르고 있습니다. 영지는 사실상 봉쇄된 상태인데, 경비가 무척 삼엄하고 기사단은 임전 태세입니다.'

가나엘이 무사해서 다행이지만, 결코 방심해서는 안 됐다. 황도 수비대와 후작가의 기사단이 본격적인 충돌이라도 일으키면, 그때는 폐하께도 별다른 수가 없었다. 그러니 친구들은 별일 없이 황궁에 닿아야 했다. 늦어도 내일까지는 꼭 도착해야 했다. 그렇지 않으면…

"곧 정해지겠지. 내가 어느 가지를 쳐야 할지."

황제가 고요하게 말했다. 추기경은 칼자루에 올라간 그녀의 손을 쓰다듬었다.

* * *

우리는 크리스텔이 만들어 준 물로 깨끗이 씻고, 배에 비치된 여
벌 옷 중 그나마 사이즈가 맞는 걸 주워 입고, 효율적인 난방을 위
해 한방에 모여 잠들었다.

천만다행히 담요는 충분했다. 에르베 경이 이자벨을 도와 돛을
펴는 동안, 마리아는 앓아누운 큰오빠를 정성껏 보살폈다. 엘렌과
요한 경이 교대를 해주기도 했다. 그렇게 27일 아침이 밝았다. 해
적선이 시끌벅적했다.

-착!

"이것 보십시오. 똑같죠. 아버지 짓이에요."

크리스텔이 두 장의 전단지를 선실 바닥에 놓고 비장하게 말했
다. 우리는 싱싱한 해산물과 감자, 고구마 등을 황태자의 불로 노
릇하게 구워서 호호 불어 먹고 있었다.

전자는 티테의 총알 배송이었고 후자는 레서판다들의 유기농 작
물이었다. 거기에 크리스텔의 소금과 후추와 고춧가루를 살살 뿌리
니, 어지간한 건 전부 맛있었다. 나는 입안에서 사르르 녹아내리는
도미구이를 기쁘게 음미했다. 성기사 셋을 감싼 성소가 울렁울렁했
다. 진짜 끝내준다. 살이 막 달아.

"왕자님."

아니지. 야! 정신 차려라!

"그러네요. 이건 사르네즈 영주성에서 부인이 발견한 전단이
고…"

내가 허겁지겁 답했다. 태자 녀석이 한심하다는 눈길로 나를 바라보았다.

"이쪽은 클레르 광장에서 수거한 전단이지."

"네."

나는 생선을 뜨며 태자의 손 아래 글씨를 유심히 살폈다. 내용이 엄청 자극적이었다. 이마가 절로 찡그려졌다.

"…이건 음해입니다. 베랑 남작 부부는 위니테강으로 흘러오는 신국 난민들을 구조해 돕고 있어요. 그중 소년병 출신이 있는 건 맞지만, 대체로 영양 상태가 나빠 숟가락조차 제대로 들지 못합니다. 보육원 규모가 큰 것도 그들을 전부 받아주기 위해서예요."

내 말에 크리스텔과 이자벨이 깜짝 놀랐다. 태자는 고개를 기울였다.

"직접 보셨잖습니까, 태자님. 남작령엔 신국 병사를 양성할 예산은커녕 소남작의 옷 한 벌 맞출 돈도 부족합니다."

"…"

"그리고 두 번째 얘기는, 진짜 무섭네. 괜찮으십니까? 다치신 덴 없고요?"

'예서 페네티안 왕자가 황족 테러를 꾀했다!'

나는 대문짝만하게 쓰인 둘째 항목을 읽다가 화다닥 고개를 돌렸다. 그와 엘리자베트 경, 둘 다 무사하다는 얘긴 에르베 경에게 들었다. 하지만 그건 그거고 안부는 직접 물어야 했다. 태자가 미간을 찌푸렸다.

"그게 끝인가?"

"제일 중요한 건데요."

"그대는 제국의 대귀족에게 모함을 당하고 있어. 한데 본인의 이야기는 일언반구도 없군."

어쩐지 나무라는 어조였다. 아, 그거야… 뭐.

"오렐리 전하께서 계시기도 하고, 폐하께서도 호락호락한 분은 아니시고… 무엇보다 여러분이 여기까지 와주셨으니까요."

말을 하고 보니 머쓱해졌다. 그렇지만 나는 원래 이런 놈이었다. 나와 관계없는 이에게 허황한 욕을 듣거나 오해를 사는 건, 별로 신경 쓰이지 않았다. 내게 중요한 것은 언제나 가까이에 있는 존재였다.

소중한 가족과 몇 없는 친구들. 아침마다 인사하는 회사 화단의 고양이 가족. 사무실 동료들. 작고 노란 요구르트를 좋아하시는 경비 할아버지. 그들에게만큼은 괜찮은 사람이 되고 싶었다. 그건 지금도 똑같았다.

"다들 믿어주시니 그걸로 충분한데요."

그래서 웃으며 덧붙였다. 눈물이 찔끔 나도록 겁나는 순간이 있었던 건 사실이었다. 까딱하면 이번 소동으로 죽거나 쫓겨날 수 있다는 것도 알았다. 하지만 그렇게 되지 않도록 힘을 보태줄 친구들이 있었으니까. 내가 최선을 다하고 곁에서 도움을 얻으면, 어떻게든 잘 풀릴 거라 믿었으니까. 안일한 태도라고 해도 그런 마음을 포기하고 싶진 않았다.

"…미치겠군."

태자가 머리를 쓸어 넘기며 한숨 쉬듯 말했다. 맛있는 밥 먹고 왜 그러냐.

"28일까지는 황궁에 닿아야 해."

그가 툭 내뱉었다.

"예?"

"폐하께서 뒤엠 후작가에 일주일의 말미를 내리셨지. 이제야 정신이 드나?"

놈은 홀로 고고했다. 신수들과 나는 턱을 쩍 벌렸다. 대화를 듣던 일행만 난리가 났다!

"주신 맙소사."

프랑수아 후작이 손등을 이마에 얹으며 탄식했다. 우당탕, 벌컥! 에르베 경과 마리아가 벌떡 일어나 갑판으로 달려 나갔다. 이자벨이 다급히 요한 경에게 물었다.

"선생님, 오늘이 며칠이죠?"

"27일이에요."

"아니! 그렇게 중요한 걸 왜 지금 말해? 세요?"

-끼이!

-애우!

-삐뽀!

크리스텔과 애물단지들이 기어코 성질을 냈다. 내 말이!

"미리 말해서 달라질 건 없었다고 보는데."

녀석이 불필요하게 잘생긴 각도를 유지하며 대꾸했다. 옳은 소리로 속 뒤집는 것도 재주였다.

* * *

이자벨과 크리스텔을 놓쳤다.

-딱, 딱, 딱, 딱…

시몽 드 사르네즈는 신경질적으로 책상을 두드렸다. 오늘만의 일
은 아니었다. 그는 두 모녀를 잃은 뒤부터 하루 세 시간밖에 잠들지
않았다. 서재에 앉으면 한나절은 미친 듯이 손가락뼈를 괴롭히곤
했다.

마디마디에 시퍼렇게 멍이 들었으나 고통은 없었다. 그보다 더
큰 상실을 겪고 있으니 당연했다. 세상에서 가장 귀애하는 두 존재
가, 자신의 손아귀를 벗어나지 않았던가.

"배를 타고 갔으니 물로 잡아야겠지."

그가 빠르게 중얼거렸다. 하얀 가면을 쓴 오른쪽 눈빛은 슬프고
무력해 보였다. 반면 화상을 입지 않은 왼눈은 불길한 광기로 번뜩
거렸다.

"배, 항구, 배, 항구, 배, 항구."

-딱딱딱딱…

모략은 단순했다. 예서 페네티안 왕자의 명예를 추락시키고, 죽
이기만 하면 됐다. 굳이 자신의 손을 더럽힐 필요는 없었다. 친애
하는 황제로 하여금 그를 내치게 한 뒤, 베르너르 페네티안의 수중
에 넘기면 알아서 숨이 끊어질 운명이었다.

하지만 시몽은 그가 제국에서 확실히 눈감는 것이 가문에 도움이
되리라 판단했다. 하여 무리한 수를 뒀다. 여지를 남기느니 본인

선에서 깔끔하게 처리하는 게 후환을 막는 방법이었다.

"이자벨, 크리스텔, 이자벨, 크리스텔, 이자벨…"

-딱딱딱! 딱딱딱딱!

적어도 증조모는 그렇게 행동하던 분이었다. 그녀는 무고한 아스 남작이 선황의 검에 죽도록 판을 짰다. 그를 희생시키지 않으면, 결단력을 발휘하지 않으면 당신과 공작가가 몰락할 것임을 알았기에.

"어째서 떠났을까?"

"주인님."

"내 보호를 받아야 하는데."

"주인님?"

"바깥이 얼마나 위험한지 모르는 거야."

"시몽 도련님."

흠칫. 공작은 상념에서 깨어나 고개를 들었다. 시종장이 자신을 내려다보며 인자하게 웃고 있었다. 노인은 손수건을 꺼내 피가 흐른 책상을 닦고, 붉게 물든 주인의 손가락을 천으로 감싸주었다. 공작의 눈에 빛이 돌아왔다.

"전단은 다시 배포하지 않으셔도 되겠습니까?"

"…그래. 한 번 실패한 방법은 두 번째에도 실패할 공산이 크네."

남자의 목소리가 차분하게 가라앉았다. 노복은 고개를 한 차례 끄덕이고 진한 커피를 올렸다. 공작이 떨리는 왼손으로 잔을 들었다. 맛이며 온도조차 제대로 느낄 수 없었으나, 습관처럼 섭취하는 수많은 것 중 하나였다.

"아스항港에서는 소식이 없었나?"

"예. 사르네즈 해운 직원들이 항구에 들르는 모든 배를 살피고 있습니다만, 부인과 아가씨는 보이지 않는다고 합니다. 해적선 목격담도 없었습니다."

"…"

공작은 침묵에 잠겼다. 그가 알기로, 함께 달아난 유모 엘렌이 어촌 출신이었다. 하지만 그녀의 고향은 서부 해안을 낀 사르네즈에서 너무 멀었다. 세 사람이 배를 타고 갈만한 데라면 왕자의 영지인 세레니테밖에 떠오르지 않았다.

그곳의 자유 도시 아스에 큰 항구가 있으니, 배를 버린 뒤 상륙하여 영주성에 숨을 수도 있겠다는 생각이 들었다. 그런데 가출한 지 여드레가 되도록, 세 여인은 서해에 모습을 드러내지 않았다. 유령선처럼 흔적도 없이 사라졌다.

"해안선을 따라 목격자를 수배해 보게. 그리 큰 배가 좌초되지 않고서야…"

그가 말끝을 흐리며 주먹을 움켜쥐었다. 소중한 딸은 물 속성의 힘을 지녔다. 시몽은 여전히 그것이 저주라고 여겼지만, 겉으로 티를 낸 적은 없었다. 병석에서 일어난 후 뭇사람보다 압도적으로 강해진 아이였다. 설마하니 그런 비극을 맞닥뜨렸을 리 없었다.

"분부 받들겠습니다. 왕자님 쪽은 어떻게 할까요?"

노인이 은근한 목소리로 물었다. 시몽은 그와 눈을 마주했다. 시종장은 자신만큼이나 이번 일에 적극적이었고, 어쩌면 자신보다 더욱 진심으로 임했다. 이것 역시 질문이 아닌 압박에 가까웠다. 공작은 힘없이 입꼬리를 올렸다. 생각해 둔 바가 있었다.

"내일부터 신년 주간이 시작되지."

"그렇습니다."

12월 28일. 한 해의 마지막 일주일이 시작되는 월요일이었다. 매년 이맘때가 되면 대륙 전역에서는 새해맞이 축제가 열렸다. 황도에선 클레르 광장을 시작으로 춤과 노래, 행진 따위가 곳곳에서 이어질 예정이었다.

한파와 폭설이 있던 해에도 축전은 멈춘 적이 없었다. 리에스테르인들은 천성적으로 한데 모여 즐기는 것을 좋아했다. 공작의 이마에 주름이 팼다. 머나먼 기억을 더듬는 표정이었다.

"이즈음에 평민들이 하는 것이 있지 않았나. 무대에 올라가서 영주를 성토하고, 부당한 일을 당했노라 호소하기도 하고."

"그런 꼭지가 있기는 합니다."

"그 자리에 올릴만한 인물이 있네."

공작이 피투성이 손을 들어, 책상 한편에 놓인 종이를 밀었다.

'하사품 착복 사건 수사 결과'

노인의 눈이 가늘어졌다. 공작은 지난봄, 황명으로 '르 시프르' 여관의 만행을 조사한 적이 있었다. 오가는 귀족들이 마을 주민에게 내리는 하사품을, 여관 주인이 오랫동안 갈취한 정황이 포착된 것이다. 당시 현장을 잡은 이는 예서 왕자를 비롯한 황태자 일행이었다. 범인 클로딘 그린은 착복한 현금 대부분을 산에 묻었다고 증언했다.

그러나 시몽의 병사들이 도착했을 때, 땅굴은 이미 누군가에게

털려있었다. 그는 그곳에서 발견된 단서를 황제에게 알리지 않고 간직했다. 그리고 서류에 꽂힌 명함을 보며 뒤늦게 깨달았다. 어쩌면 아주 오래전부터, 자신은 세작의 핏줄답게 행동해 왔다는 것을.

"…더할 나위 없이 훌륭한 생각이십니다만, 그자가 과연 따를까요?"

앞뒤를 빠르게 파악한 노인이 물었다. 공작은 고개를 주억였다.

"지킬 것이 있는 자는 무력해져. 독한 짓도 서슴지 않고 하게 된다네."

'약함'과 '악함'은 겨우 한 끗 차이였다. 시몽은 헛웃음을 흘렸다. 말해놓고 보니 자신의 이야기였다. 그가 일련의 끔찍한 행위를 실천에 옮긴 것은 집안을 지키기 위해서였다. 그간 사르네즈 가문이 일궈온 해운업만으로, 공작이 걸머진 식솔은 수천에 달했다.

거기에 수많은 영지민을 포함하면 책임은 끝도 없이 불어났다. 황제에게 치부를 잡혀 버림받는 일은 어떻게든 피해야만 했다. 그가 노인에게 서류를 건넸다.

"이자를 무대에 세우고 대가는 두둑이 지불하게. 그리고."

잠깐 문장이 끊겼다. 그는 뜨거운 김이 솟는 커피를 아무렇지 않게 들이켰다. 그리고 힘겹게 미소하며 말을 이었다.

"황도 수비대 부대장에게… 뤼엠 영주성을 치라고 전해."

소름 끼치는 적막이 흘렀다. 두 사람이 시선을 마주했다. 황제의 병력이 움직이면, 후작가의 기사단은 결국 무기를 들 터였다. 시몽이 노리는 건 바로 그 지점이었다.

그들은 성과 영지민을 지키기 위해 움직이겠지만, 상대가 황족을 대변한다는 점에서 결코 죄업으로부터 자유롭지 못할 것이다. 일단 대귀족의 검에 수비대가 피를 뿌리기만 하면, 그를 부풀려 반역으로 포장하는 작업은 어렵지 않았다.

"영주성에서 선공을 했다고 하면 되겠지. 증거는 적당히 만들 수 있을 테고."

"부대장님이라면 가능할 겁니다."

이미 요한 헤인스가 황실 근위대 수십을 학살했다. 거기에 후작가의 실책이 더해지면, 왕자는 물론 프랑수아 뒤엠도 지극히 위태로워질 것이다. 그들에게 유감은 없으나…

"폐하께서는 어찌 지내신다고 하던가?"

시몽이 침을 삼키며 화제를 돌렸다. 노인이 선선히 답했다.

"아들을 잃고 찾아온 세실 블랑케르 공작을 궁에 들여, 한동안 회포를 푸셨다고 합니다. 가까워진 두 분 사이에 황궁 시종장이 눈물을 보였다는 풍문이 돕니다."

"잘됐군."

공작은 고개를 끄덕였다. 정말로 그것뿐이라면, 잘된 일이었다. 그의 턱밑으로 화상 진물이 뚝뚝 떨어졌다.

* * *

12월 28일 저녁.

-휘이이잉…

'서부 해안 이상 없다'.

남는 천을 기워 만든 표지물이, 두 그루의 나무 사이에 가로로 길게 묶여 펄럭였다. 사르네즈 해운 직원들은 하얀 입김을 뿜으며 바삐 움직였다. 해운에 고용된 용병들도 제각기 무기를 갖추고 순찰을 돌았다. 항구는 상하선上下船하는 인파와 하역 인력, 화물 등으로 발 디딜 틈도 없었다. 신년 주간이 시작되자 모두가 조금씩 들뜬 얼굴이었다.

"이따 퇴근하면 우리 집에서 베네딕틴 한잔할 텐가?"

"월요일부터? 당신 주당인 줄은 알았지만 대단하네."

"뭐 어때, 신년 주간 아닌가!"

"그래, 좋지. 잠깐. 그렇게 귀한 약주는 어디서 난 거야?"

'으하하하!' 호탕한 웃음소리가 해안을 휘돌았다. 음산하고 추운 날씨였으나, 곳곳에 달린 색색의 깃발과 장식 덕분인지 설레는 기분이었다. 윗사람들의 분위기가 심상치 않았지만 연말연시이니 특별할 것도 없었다. 노을과 밤 자락이 섞인 겨울 바다는 아름다웠다.

"조용히 좀 웃어, 다른 해운 사람들이 쳐다보잖아."

"하루이틀인가? 어어, 저기 배 들어오는군."

아웅다웅하던 이들이 바다로 시선을 모았다. 그리고는 다가오는 배를 보며 동시에 인상을 찡그렸다. 유독 뾰족한 이물이 어쩐지 눈에 익었다.

"…어디서 많이 봤는데. 내가 착각하는 걸까?"

"뭐, 우리야 맨날 보는 게 선박 아닌가. 헷갈릴 수 있어."

직원들이 수군거렸다. 그들은 낯익은 배를 향해 신호봉을 흔들기 시작했다. 촤아아, 촤아아아…! 선체가 물살을 가르며 빠른 속도로 다가왔다. 어째 몸이 으슬으슬하고 기분이 묘했다. 두툼한 옷차림의 직원들이 무의식중에 촘촘히 붙어 섰다. 배가 가까워질수록 모두의 눈이 점점 커졌다. 불쑥, 누군가 장갑 낀 손을 들고 외쳤다.

"저거! 저기 고래 아녀? 큰 고래!"

"맞지? 내가 잘못 본 게 아니라 고래들이 뛰어오르는 게지?"

"고래가 배를 따라오다니. 십수 년 만에 보는 장관, 허어억-!"

직원 중 하나가 기절초풍했다. 그가 발견한 것을 다른 이들이 알아채지 못할 리 없었다.

"저, 저! 쇠붙이! 뱃머리에 검은 쇠붙이가 달렸다!"

"흐아악!"

"주신이시여!"

검은 충각衝角. 리에스테르 상선을 들이받아 부수는 북해 해적선들의 상징이었다.

"해적이다! 해적선이다!"

"해적들이 내려왔다!"

'으아아아!' 항구는 삽시에 아수라장으로 변했다. 새파랗게 질린 직원 일부가 내륙 방향으로 달아났다. 숙련된 이들은 겁먹은 와중에도 손님과 선원들을 질서정연하게 대피시켰다. 술 얘기를 꺼냈던 자가 재빨리 초소로 달려가 종을 울렸다. 뎅, 뎅, 뎅!

"해적이오! 모두 짐을 버리고 달아나시오! 해적이오! 모두…!"

"저리 썩 꺼져!"

-와당탕퉁탕!

그때, 누군가 직원을 거칠게 밀어뜨렸다. 여인은 난데없는 공격에 바닥을 뒹굴며 질겁했다. 설마 벌써 상륙한 강도들이—

"기, 기사님들!"

그녀가 입을 떡 벌렸다. 해적이 아니었다. 번쩍이는 갑주를 걸친 무리는, 해운의 용병들과 기세부터가 달랐다.

"지금부터 사르네즈 기사단이 적선을 상대한다. 네 녀석은 아랫것들이나 치워!"

"…예, 알겠습니다요."

여인이 이를 악물고 달려 나갔다. 기사단은 사르네즈 공작의 밀명을 받아 일사불란하게 움직였다. 어느새 해적선이 선석船席에 자리를 잡고 있었다. 호위하듯 따라붙던 고래 떼는 그새 물거품처럼 사라졌고, 갑판 또한 텅 비어있었다. 기사 몇이 능숙한 팔놀림으로 밧줄을 쥐고 돌리기 시작했다. 웅, 웅, 웅!

—휘리리릭, 철컥!

—철컥, 철컥!

거대한 갈고리가 선수머리에 척척 걸렸다. 해적선이 달아나지 못하게 발목을 잡은 것이다. 썰물처럼 빠지는 인파를 확인한 기사단장이 쩌렁쩌렁 외쳤다.

"크리스텔 아가씨! 당장 부인과 유모를 데리고 하선하십시오! 부친께서 심려가 크십니다!"

"…"

한참을 기다렸지만 돌아오는 답이 없었다. 기사들은 얼떨떨한 눈빛을 교환했다. 저것은 분명, 아가씨가 무테 변경백의 영지에서 약탈해 온 해적선이 맞았다. 날름 승선해 가출하시는 모습을 두 눈으로 똑똑히 본 게 얼마 전이었다. 아가씨 성격에 이토록 조용하실 리가 없었다. 설마…

-스릉!

-스릉, 스릉!

단장이 비장한 얼굴로 검을 뽑아 들었다. 부하들이 그를 따라 잽싸게 전투 자세를 갖추었다.

"도적이어도 달라지는 것은 없다! 즉시 투항해라! 감히 해적 따위가 공작님을 능멸하느냐!"

"허허, 해적 따위라."

맑은 음성이 울렸다. '딱!' 하고 손가락 튕기는 소리가 났다. 단장이 눈을 부릅뜸과 동시에-

-덜컹!

-철써덕, 철썩…!

커다란 해적선이 상하좌우로 요동치기 시작했다. 꼭 갈고리로부터 벗어나려는 움직임 같았다. 생물처럼 몸부림치는 선박 앞에 파도가 어쩔 줄을 몰라 했다. 단장이 이를 갈며 검을 고쳐 잡는데,

-파앗!

선체에서 선장 모자를 쓴 인영이 솟구쳤다. 눈에 보이지도 않는 속도였다. 입을 악다문 단장이 칼자루를 휘두르는 순간, 코앞에서 분홍빛 머리카락이 찰랑였다!

-파밧!

"아, 아가씨!"

쩌저저적! 듣기만 해도 이가 시린 소음과 함께 그의 양팔이 검째

얼어붙었다. 순간적으로 당황한 부하들이 입을 쩍 벌렸다. 크리스 텔은 급류처럼 부드럽고 신속하게 움직였다. 퍽, 퍼벅! 긴 다리로 한 놈을 걷어찬 뒤 반동을 이용해 뒤엣 놈팡이를 돌려 차고, 이제야 우르르 덤비는 것들 발밑에 고운 살얼음을 깐다. 고놈 잘 넘어진다, 우당탕!

"해적은 무엇이냐? 해적은 바람을 다스리고!"

-휘이이이…!

"으아악!"

후방에서 덤비던 병사들이 강풍에 낙엽처럼 날아갔다. 백발의 성 기사가 갑판에 나타났다.

"마른하늘에 게를 내리며!"

-아우우!

크리스텔의 품에서 짐승 우는 소리가 났다. 이어 하늘에서 난데 없이 꽃게가 쏟아졌다. 후두두둑!

"아야, 아야!"

"악, 따가워!"

"땅을 쪼개 달리며!"

-끼이잉!

쿠구구궁, 쩌적-! 사르네즈의 명물인 항구가 허망하게 두 쪽 났 다. 경악한 단장이 고함쳤다.

"안 돼! 무슨 짓을!"

"날카로운 검을 불꽃처럼 휘둘러 대륙을 가르고!"

-화르르륵!

무시무시한 화화가 기사단의 정수리를 덮쳤다. 흡사 태양이 떨어진 듯했다!

"으아악, 내 머리 탄다!"

"그 검을 날개처럼 다룰 줄 아느니!"

-삐이뽀오!

굴뚝새가 씩씩하게 답하며 누군가의 머리에 내려앉았다. 모든 이의 시선이 그곳으로 쏠렸다. 보라색 눈동자가 난감한 빛을 띠었다.

"유감입니다. 이렇게까지 하려던 건 아니…"

"가련한 왕자님을 돕는 게 바로 해적의 일이다!"

쓰러진 기사단 복판에 선 귀공녀가 우렁차게 선언했다. 그 모든 것이 순식간이었다. 사르네즈항이, 사르네즈 해적단에게 당했다.

* * *

리에스테르 황궁의 시종장, 로라 멘디.

-달칵!

"폐하!"

지체 높은 공작가의 둘째이자 황실의 충직한 종으로서, 그녀는 이토록 흥분한 적이 드물었다. 천여 명의 궁내 일손에게 그녀가 당부하는 건 언제나 한 가지였다.

'들썽거리지 마라.'

그 말엔, 프레데리크가 철부지 황녀이던 시절부터 로라가 궁에서 배운 모든 것이 녹아있었다.

서브 남주가 파업하면 생기는 일 6

"폐하. 즉시 나와 보셔야겠습니다."

"로라?"

그러니 오늘 같은 경우는 정말로 흔치 않았다. 앞으로는 빈도가 높아질지 모른다는 예감이 시종장의 뇌리를 스치고 지나갔다. 올가을에도, 동쪽 창천이 찢어지고 골렘이 준동하여 자신이 무도하게 황제의 집중을 깨지 않았던가. 컴컴한 시각이었다. 그녀의 두 상전 역시 '말미' 마지막 날을 맞아 휴식을 취하지 못하고 있었으나…

"급해 보여. 무슨 일 있니?"

추기경이 기다렸다는 듯 침의 차림으로 소파에서 일어났다. 간단히 들인 식사도 절반 이상 남긴 상태였다. 새벽부터 군사를 움직여야 하니 입맛이 도는 게 이상했다.

이곳은, 황제의 가장 은밀한 공간인 침실 곁방이었다. 평복에 가운 하나를 걸친 프레데리크가 미간을 찌푸렸다. 언제든 뛰쳐나갈 심산인지 그녀의 허리춤엔 보검 뒤랑달이 매여있었다.

로라가 마지막으로 이렇게 행동했을 때, 황제는 전국에 군사 대비 태세 명령을 내리고 황도에 통금을 걸어야만 했다. 부담스러운 엠마 코를레오네에게 먼저 연통을 넣기도 했다. 구멍 난 하늘은 알아서 복구되었으나 한동안 교황청과 신국에선 항의 서한이 빗발쳤다. 예상한 일이라고 해서 짜증스럽지 않은 것은 아니었다.

"이번에는 서쪽 하늘입니다."

"돌겠군."

'새로운 무기를 개발 중이라면 순순히 주신께 나아와 고백하라.'

'만약 신의 뜻에 반하는 행위로 천벌을 받은 것이라면, 그 또한

경계의 신전에서 고해하라.'

우습지도 않은 헛소리였다. 제국이 무기를 만들든 죄를 받든, 교황도 없는 교황청이 무슨 권위로 오지랖을 부린단 말인가? 결국 페네티안 왕실의 입김이 작용한 결과였다. 국왕의 정신이 오락가락하는 나라는 자신들의 내정이나 제대로 돌보는 게 맞았다. 황제는 가운을 벗고 나갈 준비를 했다.

"또 천공이 뚫렸나?"

"아닙니다. 그보다는 사소하지만…"

로라가 신속히 그녀의 시중을 들며 말했다.

"중하고 위급한 일입니다. 서부에서 해적선 한 척이 날아오고 있습니다. 황도 상공으로 느리게 접근 중이라는 황실 근위대의 급보입니다."

"…뭐가 날아온다고?"

"응?"

두 상전의 고개가 기울었다. 로라는 잠깐 입을 다물었다. 분명한 사실만을 전달했건만 어째서 이리 막막한 기분이 드는지 알 수 없었다. 중년인이 다시 침착하게 운을 뗐다.

"서부 해안에 출몰한 해적선이, 어둠을 뚫고 하늘로 떠올라…"

* * *

그 시각, 황도 중앙의 클레르 광장. 나무로 만든 소박한 무대에 한 여인이 올라와 있었다. 손에는 낡은 마도구 확성기를 든 채였다.

서브 남주가 파업하면 생기는 일 6

"그래서, 우리의 주먹꾼 영주님이! 잔 틸리에 남작님이 고대로 황제 폐하의 감옥에 갇히셨다는 말씀이올시다!"

-탈탈탈!

그녀가 다른 손에 쥔 콩 줄기를 거침없이 털어냈다. 누렇게 마른 콩꼬투리에서 쪼글쪼글한 콩알들이 마구 튀었다.

-화드득!

"와하하하!"

"잘됐네, 잘됐어!"

그러자 빼곡히 모인 인파가 폭소와 박수를 쏟아냈다. 세금을 5할이나 뜯던 악덕 영주가 잡혀갔다는 소식에 모두가 기뻐하는 낯이었다. 자신들의 일이 아닌, 먼 영지에서 벌어진 사건임에도 평민들은 쉽게 공감하고 울며 웃었다.

이는 제국에서 '콩마당질'이라고 부르는 행위였다. 지난 세월 쌓인 울화를 풀며 못 쓰는 콩 줄기를 털어내고, 깨끗해진 몸과 마음으로 새해를 맞는 리에스테르 백성들의 풍습이었다.

연말마다 클레르 광장에서 열리는 콩마당질이 특히 유명했다. 이 행사에 참여하고자 제국 각지에서 올라오는 백성도 상당수였다. 여인이 발개진 볼을 하고 외쳤다.

"그게 다 황태자 전하와 친우분들 덕분이오! 술집에서 방탕하게 놀고먹다가 싸움 붙은 영주님을, 태자 전하께서 아주 혼꾸멍 내주셨다는 것 아니겠소!"

"와아아아…!"

태자 이야기가 나오자 군중이 환희에 찬 함성을 내질렀다. 발표자는 생글생글하며 남은 콩대로 바닥을 툭툭 내리쳤다. 세드리크 리에스테르는 진실로 사랑받는 황위 후계자였다.

"참, 그렇지! 까먹었소이다. 제일 중요한 게 남았소. 예서 왕자님 이야기요!"

"오오오오!"

격렬한 반응이 이어졌다. 하얀 입김이 곳곳에서 솟아올랐다. 올 해의 콩마당질은 유독 열기가 뜨거웠다. 황도 거리는 그야말로 인 산인해였다. 모두가 귀마개와 목도리, 장갑과 모자 등으로 추위를 막고 있었다.

여름의 황태자 책봉식이나 전야제 때와 비교하면 적은 숫자였지 만, 순수하게 평민들만 모이는 행사가 이만한 규모로 진행되기도 쉽지 않았다. 월요일 저녁임을 감안하면 더욱 놀라운 참여도였다. '수확제'가 한 해의 고생을 위로하고 축하하며 다 같이 즐기는 행사 라면, 신년 주간은 묵은 회포를 풀고 새해의 소망을 기도하는 시간 이었다. 여인이 말을 이었다.

"저기 목말 탄 꼬마를 보니까 생각이 났네. 그 술집 사환 아이가 말하기를, 예서 왕자께서 영주님 일행을 친히 꾸짖으셨다는 거요! 근엄히 계셔도 되는 분이 기세 좋게 일장 연설을 하셨답니다!"

"크으으으…!"

짝짝짝짝! 이번에는 감탄을 담은 손뼉이 터져 나왔다. 싸구려 와 인을 마시던 이들이 술병이며 가죽 주머니를 건배하듯 치켜들었다.

"예서 왕자님 만세!"

"어허! 그런 소리 함부로 하면 잡혀가는 거 모르시오?"

누군가 외치자, 단상 위 여인이 짐짓 무섭게 다그쳤다.

'세상에!', '하하하하!'

섬찟한 농담에 일부가 경악하고 다수는 가가대소했다. 앙드레지 공자가 신국의 안녕을 기원하며 저지른 테러는, 제국에 이미 모르는 자가 없었다. 대부분은 범인이 왕자님에 대한 복수심으로 그런 짓을 벌였으리라 추측했다.

앙드레지 가문은 작위도 명예도 없는 빈털터리가 되었고, 백작 부부는 종신형을 선고받았다. 어린 테러범에게 남은 것은 재산뿐이었다. 치욕을 견디지 못해 자진하면서 귀하신 분의 품위에 먹칠을 하려던 게 분명했다.

"아, 벌써 시간이 다 됐다고? 알겠소. 난 이만 내려가겠소이다! 잊지 마시오. 신국의 왕자께선 사환에게 은화로 봉사료를 주는 분이라오!"

"우와아아!"

무대 바깥에서 신호가 있었는지, 여인이 콩을 버리고 허둥지둥 내려갔다. 은화 주는 손님이란 말에 구경꾼들의 입이 떡 벌어졌다. 어지간한 괴짜가 아니고서야(이를테면 남부의 뒤엠 후작 말이다), 높으신 분들이 평민에게 몇십 프랑 이상의 봉사료를 주는 경우는 드물었다. 모두가 예서 왕자님과 친구들을 주제로 이야기꽃을 피우는 동안, 단상에는 새로운 '마당질꾼'이 올라왔다. 뭇시선이 그에게 쏠렸다.

"…아, 안녕하세요."

남자가 마도구 확성기를 들고 더듬더듬 입을 뗐다. 덩치 좋은 청년은 추운 날씨에도 땀을 비 오듯 흘리고 있었다. 낯빛도 파리한 것이 무척 긴장한 모양이었다. 그가 한참 만에 말문을 열었다.

"저는. 저는, 모리스라고 합니다."

그리고 광장은 침묵에 잠겼다. 마당질꾼이 말을 잇지 않는 탓이었다.

'거 빨리 털어봐요, 애태우지 말고!'

누군가 고함쳤다. 드문드문 아기 우는 소리도 들렸다. 집에서 하는 콩마당질이야 몇 시간이고 자유롭게 떠들 수 있지만, 이런 큰 행사에선 한 사람당 끽해야 10분이 한계였다. 모리스는 울음을 삼키며 옆을 돌아보았다. 무대 아래의 진행 요원이 손짓하고 있었다. 서두르라는 뜻이었다.

"제가 여관을… 운영하고 있습니다. '르 시프르'라고 들어보셨을지 모르겠습니다."

"르 시프르? 유명한 가게인가?"

"어? 나 알아! 남쪽에 있는 그…!"

모리스가 자신의 직업을 소개하자, 웅성거림이 도미노처럼 퍼져나갔다. 남자는 송아지처럼 순한 눈을 질끈 감았다 떴다. 눈물은 땀에 섞여 삽시에 자취를 감추었다. 시든 콩 줄기를 잡은 팔이 부들부들 떨렸다. 입술도 마찬가지였다.

"하, 하사품, 착복 사건에 관해 아실 겁니다. 올해 그것 때문에… 난리도 아니었으니까요."

"알다마다. 거기 여관 주인이 대를 이어서 동네 주민들 하사품 뺏었잖아!"

"어유! 거기가 르 시프르$^{le\ chiffre}$인지 넝마$^{le\ chiffon}$인지 하는 데여?"

회중이 술렁였다. 무려 폐하께서도 신경을 쓰셨다는 대형 사건의 뒷이야기였다. 호기심을 억누르기란 불가능했다. 화자에게 열렬한 시선이 꽂혀 들었다.

"제 이모님이, 현행범으로 끌려가 나라님의 죄인이 되었습니다. 하, 하지만… 산에 묻어놓았다는 하사품이, 여태 발견되지 않았습니다."

"어이쿠!"

"그 많은 돈이 어디로 갔담?"

"거짓말한 거 아녀? 딴 데 꿍쳤겠지!"

수군거림은 끝도 없었다. 모리스는 간신히 문장을 쥐어 짜냈다. 온몸이 칼에 찔리는 것처럼 고통스러웠다.

"이 자리에서 털어놓고자 합니다. 그건 전부… 이모님이 후작가로 빼돌렸습니다. 프랑수아 뒤엠 후작님의, 영주성 말입니다. 죄다 거기에 바쳤습니다!"

"뭐?!"

충격적인 폭로였다. 귀 기울이던 군중의 얼굴에서 핏기가 사라졌다. 후작은 평민들 사이에서도 저명인사였다. 잊을만하면 저렴하고 놀라운 발명품을 내놓는 데다, 그가 지엄하신 폐하의 아낌을 받는 대귀족이자 황실 방계이기 때문이었다. 겨우 열아홉에 후작이 되어 가문을 이끈 비화悲話는 전국적으로 유명했다. 누군가 기어코 삿대질을 했다.

"이봐요! 근거는 있는 소리요!?"

"네! 있습니다. 후작님이, 후작님께서…"

"저 친구 큰일 나겠네. 저러다 끌려가지!"

모리스는 이를 악물며 확성기를 내렸다. 터진 입술과 혀끝에서 비릿한 피 맛이 났다. 그는 자꾸만 흐려지는 눈앞을 의식하지 않으려고 기를 썼다. 신벌을 받을까 무서웠다. 청년은 태어나 한 번도 이런 죄를 지어본 적이 없었다.

사지가 달달거리고 목구멍엔 뻣뻣이 힘이 들어갔다. 비록 부모님을 잃고 홀로 남았지만, 그는 뤼카 마을 주민들의 보살핌을 받으며 자랐다. 지금처럼 외롭고 괴롭기는 처음이었다. 불현듯 봄에 들었던 목소리가 귓가를 스쳤다.

'그동안 고마웠습니다.'

'황공합니다. 저야말로 신국의 왕자님을 모실 수 있어 영광.'

'아뇨, 저는 모리스에게 말한 겁니다.'

보라색 눈동자를 지닌, 마음씨 고운 왕자님. 이모의 폭정으로부터 마을을 구해주신 분들.

"흐윽."

차마 그런 귀인을 모함할 수는 없었다. '할아버지와 이모를 가석방하겠다'라는 협박을 들었어도… 사람이 이런 짓을 해서는 안 됐다. 그는 콩짚을 바스러뜨릴 듯 움켜쥐었다. 으름장이 현실이 된다 해도 괜찮을 것이다. 마을 대표인 마리와 테디가 건재하고, 주민들도 그때보다 훨씬 단단해졌다. 할아버지와 이모가 돌아와도 버틸 수 있을—

"헉."

서브 남주가 파업하면 생기는 일 6

그때, 모리스는 인파의 맨 앞에서 자신을 보고 있는 자를 발견했다. 전신에 소름이 내달렸다.

"서, 설마…"

상대는 두꺼운 로브를 뒤집어쓴 채, 얼굴을 가면으로 가리고 있었다. 그늘 아래 눈빛이 칼날처럼 서늘하게 번뜩였다.

"아…"

피지배자의 직감이 청년을 일깨웠다. 저자가 바로 악행을 사주한 '권력자'였다. 손가락 끝으로 마리와 테디를 해칠 수 있는 사람이, 코밑에서 자신을 감시하고 있었다. 모리스와 같은 소시민에게는 형용하기조차 힘든 공포였다. 그는 기어이 광기에 가까운 용기를 냈다.

"예서 왕자님의 내란을 돕는답니다!"

"…"

"…"

광장은 장례라도 치르는 양 조용해졌다. 매서운 겨울바람이 회중의 뺨을 스치고 지나갔다. 모리스가 진심인 것을 깨달은 이들이 하나둘 파랗게 질렸다.

"주신 맙소사! 저놈 끌어내!"

"저기요! 그게 무슨 뜻인지는 알고 말하는 거예요?"

"그게 참이오?!"

"황도 수비대를 불러요!"

"전부 사실입니다! 그, 전단지 못 보셨습니까? 클레르 광장에 떠돌던 종이요! 거기 쓰인 게 진짜라고요!"

모리스가 절규했다. 목소리가 쩍쩍 갈라지고 눈물이 펑펑 쏟아졌다. 진행 요원들이 헐레벌떡 무대로 올라왔다. 그는 미친 듯이 콩을 털며 비명을 질렀다.

"하사품을 후작가에 넘기면! 그 댁에서! 반역을 준비하는 데 돈을 썼답니다! 예서 왕자님이 오신 뒤로는! 남부에서 몰래 신국 병사를 키웠고요!"

"어어, 나 저런 말이 적힌 종이를 보긴 했어!"

그 순간.

-고오오오…

광장 상공에 거대한 그림자가 드리웠다. 달빛이 사라지고 순식간에 사위가 어둑해졌다. 수런거리던 인파는 즉시 밤하늘을 올려보았다. 그리고 경악했다.

"해, 해적선…!"

"흐아아악!"

-사아아아…!

동시에, 벚꽃을 닮은 수백만 개의 마나 알갱이가 무대 위로 모여들었다. 봄이 오는 듯한 착각이 들 만큼 아름다운 광경이었다. 고성을 지르던 군중은 두려움과 황홀함 섞인 눈길로 단상을 응시했다. 모리스는 물론 그를 진압하던 진행 요원들도 넋을 놓았다. 허공에 촘촘히 모인 마나 입자들이, 순식간에 두 개의 실루엣을 만들어 냈다.

-파아아아…!

[진정하세요, 모리스. 도와드리겠습니다.]

눈부신 금색의 광휘 속에서, 온화한 음성이 사방으로 울려 퍼졌다.

* * *

-사아아아…!

눈앞이 화사한 연분홍빛으로 물들었다가, 눈꺼풀을 들어 올릴 즈음엔 눈부신 금빛으로 가득 찼다. 프랑수아 후작의 마나와 내 에테르가 뒤섞인 결과였다. 그와 순간 이동을 함께했다가 기절한 경험이 있어서, 이번엔 율리터의 머리장식도 착용했다. 덕분에 가벼운 현기증도 없이 지상으로 내려올 수 있었다. 밤하늘의 해적선이 요한 경의 힘으로 은은하게 살랑였다.

"오랜만입니다. 잘 지내셨어요?"

내가 미소 지었다.

"예, 예서 왕자님…!"

모리스가 울먹이며 나를 불렀다. 창백히 질린 눈물범벅의 낯을 보니 마음이 좋지 않았다. 천천히 다가가자, 그를 붙잡고 있던 행사 도우미들이 질겁하고 찬 바닥에 머리를 조아렸다. 나는 숨을 조금 들이켜 성지의 크기를 줄였다. 스르르르…

"조심하십시오, 왕자님."

[걱정 마세요. 다들 일어나셔도 됩니다.]

프랑수아가 내게 속삭였고, 나는 그를 안심시키며 사람들을 달랬다. 서클을 전개한 데다 상공에서 지켜보는 친구들이 있으니 괜찮았다. 엎드렸던 이들이 주뼛주뼛 고개를 들었다. 모두의 입에서 구름 같은 입김이 새어 나왔다. 내가 모리스 앞에 한쪽 무릎을 꿇자,

"허어!"

"귀하신 분이 어찌!"

단상을 둘러싼 인파가 대경실색했다. 나는 그 반응에 흠칫하며 무대 밖을 돌아보았다. 끝도 보이지 않는 군중이, 파도타기를 하듯 앞에서부터 차례로 몸을 낮추고 있었다. 여간해선 보기 힘든 광경이었다. 음, 그러실 필요는 없는데…

"손을 좀 살펴도 될까요? 피가 나는 것 같습니다."

"아아…"

내 말에 모리스가 온몸을 덜덜 떨었다. 무슨 협박을 당했는지는 몰라도 공포에 질린 모습이 안타까웠다. 뤼카 마을 주민들은 줄곧 누군가의 압제에 억눌려 지냈고, 숨통이 트인 지 1년도 채 되지 않았다. 나는 울컥 솟는 화를 간신히 가라앉혔다. 이분들은 왜 또다시 이런 일을 겪어야 하는 거지?

"손, 손이."

"네, 접때 제가 치유한 손이잖아요. 사후 처리는 확실하게 해드려야죠."

부드럽게 말하자, 모리스가 그제야 생각났다는 듯 입을 벌렸다. 뒤엠 후작령으로 내려가다 묵은 여관에서, 그는 내 짐과 시중을 맡아 성실하게 일해주었다. 그날 먹었던 크레프 쉬제트는 요즘도 가끔 생각이 났다.

나는 모리스의 오른손을 조심스레 펼쳤다. 거친 콩짚에 쓸리고

손톱에 팬 손바닥에, 빨간 핏방울이 맺혀있었다. 마도구 확성기를 든 왼손은 다행히 다치지 않은 듯했다. 그대로 성지를 해제하고 빠르게 치유 서클을 전개했다.

　-우웅, 파아아아…!

　"오오오!"

　구경꾼들이 뒤로 넘어갔다. 너무 열렬한 반응이라 작게 웃음이 터졌다.

　[주신의 눈물로써 당신의 피를 거두겠습니다.]

　시동어가 깃들고, 푸른 서클에서 솟아오르는 에테르 알갱이에 다들 넋을 놓았다. 그러고 보니 평민들은 치유 신관을 만나기 쉽지 않다고 했었다. 지위 차이도 있고, 치료비가 몹시 비싸다고 그랬지.

　-사르르르…

　하늘빛 입자들이 부지런히 모여 그의 손바닥에 내려앉았다. 모리스를 낮게 해준 게 나의 첫 치유였는데, 그동안 치유력을 꾸준히 써서 컨트롤이 부쩍 늘었다. 한 해의 끝자락에 그를 다시 만난 것도 인연인 듯했다. 청년이 나를 보며 갈쌍한 눈망울을 끔뻑거렸다. 눈물이 주룩주룩 뺨을 적시고 입술 또한 파르르 떨렸다.

　"죄, 죄송합니다, 왕자님. 흐윽, 끅… 제가, 제가 죽을죄를 지었습니다. 감히 고귀하신 분을… 큰 벌을, 천벌을 받아 마땅합니다, 끅. 황공합니다…!"

　"모리스 잘못이 아닌 거 압니다."

　"그래도, 그래도 제가, 그런 말에 흔들려서… 끅. 저희를, 구해주신 귀인께,"

"사람 약점을 쥐고 흔드는 게 제일 나쁩니다. 다른 선택지가 없다는 걸 뻔히 알면서, 약자를 으르고 협박하는 자야말로 악한이에요. 그런 인간이 윗사람이면 더 나쁘고요. 자기 손을 더럽힐 각오도 안 된 비겁자들이죠."

내가 차분하게 말했다. 모리스는 멍하니 나를 바라보았다. 그가 정확히 무슨 일을 겪었는지는 모르지만, 황도까지 올라와 후작과 나를 헐어 말하는 까닭은 짐작이 갔다. '큿!' 우리의 대화를 듣던 행사 도우미들이 코를 먹고 눈물을 찍어냈다. 담요도 챙겨서 내려올 걸 그랬나.

"심려 마세요. 모리스도 충분한 보호를 받게 해드리겠습니다. 마침 황궁에 가던 길이거든요. 도착하면 바로 추기경 전하께 말씀을 올릴 겁니다. 두 어른께서 전부 조사하시고 도움을 주실 거예요."

"왕자님… 어찌 저 같은 것한테 이리…"

"예서 왕자님!"

그때, 인파 가운데 누군가 벌떡 일어나 나를 불렀다. 우리는 놀라서 고개를 돌렸다. 텁수룩한 수염을 기른 중년인이 꼿꼿이 이쪽을 응시하고 있었다. 프랑수아가 즉시 내 앞을 가로막았다. 다행히 그는 항해 중 몸이 많이 나았다. 여전히 메이스를 쥐고 있지만, 열은 깨끗하게 떨어졌고 비틀거리며 걷지도 않았다. 중년 남성이 입을 열었다.

"감히 여쭐 것이 있습니다. 허락해 주신다면 말씀을 올리겠습니다요!"

[예, 물어보셔도 됩니다.]

내가 신탁으로써 답했다. 목소리가 잘 안 들릴 듯싶어 마이크 기능을 이용했는데, 이를 들은 평민들이 또 기겁하며 허리를 숙였다. 내게 말을 건 남자도 험상궂은 얼굴을 씰룩였다. 쪼끔 무서웠다.

"지금 치료해 주시는 그자가, 왕자님 이야기를 했습니다. 왕자님과 뒤엠 후작님께서 내란을 준비 중이시라고 했습니다!"

으음, 나도 들었다.

"저는 어머니 리에스테르를 사랑하고, 목숨 바쳐 지킬 놈입니다! 조국을 위해 무엇이든 할 준비가 되어있습죠. 그러니 언감생심 죽을 각오로 여쭙겠습니다!"

"…"

휘이이이… 스산한 겨울바람이 클레르 광장을 가로질렀다. 거리 곳곳이 오밀조밀한 장식과 반짝이는 마법 조명으로 꾸며져 있었다. 크리스마스 같은 배경에 무거운 침묵이 섞이니, 분위기가 공포 영화처럼 가라앉았다. 남자는 목도리를 풀며 고함쳤다.

"정말로 그런 일을 벌이셨습니까?"

[…]

"여기 제 아내는, 최근에 광장에서 이상한 전단을 봤답니다. 헛소리인 줄 알고 넘겼는데 오늘 비슷한 얘기를 또 들은 겁니다!"

그의 음성이 드넓은 광장을 쩡쩡 울렸다. 몇몇이 목을 빼죽 내밀고 그를 바라보았다. 이건 당연한 결과였다. 절대다수가 믿어준다고 해도, 의심하는 소수를 지울 수는 없으니까. 자유로운 나라에서는 그러면 안 되는 거니까.

"게다가 머리에 쓰신 것… '희대의 악녀'가 쓰던 장식과 똑같은 모양 아닙니까. 제가 일자무식한 평민이지만 그 정도는 압니다요!"

그러자 시큰둥하던 이들도 움찔하며 나를 훔쳐보았다. 이건 내가 경솔했다. 거기까지 지적할 사람이 있으리란 생각을 미처 못했다. 시몽 드 사르네즈 공작은, 제국의 뿌리부터 불신을 심으려고 했다.

어린아이를 이용해 끔찍한 테러를 일으키고 나를 음해했으며, 직접 그 행사에 참석해 알리바이를 만들었다. 설마 피해자를 의심하지는 않으리라 여긴 것이다. 이어 황도 중앙 광장에 수백 장의 전단을 뿌렸다. 상대적으로 정보가 부족하고 속기 쉬운 평민층부터 흔들려는 계획이었다.

황태자에 따르면, 선전물은 고맙게도 헤릿과 산트가 전부 수거했다고 했다. 로베르 블랑케르를 이용해 기사화를 노리기도 했지만, 벨리아르 경의 무시로 실패했다는 이야기 또한 전해 들었다. 그러나 공작은 거기서 멈추지 않았다…

"대답해 주실 필요 없습니다, 왕자님."

후작이 잠시 생각을 끊어놓았다. 잘생긴 눈매가 근사하게 휘었다.

'고결하신 분께서 허황한 의혹에 몸소 대응하실 필요가 있겠습니까?'

나는 올려다본 그의 눈빛에서 다소간의 분노를 읽어냈다.

"…괜찮아요, 프랑수아. 제가 이야기하겠습니다."

그리고 결연하게 답했다. 이건 예서 왕자나 나만의 일이 아니었다. 지금 눈앞에 있는 미남자도, 그의 가족인 뒤엠 후작가도 이번 일로 엄청난 피해를 입었다. 반역이니 내란이니 하는 누명뿐만이

서브 남주가 파업하면 생기는 일 6

아니다.

에르베 경은 부하로 들인 황실 근위대를 본인 손으로 처단해야 했고, 프랑수아는 아픈 몸을 이끌고 나를 빼돌리기 위해 제후국까지 다녀왔다. 동행해서 온갖 험한 꼴을 본 마리아는 말할 것도 없다. 이 순간에도 황도 수비대와 대치하며 전전긍긍하고 있을 앙투아네트와 테레즈는 또 어떻고.

10년 넘게 사르네즈 공작을 믿고 의지한 이자벨과, 그의 배신에 분명히 충격받은 크리스텔은? 이들의 고통은 누가 보상해 준단 말인가? 거기에, 두 아들을 잃고 다시 한번 수난을 겪는 베랑 남작 가문이 있다. 세상의 행복을 몽땅 선물 받아도 모자랄 분들이었다. 선행만 베풀던 가족이 어째서 한겨울에 이런 수모를 당해야 하지?

[저와 프랑수아 뒤엠 후작은, 리에스테르 제국과 황실에 아무런 죄도 짓지 않았습니다.]

목소리는 조금도 떨리지 않고 흘러나왔다. 나는 눈을 또렷이 뜬 채 질문자를 응시했다. 그의 목울대가 꿀렁 움직였다.

[부인이 전단에서 보았을 베랑 남작가도 마찬가지입니다. 그분들은 위니테강으로 흘러오는 신국의 난민을 구조해 돕고 있습니다. 보육원을 지어 아이들을 보살피고, 죽어가던 길고양이를 10년 넘게 건강히 키워주실 만큼 따뜻한 분들이에요. 폐하께 부끄러운 행동은 추호도 한 적 없는 명예로운 집안입니다.]

"…"

[그러니 제 대답은 하나입니다. 주신께 맹세코 우리는 결백합니다.]

나의 말이 광장 구석구석까지 닿았다. 질문을 던진 중년인과 묵묵히 시선을 맞추고 있는데,

-끼루루룩…!

하늘에서 매 우는 소리가 메아리쳤다.

우리는 눈을 휘둥그레 뜨고 고개를 치켜들었다.

* * *

"주신 맙소사, 이거 꿈인가?"

"아이고, 어머니…!"

클레르 광장이 경이와 숭배의 도가니로 변했다. 인파에 숨어있던 시몽 드 사르네즈는 자신의 감각을 의심했다.

"밀지 마, 밀지 마요!"

"저, 저건! 아리안이시여!"

화상으로 기어이 오른 눈의 시력을 잃은 것은 아닌가, 짓무른 오른쪽 귀가 먹어버린 것은 아닌가 싶었다. 평민들의 기도와 경탄이 정신없이 귓전을 때렸다. 모두가 자리에서 일어나 서로를 떠밀고 잡아당겼다. 계획에 없던 일의 연속이었으며, 공작에게는 그저 끔찍한 혼란이었다.

-끼루룩…!

-펄럭, 펄럭, 펄럭!

자줏빛이 도는 진홍의 새가, 불타는 듯한 날개를 나부끼며 강림하고 있었다. 긴 꽁지깃이 금색과 녹색과 적색으로 호사스레 반짝

거렸다. 머리 꼭대기에선 공작 깃보다 크고 화려한 청색 장모가 흩날렸다. 한 번 날갯짓을 할 때마다 인파와의 거리가 훅훅 가까워졌다. 군중 수천의 턱이 쩍 벌어졌다. 누군가 기어코 손가락질을 하며 외쳤다.

"불사조다! 불사조가 나타났다!"

"우와아…!"

"황제 폐하 만세!"

어마어마한 소음이었다. '불사조'는 성서에나 등장하는 주신의 말벗이었다. 건물 안에 있던 이들이 신분 고하를 막론하고 기적을 목격하고자 뛰쳐나왔다. 공작은 얼굴을 덮은 가면을 세게 짓눌렀다. 이런 난리통에 계속 있다간 민낯이 드러날 것만 같았다.

"와아아아~!"

이어 고막이 터질 것 같은 함성이 폭발했다. 시몽은 오만상을 쓰며 무대를 바라보았다. 그리고 경악했다.

–팔락…

곱게 날개를 접은 불사조가, 왕자의 팔뚝에 자리 잡고 있었다. 그는 놀란 표정이었으나 이내 새를 보며 아름답게 웃었다. 독수리만한 불사조는 애교라도 부리듯, 왕자와 이마를 맞대고 연보랏빛 석영 같은 눈을 감았다. 한쪽 날개를 펼쳐 그의 뺨을 감싸기도 했다.

"왕자께서 성스러운 은총을 받으셨다!"

"방금 진실을 말씀하신 게야! 주신께서 증명하신 거라고!"

"안 보여! 앞에 좀 숙여!"

피가 식는 기분이었다. 바로 그때였다.

"프레데리크 리에스테르 황제 폐하와, 오렐리 부티에 추기경 전하 납시오!"

까마득한 후방에서 우렁찬 목소리가 울려 퍼졌다. 군중은 약속이라도 한 듯 일시에 뒤를 돌아보았다. 시몽은 그럴 리가 없다고 생각하는 한편 본능적으로 긴장했다. 참으로 신기하게도, 그런 말도 안 되는 문장을 거짓부렁이라 지적하는 이가 한 명도 없었다.

감히 누구도 참칭할 수 없으며, 쉬이 언급할 수 없는 존명. 그것이 리에스테르 황가의 위엄이었다. 우르르… 군중이 발을 놀려 파도처럼 갈라지는 소리가 선연했다. 당연히 누군가의 질 낮은 농담일 터인데. 분명 그러할 것인데.

"리에스테르 제국 만세."

"주신이시여…"

곳곳에서 앓는 소리가 터져 나왔다. 왕자가 기적을 일으켰을 때와는 본질적으로 다른 반응이었다. 거리를 메운 인파가, 뒤에서부터 차례로 무릎을 꿇고 얼어붙은 맨땅에 이마를 댔다. 숨조차 편히 쉬지 못하고 등을 바들바들 떨었다. 벌써 울음을 터뜨리거나 긴장으로 헛구역질하는 이들도 보였다.

-펄럭, 펄럭!

이건 불가능했다. '그녀'는 이런 천한 곳까지 내려와선 안 되었다. 그런데 어째서.

"황실의 문장…"

그가 망연히 중얼거렸다. 암적색 벨벳과 금실로 꾸민 황가의 깃발이, 겨울바람에 웅장한 칼춤을 추고 있었다. 한등寒燈처럼 타오르는 체리색 눈동자가 보였다. 공작은 엎드러진 채 전율했다.

–뚜벅

프레데리크 리에스테르가 광장의 중심으로 발을 내디뎠다. 그와
동시에,

–사아아아…

그녀의 발치에 튤립이 피어나기 시작했다. 선명한 보라색이었다.

* * *

정신이 하나도 없다.

"아이고, 어머니!"

야밤에 이게 웬 난리인지 모르겠다.

"밀지 마, 밀지 마요!"

"우와아아…!"

클레르 광장은 삽시에 아수라장으로 변했다. 모리스와 행사 도우
미들이 무대 구석에 쪼그려 바들바들 떨고 있었다. 나는 팔뚝에 앉
은 새를 보며, 곁사람에겐 들리지 않을 만치 작게 속삭였다.

"너… 뚝심이 맞지?"

–끼룩

그러자 누가 봐도 불사조처럼 생긴 녀석이 고개를 갸웃했다. 똥
그란 눈은 뚝심이의 본체인 '비렴의 방주'와 똑같은 빛깔이었다. 익
숙한 몸놀림으로 내 팔에 자리하는 것도 그렇고, 이렇게 커졌으면
서 귀여운 척 몸통을 실룩거리는 것도 그냥 정뚝심이었다.

프랑수아 후작이 연분홍색 눈을 불길하게 번쩍거렸다. 당장이라도 날짐승의 요모조모를 뜯어보고 연구할 기세였다. 나는 그를 모르는 체하고 다시 소곤댔다.

"굴뚝새 말고 다른 새로도 변할 수 있었어? 왜 그동안 형한테 말 안 했는데?"

－끼루루

심지어 성서에 나오는 새라니. 주신교에서 '불사조'는 신수나 신물이 아니었다. 그는 주신을 보좌하며 그녀의 외로움을 달래주는 일종의 신격神格으로, 신의 분신이나 그릇 조각 등으로 해석되는 경우가 많았다. 어째서 이런 모습을 취했는지는 대충 알겠지만, 갑작스럽고 놀라운 마음은 숨길 수 없었다. 녀석은 시침을 뚝 떼며 부리로 날개깃을 정리했다. 어쭈구리.

"너 나중에 궁에서 형이랑 얘기 좀 해."

－끼룩, 켓!

그러자 새가 말대꾸하려다 기침을 했다. 나는 관중의 눈치를 보며 재빨리 녀석을 살폈다. 추운 날씨에 감기라도 걸렸나 싶어 걱정이 됐다. 불사조가 순순히 입을 벌렸다. 부리 안쪽이 노란 것도 뚝심이와 판박이였다.

－켁, 켓! 삐이!

"어우, 다 들키겠네."

독수리만 한 녀석이 기어코 굴뚝새 소리를 냈다. 프랑수아가 목을 기울였다. 나는 다급히 꼬마의 부리를 두 손가락으로 닫아주었다. 그랬더니 이번엔,

-사르르…

불사조의 왼쪽 날개가 연보랏빛을 내며 줄어들기 시작했다! 아픈
게 아니라 실시간으로 신력이 떨어지는 모양이었다. 나는 입을 떡
벌렸다. 이변을 눈치챈 후작이 잽싸게 한 걸음 다가와 상황을 가려
주었다. 얘 지금 한쪽 날개는 굴뚝이다!

"아직 기운 회복도 안 됐는데 무리하니까 그렇지. 쪼끄만 게 온
제국을 쏘다녔다며."

내가 조곤조곤 다그쳤다. 그러자 신비롭던 눈동자가 초콜릿처럼
까맣게 변하고, 오른쪽 눈 위엔 특유의 하얀 털이 생겨났다.

-삐잉

뭐가 맘에 안 든다는 투였다. 나는 한숨을 삼키며 녀석의 조그마
한 등을 달래듯 쓸어주었다. 그래, 섬기는 주인도 없이 힘을 써댔
으니 고됐을 것이다. 혼자 외롭기도 했겠고.

"고마워, 너무 애썼어. 가서 푹 쉬자. 낮잠도 자고 해바라기도
하고."

-삐이

그제야 녀석이 내 어깨에 머리를 비볐다. 그때쯤 소동은 더욱 커
졌다.

"프레데리크 리에스테르 황제 폐하와, 오렐리 부티에 추기경 전
하 납시오!"

"뭐?"

나는 귀를 의심했다. 하지만 누군가의 장난이라기엔 목소리에 권
위가 있었고, 실제로 광장의 군중은 홍해처럼 갈라지고 있었다. 시

선이 마주친 후작 또한 크게 놀란 눈치였다. 사르네즈항을 통과한 해적선이 줄곧 하늘을 날아왔으니, 황궁에 우리 소식이 닿았으리라 예상은 했다. 그래도 그렇지. 광장까지 몸소 행차하실 줄은…

-뚜벅

이내 날렵한 부츠 앞코가 모습을 드러냈다. 나는 뚝심이를 끌어안고 황급히 몸을 낮췄다. 후작도 예를 다해 허리를 숙였다. 리에스테르에서 가장 귀한 사람이, 가장 낮다고 일컬어지는 곳에 임했다. 제국의 모든 이가 그녀 앞에 머리를 조아리는 순간이었다.

-사아아아…

"저게 무슨."

나는 일단 입부터 틀어막았다. 무대로 나아오는 그녀의 길목에, 보라색 튤립 송이들이 길게 자라나고 있었다. 충격으로 턱이 자꾸 벌어졌다. 천 년 동안 여러 각색이 덧대어졌을 아리안과 필리프의 설화도 이만큼 극적이진 않았다. 저 꽃은, 황궁의 튤립 후원에서만 자라는 주신의 축복이자 대륙 신앙의 상징이었다. 누가 봐도 길조요 기적이었다.

"아니…"

대체 무슨 일이 벌어지고 있는 건데?

-쿠웅! 쿠웅!

"억!"

깜짝 놀라 어깨가 들썩였다.

-콰앙! 쿵!

눈은 몇 번이나 깜빡였는지 셀 수도 없었다. 상공의 해적선에서 뛰어내린 성기사 셋과 에르베 경이, 일반인 친구들을 안고 무대에 착지한 것이다. 누가 주인공 일행 아니랄까 봐 엄청 요란하네!

"세상에!"

"아유, 아유…"

바닥에 엎드린 인파가 급격히 술렁거렸다.

'아아!'

혼절하는 이들도 더러 눈에 띄었다. 일생에 한 명의 황족을 만나는 것도 가문의 영광이라고 말하는 땅에서, 무려 황제와 황태자를 한날한시에 목격한 것이다. 게다가 돛짬에선 전설 속의 보랏빛 튤립이 피어나고 있었다. 사람들이 정신을 놓거나 숨을 몰아쉬는 것도 이해가 갔다. 나는 엘렌을 내려주는 크리스텔에게 속닥속닥 물었다.

"애들은요?"

"배에 남았습니다. 품에서 자꾸 빠져나가더라고요. 내려올 생각이 없는 것 같습니다."

그녀가 황제를 향해 정중히 예를 차리며 속살거렸다. 나는 조심스레 밤하늘을 올려보았다. 내려올 생각이 없다고? 페리가 사람 많은 곳을 안 좋아하긴 하는데…

-끼흥

찰나, 데미의 웃음소리 비슷한 것이 들렸다. 뱃머리 끝에서 앙증맞은 두 귀가 팔랑였다. 내 눈이 서서히 커졌다. 벼락같은 깨달음이 정수리를 때렸다!

"…말도 안 돼."

저게 너희가 벌인 짓이야? 보라색 튤립은 못 피운다고, 그렇게 어르고 달래도 눈 하나 깜짝 안 하더니 전부 거짓말이었어? 그동안 내 앞에서 연기한 거야?

"와, 뒤통수…"

나는 마른세수하며 고개를 숙였다. 우리를 돕기 위해 어마어마한 연출을 해주는 건 진심으로 고맙지만, 눈에 넣어도 안 아플 레서판다들이 지금껏 나를 속였다니 충격이 컸다. 혹시 내가 연기를 못 한다고 생각해서 처음부터 모르게 하고 판을 짰다거나… 아냐, 거기까지 나가진 말자.

시야가 어질어질한 와중에 조각상처럼 예를 차린 세드리크 태자가 눈에 들어왔다. 나는 뚝심이를 보듬으며 녀석을 잠깐 노려보았다. 메인 남주라는 놈이 애들한테 여우짓을 가르쳤나?

* * *

같은 시각, 뒤엠 후작령의 영주성.

"괜찮아. 큰오빠와 작은오빠가 지금쯤 폐하를 만나고 계실 거란다! 정말로…"

앙투아네트는 테레즈를 품에 안고 아무렇지 않은 목소리를 냈다. 막내의 부드러운 머리칼이 손끝을 타고 흘러내렸다. 자신은 아이의 '하나뿐인' 큰언니였다. 큰오빠가 이대로 결혼하지 않고 지내면, 근위대장으로 은퇴하고 싶어 하는 작은오빠 대신 후작가를 이을 사람 또한 자신이었다.

서브 남주가 파업하면 생기는 일 6

그러니 무슨 일이 있어도 굳건해야 했다. 누명이 억울하고 이별이 가슴 아파도, 쉽게 흔들려서는 안 됐다. 설령 후작가의 충성스러운 기사단이, 끝내 황도 수비대와 충돌하게 되었다 하더라도.

-다각, 다각, 다각…!

-히히힝!

테레즈가 어깨를 움찔했다. 성을 떠난 군마의 울음이 창밖으로 멀어지고 있었다. 자매와 함께 거실에 모인 베랑 가족도 서로의 손을 맞잡았다. 안 베랑 남작 부인이 앙투아네트를 불렀다. 침착하고 다정한 목소리였다.

"공녀, 이리 오세요. 같이 기도하시지요."

"…"

'그게 소용이 있을까요? 주신께서 이대로 저희를 저버리시는 건 아닐는지요?'

그렇게 묻는 대신 앙투아네트는 고개를 끄덕였다. 아직 어린 막냇동생을 생각해서라도 비관적인 마음은 먹지 않아야 했다. 이윽고 두 공녀와 세 가족이 한곳에 둘러앉았다. 파브리스 베랑 남작이 먼저 눈을 감고 기도를 올리기 시작했다.

"주신이시여, 부디 신성한 변덕을 거두시어 결백한 당신의 자식들이 고통받지 않게 하시고…"

실내가 따뜻한데도 테레즈는 자꾸만 몸을 떨었다. 이를 발견한 소남작 엘로디가 벽로 옆 주전자에서 차를 따라 건넸다. 두 소녀의 눈길이 마주쳤다. 작은 입꼬리가 동시에 살며시 올라갔다.

앙투아네트는 엘로디의 어깨에 자신의 숄을 둘러주었다. 문득 바보처럼 낙관적인 생각이 그녀의 머릿속을 스쳤다. 괜찮을 거라고. 우리가 이렇듯 서로를 믿고 기대며 간절히 소망하니, 내일은 분명 괜찮아질 거라고.

"앙투아네트."

그때, 누군가 다급히 거실로 들어왔다. 기도가 끊기고 시선이 한데 모였다. 앙투아네트가 화드득 자리에서 일어났다.

"마리엘?"

"성에 평민 손님이 찾아왔어. 한데 우리 손님들과 아는 사이라고 해."

마리엘이 앙투아네트의 손을 잡으며 빠르게 말했다. 그녀는 뒤엠 후작가의 치유 신관, 공녀의 소꿉친구이자 종교적 반려였다. 앙투아네트가 고개를 기울이며 친구의 어깨 너머를 살폈다. 잔뜩 상기된 얼굴의 뱅자맹과 가나엘이 보였다. 그리고…

"안녕하세요, 공녀님. 저는 프랑수아 후작님의 영지민 되는 로랑스 콩데라고 합니다. 쥘리에트 궁에서 일하는 주방장이기도 합지요."

쉰 살 정도 되어 보이는 여인이 그녀에게 절을 올렸다. '주방장 로랑스'의 이야기라면 앙투아네트도 건너 들어 알았다. 그녀는 예서 왕자님이 틈만 나면 칭송하는 인재이자, 다채로운 메뉴와 뛰어난 손맛으로 소문난 요리사였다. 하지만 그런 이가 큰오빠의 영지에 적을 두고 있는 줄은 몰랐다.

"반갑네. 이 시간에 성까진 무슨 일로…"

"로랑스의 가족과 이웃이, 후작령을 위해 하고 싶은 일이 있다고 합니다."

뱅자맹이 차분히 설명했다. 앙투아네트는 그를 한 번 보고, 로랑스를 돌아보았다. 중년인의 눈빛에 비장함이 깃들었다.

"공녀님, 영지민들도 지금 상황을 대강 압니다. 아주 자세히는 모르지만 깜깜하지도 않지요. 후작님 안 계시고, 예서 왕자님 오셨다 가셨고, 수비대는 턱밑까지 내려와 있고… 저희도 알음알음으로 들었습니다. 황실 근위대라는 자가 영지로 넘어와서 칼 휘두르는 걸, 기사님들이 몸 바쳐 잡아주시는 것도 똑똑히 봤지요."

로랑스가 치맛단을 쥐고 또박또박 말했다. 한쪽 손에는 고운 꽃다발이 들려있었다. 앙투아네트의 안색은 시시각각 어두워졌다. 두 오빠의 빈자리를 채우겠노라 안간힘을 썼는데, 결국은 이렇게 됐다. 힘없는 영지민들에게 불안이나 안겨주는 대귀족이 되고 말았다. 한없이 부끄러웠다.

"…유감이네. 허나 후작님의 기사단이 있으니 영지민의 안전이 위협받는 일은 없을,"

"그러니 저희도 나서겠습니다."

"뭐?"

앙투아네트의 눈이 접시만 해졌다. 로랑스는 말을 멈추지 않았다.

"얘기를 들어보니까요. 기사님들이 싸우고 싶어도 제대로 못 싸우는 게, 수비대가 폐하의 군대라 그렇다고 했습니다. 거기 맞서면 나라님께 대드는 꼴이 되어버린다고요."

"전투는 이미 막을 수 없네. 수비대의 선공이 있었어. 위험하니 자네들은 문을 걸어 잠그고 집에 있게. 오후까지 통행 금지령을 내릴 것이야."

"저희가 맨몸으로 같이 나가면 공격을 못 하겠지요."

"…"

숨이 턱 막혔다. 공녀는 마리엘의 손을 꼭 쥐었다.

"왜냐하면요, 공녀님. 폐하께서 그런 짓을 아주 싫어하시지 않습니까. 갑옷 입은 자들이 무기 없는 자를 공격하고, 윗사람이 아랫사람 괴롭히고. 그런 것만 보면 치를 떠시잖아요. 저도 황궁 일손이라 잘 압니다. 제아무리 수비대라도 백성에게 칼을 휘두르는 망나니짓은 못 하지요."

말도 안 되는 논리였다. 수비대의 횡포를 막고자 무력한 민간인을 방패로 내세우는 건, 뒤엠 가문의 사전에 있을 수 없는 일이었다. 앙투아네트가 즉각 고개를 저었다.

"허무맹랑한 소리 말고 돌아가게."

"저희 콩데 가족만 해도 300명이어요. 딸 결혼식을 한다고 전국에서 모였거든요."

"그런 경사가 있는데 어찌 목숨 걸 생각을 해."

"후작님이 저희 같은 것 구한다고 목숨 거신 게 몇 번인데요, 공녀님."

순간 울컥하고 목이 멨다. 영혼을 감싸는 마리엘의 온기가 느껴졌다.

"매년 마수 대토벌 때마다 싸우지도 못하는 저희를 초대해서 함께해 주시지요. 봄에는 가뭄 걱정, 여름이면 수해 걱정. 영지 귀퉁이까지 나오셔서 농지 둘러보시는 걸 저희가 다 알아요. 성 밖에서 엉뚱한 발명품 실험하시는 것도 오며 가며 늘 봅니다. 저희 주려고 만드시는데 어찌 모르겠습니까."

"…"

"공녀님. 왕자께선 어제 우리 딸 결혼한다고 예물을 해주셨어요. 포털 요금도 내주시고, 예식 비용까지 대주셨습니다. 휴가도 몇 주나… 이런 은혜를 살면서 어찌 다 갚을까요."

로랑스의 목소리가 기어코 축축해졌다. 문장 끝에 파르르 한숨이 섞여 들었다. 그녀는 쥐고 있던 부케를 앙투아네트의 품에 바쳤다.

"딸하고 사위는 요즘 살맛이 난답니다. 동네 이웃들 잘 챙겨주는 영주님 식구들도 참 좋고, 엄마 잘 챙겨주는 왕자님도 참 좋다고. 늘 이랬으면 좋겠다고요."

"자네들."

"하니 이곳을 함께 지키게 해주셔요. 저희가 원합니다."

여인이 통통한 손등으로 뺨을 닦아냈다. 가나엘이 그녀에게 손수건을 건넸다. 이번에는 테레즈가, 곁으로 다가와 큰언니의 목을 끌어안았다. 앙투아네트는 웃음과 울음을 동시에 터뜨리며 고개를 끄덕였다.

* * *

프레데리크 리에스테르는, 이와 비슷한 장면을 역사서에서 본 적이 있다.

"재미있군."

"응."

그녀의 혼잣말에 오렐리 부티에가 부드럽게 응수했다. 영혼이 이어진 사이에 자세한 설명은 필요하지 않았다. 두 사람의 눈앞엔 '율리터의 머리장식'을 쓴 아름다운 신관이 서 있었다. 그의 곁에는 둘, 아니, 세 명의 성기사가 함께했다.

오래전 파국을 불러왔던 여인과 다른 점은 또 있었다. 그들 중 누구도 제국과 황족을 공격하고자 무기를 들지 않았다. 일행은 오히려 무력이 없는 자들과 근위대장, 그의 형이자 황실 방계인 대귀족 등으로 이루어져 있었다. 거기다 황제의 귀한 아들까지.

"저 녀석들이 훗날 우리 뒤를 잇겠지."

"새삼 실망했어?"

오렐리가 농담을 던졌다. 황제는 피식하며 무대로 걸어갔다. 두 여인이 발을 뗄 때마다 보랏빛 튤립이 땅에서 일어나 잎을 흔들었다. 뽀얀 입김이 흘러나오는 겨울이었으며, 이만한 주신의 역사役事는 수백 년에 한 번 있을까 말까 한 일이었다.

'율리터 스타티아의 침공' 당시엔 당연히 이런 기적이 벌어지지 않았다. 둥근달 옆에 걸린 해적선 따위도 없었다. 그건 그저 지독한 비극이었으니까.

-뚜벅

"지상에 강림하신 태양과, 존귀하신 추기경 전하를 뵙습니다."

그들이 무대에 오르자, 에서 왕자가 공손히 인사를 올렸다. 품에 안은 불사조가 눈알을 또록또록 굴리며 둘을 바라보았다. 어찌 낯익은 눈빛이었다. 황제는 코웃음을 쳤다.

"운이 좋았군. 간신히 지각은 면했다."

"황공합니다."

"프레데리크가 성격이 급하기도 하고."

추기경이 황태자의 뺨을 한 번 쓸어주며 다정히 덧붙였다. 반려가 흘겨보는 것이 느껴졌지만, 그녀는 오직 사실만을 말했을 따름이었다. 황실 근위대나 황도 수비대만 보내도 되는 일을 직접 나가 보겠다고 한 건, 다름 아닌 프레데리크였다. 오렐리가 춥고 야심한 시각에 모피 외투를 걸치고 동행한 이유 또한 분명했다. 그녀는 망설이지 않았다.

-파아아아…!

황홀하도록 눈부시고 거대한, 추기경의 성역聖域이 펼쳐졌다.

"오, 맙소사!"

"아아아…!"

예고 없는 신력의 폭발에 관중 수십 명이 기절했다. 지극히 평범한 이들에게, 주신의 손길과 추기경의 힘은 크게 다를 바가 없는 이변이었다. 차르르…! 황금색 에테르 줄기가 곳곳에서 샘물처럼 솟으며 춤을 추었다.

반려인 프레데리크의 영혼이 강렬하게 공명했다. 오렐리는 그녀에게 미소를 보낸 뒤, 다시금 자신의 제자를 돌아보았다. 맑고 깨끗한 보라색 눈동자에 금빛이 남실거렸다. 단호하면서도 자상한 음성이 울려 퍼졌다.

[물을게.]

"무엇이든 성실히 답하겠습니다, 전하."

사랑스러운 아이가 말했다. 추기경은 베이지색 눈동자를 상냥하게 휘었다.

[네가 뒤엠 후작가와 베랑 남작가를 이끌고 내란을 꾸미고 있다는 것이 사실이니?]

그렇게 말하는 시선에는, 티끌만큼의 의심도 깃들어 있지 않았다. 되레 이것은 몹시 우스운 장난처럼 느껴졌다. 꼭 귀애하는 제자와 연극을 하는 기분이었다. 세상이 멈춘 것 같은 침묵조차 가벼웠다. 이내 왕자의 눈꼬리가 사르르 접혔다. 같은 마음이라는 뜻이었다. 오렐리는 지금껏 여러 차례 제자를 시험해 왔다.

맨 처음 그녀는 왕자의 힘에 관해 질문했다. 아이가 '경계의 신전'에서 신물을 훔쳤는지를 알고자 했다. 이후 예서의 선함을 믿게 되었지만, 그것과 별개로 적국의 왕족이자 볼모인 청년을 신뢰하기까지는 얼마간의 시간이 필요했다. 황실의 사람이라 여기게 된 후에도 아이가 거짓을 고하지 않았는지 재차 물어야 했다. 제국 땅에서 성석과 햇무리초가 발견될 무렵이었다.

'미안해, 왕자님. 한 번은 확인을 해야 했어.'

'괜찮습니다. 이해합니다.'

그때는 진정으로 안쓰러웠다. 고운 마음에 상처를 주었을까 걱정이 됐다. 하지만 지금은, 달랐다.

"아니요. 저와 제 친구 중 누구도 그런 일을 계획하지 않았습니다."

이것은 참과 거짓을 구분하는 고해가 아니니까.

"저희는 리에스테르 제국을 진심으로 좋아하거든요. 이곳 분들도 좋아하고요. 여기서 행복합니다."

[그렇구나.]

혹시나 하며 그녀의 제자를 떠보는 게 아니니까.

[주신께서는 이자의 기만을 용서하여 주십시오.]

그저 알고 있는 사실의 재확인일 뿐이라서.

"…"

[…]

이윽고 중년인이 환하게 웃었다. 왕자 역시 그녀를 보며 함박웃음을 지었다. 성역은 어떠한 에테르 반응도 보이지 않았다. 어떤 적막은 이토록 반갑고도 감사했다. 모두가 예상한 일이었다.

"이리 온."

그녀가 양팔을 뻗었다. 예서 페네티안은 조금도 머뭇거리지 않고 스승의 품에 깊이 안겼다. 그러자 기다렸다는 듯-

"와아아아!"

"우와아아…!"

클레르 광장이 떠나가라 함성이 터져 나왔다. 잠옷 차림으로 발을 동동 구르며 나와있던 백성들은 환호성을 내질렀다. 모두가 벌떡 일어나 목도리를 풀어 흔들고 휘파람을 불었다. 털모자와 나이트캡 수백 개가 하늘로 솟아올랐다. 콩마당질이 시작될 때만 해도 수천이었던 인파가, 이제는 1만에 달했다. 누구도 잠들지 못할 만치 귀가 따갑고 성대한 축제였다.

"리에스테르 만세! 만세! 만세-!"

"황제 폐하 만세! 태자 전하 만세!"

"추기경 전하 만세!"

"예서 왕자님 만세!"

크리스텔이 왕자와 추기경을 와락 끌어안았다. 이자벨과 엘렌이 그런 크리스텔을 보듬었고, 뒤엠 삼 남매도 사이좋게 포옹에 합류했다. 오렐리가 요한에게 손짓하자 그 역시 어쩔 수 없다는 양 한데 뭉쳤다.

혀를 차며 그 꼴을 보고 있던 황제는, 세드리크의 어깨며 등을 토닥였다. 평화로이 가라앉은 아들의 눈빛을 보니 헛웃음이 흘렸다. 황궁을 떠나기 전과는 판이한 표정이었다.

"수고했다."

"예."

"이런 난리통에 익숙해져야 한다니. 앞으로는 궁 생활도 쉽지 않겠어."

모황이 짐짓 툴툴거렸다. 태자의 입술이 보일 듯 말 듯 한 곡선을 그렸다. 그는 묵묵히 어머니 곁에 서서, 달보다 빛나고 있는 남자를 바라보았다. 마침내 그와 시선이 얽힐 무렵에…

"어? 눈이다! 눈 와요, 왕자님!"

크리스텔이 맑은 목소리로 눈길을 흩뜨려놓았다. 인파 역시 '아아!' 하고 낭만적인 탄성을 자아냈다. 세드리크는 미간을 찌푸리며 고개를 들었다. 까만 밤하늘에서, 별 가루처럼 희게 빛나는 눈꽃이 하늘하늘 떨어지고 있었다. 이어 사내의 콧등 위로 작은 눈송이가 내려앉았다. 왕자가 자신을 보며 웃는 소리가 들렸다. 차갑고 축축한데도 어쩐지 기분 나쁘지 않았다. 첫눈이었다.

−끼이잉!

서브 남주가 파업하면 생기는 일 6

-아우우-!

뒤이어 해적선에서, 신수들이 짧은 사지를 팔랑이며 뛰어내렸다!

"쯧."

-낑!

-끼

-끙!

-우

척, 척, 척, 척! 태자는 기민하게 움직여 네 마리의 말썽꾸러기를 깔끔히 받아냈다. 신수들이 금세 그에게 꼬리를 감고 엉겨 애교를 부리기 시작했다. 어머니가 놀리듯 박수를 보냈지만 태자는 못 들은 체했다.

시선을 피하며 둘러본 백성 모두, 행복한 얼굴이었다. 신수들을 보고 손뼉을 치거나 가슴을 부여잡는 이들이 한가득했다. 인상을 찡그리는 이는 찾아볼 수 없었다. 그중 단 한 명이 가면을 쓰고 있었으니까.

"안 돼, 안 돼…"

모든 것을 지켜본 시몽 드 사르네즈는, 미친 듯이 고개를 흔들었다. 기이한 한파에도 추위는 느껴지지 않았다. 손발이 벌벌 떨리고 정수리에서부터 땀이 비 오듯 쏟아졌다. 덥다 못해 녹아내릴 것만 같았다.

악어처럼 입을 벌려 그를 삼키고 있는 것은, 공포가 아닌 절망이었다. 계획이 전부 틀어졌다는 상실감과 그로 인한 초조함이었다. 모략이 기어코 자신의 손아귀를 벗어났다. 있어서는 안 되는 경우의 수였다. 어디서부터 어긋났지?

"아니, 아니지. 이게 아니야."

그는 침착하고자 애썼다. 이미 꼬인 것은 어쩔 수 없으니 앞으로
가 중요했다. 추지게 젖은 가면 아래 얼굴이 쉬지 않고 꿈틀거렸다.
절반의 화상을 입었으나 나머지 반은 우아했던 낯이, 지금은 전부
흉측하기만 했다. 실패할 때를 대비해 생각해 둔 계획들이 그의 머
릿속에 하나둘 떠올랐다.

그러나 개중 무엇도 지금 같은 상황엔 적용하기 어려웠다. 왕자
일행이 해적선을 타고 비행하여 황도에 도달하리라고, 그리하여 클
레르 광장에서 황제와 추기경을 알현하게 되리라고… 대관절 누가
예측할 수 있었겠는가? 돌 틈 사이로 진보라 튤립이 피어나고 때맞
춰 눈이 내리는 현상은? 난데없는 태자의 합류는? 이자벨과 크리
스텔은?

"와아아아…!"

"큭."

군중이 다시 한번 크게 파도쳤다. 공작은 가면을 단단히 붙든 채
뒤를 돌았다. 열상 입은 우반신이 인파와 옷깃에 쓸려 비명을 토했
으나, 그는 이를 악물고 고통을 참아냈다. 사랑하는 아내와 딸을
끝내 거두지 못했다. 그들이 웃는 모습을 보며 함께 웃지 못했다.
그보다 더 아프고 괴로운 일은 없었다.

"지나가겠소. 윽!"

"밀지 마세요, 아저씨!"

"아이고, 마저 보고 가지는! 귀한 구경인데!"

그가 꾸역꾸역 반대 방향으로 이동하자 구경꾼들이 불만을 터뜨렸다. 시몽은 개의치 않았다. 어서 꼬리를 잘라야 한다는 생각만이 그의 뇌를 가득 채웠다. 공작 본인의 기억을 조작하는 일은 어렵지 않았다.

당장 심부름꾼을 보내 외제니 케시에 대주교와 약속을 잡고, 그녀의 신탁으로 자신을 멍청하게 만들면 그만이었다. 그리하면 설령 추기경의 심문을 받더라도 쉽사리 죄를 실토하진 않을 것이다. 아마… 낡은 육체가 먼저 기력을 다하리라. 그는 명예롭게 죽을 수 있을 터였다.

"그리고, 그리고."

죄를 덮어씌울 사람도 필요했다. 크리스텔과 이자벨이 너무 많은 정보를 듣고 떠나긴 했으나, 거기엔 구멍 또한 많았다. 완전무결한 무죄가 되긴 어렵더라도 앞세울 자만 있다면.

"…시종장."

퍼뜩, 컴컴한 심중에 불빛이 켜지는 기분이었다. 시몽은 평생 네 명의 공작을 섬긴 그의 집사를 떠올렸다. 노인은 사르네즈 가문으로부터 막대한 은혜를 입은 자였다.

특히 증조모에 대한 충심이 깊었고, 이후로도 세 명의 가주를 열성으로 보좌했다. 이번 모략에도 누구보다 적극적으로 참여했다. 그라면 가능할지도 모른다. 따로 수를 쓰지 않더라도 순순히 집안을 위해 목숨을 바치겠노라…

"황제 폐하 만세! 만세! 만세!"

"국서 전하 만세! 만세! 만세-!"

"으윽."

격렬히 쏟아지는 만세삼창에 공작이 비틀거렸다. 그는 별수 없이 허리를 숙이고 인파 사이를 헤집었다. 부지런히 움직인 덕에 깨끗한 공기가 가까워지고 있었다. 그는 호흡을 참고 잠수하던 양 다급히 고개를 들었다. 그리고 흠칫했다.

"…"

세실 블랑케르. 그가 잘못 본 것이 아니라면, 검정 일색으로 차려입은 공작이 자신을 똑바로 응시하고 있었다. 여인의 곁엔 역시나 흑색으로 뒤덮인 공작 부군과 소공작이 자리했다.

오싹하리만치 닮은 무표정. 죽은 로베르 블랑케르의 가족이었다. 시몽은 즉시 뒷걸음질 쳤다. 그러고는 허리를 더욱 굽히고 가면을 짓누른 채 군중을 파헤쳤다. 착각일 것이다. 그녀가 자신을 보고 있었을 리 없지 않은가. 마치 아들의 살인범을 잡으러 왔다는 듯이.

"지나갑시다! 비키시오-!"

그의 목소리가 갈라졌다.

"어디 가요, 그러다 후회합니다!"

"내버려둬! 오줌이 급한가 보지!"

"으하하! 그냥 싸고 말리면서 구경해요!"

공작의 머리 위로 치욕적인 말들이 쏟아졌다. 그는 입을 악다물고 방향을 가늠했다. 노복과는 시계탑에서 접선하기로 약속이 되어 있었다. 영주성으로 돌아가는 마차 안에서 넌지시 운을 띄우면, 눈치 빠른 노인은 분명 자신의 뜻을 알아차릴 터였다. 고분고분 명을 받들고…

　-또각!

그때, 공작의 시야에 매끈한 부츠가 침입했다. 소름이 끼쳤다. 그는 아주 천천히 목을 들었다. 광장의 온갖 소음이 귓등 너머로 멀어졌다. 식은땀이 등줄기를 타고 흐르는 감각은 몹시 불쾌했다.

"…"

마주친 회색 눈동자가 검처럼 날카롭게 빛났다. 엘리자베트 무테를 비롯한 근위대가, 회중을 빠져나온 공작을 포위하고 있었다. 엄숙한 음성이 이어졌다.

"시몽 드 사르네즈 공작님. 황제 폐하의 드높은 권위와 영구한 명예를 대리하여, 황실 근위대가 당신을 긴급히 체포하겠습니다. 가면은 벗어주십시오."

"무슨 말씀인지 모르겠군요, 부근위대장님. 저는 죄를 지은 사실이 없습니다."

시몽은 무구한 목소리로 대답하며 시선을 더듬었다. 몇 걸음 옆에 꽁꽁 포박된 노인이 보였다. 공작의 입이 서서히 벌어졌다. 그는 조금 전까지 시몽이 떠올리던 오른팔, 그의 시종장이었다. 주름진 손엔 어제께 그가 넘겨준 서류와 명함이 들려있었다.

'빅투아르 당드레지'.

저주받을 늙은이가, 그를 보며 인자하게 웃었다. 충격의 비수는 한 박자 늦게 남자의 등을 난자했다.

"당신의 시종장인 제라르 소리오가, 공작가의 대역죄를 밝히는 조건으로 감형을 청하고 자수했습니다."

아아… 공작은 느릿느릿 눈을 감았다. 계시 같던 증조모의 환청
이 더는 들리지 않았다.

2.

다음 날은 만월이었다.

-다각, 다각, 다그닥, 다그닥…!

마차가 야음을 뚫고 신속하게 달렸다. 숲길은 왕래가 거의 없어 험하고 울퉁불퉁했다. 눈이 쌓인 탓에 위험하기까지 했다. 딱, 따닥! 굵게 뻗은 나뭇가지들이 마차를 두드리며 위협적인 소리를 냈다. 창을 긁는 줄기들은 꼭 검은 해골의 손가락 같았다.

찻간은 사람이 타지 않은 양 조용했다. 한 치 앞도 보이지 않는 밤중이건만 마법 조명을 밝히는 이도 없었다. 이따금 여인의 흐느낌만이 바퀴 소음에 섞여 들 따름이었다.

"흑, 흐으…"

바로 지금처럼.

"울지 마라. 마음 굳게 먹어야 해."

외제니 케시에가 손녀를 다그쳤다. 마차에 오른 것은 대주교와 그녀의 아들 부부, 귀한 손주와 시종 하나가 전부였다. 나머지는 전부 황도 저택과 영주성에 버리고 온 참이었다. 야반도주는 본래 최소한의 인원과 단출한 짐으로 이루어지는 법이다.

케시에는 치고 빠지는 것이 확실한 성격이었으며, 승패를 분명하게 판단할 줄 알았다. 때로는 전부 포기하고 새로이 시작해야 한다는 것 또한 잘 알았다. 그런 성정이 아니었다면, 지방의 대주교인 그녀가 황도에서도 이름난 신관이 되기는 어려웠을 것이다.

"어머니… 다시는 리에스테르에 돌아오지 못하는 겁니까?"

아들이 손녀의 손을 꼭 잡으며 물었다. 로브를 뒤집어쓴 대주교가 눈매를 날카로이 세웠다.

"당연한 것 아니냐. 떼돈 만지겠다고 세작 짓을 했으니 이만한 업보는 감수해야지."

-덜컹!

돌부리에 걸린 마차가 크게 출렁였다. 노인의 말끝이 조금 떨렸다. 그녀라고 무섭지 않을 리 없었다. 수많은 중앙 귀족의 흥망성쇠를 지켜본 것과, 그를 자신의 일로 덤덤히 받아들이는 것은 완전히 다른 문제였다. 게다가 그녀는 엄밀히 말해 '중앙 귀족'도 아니었다. 그들의 근처를 맴돌다 나가떨어진 늙은이가 되었을 뿐이다.

"걱정 말거라. 우리에겐 교황청 인맥이 있어. 남는 것도 없는데 할미가 그런 장사를 했을까."

"…정말요?"

"그래. 당장은 제국 사교계에서 쌓아온 게 아쉽겠지만, 너는 아직 어리고 재능이 특출하다. 얼굴 또한 곱지 않으냐. 신국으로 망명해서 성을 바꾸고 봉토 하나 얻으면, 중앙 진출은 시간문제일 게야. 아는 정보를 조금씩만 팔아도 평생 먹고살 걱정은 없을 거다."

노파의 설명에 손녀딸의 낯이 조금 밝아졌다. 아들 내외도 겨우 두려움을 억누르는 기색이었다. 케시에는 어린것들을 보며 어젯밤의 소동을 떠올렸다. 곱씹을수록 끔찍한 악몽이었다.

'-발칵!'

'은하, 은하! 당장 나와 보십시오!'

'밤하늘에 이변이 생겼습니다!'

왜인지 영혼이 소란하여 잠들지 못하고 있는데, 종들이 무례한 태도로 그녀를 찾았다. 면면이 희게 질린 것이 아주 가관이었다. 벽난로 온기를 쬐던 케시에는 이맛살을 찌푸리며 자리에서 일어났다. 무슨 일인지 온 저택이 뒤숭숭했다. 멀리서 군중의 희미한 환성이 들렸다.

그때만 해도 그녀는 웬 헛소동이 벌어졌구나 했다. 신년 주간이 시작되는 날이니, 아랫것들이 불놀이 따위를 보고 놀랐으리라 여겼다. 하여 시큰둥하게 외투를 걸치고 발코니로 나왔다. 어차피 새벽에야 눈을 붙일 듯싶었다.

'무엇 때문에 이리 소란이냐?'

그런데.

'저쪽입니다! 글쎄, 클레르 광장 위에 배가 떠있습니다요!'

'...'

흥분한 하인이 하늘을 가리켰다. 침침한 눈으로도 또렷이 보였다. 순간적으로 말문이 꽉 막혔다. 바다에 있어야 할 물체가, 달을 벗 삼아 유유히 항해하고 있었다.

'지금 저것 때문에 저택 지구 전체가 발칵 뒤집혔습니다!'

불길한 전율이 일었다.

'은하! 해적선이랍니다. 저게 북해 해적선인데, 난리도 그런 난리가, 콜록콜록! 예서 왕자님하고 뒤엠 후작님이 광장에 나타났답니다. 뭐냐, 해적선에선 황태자 전하께서 하선하셨고요! 폐하께서도 추기경 전하를 모시고 납셨단 소식입니다!'

다른 놈이 와당탕 뛰어와 외쳤다. 숨이 턱 끝까지 찬 이가 한둘이 아니었다. 싸구려 옷을 입고 기름등을 쥔 자들의 얼굴이, 순수한 신앙심으로 환히 빛나고 있었다. 손짓발짓에 눈짓콧짓까지 동원한 설명이 이어졌다.

'튤립이, 이런 날씨에 이만한 보라색 튤립이 피었답니다. 보라색요! 쿨럭! 주신의 기적이랍니다!'

'세상에. 진실로 은총 받으신 분들이구먼!'

케시에는 무언가 단단히 잘못되었음을 직감했다. 진작 죽었어야 할 왕자가, 다시 한번 멀쩡히 살아 돌아왔다. 지금쯤 오명을 뒤집어쓰고 수비대와 맞서야 할 후작은 황제를 알현하고 있었다. 심지어 그러한 자리에 신의 축복이 깃들었다. 사지가 급속도로 차가워졌다. 여인은 빠른 판단을 내렸다.

'시종장을 침실로 불러올려라. 별것도 아닌 일에 소란들 떨지 말고 취침해!'

'…예, 은하.'

'알겠습니다.'

'자, 잘못했습니다요.'

주인의 쌀쌀맞은 꾸지람에, 아랫것들은 순식간에 침울해진 표정으로 물러갔다. 주신의 이적이 분명한데도 대주교는 고고하고 차갑기만 했다. 멍청한 치들이 눈앞에서 사라지자 그녀는 곧바로 시종장과 도망을 계획했다.

아들 가족을 은밀히 깨워 귀금속과 옷가지만 챙기게 하고, 마차 한 대를 저택 뒷문으로 빼돌렸다. 기사와 호위는 정문으로 물리고 자신들은 개구멍으로 몸을 빼냈다. 이후로 지금까지 그들의 로브는 흙투성이였다. 귀족의 수치라고, 명예를 모르는 짓이라고 손가락질해도 좋았다. 권력이니 신분이니 하는 거죽도 살아야 가치 있는 것 아니던가.

"…여우 같은 왕자가 기어이 태자를 차지하려는 게지."

"우리도 그쪽으로 줄을 대야 했을까요?"

며느리가 조심스레 물었다. 케시에는 즉각 고개를 내저었다.

"신국 출신은 믿을 게 못 된다. 율리터 스타티아의 최후를 잊었느냐? 요염한 얼굴에 권력욕이 득시글한 것을 내 모를 줄 알고."

노인은 거기까지 말하고는 입을 악다물었다. 예서 페네티안이 끝내 자신을 이겼다. 신력으로 정정당당히 가려진 결과가 아니기에 더욱 속이 쓰렸다. 그보다 몇 살이나 어린 손녀에겐 기회조차 주어지지 않았다는 사실이 분했다. 그녀가 냉정한 평가를 내놓았다.

"양처럼 순한 척하는 것이 얼마나 가겠으며, 젊고 아름다운 육체는 또 얼마나 가겠느냐. 잠깐의 부귀영화인 게야. 금방 총애를 잃고 에테르 창고로 전락할 거다."

"…"

"눈 좀 붙이거라. 동틀 무렵엔 마차를 버려야 할 테니."

노파의 말에, 지친 네 사람이 나란히 눈을 감았다. 케시에는 흑백의 바깥 풍경을 보며 생각에 잠겼다.

-따각, 따각, 따그닥…!

지금 달리는 길은, 그녀가 교황청을 오가다 우연히 발견한 샛길이었다. 제국의 도로 사정에 능통하다는 화물 마차와 우편 마차 일꾼들조차 존재를 몰랐다. 조사해 보니 지도에서 지워진 전쟁 시대의 보급로 중 하나였다. 케시에는 만일에 대비해 마부로 하여금 이 길을 외우도록 했다. 여인은 타고난 간자였다.

"새벽에 화물 마차로 갈아타 국경으로 직행하고…"

그 순간부터는 누구도 그들의 뒤를 캐지 못할 것이다. 제국의 영토는 광막했으며, 숲길은 수백수천 갈래로 나뉘었다. 뱃길까지 수색하자면 끝도 없었다. 지금쯤 황제의 군대가 그녀의 저택이며 영지 부근을 뒤지고 있겠으나, 단서라고는 무지몽매한 아랫것들의 당혹뿐일 터다. 케시에는 이번 모략의 가장 결정적인 증거였다. 그녀 없이는 어떠한 조사도 완벽해질 수 없었다.

"교황청에서 신국 측 추기경을 만나기만 하면 돼."

창문에 비친 낯이 마지막 기회를 포착하고 있었다. 주름진 눈가에 총기가 번뜩였다. 그때였다.

-히히히힝!

"워어, 워!"

"주신 맙소사!"

마차가 다급히 멈추어 섰다. 선잠이 들던 아들 가족과 시종이 기겁하여 깨어났다. 케시에는 미간을 찌푸리며 마차 지붕을 두드렸다. 딱딱딱!

"무슨 일인가?"

"으, 은하… 나와 보셔야겠습니다."

한 겹의 벽 너머로 기어들어 가는 음성이 들렸다. 황도의 집에서도 들은 적이 있는 말이었다. 직접 목격해야만 하는, 그러지 않고서는 믿기 어려운 현실. 그녀는 힘주어 입술을 모았다. 아주 오래된 직감이 뇌리를 스치고 지나갔다. 그러나 무시하기로 했다. 달칵, 케시에가 직접 마차 문을 열었다.

–휘이이이…

차디찬 겨울바람이 마구 뺨을 때렸다. 어두컴컴한 내부와 달리, 마차 밖은 눈부시게 밝았다. 새하얀 눈이 보름달의 빛을 반사하는 탓이었다. 케시에는 하인의 로브를 훔쳐 입고도 우아한 몸놀림으로 땅을 밟았다. 국경으로 향하는 도망길엔 정중한 호위도, 살가운 인사도 없었다. 두 줄기의 얼음빛 입김이 흘러나왔다.

"외제니 케시에 대주교."

"…"

"오랜만이군요."

그녀를 응시하고 있는 것은, 나이 든 기자였다. '은하'라는 경칭을 받는 이에게 머리를 숙일 필요가 없는 여자.

"벨리아르 경. 이런 곳에서 만날 줄은 몰랐습니다."

"예. 오늘은 언론인으로 온 것이 아니어서 그렇습니다. 이런 데서 기삿감을 구하긴 어렵겠지요."

사라 벨리아르가 너스레를 떨었다. 케시에는 그제야 뒤편에서 그녀를 경호하는 세력을 알아보았다.

'그랑 루주Grand Rouge.'

그들은 황궁에 살지 않는 제국 황족의 호위대로서, 황실이 모든 경비를 부담하는 붉은 옷의 기사단이었다.

"이쪽 길을 아는 자가 없으리라 생각하셨습니까. 뭐, 요즘 젊은 이들이야 모를 겁니다."

정교하게 손질한 백발 아래, 에메랄드빛 눈동자가 즐거운 색을 띠었다. 사라는 마치 이곳에서 대주교를 기다렸다는 양 굴었다. 끔찍한 가정이었다.

"허나 저는 기억합니다. 부황께선 보급로 하나하나를 무척 중히 여기셨으니까요."

"…어찌 황실에 협조하십니까. 궁을 영영 나가신 것 아니었습니까?"

"갚을 빚이 있어서 이리합니다."

명쾌한 답이 돌아왔다. 케시에는 앙상한 주먹을 움켜쥐었다. 추위에 드러난 손이 하루 새 거칠하게 텄다. 그녀의 머리는 끊임없이 다음 수를 떠올렸다. 막힌 길은 뚫으면 그만이었다. 지금 성지를 전개하면 호위대 전체가 자신의 범위 안에 들어올 것이다. 일단 신탁으로 발을 묶고,

"폐하께서 교황청을 까맣게 잊으셨겠습니까?"

생각이 툭 끊겼다. 등 뒤의 아들 가족은 끝내 울음을 터뜨렸다. 사라가 싱긋 입꼬리를 올렸다.

"내 조카님은 현군賢君이십니다. 순순히 협조하면 사형을 내리지는 않으실 겁니다."

* * *

어디 보자, 어디서부터 설명해야 할까. 우선 우리가 환궁한 밤으로부터 아흐레가 지났고… 으음, 대단한 모험이었다. 진짜 그렇게밖에는 표현을 못 하겠다. 어느 장면을 떠올려 봐도 실제로 있었던 일 같지가 않았다.

와중에 우리는 어영부영 새해까지 맞았는데, 그날은 또 어떻게 보냈는지 기억이 안 났다. 사건이 너무 엄청난 스케일로 벌어진 탓에 수습이며 재판도 아직이었다. 황궁의 모두가 환영해 주었지만, 나 역시 혼날 일이 남아있긴 하고.

–오도도도!

–끼이이!

–삐삐삐!

"애물단지들, 아래층에서 로랑스가 '이놈' 한다!"

데미와 뚝심이가 정신 사납게 울며 쥘리에트 궁 복도를 뛰어다녔다. 시종들 앓는 소리가 여기까지 들렸다. 나는 웃음을 참으며 꼬마들을 꾸중하고 레아와 페리를 돌아보았다. 녀석들은 뒤엠 후작가에서 선물한 쌍둥이 요람을 몹시 마음에 들어 했다. 티테가 이미 자고 있는데도 같이 눕겠다며 틈바귀를 비집고 들었다. 나는 레서판다의 부드러운 뱃살을 잡아 제지했다.

"페리, 동생 코하네. 깨우지 말고 옆 칸에서 놀자."

-끼잉

"레아가 안 비켜줘? 아닌데. 착하게 부탁하면 비켜줄 텐데."

그래. 일단 뒤엠 오 남매는 모두 무사했다! 우려대로 후작가 기사단과 황도 수비대 사이에 충돌이 있었지만, 영지민 천여 명이 몰려와 방패 노릇을 해준 덕에 큰 피해는 없었다고 들었다. 비무장 민간인을 해치지 않는 건, 제국 군대의 제1원칙이자 대륙 기사도 정신의 핵심이었다. 이후엔 황제의 사병이 간섭해 무사히 대치가 끝났다는데…

"왕자님, 피티비에 나왔습니다!"

"맛있겠다. 고마워."

내가 커다란 파이 접시를 구경하며 미소 지었다. 이건 휴가를 마치고 화려하게 복귀한 로랑스의 작품이었다. 그러니까 요지는, 우리의 주방장님께서 무려 후작령을 구한 영웅이라는 거다!

"따뜻할 때 드셔 보십시오. 로랑스가 왕자님을 위해서 특대형으로 만들었대요."

"네 얼굴만 봐도 배부르다."

"아이, 왕자님도 참!"

'그렇게 말씀하셔도 저는 이미 임자가 있는 몸인데요!'

가나엘이 이상한 소리를 하는 바람에 기어이 빵 터지고 말았다. 그렇지만 진심으로 기뻤다. 로랑스네 가족이 후작령에 적을 두고 있는 줄은 몰랐고, 뱅자맹과 가나엘이 그곳에서 그녀를 만난 건 정말 신기했다. 우리가 서로를 도운 덕분에 다시 모이게 되었다는 사

실도 기적 같았다. 물론 함께 해결해야 하는 일이 산더미처럼 쌓여
있긴 한데… 잠깐 먹고 생각하자.

-똑똑

"예서 왕자님."

고소한 아몬드 향이 나는 파이 조각을 크게 한입 깨무는 순간, 뱅
자맹이 난감한 얼굴로 등장했다. 우리는 나란히 눈을 깜빡이며 그
를 돌아보았다.

"이런 소식을 전해드리게 되어 송구합니다만… 벌받으러 가실
시간입니다."

윽. 벌써 시간이 그렇게 됐나.

* * *

쥘리에트 궁에서 출발한 마차가 부지런히 황궁을 가로질렀다.

-또각, 또각, 또각…

두툼한 겨울옷을 걸친 준마들이 푸르릉푸르릉하며 발을 굴렀다.
나는 거실에 두고 온 애물단지들을 떠올리고(아직 심도 있는 대화는
못 해봤다), 필요한 아이템을 '가가방'에 제대로 챙겨왔는지 확인했
다. 긴장감에 마른침이 꼴딱 넘어갔다. 벌받는 건 싫다. 어릴 때도
그랬고 지금도 마찬가지다. 아니, 애초에 좋아하는 사람이 있는 게
신기하지!

"투자르 궁입니다, 왕자님."

뱅자맹이 자상하게 창밖을 짚어주었다. 나는 퍼뜩 고개를 들었

다. 황제궁으로 가는 길에 들르기로 한 곳이었다.

"네. 저기 크리스텔이 보이네요."

대답에 절로 미소가 섞였다. 궁 밖에 나와있는 건 그녀뿐만이 아니었다. 이자벨과 엘렌이 곁에 있었고, 프랑수아 후작과 그의 동생들도 보였다. 파브리스 베랑 남작을 비롯한 세 가족은 우리 마차를 향해 먼저 예를 차렸다.

여태 뭐가 뭔지 파악 안 된 표정의 조안도 눈에 들어왔다. 그녀를 발견할 즈음엔 반가워서 너털웃음이 나왔다. 황궁은 처음일 텐데, 천재 화가님이 여기서는 또 어떤 영감을 얻으시려나.

-히히힝!

-달칵

이내 마차가 정지했다. 가나엘이 문을 열어주었다. 나는 내리지 않고 몸만 내밀어 인사했다.

"안녕하세요, 여러분. 동승하려고 왔습니다."

"좋은 아침입니다, 예서 왕자님. 눈사람이 되셨네요!"

머리부터 발끝까지 꽁꽁 싸맨 나를 보고, 크리스텔이 기어코 한마디 던졌다. 딸의 발언에 이자벨이 호호 웃었다. 곧 시작될 재판 때문에 마음고생이 심하지 않을까 걱정했는데, 겉보기에는 두 사람 모두 잘 버티고 있는 듯했다. 모르긴 몰라도 그간 서로를 많이 의지했을 터였다. 뒤엠 남매가 그랬고, 베랑 가족이 그랬던 것처럼.

"네, 이렇게 입으니까 안 추워서 좋습니다. 움직이기엔 조금 불편하지만요."

내가 선선히 답했다.

'과연, 제국 사교계의 유행까지 뒤흔드실 분이군요!' 후작이 호들갑을 떨었다.

와르르 한차례 웃웃음이 피었다. 황제의 배려로 다들 옷차림이 두꺼웠다.

"그럼… 바로 출발하실까요?"

가나엘이 우리를 둘러보고 조심스럽게 물었다. 모든 시선이 이자벨을 향했다. 그녀는 잠깐 말이 없더니, 검은 눈동자를 결연히 빛내며 고개를 끄덕였다. 이내 모두가 서로를 에스코트해 난방 마차에 올랐다. 조금 좁은 감이 있긴 해도 오늘만큼은 함께 움직이고 싶었다.

"뭐야, 마차가 세레니테처럼 따뜻하네! 왕자님은 이런 데서도 그렇게 굴러다닐 것처럼 입고 있었던 거야?"

"구르진 못해요, 조안."

"하하하하!"

우리의 대화를 들은 뒤엠 자매와 엘로디가 몹시 즐거워했다.

'이랴!'

이내 문이 닫히고 마차가 다시 움직이기 시작했다. 빽빽이 정렬한 황실 근위대가 뒤를 따랐다.

-다그닥, 다그닥…

성력 1614년 1월 6일. 오늘은 프레데리크 황제의 탄신일 하루 전이자, '시몽 드 사르네즈 공작 사건'의 심판이 이루어지는 날이다. 그게 최종적인 사건명이 될지는 모르겠지만.

"마차는 왕자님께서 구입하셨나요?"

"아뇨, 황실 마차인데 제가 겨울 한 철 빌리기로 했습니다."

"그럼 왕자님 차 맞네요! 매년 타실 거잖아요!"

마리아가 명쾌한 결론을 내렸다. 에르베 경이 내 안색을 살피며 점잖게 동생을 불렀다. 그렇게 여기는 게 당연했으므로 나는 그저 웃어넘겼다. 리에스테르 황궁엔 수많은 별궁이 딸려있고, 각각의 궁에는 뚜렷한 용도가 있었다.

예컨대 쥘리에트 궁은 신국 볼모인 나의 전용 공간이며, 스트로 다 궁은 황족이 아닌 귀빈을 맞아들이는 곳이다. 투자르 궁으로 말할 것 같으면, '황제가 주관하는 재판의 참고인을 위한 장소'였다.

그래서 스트로다만큼 화려하지 않았고 보초는 일반 궁의 두 배이상이었다. 감시와 보호를 한 번에 해결할 수 있는 데다 황제궁과 가까워 편의성도 좋았다. 지난 아흐레 동안, 이번 사건과 관련된 사람은 대부분 이곳에서 지냈다. 휴식을 취하기도 했지만 중간중간 조사에 협조하느라 바빴다고 들었다.

"이자벨, 잠은 좀 주무셨어요?"

내가 크리스텔과 나란히 앉은 여인을 향해 물었다. 이자벨과 나는 체보임에서 배를 타고 오며 부쩍 가까워졌고, 그녀의 부탁으로 이름을 부르는 사이가 되었다. 환궁하고 며칠이 지난 후에야 그런 생각이 들었다. 어쩌면 이자벨은, '사르네즈 공작 부인'이라는 호칭을 겨울 바다에 버리고 온 것일지도 모르겠다고.

"…예, 왕자님. 덕분에 꿈도 없이 푹 쉬었답니다."

그녀가 아름답게 웃으며 답했다. 다행이었다.

＊ ＊ ＊

친구들은 모두 곁문으로 입장했고, 뱅자맹과 가나엘은 여기서부터 들어갈 수 없었다. 사람을 짓누르는 듯한 알현실 입구 앞에 선 것은 나뿐이었다. 황제궁 시종이 우렁찬 목소리로 입장을 알렸다.

"세레니테의 후작이신 예서 페네티안 왕자님께서 드십니다!"

－쿠웅!

문이 울리는 웅장한 소음과 함께, 실내에 모인 이들이 천천히 모습을 드러냈다. 뭇시선이 전부 나에게 꽂혀 들었다. 익숙해질 때도 됐건만 어김없이 목덜미가 화끈거렸다. 나는 뒤뚱거리지 않으려 노력하며 걸음을 옮겼다. 붉은 융단은 오늘도 새것처럼 깨끗했다.

－뚜벅, 뚜벅, 뚜벅…

이곳은 리에스테르 궁정의 중심이었다. 수백의 귀족이 어전에서 국정을 논하는 공간이었고, 때로는 치열한 기싸움과 조롱이 오가는 전장이었다. 그런데 오늘은 기이할 만치 조용했다.

보좌 우편에는 대귀족들이 작위와 훈장 등급대로 도열해 있었으며, 좌편엔 주교관과 정복을 차려입은 대주교들이 촘촘히 늘어섰다. 신관들이 재판에 참석한 것은 처음 봤다. 이토록 질서정연한 모습도 새로웠다. 세 개의 상석은 아직 두 칸이 비어있었다. 어느새 가까워진 황태자가 나를 보며 고개를 기울였다.

"겨울털 난 짐승 같군."

야, 너는 말을 해도 꼭.

"이런 데서 또 뵙네요."

나는 짤막하게 대꾸하고 녀석의 아래 칸 의자에 착석했다. 놈이 노려보는 시선이 느껴졌지만 가볍게 무시했다. 목도리를 풀고, 귀마개와 엄지장갑을 벗고, 시종의 도움을 받아 두꺼운 마수 털 로브와 삼겹 코트에서 벗어날 즈음…

-콰앙!

"죄인들을 들여라. 바로 시작하지."

움찔. 귀에 익은 음성이었다. 황족이 드나드는 문을 발로 차고 들어온 황제가, 추기경을 에스코트해 성큼성큼 계단을 올랐다. 허스키한 명령에 근위대와 시종들이 분주하게 움직였다. 모든 성직자와 귀족이 가장 정중한 예를 올렸다. 나 역시 후다닥 일어나 허리를 숙였다. 뒤편에서 두 어른을 호위해 들어오는 요한 경이 보였다.

-쿠우웅!

기다렸다는 듯 정문이 열리고, 엘리자베트 경과 근위대의 실루엣이 나타났다. 그녀는 꽁꽁 묶인 시몽 드 사르네즈를 붙든 채 빠르게 걷기 시작했다. 뒤편에선 외제니 케시에 대주교가 질질 끌려왔다. 두 죄인 모두 얼굴이 핼쑥했고 차림새도 초라했다. 천장의 호사스러운 샹들리에와 크게 대조되는 행색이었다.

특히 사르네즈 공작은, 오른쪽 낯이 가면에 가려져 있는데도 차마 보기 힘들 만큼 얼굴이 상해있었다. 턱과 뺨이 면도를 하지 못해 지저분했다. 그동안 어디에 투옥돼 있었는지 맨발이 파랗게 질려있었다.

"표정 관리해."

"아."

세드리크 태자가 날카롭게 속삭였다. 나는 그제야 흠칫하며 착석했다. 시종들이 자리에 앉은 두 어른의 옷자락을 정돈하고 있었다. 내 표정이 어떤지 나조차도 알 수 없어서, 나는 최대한 무표정을 만들고자 애썼다.

당연히 공작을 동정하는 건 아니었다. 나 또한 그에게 분노했고 깊은 배신감을 느꼈으니까. 공작 때문에 목숨을 잃은 사람이 몇이며, 그가 불러일으킨 혼란은 또 얼마나 컸던가. 신수들과 숲을 헤치며 느낀 한밤의 공포는 평생 잊지 못할 기억으로 남았다. 그러니까 이건 그저…

-털썩!

왜 그랬을까. 어째서 저런 길을 택해야만 했을까. 그런 안타까움이었다. 소백작이 공작을 바닥에 내팽개쳤다. 검을 닮은 회색 눈동자엔 경멸과 배반감이 그득했다. 남자는 신음을 삼키며 느릿느릿 무릎을 꿇었다. 산발이 된 머리가 정처 없이 흔들렸다.

대귀족의 표본처럼 우아하던 이가 저런 꼴이 되었다는 게 믿기지 않았다. 그야말로 '소설' 같았다. 케시에도 그의 옆에 탈싹 주저앉았다. 지켜보던 귀족과 신관들이 한숨을 토해냈다.

"로라."

"예, 폐하."

황제의 부름에, 시종장이 기다란 두루마리를 그녀의 눈높이에 맞추어 펼쳤다. 체리색 눈동자가 건조한 시선으로 종잇장을 훑었다. 오늘의 황제는 예상보다 차분했다. 적어도 내가 보기엔 그랬다. 아마 스승님 덕분이겠지.

"짐이 묻겠다, 시몽 드 사르네즈."

"…예, 폐하."

우는 듯한 목소리가 쩍쩍 갈라졌다. 황제는 눈 하나 깜짝하지 않았다.

"짐의 신하인 예서 페네티안 왕자를 모함하고 그의 명예를 떨어뜨리고자, 나아가 목숨을 해하고자 모략한 이유가 무엇이냐."

"…"

묵묵부답이었다. 공작은 부들부들 떨기만 할 뿐 아무런 말도 꺼내지 못했다. 나는 불안한 시선으로 추기경을 돌아보았다. 그녀의 손이 황제의 손등을 덮었다. 스승님은 몹시 곤란한 얼굴로 눈을 내리뜨고 있었다.

"답하라."

"…"

숨이 막혔다. 고요가 끝없이 길어질 무렵…

-스릉! 콰아앙!

순식간이었다. 눈부신 섬광이 융단을 향해 폭격처럼 쏘아져 나갔다!

"아아악!"

"주신이시여-!"

'으아아악!'

곳곳에서 비명이 터져 나오고, 평범한 이들이 머리를 감싸며 기둥 아래 웅크렸다. 쩽그렁, 쨍그랑! 어딘가에서 접시며 유리잔 깨지는 소리가 났다. 쩌저저적! 바닥이 갈라지고 샹들리에가 아슬아슬 흔들렸다. 너무 밝은 빛을 육안으로 본 탓에 눈이 시렸다. 커튼에 가린 창들이 사시나무처럼 위태롭게 바들거렸다.

"맙소사…"

재해를 닮은 현상에 소름이 끼쳤다. 궁이 당장이라도 무너질 것 같아 덜컥 겁이 났다. 도대체 무슨 일이 벌어진 건지 가늠조차 할 수 없었다.

"전하, 걱정 마세요. 폐하께선 여러분을 해치시려는 게 아니에요."

뭐?

"많이 참고 계시네요."

"요한 경? 아야야…"

미풍 같은 목소리에 정신을 차려보니, 나는 이미 계단을 나뒹굴고 있었다. 몸이 후폭풍을 견디지 못해 튕겨 나간 모양이었다. 뒤늦게 전신이 욱신거렸다.

마찬가지로 바닥에 쓰러져 있던 스승님을, 요한 경이 부드럽게 일으켰다. 다행히 그녀도 무사했다. 우리 앞을 가로막은 태자의 손엔 어느새 근위대의 방패가 들려있었다. 당황한 시선이 여기저기를 헤맸다. 이게 갑자기 무슨-

"…폐하?"

내가 한곳을 보며 홀린 듯이 중얼거렸다. 그녀 주변은 온통 폐허였다. 걸레짝처럼 찢어진 융단과 산산조각이 난 바닥재 너머로, 혼절해 널브러진 귀족이 수십이었다. 입이 스르륵 벌어졌다. 황제의 힘을 제대로 보는 것은 빙의한 이래 처음이었다. 소드마스터의 검에서 또렷한 은색 오라가 뿜어져 나오고 있었다.

-우우우웅…!

보검, 뒤랑달이 검신을 떨며 울었다. 직감적으로 알았다. 저것은 살생을 갈구하는 공명이었다. 그녀의 날 끝이 절망에 몸부림치는 남자의 목을 겨누었다. 나는 떨리는 양손을 맞잡은 채 황제의 눈동자를 바라보았다. 언젠가 로메로 리에스테르의 초상화에서 보았던, 선명한 핏빛이었다.

"안 돼."

이런 식의 심판은 안 된다. 그러나 한번 폭렬한 황제의 역린은 건잡을 수 없었다. 쌔애액-! 뒤랑달이 주인의 의지를 받들어 움직였다. 이른 전율이 온몸을 강타했다.

[프레데리크, 제발!]

-파아아아…!

금색의 성역이 폭발하듯 펼쳐졌다. 나는 눈을 질끈 감았다. 영겁 같은 몇 초가 흘렀다. 살을 꿰뚫고 뼈를 자르는, 끔찍한 소리는 들리지 않았다.

"헉, 허억…"

막혀있던 호흡이 다급히 터져 나왔다. 나는 번쩍 눈꺼풀을 들어 올렸다. 어깨를 오르락내리락하고 있는 황제가 보였다. 살기 어린 은빛은 사라지고 없었다. 싹둑 잘린 남자의 머리카락이 허공에 흩날렸다.

그것뿐이었다. 공작은 등을 떨며 묵묵히 엎드려 있을 따름이었다. 케시에는 이를 악문 채 눈물을 떨구었다. 방어 자세로 방패를 들고 있던 태자가 느릿느릿 팔을 내렸다.

"…오렐리."

소드마스터가, 오라를 거두었다. 황제의 진노가 천천히 가라앉고 있었다.

[응. 무엇을 원해?]

"참고인들을 데려와. 입을 열게 해야겠군."

[그렇게 할게, 나의 맹주.]

흔들림 없는 대답이 귓가를 휘감았다. 지독한 폭력이 휩쓸고 간 자리와 조금도 어울리지 않는, 다정하고 달콤한 목소리였다. 간신히 버티고 서있던 기사들이 황명을 수행하고자 밖으로 달려 나갔다. 위압은 감쪽같이 사라졌으나 여전히 다리가 후들거렸다. 나는 비틀비틀 일어나 의자에 앉았다. 태자의 주황색 눈동자가 나를 빤히 관찰했다.

"…계속해야죠. 청소 말입니다."

'2부는 말로 진행한다고 하시니까요.'

내가 덧붙였다. 비로소 녀석이 코웃음 치며 턱을 까닥였다.

* * *

엘리자베트 경은 프로 중의 프로였다. 부근위대장은 소드마스터의 후폭풍으로 제법 멀리까지 튕겨 나갔는데, 멋들어진 낙법으로 차르륵! 미끄러지더니 땅을 짚고 고개를 번쩍 들었다. 칼 단발이 흐트러지고 제복도 조금 구겨졌지만, 나 같은 사람은 상상조차 못할 기술이었다.

모든 상황을 지켜본 그녀는 빠르게 몸을 일으키더니, 부하들에게 손짓으로 몇 가지를 지시했다. 황실 근위대가 고개를 끄덕이고는 일사불란하게 움직였다. 무슨 야구 감독 같았다. 그… 일 잘하고 멋있는 야구 감독 말이다. 아무튼.

"약해 빠졌군. 이래서 제국의 상류층이라고 할 수 있겠나? 체력 관리들 해."

"예에, 폐하."

"으으. 엄마 보고 싶어…"

쓰러진 채 끙끙거리는 이들을 보며 프레데리크 황제가 혀를 찼다. 자신이 무려 9급 검사, 즉 소드마스터라는 사실은 전혀 고려하지 않은 발언이었다. 어지간한 검사와 마법사가 귀족층에 몰려있다고 해도, 그들이 결코 흔한 건 아닌데 말이다.

스릉, 철컥! 뒤랑달이 물줄기처럼 매끄럽게 검집으로 복귀했다. 나는 대충 의자에 걸터앉아 가가방에서 불꽃의 성석 구슬을 꺼내 쥐었다. 붉고 뜨끈뜨끈한 게 손난로 같아서 좀 진정이 됐다.

-쿠웅!

-또각, 또각, 또각…

이내 알현실 문이 열리고, 로라의 지휘를 받는 시종들이 들어와 널브러진 신관과 귀족들을 일으켜 세웠다. 진정을 위해 미지근한 물을 먹이기도 했다. 아예 혼절한 이들은 들것에 실어 휴게실로 옮겼다. 이런 일이 흔하진 않을 텐데 능수능란하게 대처하는 시종장이 새삼 대단해 보였다.

"에서 왕자님! 다친 데는 없으세요?"

"괜찮으십니까?"

가나엘과 뱅자맹도 허락을 받고 후다닥 들어왔다. 두 사람은 내 어깨에 담요를 두르고, 손에는 달콤하고 알록달록한 드라제를 한 줌 쥐여주었다. 밖에서 유리 깨지는 소리가 잔뜩 났기에 나는 오히려 그들이 걱정이었다.

"고맙습니다. 전 멀쩡한데 두 분은요?"

"저희는 하나도 안 다쳤어요. 기사들이 납작 엎드려서 보호해 줬습니다!"

"진짜 다행이다… 황제궁은 안 무너지겠지?"

"하하하."

뒤편에서 요한 경이 재밌어하는 소리가 들렸다. 웃을 일이 아니라니까요. 내진 설계 안 돼있는 건물이면 다들 당장 대피해야 한다고. 그 정도의 쇼크였다고!

"황족의 성정을 버티지 못하는 건물이 황제궁으로 쓰일 것 같나?"

고고히 착석한 황태자가 비웃듯 말했다. 집이 난장판인데도 어째 기분이 좋아 보였다. 그를 살피러 온 다비드가 들릴락 말락 한숨을 쉬었다.

"걱정 말렴, 왕자님. 황궁 내부는 최고급 향마석으로 도배되어 있잖니."

나탈리의 보살핌을 받던 스승님이 다정하게 말을 보탰다.

"그것에 지진을 견디는 힘이 있단다. 게다가 이곳은 지하에 튼튼한 포털이 있어서 더욱 강해."

"천만다행이네요."

그녀의 입꼬리가 부드럽게 올라갔다.

"프레데리크도 자제력이 좋은 편이라 제힘을 거의 쓰지 않았고."

자제력이 좋아…? 그게 힘을 안 쓴 거라고요? 황제가 나를 향해 코웃음 치며 자리로 돌아와 앉았다. 한 명의 소드마스터가 하나의 여단과 맞먹는다는 사실은, 책을 통해 이미 알고 있었다. 하지만 그걸 피부로 체감하니 새삼 그녀가 더욱 무시무시하고 엄청나 보였다.

태자 녀석이 검을 쓸 때도 신들렸나 싶은데 그것과는 비교도 안 되는 속도와 파급력이었다. 안 그래도 인기 많은 황족의 권위가 하늘을 찌르는 건, 분명 이런 이유에서겠지. 어느새 장내의 소란이 정리되고 있었다.

-끼이익…

곁문이 열리고, 황제가 불러올린 참고인들이 줄지어 들어왔다. 무릎 꿇고 있던 사르네즈 공작이 천천히 고개를 들었다. 퀭한 눈동자가 크게 흔들렸다.

"이자, 이자벨. 크리스텔. 이자벨…"

선두에 선 모녀를 보고 그가 미친 듯이 중얼거렸다. 공작을 일별한 이자벨이 소스라치며 반걸음 물러났다. 크리스텔이 그녀의 손을 꼭 잡아주었다. 스승님은 안타까운 눈으로 두 여인을 바라보았다.

"이자벨! 크리스텔!"

"이제 실토할 마음이 드느냐?"

황제가 덤덤하게 물었다. 공작의 벌벌 떨리던 시선이 마침내 보좌를 향했다. 눈가가 그렁그렁해지는 모습이 멀리서도 선명히 보였다.

"폐, 폐하. 저는. 저들은,"

"시몽. 크리스텔과 이자벨의 결백은 이미 증명되었어. 그러니 네가 집중해야 할 건…"

부티에 추기경이 차분히 말을 이었다.

"이곳에서 네 죄를 낱낱이 밝혀, 두 사람의 마음을 조금이라도 가볍게 해주는 일이야. 앞으로의 두 사람 인생에 걸림돌이 생기지 않게 하는 일."

"…"

'흐으윽.'

그가 이를 악물며 고개를 떨어뜨렸다. 갈기갈기 찢어진 핏빛 융단이 점점이 물들어 갔다.

* * *

공작의 목소리는 무척 거칠었고, 반쯤은 물에 잠겨있었다. 이미 40년은 옥살이한 사람 같았다.

"그날이었습니다. 태자 전하와 크리스텔이 성기사 서임을 받던 날… 저는 황제궁에서 일하는 세작으로부터, 한 통의 서신을 전달받았습니다."

"주신 맙소사."

"내가 방금 잘못 들은 거요?"

'세작'이라는 말에 재판을 방청하던 귀족들이 술렁거렸다. 벌써 전후 사정을 아는 자들도 있는 듯했지만, 그보다는 경악한 이가 훨씬 많았다. 하늘을 올려보며 기도하는 성직자들도 눈에 띄었다. 반면 황제의 철벽같은 용안엔 약간의 변화도 없었다.

"그자의 이름이 지네트가 맞습니까?"

"그렇습니다. 시종장의 사무실에서… 직접 만났습니다."

엘리자베트 경이 두루마리를 확인하며 물었고, 사르네즈 공작이 답했다. 우리가 황궁을 비운 사이 두 어른과 소백작은 대대적인 수사와 심문을 마쳤다고 했다. 군주의 곁에 시립한 로라가 눈 감은 채 심호흡을 하고 있었다.

분명 충격과 자책이 컸을 것이다. 시종장은 주변 관리를 몹시 철저히 하는 타입이라고 들었으니까. 우리가 공작의 불륜 현장이라고 믿었던 것이, 사실은 두 간자의 접선 현장이었다. 어느 쪽이든 이자벨과 크리스텔에겐 가혹한 일이었다.

"세작 지네트가 왜 하필 공작님에게 서신을 주었습니까?"

부근위대장의 낯엔 어떠한 감정도 녹아있지 않았다. 답을 알면서 던지는 질문이었다. 공작의 허리가 고목처럼 굽고, 목소리는 신음처럼 작아졌다.

"제가, 저희 가문이… 증조모님 대부터 신국의 첩자 노릇을 해왔기 때문입니다."

"아아!"

"주신이시여!"

그의 답을 놓친 이는 아무도 없었다. 어마어마한 충격파가 퍼져나갔고, 귀족 두엇이 추가로 정신을 잃었다. 나는 실려 나가는 이들을 보며 끊임없이 성석 구슬을 만지작거렸다. 지난 아흐레간 충분히 정보를 전해 들었는데도, 그전부터 이런 상황을 예상했는데도 목이 바짝바짝 탔다. 이것이 바로 모데스트 바카리의 예언이었다. 원작에는 없었던 비극적인 전개.

'모략.'

"증조모는 페네티안 신국을 위해 어떤 일을 했습니까?"

"…"

공작이 하얗게 질린 입술로 목을 들었다. 그의 눈길이 참고인 무리를 향했다. 나는 입을 악다문 조안을 바라보았다. 레몬색 눈동자가 깨질 듯 진동하고 있었다. 문득 세레니테의 감옥에서 그녀가 했던 말이 떠올랐다.

'내가 말했잖아. 우리 가문이 세작이라는 누명을 썼다고.'

내가 무엇도 해줄 수 없는 걸 알면서도, 몹시 절박했던 얼굴.

'증조할아버지는 사소한 거짓말도 못 하는 성정이었고, 부러질지언정 휘는 분은 아니었다고. 선황에게 처형당하기 직전까지도 죄를 인정하지 않았대.'

"그분이, 로메로 선황 폐하의 정보를 신국으로 빼돌렸습니다. 그리고… 그리고 무고한 아스 남작가에 죄를 뒤집어씌웠습니다."

"오, 세상에!"

"허억!"

이 고백에는 모두가 기겁했다. 조안이 눈을 질끈 감자 크리스텔이 그녀의 어깨를 도닥였다. 공작은 이제 눈물범벅이었고, 수치심으로 목덜미까지 시뻘겋게 변했다. 제국의 대귀족 대부분은 명예와 체면을 목숨처럼 중시했다.

남자가 가쁜 숨을 토하자 일부 귀족이 장갑을 벗어 그의 머리로 내던졌다. 짤막한 저주를 퍼붓기도 했다. 모두 배신감과 노여움에 찬 표정들이었다. 나는 솔직히, 그에 대한 분노보다 조안에 대한 유감이 더 컸다.

삼대에 걸쳐 잃어버린 세월과, 그동안 아스 가족이 알게 모르게 당했을 숱한 모욕은 누가 갚아준단 말인가. 바네사 드 아스의 시간은 누가 보상해 줄 수 있을까. 망한 집안을 건사하기 위해 빈손으로 상단을 꾸리고, 전국으로 발품을 팔며 일해야 했던 남작의 딸은 오래전 세상을 떠났다.

"그 이후와 이전에는 어떤 활동을 했습니까?"

"모릅니다. 저는 그 사실을 증조모께서 돌아가실 무렵에야 알게 됐고… 그때는 너무 어렸습니다. 세작의 핏줄임을 알고 자랐으나, 이번 일이 있기 전까지 신국의 지령을 받은 적도 없었습니다."

엘리자베트 경이 황제를 돌아보았다. 그녀가 계속하라는 듯 턱짓했다.

"신국에서 보냈다는 서신 이야기를 해보죠. 누가 어떤 내용을 보냈고, 어디에 보관했습니까?"

"…베르너르 페네티안 국서의 친서였습니다."

"허어."

'그것참.'

귀족들이 땅이 꺼져라 한숨을 쉬고, 혀를 차며 나를 바라보았다. 자세한 설명이 나오지도 않았는데 하나같이 딱하다는 눈빛이었다.

그런 시선은 아무래도 불편했다. 나는 헤이즐넛 드라제를 오독오독 깨물며 애써 모르는 체했다. 진짜 예서 왕자도 이즈음엔 연민에 신물이 나지 않았을까.

–화르르륵!

그때 융단 옆 화로에서 불길이 치솟았다.

'어이쿠!'

귀족들이 식겁하며 눈을 내리깔았다. 나는 놀라서 세드리크 태자를 올려다보았다. 붓으로 그린 듯한 옆모습엔 미동도 없었다. 절로 입꼬리가 올라갔다. 고마운 마음에 드라제 반 줌을 손수건에 싸서 나누어주었다. 녀석이 미간을 찌푸렸다.

"많이 드십시오."

친구 생각도 할 줄 알고, 자식. 얼집 졸업했네.

"예서 왕자님을, 시해하라는 내용이었습니다. 살수를 쓰지 말고 명예를 더럽히라는 구체적 지시가 있었으며… 따르지 않을 시에는…"

공작의 목소리가 다시 기어들어 갔다. 이마엔 핏대가 서고 온몸이 경련했다. 호흡 또한 힘겨운지 목울대가 두껍고 팽팽해졌다.

"저희 집안의 치부를, 폐하께 고하겠다고 했습니다. 저는…! 저는 그런 불명예를 감당할 수 없었습니다! 폐하!"

남자가 벌건 낯으로 피를 토하듯 고함쳤다. 비참한 눈물과 침이 사방으로 튀었다.

"통촉하여 주십시오! 대죄를 더하고 싶지는 않았습니다. 사르네즈는 이미 제국의 신물을 하나 잃었습니다! 창해의 축복을–!"

"그러면 우리와 이야기할 수 있었잖아요!"

벌컥, 이자벨이 소리쳤다. 창해의 축복이 사라졌다는 발언은 엄청난 폭로였다. 크리스텔이 신물을 흡수했다는 사실을 아는 이는 극소수였기 때문이다. 가슴팍을 붙든 대주교들이 숨넘어가는 소리를 냈고, 나이 든 일부는 저것이 사실이냐는 양 황제를 돌아보았다. 아니, 그러려고 했다. 하지만 이자벨은 멈추지 않았다.

"우리에게 사실대로 말하고 함께 의논할 수 있었잖아요! 크리스가 신물을 흡수했다는 사실을 왕자님께 고해했을 때, 폐하께 고했을 때 무슨 일이 있었나요? 작위를 박탈당하거나 영지를 빼앗겼나요? 아무런 벌도 받지 않았어요. 우리가 먼저 진실을 바치고 죄를 구했으니까요!"

"…"

탈수가 걱정될 만치 눈물을 펑펑 흘리면서도, 가녀린 몸이 당장 쓰러질 것 같은데도 그녀는 말을 그치지 않았다. 크리스텔과 뒤엠 자매가 그녀의 어깨를 단단히 지탱해 주었다. 황제는 여인의 절규를 묵인했다.

"폐하께서는 자비로우셨어요. 그게 고의가 아니었다는 점을 이해해 주셨지요. 그러니 더는 귀하신 분께 헤아림을 청하지 말아요. 당신에게 자비롭지 않았던 건 시몽, 바로 당신이니까!"

공작의 눈이 튀어나올 듯 커졌다. 이자벨 뒤에 서있던 프랑수아 후작이 그녀의 손등을 감싸며 손수건을 쥐여 주었다. 그녀는 부서질 것 같은 얼굴로, 하지만 결코 부서지지 않을 마음으로 말을 이었다.

"당신은 오만했어요. 신이라도 된 것처럼, 모든 상황을 혼자 제어할 수 있다고 믿은 거예요. 주변에 도움의 손길이 그렇게 많았는데… 우리가 있었는데! 우리조차 통제의 대상으로 여겼어요!"

"당신을 사랑해서 그랬어요, 이자벨!"

"그건 사랑이 아니라 소유예요!"

'우린 당신의 애장품이었다고요!'

그녀가 울며 외쳤다. 공작의 텁수룩한 턱이 쩍 벌어졌다. 쇠망치로 뒤통수라도 얻어맞은 것 같은 표정이었다. 이자벨의 몸이 끝내 무너졌고, 에르베 경은 즉시 품을 빌려주었다. 나는 자리에서 벌떡 일어나 참고인석으로 달려갔다. 와당탕! 의자가 나뒹구는 소리가 들렸지만 신경 쓰지 않았다. 끓는 냄비처럼 웅성거림이 퍼져 나갔다.

"이자벨, 이자벨. 저 알아보시겠어요?"

"왕자님…"

다행히 그녀에겐 의식이 있었다. 검은 눈동자가 나를 보며 희미한 호선을 그렸다. 나는 소리 없이 우는 크리스텔의 손을 맞잡았다가, 소매에 얼굴을 묻고 들썩이는 조안의 팔을 쓸어주었다. 그러고는 다시 이자벨을 살피며 '활력'의 치유 서클을 전개했다.

-파아아아…!

"고생하셨습니다. 더 하실 말씀은 없으세요?"

'계속하실 수 있게 기운을 드리겠습니다.'

진심으로 소곤거리자, 그녀가 보일 듯 말 듯 살포시 웃었다. 봄싹처럼 작고 푸른 에테르 알갱이들이 우리 모두를 감싸주었다.

-사아아아…

"랑부예."

파란 빛보라 속에서 이자벨이 속삭였다. 그녀는 힘겹게 팔을 뻗어 딸을 쓰다듬었다. 크리스텔이 어머니의 손에 뺨을 기댔다.

"결혼하기 전에, 저는 이자벨 랑부예였어요."

"그렇군요. 랑부예 씨."

내가 미소로 답했다. 이자벨은 그제야 함박웃음을 지었다.

* * *

"…신물 '창해의 축복'에 관한 이야기는 추후에 하겠다. 오늘의 본론은 그게 아니야."

"예, 폐하."

프레데리크 황제가 돌발 상황을 빠르게 정리했다. 방청인들이 공손히 머리를 숙였다. 얼떨떨하고 궁금해도, 군주가 저리 말한 이상 기다리는 것이 도리였다. 스승님이 황제의 거실 중 하나로 가서 쉬라고 권했지만, 이자벨과 크리스텔은 정중히 사양했다.

두 모녀는 시몽 드 사르네즈의 심판을 끝까지 지켜보겠다고 말했다. 그가 죄지은 사람들에 대한 예의를 지키고 싶다고도 했다. 그래서 조안과 뒤엠 남매와 베랑 가족 곁에 남았다. 시종장 로라가 모두를 위해 뜨거운 모과차를 가져다주었다. 엘리자베트 경이 진행을 이어갔다.

"이번에는 증인을 들이겠습니다, 폐하. 최근 사망한 로베르 블랑케르 공자의 어머니인 세실 블랑케르 공작입니다."

이후 재판은 일사천리로 진행됐다. 참고인뿐 아니라 사건 해결에 중요한 단서를 제공한 증인들도 잇따라 출석했다. 사르네즈 공작은 모든 질문에 순순히 답했는데, 꼭 영혼이 빠져나간 사람처럼 눈빛이 멍했다. 이자벨의 절규가 가슴에 맺힌 모양이었다. 그게 때늦은 후회든 미안함이든, 뭐든 간에.

"죽은 로베르의 손에서 유모가 이것을 발견했습니다. 사르네즈 공작이 보낸 봉투 일부입니다."

새카만 상복 차림의 블랑케르 공작이, 장갑 낀 손으로 작은 마도구 유리 상자를 들어 보였다. 안에는 얼룩덜룩한 종잇조각들이 들어있었다. 그녀는 황태자의 고모이자 황제의 시누이로서, 그간 투자르 궁이 아닌 스트로다 궁에 머물렀다.

옆에는 마찬가지로 온통 검정인 소공작과 공작 부군이 함께하고 있었다. 부녀는 흑색 베일을 쓰고 있어 표정을 알아보기 어려웠다. 나는 에바가 걱정되어 눈을 뗄 수가 없었다. 엊그제 봤을 땐 잘 지내는 것 같았지만, 본래 가족 잃은 허망함이란 예고 없이 밀려오는 법이었다. 이런 자리에서는 더욱 견디기 힘들 터였다.

"죽음이 닥치기 직전에… 이상함을 느낀 모양입니다. 자신이 벽난로에 직접 던진 봉투를 맨손으로 건져냈습니다."

"맙소사."

"시신의 양손이 검붉게 탔습니다. 어찌나 꼭 쥐었는지, 사후 경직이 오기 전에도 손아귀를 펴기가 어려웠다고 합니다."

"어찌 그런 죽음이 있단 말입니까…"

블랑케르 공작이 고요히 증언했고, 귀족들은 입을 가리거나 천장을 올려다보며 탄식했다. 대주교들이 눈을 감고 가만가만 기도를 올렸다. 사르네즈 공작은 이제 목을 떨어뜨린 채 어깨를 들썩거리고 있었다. 나는 꼬마들을 데려오지 않길 잘했다고 생각하며 이를 악물었다.

로베르 블랑케르의 최후는 비참했다. 그런 '처리 방법'을 생각해 내고도, 평소처럼 우아한 하루를 보냈을 공작을 보고 있자니 온몸에 소름이 돋았다. 지난여름 세드리크 태자와 결투를 벌였던 8급 마법사. 특기는 자력磁力.

공작은 블랑케르 공자가 내게 품은 악감정을 이용해 그를 전달책으로 부렸다. 망자에게 동정심을 느끼는 건 아니었다. 젊은 나이에 죽었다고 재능을 아까워할 생각도 없었다. 그가 마지막으로 에바에게 보냈다는 편지는, 악담과 욕심으로 가득 차 있었으니까. 별장에 갇혀 지내면서도 툭하면 하인들에게 행패를 부렸다는 모양이었다. 하지만…

"공자의 봉투 조각에는 극소량의 독이 묻어있었습니다. 휘발성이 강하여, 밀폐된 용기에 보관하지 않으면 사나흘 안에 흔적조차 남지 않는 종류입니다. 다행히 반응은 뚜렷하게 나오더군요. 비교적 해독이 쉬운 식물 독이 아닌 마수의 맹독이었습니다."

증인으로 참석한 엘리자베트 경의 부친, 미셸 무테 경이 보고했다. 그는 저명한 식물학자이자 외과 의사로서 이번 사건 해결에 결정적인 도움을 주었다. 황제가 한쪽 눈썹을 까닥였다.

요컨대 사르네즈 공작은, 로베르를 이용하면서도 그를 신뢰하지는 않았다. 태도가 가볍고 자만하기를 좋아한다는 이유에서였다. 그래서 사람을 '일회용'으로 쓰고자 했다. 그에게 보내는 봉투 입구에 독을 바르고 죽음을 기다렸다.

공자가 겉봉을 갈아 끼우고 자신이 보낸 것을 태울 즈음엔, 자연히 숨이 멎으리라 여겼다. 예측은 이내 현실이 되었다. 하지만 공작은 로베르 본연의 독기를 간과했다. 죽음을 예감한 그가, 피를 토하며 맨손으로 불길을 뒤질 줄은 몰랐던 것이다.

"그것은… 그것은 불가능합니다. 블랑케르 공자는 저의 신탁을 받았습니다. 사르네즈 공작과 저를 해칠 수 있는 행동은 하지 못하게 되어있었습니다!"

'증거가 조작된 것은 아닙니까?'

깔깔한 목소리가 의문을 제기했다. 모두의 시선이 여인에게 쏠렸다. 지금까지 줄곧 조용히 있던 또 다른 죄인, 외제니 케시에였다. 희끗한 봉두난발 사이로 노인의 눈동자가 번뜩였다.

"그렇지 않아도 그 점을 짚으려 했습니다, 대주교님."

엘리자베트 경이 '은하'라는 경칭을 쏙 빼자, 케시에가 눈을 날카롭게 치떴다. 소백작은 아랑곳하지 않고 말을 이었다.

"당신은 이곳에 오기 전에 증언했습니다. 사르네즈 공작님을 돕고자 여러 인물에게 신탁을 내렸다고요. 블랑케르 공자를 포함해 누구에게 언제 어디서 주문을 걸었는지, 지금 여기서 낱낱이 밝히십시오."

"…그리하면 극형은 내리지 않겠노라 약조해 주십시오."

"오."

노인의 대답에 대주교들이 신음하며 고개를 내저었다. 속이 터지는지 주교관을 벗고 손부채질하는 이도 있었다.

황제의 핏빛 시선은 아무런 헛소리도 듣지 못했다는 양 고요했다.

'상황 파악하시오, 대주교!'

누군가 소리쳤으나, 케시에는 독기 어린 눈길로 이쪽을 노려보았다. 당황해서 옆자리의 태자와 시종을 확인했지만 내가 잘못 본 게 아니었다. 다른 사람이 아니라 정말로 나를 겨누는 시선이었다. 왜? 설마 뱅자맹이 말했던 '견제'가 이런 건가?

"끌려올 때 분명 그런 언질이 있었습니다. 순순히 협조하면 사형을 내리지는 않으실 거라…!"

–휘이익! 탁!

"아아악!"

허공에서 뭐가 번쩍했다! 케시에가 비명을 질렀다.

'허어어!'

식겁한 방청객들이 우르르 뒤로 물러났다. 나는 기겁해서 허리를 쭉 빼고 기웃거렸다. 노인의 무릎 앞에 번들거리는 깃펜이 꽂혀있었…

"태자님?"

이번엔 너야?

"그 입놀림으로 죽음을 앞당길 수는 있겠군."

사내가 굶주린 흑표범처럼 대주교를 을러댔다.

"천한 박쥐가 태양의 땅에서 살기를 바라나?"

황급히 시선을 내리자, 깃펜을 빼앗긴 황제궁 서기의 당혹한 얼굴이 눈에 들어왔다. 실내에선 마법을 쓸 수 없으니 황태자가 직접 힘을 실어 내던진 모양이었다. 그런데 두 어른은 물론이고 스승인 요한 경조차 꾸중하는 낯이 아니었다. 나는 입을 벙긋거리다가 끝내 다물었다. 가정교육을 너무 확실히 받은 케이스라 뭐라고 타이르지도 못하겠다. 보고 배운 게 이런 거라서…

"브, 블랑케르 공자와는 가장무도회에서 접선하였습니다. 하늘이 열리고 골렘이 준동하던 그날 말입니다!"

심지어 저 위협이 먹혔다! 엘리자베트 경이 익숙한 얼굴로 깃펜을 뽑아 챙겼다. 케시에는 청산우수처럼 진술을 이어 나갔다.

"사르네즈 공작이 먼저 발코니에서 공자를 만나 모략을 제의했습니다. 그가 블랑케르 공작가에 사로잡히고 나선 제가 공자를 취조하겠다고 자원했지요. 영주성 내엔 대주교가 없으니, 블랑케르 가문이 저의 힘을 거절할 이유가 없다고 여겼습니다. 하여 공자의 고해를 들어주는 척, 독대한 자리에서 신탁을 걸었습니다. 나머지는 사르네즈 영주성에서 은밀히 만나…"

노파가 한마디씩 말을 얹을 때마다, 청자들의 얼굴에 켜켜이 경악이 쌓였다. 황도 수비대 부대장을 시작으로, 사르네즈 공작이 직접 양성해 바쳤다는 정예병과 기사 대부분이 그녀의 신탁을 거쳤다. 대주교의 강력한 세뇌에다 공작에 대한 충성심이 더해졌으니, 속박에서 벗어나기란 사실상 불가능했을 것이다.

그래서 황실 근위대는 망설임 없이 우리를 죽이고자 했고, 수비대는 스스럼없이 뒤엠 영주성을 선공했다. 두 사람의 꼭두각시 인형에 겁 없이 황제의 이름표를 붙인 셈이었다. 퍼뜩, 가장무도회에서 목격한 장면들이 플래시백처럼 머릿속을 스쳤다. 음악에 맞춰 빙글빙글 돌던 손님들. 사자와 마녀, 천사와 악마가 한데 모인 무도회장. 황홀하게 빛나던 샹들리에.

'튤립 뿌리는 잘 심었습니까?'

그것이, 내가 들은 로베르 블랑케르의 단서였다.

'평범한 예지와 달랐습니다. 눈앞이 어두워지고 모략의 악취가 풍겼습니다.'

바카리 군의 예언은 두 번째 단서였다. 결코 충분하지는 않았다. 그리고…

'은하. 갑자기 이러시면,'

'갑자기는 무슨. 나는 간밤에도 공작에게 떠나겠단 이야기를 했네!'

갑작스레 던전이 열려 영주성이 봉쇄되자, 성을 떠나겠다며 소란을 피운 외제니 케시에 대주교. 나는 이제야 그녀가 그곳을 벗어나고자 했던 이유를 깨달았다. 할 일을 끝냈으니 더는 위험한 지역에 있기 싫었던 거겠지. 자기 목숨을 저토록 중히 여기는 사람이라면.

"죽어가던 로베르 블랑케르가 어찌 신탁을 파훼했는지 모르겠느냐?"

황제가 불쑥 물었다. 케시에가 입술을 떨며 그녀를 바라보았다.

"녀석이 너희와 달랐기 때문이다."

"…"

"황도에 모르는 이가 없는 망나니였지. 블랑케르 공작의 속을 많이도 썩였어. 허나 명예가 얼마나 귀한 것인지는 알았다. 평생에 걸쳐 주입된 것이 있었으니까."

"폐하!"

"그리 치욕스레 죽고 싶지 않았던 거다. 양손이 불타는 한이 있어도 자신의 이름이 더럽혀지는 일은 원치 않았겠지. 네놈들에 대한 복수심으로 움직인 게 아니야. 하여 신탁의 영향을 받지 않았다."

"…"

"짐은 신관이 아닐진대. 대주교인 자가 이 몸보다 상황을 이해하지 못하는 꼴이 우습군."

케시에가 입을 악다물며 고개를 떨구었다. 얼마간의 침묵이 흘렀다. 황제는 계단 아래서 열심히 기록 중인 서기들을 일별하더니, 부근위대장을 향해 눈짓했다. 계속하라는 뜻이었다.

"…예. 공자의 사망 당일 블랑케르 영주성 외과의가 부검한 결과, 체내에서 독이 검출되었습니다. 무테 경이 봉투에서 찾아낸 마수 독과 일치한다는 증언 및 기록도 확보했습니다."

"한데 그것이, 죽은 앙드레지 공자의 시신에서도 나왔습니다."

"뭐라고요!"

소백작과 그녀의 아버지가 차례대로 설명했다. 난데없이 튀어나온 '앙드레지'에 귀족들이 크게 웅성거렸다. 공자는 사관학교 창립식 테러 사건의 범인이었다. 황제와 추기경이 차분한 눈길로 뒷말을 기다렸다. 미셸 경의 회색 눈동자가 깊게 가라앉았다.

"죽은 테러범의 입가에 거품이 낀 것을 수상히 여기신 태자 전하께서, 저에게 부검을 요청하셨습니다. 검시 결과 독 반응이 나왔습니다. 마도구 폭발의 충격이 직접적인 사인입니다만, 공자가 생존했을 경우를 대비해 테러 실행 전 독을 먹게 한 것으로 보입니다.

배후를 감추기 위해서였겠지요."

"세상에!"

"사람이 어찌 그런 생각을 할 수 있단 말이오?!"

"겨우 열다섯이었어요, 열다섯! 그런 애가 무얼 안다고!"

"증조모 핑계 대지 마십시오. 당신도 악마 아닙니까!"

"…"

귀족과 성직자 할 것 없이 모두가 소리 높여 사르네즈 공작을 비난했다. 공작은 시선을 내리깔고 묵묵히 손가락질을 받았다. 나는 따뜻한 성석 구슬을 세게 움켜쥐었다. 그때와 거의 비슷한 상황이었다. 대를 이어 아픈 아이들을 버렸던 앙드레지 백작가의 심판 당시에도, 알현실은 이런 분위기였다. 나는 그날 여기 있던 모두가 한마음이라고 생각했다. 악행에 분노하고 폼 할머니와 앙리에트를 애도하던 면면에, 진심만이 가득하다고 믿었다.

그런데 아니었다. 시몽 드 사르네즈는, 그 순간에도 백작 부부의 미성년 아들을 이용할 계획을 세웠다. 판단력이 성숙하지 않은 아이를 부추겨 자결로 이끌었다. 나는 눈을 질끈 감으며 몸서리쳤다. 착각이겠지만, 구슬 속 불꽃이 더욱 따끈하게 달아오르는 느낌이 들었다.

"그릇된 신앙으로 눈앞이 흐려진 아이를 이용해 테러를 일으키고, 왕자에 대한 민심을 무너뜨릴 셈이었겠지. 더불어 스스로 피해자가 되어 일찍이 용의선상에서 물러났다. 공자의 부모가 감옥에 있으니 후환도 없으리라 여긴 것이냐."

"…예."

서브 남주가 파업하면 생기는 일 6

황제의 물음에 거친 목소리가 답했다. 곳곳에서 한숨이 흘러나왔다. 중년인은 한때 총신이었던 자를 뚫어져라 응시했다.

"네 계획은 완벽했을 거다. 블랑케르 공자가 벨리아르 경에게 보낸 봉투에 잉크를 뿌리지만 않았어도. 아니, 벨리아르가 짐에게 그것을 가져오지만 않았어도."

공작이 고개를 번쩍 들었다. 그의 턱끝이 부들부들 떨리며 벌어졌다. 예상치 못했다는 반응이었다. 부티에 추기경이 말꼬리를 붙였다.

"그게 네 실책이야, 시몽. 너는 사람을 사람으로 보지 않아. 인간은 다양한 변수에 다양한 반응을 보인다는 걸 고려하지 못해. 그저 네 체스판 위의 말이라고만 생각한 거니?"

"어째서, 어째서 그것이 폐하께…"

"벨리아르 경이 왕자에게 신세를 졌으니까. 너는 모르는 인과였다."

"…"

"간단하지 않으냐? 허탈하겠지."

과연 공작의 낯에 허무함이 번졌다. 반대로 조소하던 황제의 얼굴에선 웃음기가 빠져나갔다.

"네놈은 짐을 배신하고 조국을 등진 것으로 모자라, 감히 짐의 신하이자 황족의 피가 흐르는 대귀족을 능멸했다. 또한…"

그때였다.

-쿠우웅!

예고 없이 알현실 문이 열리고, 은빛 갑옷을 입은 황궁 기사가 모습을 드러냈다. 황제와 태자의 눈매가 동시에 가늘어졌다. 뭇시선이 전부 남자에게 쏠렸다. 기사는 철컥철컥 소리를 내며 빠르게 걸어오더니, 계단 앞에 털썩 무릎을 꿇었다. 무슨 일인지 몹시 호흡이 가빴다. 문득 불길한 예감이 들었다.

"폐하, 죽여주십시오! 긴급한 전갈이 있어 언감생심 귀한 시간을 방해하였나이다."

"무엇이냐?"

그러자 청년이 숨을 몰아쉬며 느릿느릿 고개를 들었다. 찰나 눈이 마주친 것 같기도 했다.

"페네티안의… 신국의 왕세녀가 급서를 보냈습니다. 두루마리엔 '국왕 대리'의 상징이 달려있습니다."

* * *

'국왕 대리'? 그건 베르너르 페네티안이었잖아. 엘리서 왕세녀로 바뀐 건가? 신국에선 또 무슨 일이 벌어지고 있는 거지?

"타국의 신하를 죽이고자 모략을 교사한 나라에서, 묘한 시기에 서신을 보내는군."

"…"

"축보는 아닐 테고."

'서로의 생일을 축하할 만큼 살갑진 않으니.'

프레데리크 황제가 날카롭게 덧붙였다. 좌중이 찬물을 끼얹은 듯 고요해졌다. 그랬다. 현재 알현실에서 벌어지고 있는 심판은 결코

서브 남주가 파업하면 생기는 일 6

가볍지도, 단순하지도 않았다. 대귀족 시몽 드 사르네즈가 섬기던 군주와 국가를 배신했다.

적국 왕실의 명령을 받아 후작인 나를 살해하려고 했으며, 그러한 과정에서 황제의 봉신 여럿을 동시에 모함했다. 꼬리를 자르기 위해 살인과 폭력까지 저질렀다. 황도 수비대, 황실 근위대를 참칭해 무력을 행사하기도 했다. 온통 대역죄와 중죄뿐이었다.

이런 타이밍에 신국에서 무언가를 말하고자 하는 게, 황제 입장에서는 고깝게 느껴질 법했다. 변명이라도 불쾌하겠고 오리발을 내미는 거라면 단순한 분노로 끝나진 않을 터였다.

지금의 상황을 아예 모른다면, 그건 그것대로 불신을 느끼기에 충분했다. 황태자와 나의 시선이 마주쳤다. 주황색 눈동자가 작게 일렁이고 있었다. 내가 느낀 불길함을 감지한 걸까. 솔직히 당장 전투가 벌어져도 이상하지 않을 상황이잖아. 너도 긴장되는 거지?

"…예. 함께 보낸 선물이 없는 것으로 미루어 탄신일 축하 서신은 아닌 듯합니다. 다만 교황청을 통해 긴급히 전송되었습니다. 전달자는 크리스타너 국왕의 최측근인 로세하르더 궁정백이었습니다."

전령이 깍듯이 고개 숙이며 고했다. '로세하르더'라는 성에 대주교들이 술렁술렁 시선을 교환했다. 나는 빙의하고 나서 주로 리에스테르 적응과 공부에 힘썼기 때문에, 상대적으로 페네티안 정보엔 취약했다. 그래도 로세하르더는 어디서 들어본 것 같은데. 역사서에서 읽었던가? 황제가 미간을 찌푸렸다.

"'장미원의 대사제' 집안 말인가."

"그렇습니다."

"그러고 보니 대주교가 교황청을 드나들며 재미를 봤다지."

체리색 시선이 순식간에 외제니 케시에를 낚아챘다. 마치 자신의 사냥감을 잊지 않은 초원의 맹수 같았다. 노인이 움찔하며 목을 떨구었다. 허스키한 목소리가 더욱 낮아졌다.

"왕세녀의 친서는 추기경에게 올려라. 짐은 지금 읽지 않겠다."

"…황명을 받듭니다."

젊은 기사가 예를 차리고 자리에서 일어났다. 모두의 시선이 그를 따라 움직였다. 청년은 갑옷으로 덮인 등에 황실 깃발과 가죽가방을 짊어지고 있었는데, 그중 가방만 양손으로 받쳐 스승님의 시종에게 건넸다.

마주 인사한 그녀가 짐에서 보라색 두루마리를 꺼내 나탈리에게 올렸다. 리에스테르 문장紋章과는 다른 느낌의, 호사스러운 문양이 새겨진 공단이었다. 내가 지난번에 받은 크리스타너의 친서와 동일했다. 다만 양끝에 풍성한 백금 빛깔 술이 달려있었고, 금실이나 보석 장식은 없었다.

그럼 저게 국왕 대리의 상징인가?

"재판을 속개하지."

"예, 폐하."

황제의 말에 엘리자베트 경이 즉시 고개를 주억였다. 사르네즈 공작은 심호흡과 함께 자세를 바로 했다. 케시에는 이제 경련독에 당한 사람처럼 온몸을 벌벌 떨고 있었다. 사형만은 면케 해 달라 요구하던 기백은 찾아볼 수 없었다.

"외제니 케시에는 제국과 교황청을 오가며 신국의 세작 노릇을 했고, 적국의 추기경으로부터 직접 지령을 전달받았다. 지시 사항을 수행한 후에는 교황청 마차로 대가를 수령했지. 짐이 교황의 자산을 검역할 수 없다는 점을 악용했다. 공작의 모략을 도운 건 우연은 고사하고 우발적인 행위도 아니었어."

"하, 하… 내가 도대체 무슨 정신으로…"

케시에의 중얼거림이 들렸다. 사색이 된 신관들이 입을 떡 벌렸다. 일부는 어지럼증과 메스꺼움을 호소했다. 함께 기도하고 강론하던 자가 나라를 팔았다는 사실에 큰 충격을 받은 모양이었다. 스승님은 왕세녀의 두루마리를 펼쳐 보고 있었다. 고개를 빼꼼 내밀어 그녀의 표정을 살폈지만, 황제의 반려는 역시나 어떠한 단서도 내비치지 않았다.

"이것이 어젯밤 네가 황실 근위대에 진술한 내용이다. 죄를 인정하느냐?"

"내가 무슨 정신으로 저런 소리를 했을까…!"

고개가 절로 홱 돌아갔다. 케시에는 죄를 뉘우치는 것이 아니라, 자신의 자백을 후회하고 있었다. 경악스러웠다.

'그게 무슨 망발입니까!'

지켜보던 대귀족들이 만류하는데도 노파는 멈추지 않았다. 껄껄한 음성으로 악을 쓰고, 센머리를 마구 내저으며 스스로를 나무랐다.

"멍청한 것. 살려주겠다는 말을 덜컥 믿어! 집 나간 황녀가 무어라고 그리 쉽게 매달려서 줄줄 불었느냐! 외제니ㅡ!"

"이보시오, 대주교!"

"내 돈! 내 세월! 내가 뭣 때문에 악바리로 여기까지 올라왔는데!"

"맙소사. 제정신이 아니야!"

"아아아아…!"

−쾅! 쾅! 쾅!

여인은 무릎 꿇은 채로 자신의 이마를 땅에 박아댔다. 참고인석의 크리스텔이 빠르게 움직여 에바를 품에 숨겼다. 마리아와 테레즈도 오빠와 언니의 어깨에 얼굴을 묻었고, 안 베랑 남작 부인은 흐느끼는 딸을 끌어안은 채 눈을 감았다.

'도망칠 것을! 그냥 달아날 것을!'

쿵! 쿵! 쿵! 광기 어린 절규가 이어졌다. 주름진 얼굴이 삽시에 피범벅으로 변했다. 끔찍한 광경이었다. 나는 떨리는 손등으로 입을 가렸다. 입술의 진동이 고스란히 느껴졌다.

"덜떨어진 외제니 케시에! 수십 년을 사교계에서 구르고도! 그런 허언을! 곧이곧대로 믿어!"

−퍽! 퍽!

"계속해 봐라."

"아악! 차라리 시골에 처박혀서…!"

케시에가 소리 지르다 말고 퍼뜩 황제를 올려다보았다. 피가 흘러 들어간 눈자위가 울긋불긋했다. 턱끝으로 흘러내린 선혈이 같은 색 융단을 적셨다. 나는 세드리크 태자의 부츠 끝에 시선을 고정했다. 차마 보기 힘든 장면이었다.

"그대로 죽는 것도 나쁘지 않아. 짐이 손해 볼 건 없지."

"…"

"처형에도 비용이 드니까."

황제의 목소리는 소름 끼칠 만치 무덤덤했다. 달래기는커녕 설득하는 어조도 아니었고, 지나치게 차갑거나 부추기는 태도 역시 아니었다. 그저 건조하고 무심했다. 배신자의 최후 따위는 어떻게 되어도 좋다는 듯이.

"흐으…"

케시에가 울음 같은 한숨을 내뱉으며 자해를 멈추었다. 현기증이 밀려오는지 앙상한 손으로 바닥을 더듬기도 했다. 누구도 죄인의 피를 닦아주고자 나서지 않았다. 황제는 '쯧' 하고 혀를 차더니 말을 이었다.

"당분간 제국 성직자들의 교황청 출입을 금한다. 국내의 외국인 신관은 1개월 이내로 모두 추방될 것이다. 이는 황명이다."

"아…"

"…"

싸늘한 침묵이 알현실을 휩쓸었다. 나는 눈을 깜빡였다. 이는 어마어마한 중대 발표였다. 제국과 신국은 철저하게 단교 중이었지만, 종교적 교류만큼은 예외였다. 지금은 귀화한 요한 경과 산트도 처음엔 교황청 소속으로 제국에 왔다.

헤릿이 이곳까지 무사히 닿을 수 있었던 것 또한, 복사服事 제도를 유용하게 써먹은 결과였다. 귀족 자녀들도 그곳에서 몇 년간 신앙 교육을 받곤 했으니 말 다 했다. 교황청은 언제나 양국 소통의 중간 다리 역할을 했고, 전쟁 시대 이후로 이쪽 창구가 닫힌 적은 없었다. 그러니 이건 나쁜 징조로 해석될 만했다.

"폐하."

어느 대주교가 조심스레 발언했다. 연례 기도회에서 본 얼굴이었다.

"늙은이가 감히 한 말씀 올리겠습니다. 예로부터 교황청과의 왕래를 끊는 것은,"

"오래가지는 않을 것이다. 내부 단속이 끝날 때까지 외부 요인을 차단하고자 함이니."

"…알겠습니다."

노인장이 고분고분 물러났다. 연장자가 쉬이 수긍한 데다 상황이 상황인 만큼, 어느 성직자도 더는 반대 의견을 내지 못했다. 이미 황제와 추기경의 논의가 끝난 안건 같았다. 군주는 보좌에 머리를 기대며 크라바트를 조금 풀었다.

"계속하지."

"예. 다음은 참고인 파브리스 베랑 남작입니다. 남작은 공작이 제작한 선전물로 내란 모의 누명을 썼으며, 신국의 소년병을 밀입국시켜 양성한다는 음해를…"

부근위대장이 성실히 재판을 이어갔다. 그때, 시종 나탈리가 조용히 내게 다가왔다.

"예서 왕자님."

"네, 나탈리."

"추기경 전하께서 곁으로 오기를 청하십니다."

스승님이요? 나는 어리둥절한 얼굴로 추기경을 바라보았다. 오묘한 베이지색 눈동자에선 여전히 어떤 정보도 읽어낼 수 없었다.

일단 소리 없이 일어나 가장 높은 자리로 움직였다. 태자의 시선이 따라붙기에 '형 금방 올게' 하고 입 모양만 벙긋거렸다. 설마 알아들진 못했겠지. 그런데 엘리서가 내 이야기를 한 건가?

"부르셨습니까."

"우리 제자님. 혹시 최근 몇 개월 사이에 몸이 안 좋았니?"

스승님이 나를 올려보며 다정하게 속삭였다. 엥?

"어… 포털 울렁증이나 더위 먹은 건 빼는 겁니까?"

"응, 그런 건 제외야."

"에테르 막혔을 때는요?"

"그것도 빼보자."

"아주 건강했습니다."

내가 즉답했다. 추기경이 목을 기울였다.

"혼자 앓고 털어낸 적은?"

"그러면 저를 혼낼 사람들이 있어서요. 불가능한 일인데요."

나는 뱅자맹과 가나엘을 떠올리며 웃음기 어린 답을 내놓았다. 거기에 뚝심이와 애물단지들까지 있으니, 요즘 들어 완벽히 혼자인 시간은 드물었다. 아플 일 자체도 없었다. 나는 본래 체력이나 근력이 괜찮은 편이고, 예서 왕자의 몸도 조건은 비슷했다. 날씨를 많이 타서 그렇지.

"나도 그렇게 생각하는데, 왕세녀의 의견은 다른가 봐."

"네?"

그녀가 소곤거리며 두루마리를 보여주었다. 눈에 익은 필체. 언젠가 '위실'이 내게 보냈던 쪽지와 똑같은 글씨였다.

'…제 동생이 폐하의 땅에서 가당치 않은 오명을 썼다는 비보를 접했습니다. 지극히 명백한 사실을 익히 아실 줄로 믿사오나, 예서 왕자는 볼모이기 이전에 고귀하신 크리스타너 국왕 폐하의 아들로서 증거가 확실한 반역, 살인 및 이에 상응하는 대죄가 아니라면 어떠한 혐의에도 구금되지 않을 특권이 있습니다. 또한 대륙에서 가장 높은 수준의 변호와 보호를 받을 영구불변의 자격을 누리며…'

끙, 결국 소식을 들었구나. 나는 입술을 모으며 편지를 읽어 내렸다. 두 나라 사이에 엄청난 물리적 거리가 존재하는 만큼, 아무래도 엘리서는 사건 초기의 정보만을 알고 있는 듯했다. 또박또박 눌러쓴 글자에선 깊은 우려와 애정이 묻어났다.

'허나 이러한 조치가 시행되기 이전에, 저는 왕자가 그곳에서 스스로를 지킬 수 없는 신체적 상태에 놓였다고 판단하였습니다. 이는 페네티안 왕족의 내밀한 문제이므로 폐하께 낱낱이 고하기 어려움을…'

잠깐. '스스로를 지킬 수 없는 신체적 상태'라고? 내가?

"하사품 착복 건은 공작의 소관 아니었습니까?"

"사람이 어찌 저리 두 얼굴로 살았을꼬!"

"미해결 사건을 남작의 죄로 떠넘기다니요!"

엎친 데 덮친 격으로 장내가 소란스러워졌다. 나는 혼란스러운 눈길로 고개를 들었다. 참고인으로 선 베랑 남작이 몹시 슬픈 표정을 짓고 있었다. 사르네즈 공작은 바닥 어딘가를 멍하니 보며 느릿느릿 진술했다.

"르 시프르 여관의 하사품 절도는… 빅투아르 당드레지의 짓이었습니다. 허나 당시에는 그런 이름의 도둑이 없었습니다."

"빅투아르? 설마 마담 빅투아르를 말하는 게요?"

한 귀족의 추궁에 남자가 머리를 끄덕였다. 나는 황급히 '가가방'을 뒤졌다. 스승님이 의아하다는 눈빛으로 나를 바라보았다.

"현장에서 그자의 명함이 발견되었지만… 그때는 누구도 정체를 알지 못했습니다. 무언가를 묻었다 파헤친 흔적은 있었으나 그게 전부였습니다. 목격자도 없어, 여관 주인이 갈취했다는 막대한 현금을 찾을 길이 요원했지요. 폐하께는 사건이 장기화 조짐을 보인다는 말씀을 올렸습니다. 한데…"

"얼마 지나지 않아 같은 이름의 괴도가 나타났고, 가을에는 황도까지 그녀의 활약상이 퍼졌죠."

"예."

소백작이 냉랭하게 말을 받았고, 공작은 힘없이 긍정했다.

"그 무렵엔 이미… 지령을 받은 뒤였습니다. 혹시나 싶어 사건을 미제로 남겨두었습니다."

"그것마저 패로 활용할 생각을 하셨단 말입니까?"

날카로운 질문이었다. 남자가 화상 진물을 뚝뚝 흘리며 입을 열었다.

"사교계에선 흔한 방식입니다. 아주 사소하게 지나간, 아무도 기억하지 못하는 일을 끄집어내 부풀리고 과장하는 것… 대귀족이라면 누구나 쉽게 떠올릴 발상이지요."

"그런 식으로 다른 대귀족까지 폄하하지 마십시오. 당신의 죄는 당신만의 것으로 받아들이세요."

'합리화는 꿈도 꾸지 마시고요!'

내가 울컥해서 쏘아붙였다. 모두가 놀라 이쪽을 바라보았다. 나는 손에 쥔 수첩을 척척 펼쳤다. 내 것이 아니었다.

"경의 뤼카 마을 수색 시점이 5월 하순이었죠. 여기, 초대 빅투아르였던 앙리에트 당드레지의 일기장입니다. 제가 유품으로 받았습니다."

"…"

그의 입이 믿을 수 없다는 듯 벌어졌다. 당연히 몰랐겠지. 이건 친구들과 내 소관이었다. '빵집 탐정 사무소'가 맡은 사건이었으니까.

"친절하게 언제 무엇을 훔쳤다는 이야긴 없습니다. 그랬다면 폐하께서 제게 이걸 주시지도 않았겠죠. 대신 이런 말이 있네요. '성력 1613년 5월 15일. 마수 대토벌을 구경하고 올라가는 길이다. 오늘은 뤼카라는 곳에서 묵게 됐다. 주민 모두가 우리의 광대놀음에 웃음보따리를 터뜨렸다. 꽃바구니 선물을 받은 건 처음이었다. 마을에 기쁜 일이 있어 나누고 싶었노라 했다.'"

내가 앙리에트의 글을 소리 내어 읽었다. 크리스텔과 나의 눈길이 닿았다. 우리는 분명히, 같은 봄날의 기억을 헤아리고 있었다. 나는 평정을 유지하려 애쓰며 며칠 뒤의 일기를 낭독했다.

"5월 20일. 드디어 바다에 도착했다. 사르네즈는 풍요로운 땅이라고 들었는데 밑바닥은 고향과 별다를 것도 없었다. 이번에는 내가 꽃바구니를 선물했다.'"

"…"

아주 긴 적막이 흘렀다. 나는 공작을 똑바로 바라보았고, 그는 세상에서 가장 멍청한 표정으로 나를 응시했다. 티끌 한 점 없이 순수한 분노로 목이 멨다. 그래도 해야 할 말이 있었다.

"마담 빅투아르는, 그 돈을 훔쳐서 당신 영지의 빈민들을 도왔습니다. 그런데 당신은 고인에게 내란 모의 따위의 악명이나 덧씌우려 한 겁니다."

그가 훗날을 위해 덮었던 사건은, 앙리에트가 생전에 남긴 유일한 절도 기록이었다.

* * *

마담 빅투아르의 사망 소식이 전해졌을 때, 사르네즈 공작은 속으로 쾌재를 불렀을 것이다.

"너무 비겁하지 않습니까, 공작. 당신은 철저한 강자 아닌가요?"

"…"

증거 없는 사건 하나를 통째로 얻은 셈이니까. '하사품 착복 사건'이라는 일을, 자신의 입맛대로 각색할 수 있게 되었다고 여겼을 테니까. 이미 고인이 된 범인은 결코 자신을 방해하지 못하리라 믿었을 터였다.

"베랑 남작 가족은 이미 사랑하는 쌍둥이를 한날한시에 잃었습니다. 그런데 힘없고 영세한 저분들에게 말도 안 되는 누명을 씌우는 걸로 모자라, 망자를 모욕할 계획까지 세운 거잖아요. 두 사람은 생전에도 앙드레지 백작가 때문에 가슴에 대못을 박고 살았습니다."

"…"

"부족한 것 없이 자란 분이, 평생을 권력자로 살아온 분이 그토록 치졸하게 약자를 이용할 생각을 합니까?"

내가 엘리자베트 경에게 일기장을 건네며 쏴붙였다.

'그럴 수 있고, 그래도 되니까.'

그런 이유는 오답이었다. 적어도 내 믿음으로는 그랬다. 프레데리크 황제나 부티에 추기경 같은 지도자가 있는 세상에서, 그따위 변명은 듣고 싶지 않았다. 벼랑 끝에 몰렸던 프랑수아 후작과 베랑 남작도 사랑받는 영주였다. 나는 주먹을 꾹 쥐었다. 조리 있게 따지고 싶은데 자꾸만 화가 치밀었다. 간신히 소리 지르지 않는 게 나의 한계였다.

"그냥 칼을 들고 제게 바로 오지 그랬습니까. 그럼 정정당당하기라도 했겠죠."

"…"

공작은 나를 보며 입을 벙긋거렸지만, 끝내 아무 말도 꺼내지 못하고 고개를 숙였다. 차라리 그게 나았다. 죄송하다느니 송구스럽다는 말로 덜 수 있는 죄가 아니었다. 내게만 잘못한 것도 아니며, 그의 계략으로 죽어간 이들은 이제 살아 돌아올 수 없지 않은가!

"망자에게 반격당할 거란 생각은 안 해보셨나 봅니다!"

그래서 베르너르 페네티안에게 더욱 분노했다. 그에게도 똑같은 말을 퍼부어 주고 싶었다. 야비하게 이럴 것 없이, 직접 와서 뭐라도 휘두르라고. 휘장 뒤에 숨어 남의 손에만 피 묻히려 드는 짓은 그만하라고. 무슨 사연이 있어 이러는 건지는 몰라도, 살인자의 더러운 명분 따윈 이제 알고 싶지 않았다. 궁금하지도 않았다.

"쉬이, 왕자님."

'걱정 마. 나머지는 어른들에게 맡기렴.'

추기경이 내 뺨을 쓸며 조곤조곤 달랬다. 미안한 기색이 역력한 단안경 아래의 눈을 보니 또 울컥했다. 세상에는 분명 나쁜 사람보다 좋은 사람이 훨씬 많은데, 잘못하는 놈 따로 있고 수습하는 분 따로 있다는 게 새삼스레 화가 났다.

이런 일을 막지 못했다는 이유로 스승님이 유감을 표하는 것도 억울했다. 아무래도 나는 성숙한 어른이 되려면 한참 먼 것 같았다. 뒤편에 묵묵히 서있던 요한 경이, 내가 다시 불꽃 구슬을 쥔 것을 보고는 설핏 웃었다.

"…수사 과정에서, 황도 수비대 사관학교 창립식을 12월로 미루는 데 공작의 입김이 주효했다는 사실 또한 확인했습니다. 당초 10월로 예정되어 있던 행사였고 유동성이 높았던 것은 사실입니다. 허나 남작령의 보육원 개원식이었던 12월 19일로 날짜를 정한 고의성이…"

잠깐 침묵했던 엘리자베트 경이 또박또박 말을 이어갔다. 이후로도 공작과 외제니 케시에의 죄는 끝없이 나왔다. 특히 사르네즈 가문의 시종장, 제라르 소리오의 증언이 언급될 때마다 귀족들이 탄식을 내뱉었다.

'맙소사, 무슨 양파도 아니고!'

예컨대 공작이 앙드레지 공자를 영주성으로 불러 맹독을 건넨 것, 암호를 통해 테러 현장을 직접적으로 지휘한 것, 악성 지라시의 내용을 처음부터 끝까지 교정했다는 것, 전대와 전전 공작 역시 신국에 정보를 넘긴 적이 있다는 사실 등이었다.

황제궁 시종인 지네트가 몇 년 전부터 케시에의 세뇌를 받아왔다는 폭로도 있었다. 몇몇 신관이 양손으로 얼굴을 감쌌다. 그러나 가장 충격이 컸던 순간은, 케시에가 오래된 진실을 털어놓았을 때였다.

"베랑 남작가를 이용하자는 의견은… 제가 냈습니다. 예, 접니다."

노인은 어느새 자포자기한 목소리였다. 처음엔 증언할 테니 살려달라며 목숨을 구걸했고, 그다음엔 차마 보기 힘든 자해를 하더니, 이제는 모든 걸 내려놓은 기색이었다. 찢어진 이마에서도 피가 멎은 듯했다. 흰머리가 붉고 축축하게 젖어있었다. 이내 모래처럼 껄끄러운 음성이 흘러나왔다.

"죽은 쌍둥이의 신상을 캔 자가… 저의 끄나풀이었습니다. 그 작업에 큰돈을 썼지요."

"…"

이게 무슨 말이야? 재판의 진행을 도맡고 있던 소백작조차 놀란 눈빛이었다. 그녀가 침착하게 말을 받았다.

"대주교님. 당시 황실 근위대가 한 달여에 걸쳐 베랑 영주성과 주변을 수색했습니다. 신국으로 정보를 빼돌린 범인은 남작님의 마부였습니다. 쌍둥이 형제와 같은 현장에서 사망했던 일손 말입니다."

나는 눈을 크게 떴다. 이건 처음 듣는 이야기였다. 그러니까 작년 3월, 내가 첫 암살 시도를 당했을 때의 일이다. 페네티안에서 나를 죽이고자 밀입국한 사제급 성기사와 신관 쌍둥이가 있었다. 두 죄인은 쥘리에트 시종으로 입궁하려 했던 베랑 쌍둥이를 살해하고, 그 자리에 들어와 진짜인 양 행세했다.

근위대는 남작 가문 내부인이 쌍둥이에 관한 정보를 신국에 넘겼으리라 추측했다. 그리하여 적국에서 조건에 맞는 암살자를 선발할 수 있도록 말이다. 나는 언젠가 범인이 잡히면, 부근위대장이 내게 사건의 전말을 들려줄 거라 예상했다. 하지만 그녀는 여태 조용했다.

"근위대가 죽은 마부의 침실 바닥을 뜯어냈고, 그곳에서 금괴를 발견했습니다. 전부 신국에서 제작된 것이더군요. 황실 감정사의 확인이 있었습니다."

이제 보니 이유는 명백했다. 쌍둥이를 팔아넘긴 마부 역시 영원한 입막음을 당했던 것이다. 가나엘의 약혼자인 엘리자베트 경이, 내 상황을 전해 들었을 그녀가 또 다른 비극을 알릴 리 만무했다. 나는 그즈음 걸핏하면 악몽에 시달리며 지냈으니까.

"흥, 그자는 연막이었소. 사건을 덮기 위한 미끼였지요."

"뭐라고요?"

지금껏 냉철함을 유지하던 소백작의 얼굴에 처음으로 커다란 균열이 일었다. 에르베 근위대장도 참고인석에서 인상을 찌푸렸다. 케시에가 낄낄 웃으며 어깨를 들썩였다.

"잘나신 대귀족 나리께서 이리 순진하시다니… 하기야 곱게만 자란 분들이 무얼 알까. 손바닥만 한 지방 신전에서 암투를 벌여 봤겠소, 고급 마차 사겠다고 살롱에서 구차하게 빚을 져 봤겠소."

"대주교."

점잖게 그녀를 부른 것은, 조금 전 황제에게 말을 올렸던 신관이었다. 노인장이 고요히 응시하자 여인이 미간을 찡그렸다.

"…쌍둥이의 신상을 내게 넘긴 건, 죽은 마부가 아니라 남작령의 어느 사제였지요. 신전이 워낙 외진 곳에 있어 의심받지 않겠더군요. 남작가와 적당히 왕래가 있으면서 아주 친하지도 않았고."

"맙소사. 어떻게 그런…!"

안 베랑 남작 부인이 벌컥 달려 나오려 했다. 남편이 간신히 그녀를 안아 말렸다. 부인은 피 같은 눈물을 쏟아냈다.

"어찌 그리 살인을 쉽게 말합니까. 죽은 이에게 죄를 뒤집어씌우다니! 우린 그동안 얼마나! 우리가 그간 어떻게 살았는지 알기나 합니까!"

"나도 살려고 그랬습니다."

"그럼 우리 아들은! 내 아이들은 무슨 죄로 열세 살에 그리 가야 했습니까-!"

'왜! 왜…!'

그녀가 비명처럼 부르짖으며 가슴을 쳤다. 나는 거듭 참고인석으로 뛰어 내려갔다. 마음이 너무나 무거워서, 이대로 물에 빠지면 영영 떠오르지 못할 것 같았다. 부인은 남편의 품에 기대어 내 손을 맞잡고 흐느꼈다.

언제나 부드러운 강인함을 보였던 그녀가, 끝내 속절없이 무너지고 있었다. 남작은 숨죽여 울었고, 앙투아네트는 오열하는 엘로디를 꼭 끌어안아 주었다. 나는 망연히 엘리자베트 경을 보다가 깜짝 놀랐다. 그녀는 검을 뽑기 직전이었다. 8급 검사의 위압이 케시에

서브 남주가 파업하면 생기는 일 6

를 찍어 누르고 있었다. 날카로운 회색 눈동자가 서슬 퍼런 살기를
뿜어냈다.

-우우웅…!

"헉, 컥…! 이게 무슨, 짓입니까! 허억!"

"그래서 사제는 어떻게 했는데."

"지금, 폐하의 앞에서! 커헉!"

노파가 자신의 목을 틀어쥐고 바닥을 나뒹굴었다. 압력이 심한
지, 상처 난 머리에서 다시 피가 흐르기 시작했다. 죄인이 쇳소리
를 내며 고통스러워하는데도 소백작은 꿈쩍하지 않았다. 옆에 무릎
꿇은 공작은 겨우 숨만 쉬고 있었다. 나는 황급히 황실 가족을 돌아
보았다. 요한 경까지 넷이 똑 닮은 무표정이었다.

"당신에게 정보를 갖다 바친 사제. 어떻게 했냐고."

"죽였어! 죽였, 허억!"

'콜록콜록! 쿨룩쿨룩!'

노인이 그제야 마른기침을 뱉어내며 숨을 몰아쉬었다. 부근위대
장이 순식간에 위압을 거둔 것이다. 암녹색 단발을 거칠게 쓸어 올
린 그녀가 케시에를 몰아붙였다.

"언제. 어떻게."

"수사가 끝난 후에! 하, 한 달 뒤쯤이었소. 내가 있는, 쿨럭! 대교
구로 발령했지요. 교황청에 인맥이 있으니 간단했고!"

이어진 자백은 충격적이었다. 그녀는 뒷날의 후환거리를 치우고
자 사제를 자신의 교구로 불러올렸다. 그리고는 깎아지른 절벽에서
그가 탄 마차를 미끄러뜨렸다. 사전에 마차 바퀴의 나사를 조금 풀

어놓고, 순탄한 길은 도로 공사를 핑계로 막아두었다. '마침' 비가 왔다고 했다. 케시에는 '운이 좋았다'라고 표현했다.

"…"

"…"

몸서리나는 진술이 끝났지만, 누구도 먼저 입을 떼지 못했다. 할 말이 없었다. 몹시 지치는 기분이 들었다. 그래도 나는 부인의 손을 놓지 않았다.

"…여기까지인가 보군."

알현실의 뭇시선이 가장 높은 자리로 향했다. 지존의 붉은 눈동자가 장내를 오시하며 타오르고 있었다.

"그럼 청소를 시작하지."

* * *

황제에게는 거칠 것이 없었다.

"짐은 지금 이 시각부터 죄인 시몽 드 사르네즈의 모든 작위와 훈장을 박탈하고 영지를 환수하며, 전 재산을 국고로 몰수한다. 저자의 이름으로 운영 중인 사업체 역시 황실의 관리 대상이 될 것이다. 또한 사르네즈 공작가는 전쟁 시대 이후 황실 사관이 기록한 정사正史에서 모조리 배제한다. 이자벨 드 사르네즈와 크리스텔 드 사르네즈는 무고함이 밝혀졌으므로 처벌에서 제외하며, 후자의 작위와 연금은 유지한다."

"황명을 받듭니다."

모두가 그녀 앞에 머리를 조아렸다. 프레데리크는 분노를 다스리며 짓씹듯 말했다.

"외제니 케시에 대주교도 마찬가지다. 한편 저자의 아들 부부와 손녀는 적극적으로 모략에 가담하지 않았으나, 친족의 세작 노릇과 악행을 알고도 은폐했으며 그로부터 꾸준한 이득을 보았다. 따라서 3인 전원 종신형에 처한다."

"안 돼. 안 됩니다! 아니 됩니다. 제 자식은 못난 죄밖에 없습니다!"

노파가 소리를 질렀다. 언감히 무릎걸음으로 황제 앞에 나아오자, 그림자처럼 곳곳에 숨어있던 근위대가 우르르 나타나 그녀를 제압했다. 여인이 갈라지는 음성으로 악을 쓰는 동안에도 황명은 멈추지 않았다.

"아아악! 아니 돼! 어찌 이리 불공평합니까, 폐하-!"

"살인, 살인 미수, 살인 교사, 살인 교사 미수, 황족 테러, 황족 시해 미수."

바닥에 고인 피가 이리저리 튀었다. 방청객들이 발 빠르게 물러섰다.

"저는 열심히 살았습니다! 말석부터 수십 년간 착실히, 제국을 위해 노동하며 올라왔습니다. 공작! 당신도 뭐라고 말 좀 해보십시오!"

"…"

"적국의 왕실과 내통하여 사실상의 내란을 일으키고 국가적 혼란을 야기한 죄. 위대한 리에스테르 제국의 기밀을 팔아넘긴 죄. 감히 황제의 권한을 난용하고 참칭한 죄."

"폐하! 살려주신다고 하셨습니다. 황녀께서 제게 그리 말씀하셨습니다-!"

반려의 영혼이 자신을 견고히 지탱하는 것이 느껴졌다. 프레데리크 리에스테르는 잠시 눈을 감았다 떴다. 그리고 흔들림 없이 선고했다.

"짐은 상술한 죄업을 물어, 시몽 드 사르네즈와 외제니 케시에를 사형에 처한다."

"…"

"…"

시몽과 이자벨이 동시에 눈을 감았다. 예상한 결말이었음에도, 모두에게 쉽지 않았다. 일부 귀족과 신관이 복잡한 심경으로 눈물을 흘렸다. 케케묵은 먼지와 지나간 과오를 씻는 과정은 이토록 지난했다. 허나 겨우 2대째였다.

어머니가 그랬던 것처럼, 프레데리크는 이 또한 꿋꿋이 헤쳐 나가야 했다. 그녀는 대륙에서 가장 강대한 국가의 지배자이자 지휘자였다. 저것이 악이요 잘못이며 부정의라는 사실을 알리지 않으면, 확실하게 선을 긋지 않으면 같은 죄는 언제든 반복될 수 있었다. 그러니 지금 해야만 했다. 먼 훗날, 아들의 짐이 조금이라도 가벼워지기를 바라니까.

"죄인들을 황도 감옥으로 호송한다."

엘리자베트가 부하들에게 명령했다. 케시에는 이제 눈물을 뿌리고 있었다.

"폐하! 마지막 기회를 주십시오! 스스로를 변호할 시간을 주십시오!"

황제의 시선이 한없이 침잠했다. 오렐리가 없었더라면, 그녀는
궁의 절반을 그대로 날려버렸을지도 몰랐다. 오늘 제국이 받은 타
격은 아주 오랫동안 회자될 것이다.

"…전부 물러가라. 참고인 일부는 내일 다시 볼 것이다. 너희는
남고."

그녀가 턱짓했다. 귀족과 신관들이 깊이 절을 올리고 무리 지어
알현실을 나갔다. 남작 가족을 비롯한 이들은 서로를 의지하며 천
천히 걸었다. 이윽고 세드리크를 비롯한 꼬마들이 조심스레 중앙으
로 모였다. 프레데리크는 어린것들에게 닿지 않을 만치 작은 목소
리로 바람을 불렀다.

"태사."

"하명하십시오."

들릴 듯 말 듯, 배후의 용병이 즉시 응답했다.

"신국에 마지막 경고를 해야겠다."

"누구에게 띄울까요?"

요한이 기다렸다는 양 물었다. 가볍고 선선한 음색이었다. 교황
청이 막힌 시점이건만 조금도 문제 될 것 없다는 투였다.

"왕도에 있는 제국의 세작."

그리고 잠깐 말이 끊겼다.

프레데리크는, 오렐리와 길게 시선을 맞추며 문장을 맺었다.

"빌헬미나 스네이더르 공작."

국가 간의 관계라는 것은 무척이나 섬세한 균형을 요구한다. 예컨대 서로의 심장부에 세작을 심어두었다는 사실을 알아도, 지배자는 그자를 찾아 제거할 생각을 하지 않는다. 정치란 본디 그런 것이기 때문이다. 적국의 간자를 이용해 얻는 첩보가 있다면, 이쪽에서도 어느 정도의 출혈은 감수해야 한다.

흘리는 피가 적을수록 좋겠으나 0으로 만들기란 애초에 불가능하다. 그러니 간자를 찾겠답시고 공포 정치를 펼치는 것보다는, 밖으로 새는 정보의 질과 양을 통제하는 작업이 더욱 중요하다.

흘러 나가는 말에 거짓을 버무릴 줄 알아야 하며, 들려오는 속삭임 중에선 진실만을 가릴 수 있어야 한다. 프레데리크 리에스테르는, 철저한 제왕의 교육을 받고 자란 이였다. 크리스타너 페네티안도 크게 다르지 않을 터였다.

그러니 이번 사태는 단단히 잘못되었다. 세작을 이용해 상대국에 혼란을 일으키고 중죄를 저지르는 행위는, 결코 있어서는 안 되며 있을 수도 없는 일이었다. 배후에 누가 있든 관계없었다. 페네티안은 명백히 선을 넘었다. 아슬아슬 유지되던 평형이 기어이 무너지고 있었다.

"…황명을 받듭니다."

미풍 같은 목소리로 대답한 요한 헤인스가 뒤로 물러났다. 황제는 평소와 같은 얼굴로 말썽꾸러기들을 응시했다. 어느새 계단 아래로 내려가 무리에 섞인 황태자를 보고 있자니, 조금은 기분이 나아지는 것 같았다. 그녀는 눈길을 움직여 아들 옆의 왕자를 일별했다. 보라색 눈동자가 긴장한 채로 자신을 올려보고 있었다. 피식했다.

"어린 후작이여, 네 죄를 네가 알렷다."

"죄송합니다."

맹랑한 것이 즉각 사죄했다. 희대의 재판이 알현실을 휩쓸고 갔는데도, 자신이 '벌'을 내리겠다고 한 것을 용케 기억한 모양이었다. 목이 절로 기울었다.

"말해봐라."

"그… 제가 요 며칠 생각을 해봤는데, 역시 해적선을 타고 밀입국한 건 중죄입니다. 포털로 출국한 것은 거기에 포털이 있었으니까 괜찮다고 넘길 수 있겠지만, 들어올 땐 그게 아니었으니까요. 게다가 저희를 쫓는 제국 해군도 따돌렸습니다. 야밤에 사람 많은 황도 상공으로 배를 올린 것 역시 경을 칠 일입니다. 자칫하면 위험했습니다."

"잘 아는군."

그러자 왕자가 동료 말썽쟁이들을 돌아보았다. 조안과 이자벨을 먼저 보낸 크리스텔은 심란한 얼굴이었고, 뒤엠 남매도 아직 힘들어 보였다. 그는 세드리크와 눈길을 교환하더니 입을 뗐다.

"다만 참작의 여지는 있다고 감히 말씀드립니다. 그러지 않고서는 황도로 닿을 수단이 없었습니다. 체보임 국제 포털을 이용하기엔 엠마 코를레오네 제독의 요구가…"

'조금 벅찼거든요.'

그가 희한한 말투로 말을 맺었다. 황제는 알만하다는 듯 코웃음 쳤다.

"아직 멀었군. 프랑수아 녀석이 동행했으니 더욱 꼬였을 테고."

"두 사람의… 이야기를 알고 계셨습니까?"

왕자가 눈을 회동그래 떴다. 프랑수아는 낮게 신음하며 윗전의 시선을 피했다.

"알다마다. 제독 같은 자는 다루기 까다로운 것이 사실이나, 평생을 왕족으로 자란 네가 제대로 대처하지 못한 과실도 있지 않겠느냐? 신국 사교계에서 이름을 제법 날렸다고 들었는데."

"…"

당황한 청년이 입만 벙긋거렸다. 황제는 속으로 헛웃음을 흘렸다. 이목구비가 곱고 몸 선이 아름다우니 따르는 자야 많았겠지만, 저런 성정으로는 연애 한 번 못 해봤을 게 분명했다. 보다 못한 추기경이 나섰다.

"놀리는 거야, 왕자님. 진지하게 받아들일 필요 없단다."

"나는 진지해."

"프레데리크도 엠마의 수작은 버티지 못했거든. 너희들 선에선 해결 못 할 일이었어."

"수작요?"

코를 훌쩍이던 마리아 공녀가 불쑥 물었다. 앙투아네트가 동생에게 주의를 주었고 반려는 뜨거운 시선을 쏘아댔지만, 오렐리는 조곤조곤 말을 멈추지 않았다.

"요즘 아이들은 모르니? 엠마가 프레데리크의 검술에 반해서 한참을 구애했어. 알렉상드르를 견제한다고 이상한 행동도 했었는데…"

"벌을 내리겠다."

결국 황제가 머리칼을 쓸어 넘기며 말허리를 잘랐다. 입을 떡 벌리고 두 사람을 올려다보던 어린것들이 허둥지둥했다. 표정 관리에 능숙한 세드리크조차 당혹한 기색이었다. 왕자는 딱 저같이 생긴 가방을 황급히 뒤지기 시작했다. 그러고는 암적색 공단과 금실로 장식된 두루마리를 꺼내 들었다. 프랑수아가 제일 먼저 경악했다.

"저, 이걸 사용하려고 합니다."

"…"

황제는 왕자의 손에 들린 물건을 기민하게 알아보았다. 그것은 지난 5월, 그녀가 왕자의 생일 선물로 내린 문서였다. 어이가 없어 실소가 샜다. 왕자는 머릿속이 엉뚱하여 늘 예상치 못한 패를 내놓고는 하지만, 저게 오늘 이 자리에 등장할 줄은 몰랐다.

"내가 무슨 벌을 내릴 줄 알고 그리 귀한 것을 쓰겠다고 하느냐?"

"설령 가벼운 벌을 주시더라도, 저희가 한 일이 제국 안보에 위협이 될만한 문제였다는 건 압니다. 오늘 태자님 잘못까지 제가 책임지겠습니다. 감히 폐하의 어전에서 무기를 던지는 불경을 저질렀으니까요."

청년이 똘망똘망 말하며 붉은 융단 한편을 가리켰다. 케시에를 위협하고자 아들 녀석이 깃펜을 빼앗아 던진 자리였다. 황태자가 묘한 얼굴로 왕자를 돌아보았다. 섬섬옥수에 쥔 것은 무려 황제가 직접 서명한 증서였다. 더위 먹어 축 처진 몸으로, 눈도 제대로 뜨지 못하면서 청을 올리던 순간이 아직껏 눈에 선했다.

'허락해 주신다면… 지금 이 자리에서 그 청을 드리고자 합니다.'

'허한다. 말해봐.'

'저에게 두 번째 목숨을 주십시오.'

보랏빛 시선은 절박했다.

'두 번째 목숨이라면.'

'저는, 제가 언제든 발동할 수 있는 면책 특권을 원합니다. 일회성이어도 좋습니다.'

프레데리크는 그가 자신 앞에 목을 내놓았음을, 그 말에 진심을 바치고 있음을 알았다. 쌍둥이 암살자의 시해 미수가 고작 두 달 전이었다. 왕자와 황실은 이제 막 신뢰의 초석을 쌓던 시점이었다.

그러니 그것은 훗날을 위해 뭐라도 마련하려는 몸부림이었다. 자신이 죄지을 것을 대비해서가 아니라, 혹여 그런 모함에 당할 경우를 상정한 발버둥이었다. 몹시도 현명한 생존 본능이었다.

'좋다.'

대답은 흔쾌히 흘러나왔다. 아들이 화성의 혜검을 얻는 데 지대한 공헌을 했으니, 그만한 특권 정도야 쥐여 줄 수 있었다. 한편으로는 신국에서도 이런 식으로 살아남았나 싶어 유감스러웠다. 분명 그런 기억이었는데.

"이번 같은 일이 반복되지 않으리라는 보장도 없거늘."

그녀가 시험하자, 축복받은 눈망울이 선명하게 빛났다. 다 죽어 가는 목소리로 청하던 그날과는 달랐다. 분노와 슬픔에 차서 꺾여 있던 조금 전과도 달랐다.

"다들 저를 믿어주셨으니까요. 이걸 쓸 일이 없도록 해주셨습니다."

왕자는 금세 앞으로 나아갈 힘을 얻고 있었다. 어설픈 손길로 땅을 다지고, 인내라는 물을 주고, 햇살 같은 애정을 쬐어가며 키운 믿음 앞에서. 그 조그마한 송이가 세상 무엇보다 강하다는 듯이.

"또 그래주실 거라 믿고요."

"그래서 짐이 하사한 특혜를 이런 일로 누리겠다고?"

"예."

왕자가 망설이지 않고 시종장을 통해 증서를 올렸다. 함께 선 꾸러기들은 크게 놀란 낯이었지만, 그의 행동을 말리지는 않았다. 그들 역시 같은 마음을 지니고 있기 때문일 터였다. 이제 종잇조각으로 만든 방패는 필요치 않다는 거겠지. 온몸이 가시에 찔리고 진흙탕을 구르게 되어도, 저리 떼뭉쳐서 걷겠다는 뜻이다. 요령이 없어 길을 헤매고 낭떠러지와 계곡도 분간 못 하는 천둥벌거숭이 녀석들이…

"마음대로 해라."

그녀는 마음에 들었다. 그래서 뜻대로 하도록 했다. 오렐리가 숨처럼 작은 웃음을 터뜨렸다.

"태자는 벗을 잘 사귀었군. 허물을 대신 써주는 친구는 흔치 않아."

"…"

주황색 눈동자는 어머니를 잠깐 보았다가, 다시 자신의 짝을 향했다. 어쩨 한숨이 나올 것만 같아 황제는 고개를 저었다.

"죄는 없던 일로 하지. 가서 쉬어도 좋다."

"망극합니다, 폐하."

"물방울 꼬마야."

그녀가 마지막으로 소리 내어 불렀다. 생소한 호칭을 가장 먼저 이해한 건, 영리하고 눈치 빠른 물방울 본인이었다. 크리스텔이 절을 올리다 말고 머리를 반짝 들었다. 프레데리크는 이제 그녀를 '사르네즈 꼬마'라고 부르지 않았다.

"겁먹지 마라."

"…"

"네 어머니는 강하고 너도 마찬가지다. 둘이면 충분해."

"황은에 감사드립니다. 하지만 둘은 아닙니다. 엘렌이 있고 친구들도 있으니까요."

"내가 괜한 소릴 했군."

똘똘한 답변이 돌아왔다. 황제는 피곤하다는 표정을 지으며 손짓했다. 크리스텔은 왕자와 태자를 향해 설핏 입꼬리를 올리더니, 일행과 함께 우르르 예를 차리고 나갔다. 드넓은 알현실엔 순식간에 극소수의 인원만이 남았다. 요한을 포함한 세 사람의 얼굴에서 천천히 웃음기가 사라졌다. 이내 삭풍처럼 차고 시린 침묵이 내려앉았다. 얼음장을 깬 것은, 다시 프레데리크였다.

"…내용은."

"왕세녀가 예서의 상태를 직접 확인하고 싶어 해. 이번 사건의 초기 내용을 언급했어."

오렐리가 신국의 서신을 과감히 요약했다. 황제는 미간을 구기며 곁자리를 돌아보았다.

"사유는?"

"아이가 아프다는 소식을 들었나 봐. 근거는 밝힐 수 없대."

'아프다고?'

되묻는 말에 추기경이 어깨를 으쓱였다. 그도 그럴 것이 왕자는 건강 체질이었다. 비록 한서寒暑에 약하고 에테르 고갈로 기절한 적도 있기는 하나, 그뿐이었다. 평소에 기침 한 번을 안 했고 끼니는 절대 거르는 법이 없었다.

신수들을 잔뜩 끼고도 계단이며 언덕을 잘만 올랐다. 그러니 이상했다. 일국의 왕실에서 그토록 잘못된 첩보를 입수하여 곧이곧대로 믿고, 타국의 군주에게 관련 친서를 보낼 확률이 얼마나 된단 말인가?

"입국하겠다는 뜻인가?"

황제가 두루마리를 받아 펼치며 물었다.

"아니. 중립 지대에서 만나기를 요청했어."

중립은 곧 불신과 경계를 의미했다. 황제는 어처구니가 없어 혀를 찼다. 지금 미덥지 못한 자가 대체 누구지?

"웃기지도 않는군. 다른 말은?"

"없어. 암호가 있는 것도 아니야."

보아하니 작금의 상황에 관한 언급도 없었다. 아비인 베르너르의 만행을 정말 모르는 건지, 아니면 모르고 싶어 하는 건지 미지수였다. 황제는 거기까지 생각하다 잠깐 손바닥에 눈가를 묻었다. 간만에 피로했다.

"…졸려."

"지치는 게 당연해. 내일이 생일인데 조금 쉬어."

'고생했어.'

반려가 속삭이며 그녀의 뒷머리를 쓰다듬었다. 묵묵히 손길을 받던 황제가 고개를 들었다.

"왕자의 누명이 벗겨졌다는 건 알려야겠지. 동생을 끔찍이 여기는 듯했으니."

"그렇게 해줘, 요한."

"명 받들겠습니다."

성기사가 산뜻하게 답했다. 프레데리크는 다시 계약자의 어깨에 머리를 기댔다. 그녀는 당분간 국내 상황에만 전념할 생각이었다. 외제니 케시에를 대체할 고위 성직자는 얼마든지 있지만, 시몽 드 사르네즈 같은 거물은 빈자리가 컸다.

지레 불안에 떨 백성들을 생각하면 숨 돌릴 시간도 부족했다. 혼란은 빠르게 잠재워야 했고, 제왕은 새로운 희망을 제시할 수 있어야 했다. 겨우 죽음의 위기에서 벗어난 왕자를 중립 지대 따위로 보낼 생각은 없었다. 아들의 불필요한 원망을 사고 싶지도 않았다. 지금은 안정이 필요한 시기였다.

"허기지는데."

"말을 많이 했으니까. 오라도 사용했고."

"그건 사용이 아니라 전시였지."

은은한 웃음소리가 퍼졌다. 내일 있을 탄신 축하연은 조촐한 규모로 열릴 예정이었다. 이번 재판일 확정과 동시에 결정된 사안이었다. 그러나 황궁 밖 신민들이 축하하며 즐길 음식은 예년보다 넉넉히 나누어주도록 했다.

또한 포털이 닿지 않는 제국 변방까지, 솜이불과 식량 등이 빈민층을 우선으로 배급될 계획이었다. 급속도로 개편될 귀족원의 정치구도에도 신경 써야 했다. 황제의 머릿속이 바쁘게 굴러갔다. 타국 왕세녀의 처지에 관한 잡념은, 그렇게 깊숙한 구석으로 밀려났다.

* * *

그로부터 일주일이 지난 페네티안 왕성은, 아주 고요했다. 겉보기에는 별일 없이 평화로웠다. 베르너르는 호사스러운 찻잔을 앞에 두고 앉아 손님을 기다렸다. 국서의 자세는 여느 때처럼 고아하고 위엄이 넘쳤다. 아직 체내의 독이 완전히 빠지지 않아 다소 초췌했지만, 그마저도 아름답다고 여길 이가 많았다. 남자는 김이 오르는 찻물을 들여다보며 생각에 잠겼다.

"…"

최근 왕도에는 불쾌하고 찝찝한 소문들이 나돌았다. 예를 들면, '그 유명한 사르네즈 공작이 하루아침에 몰락했다더라.'

'황제가 발 딛는 곳마다 보라색 튤립이 피는 기적이 일어났다더라.'

'1왕자가 달 밝은 밤에 꽃배를 타고 강림하여 백성을 축복했다더라.'

하나같이 믿고 싶지 않은 말들이었다. 그러나 더욱 가슴을 치는 사실은, 그중 어느 것도 분명히 확인할 수가 없다는 점이었다. 교황청 소식통에 따르면, 어느 순간을 기점으로 리에스테르 신관들이 모습을 보이지 않는다고 했다.

제국에 파견되었던 신관들이 단체로 돌아오는 소동도 있었다고 들었다. 동시에 국경의 경비는 극도로 삼엄해졌다. 친위대장의 귀띔에 의하면, 제국은 이제 개미 한 마리 오갈 수 없는 철옹성이 되었노라 했다.

그러니 내부의 정보원으로부터 정보를 얻을 수도 없었다. 왕도 바닥을 흔하게 돌던 〈격주간 리에스테르〉는, 작년 12월 15일 호를 마지막으로 낱장조차 보이지 않았다. 떠도는 것은 깃털보다 가벼운 풍문뿐이었다.

"천하디천한 것이."

그리고 베르너르는, 풍문이야말로 가장 강력한 힘을 지니고 있다는 사실을 잘 알았다. 자연히 초조함과 불안감이 따라붙었다. 지금의 그는 마치 호수를 유영하는 백조와 같았다. 겉으로는 도도하고 우아하기 그지없으나, 수면 아래로는 물살을 마구 할퀴며…

-달칵

그때 다실의 문이 열렸다. 그럴 필요가 없는데도, 베르너르는 즉시 자리에서 일어나 손님을 맞았다. 오랫동안 몸에 밴 습관이었다.

서브 남주가 파업하면 생기는 일 6

이내 익숙한 얼굴의 여인이 모습을 드러냈다. 남자는 애써 미소를 만들어 보였다. 그녀의 눈가에 낯익은 감정이 넘실거리고 있었다.

"오랜만입니다, 누님."

"…"

그것은 경멸이었다. 당대 스네이더르 공작은 그를 경멸했다.

* * *

페네티안 신국의 양대 세도가라고 하면, 리에스테르와 코를레오네 신민은 물론이요 중립 지대의 소수 민족도 대부분 알았다. 자세히 파고들지는 못해도 이름을 들으면 '아!' 하고 무릎을 칠 정도는 되었다. 두 집안 모두 종교적인 뿌리가 깊기에 더욱 그랬다.

그중 첫째는 무려 네 명의 교황을 배출하였으며, 그 밖에 다수의 고위 신관을 교황청으로 보낸 로세하르더 백작가였다. 이들은 대대로 왕실에 충성하는 세력이었고, 권세보다는 신국의 안녕과 교황의 안위를 우선시했다. 가문 특유의 청렴한 성품을 인정받아 10여 명의 가주가 왕성의 궁정백으로 활약하기도 했다. 백작저의 거대한 장미 정원과 교황 핏줄로 유명하여, 흔히들 '장미원의 대사제' 집안이라 불렸다.

둘째는 대륙 최초의 교황을 포함해 두 명의 교황을 배출하였으며, 수많은 성기사를 양성해 오늘날까지도 교황청 인사를 좌지우지하는 스네이더르 공작가였다. 이들은 신국에서 왕실에 버금가는 재력과 권력을 자랑했다. 마지막 교황인 이레너 스네이더르가 이곳

출신이었는데, 성황聖皇으로 기억되는 그녀 덕분에 가문의 위세는 여전히 드높았다. 국왕이 쇠약해진 뒤로는 국서의 본가로서 정치적 입김이 한결 강해지기도 했다.

요컨대 로세하르더는 대외적으로 신성한 분위기가 있었고, 스네이더르는 비교적 세속적인 느낌을 주었다. 양가 모두 성직자 집안인데도 이렇듯 인상이 다른 것은 결국 사람의 성향 탓이었다. 전자가 출세에 별 관심이 없는 반면, 후자는 부귀영화를 좇는 데 거리낌이 없었다. 스네이더르 공작 빌헬미나 역시 이러한 도식에서 크게 벗어나지 않는 인물이었다.

"…앉으시지요. 좋아하시는 차를 준비해 두었습니다."

베르너르가 누님의 눈길을 꿋꿋이 받아내며 말했다. 그녀는 턱을 까닥였다. 뒤따라 들어온 시종 총괄이 모피 외투와 장갑을 받아주려 했으나, 여인은 간단한 손짓으로 그를 물렸다. 그저 할 말만 하고 돌아가겠다는 태도로 착석했다. 이번 만남은 그녀가 요청한 것이었으니 더 권하기도 곤란했다.

"이후에 급한 일이 있으신가 봅니다."

"오늘 같은 날이면 더더욱 그렇지요."

'대공의 누이인데 아무렴 한가하겠습니까?'

빌헬미나가 부드럽게 웃으며 덧붙였다. 조금 전에 내비쳤던 경멸은 감쪽같이 사라져 있었다. 국서는 즐거운 농담을 들었다는 양 그림처럼 미소 짓는 데 성공했다. 누님에게는 타고난 카리스마가 있었고, 장내의 시선을 끄는 힘이 있었다.

흔하디흔한 머리 색과 평범한 외모로 그녀는 쉬이 위정자가 되었다. 아마 몸이 불편하거나 정치 감각이 모자랐더라도 빌헬미나는 어떤 식으로든 성공했을 것이다. 그런 사람이니까. 사랑받는 것에 익숙하고, 자신의 목소리를 내는 데 거리낌이 없는 이.

베르너르 페네티안은 그녀 앞에만 서면 작아졌다. 그러고 싶지 않지만 수십 년간 몸에 각인된 습관이었다. 자신이 누님보다 훨씬 곱다는 사실을 알아도, 끈적한 욕망과 칭송의 대상이 되어도 달라지는 것은 없었다. 그녀는 그런 것을 전혀 중시하지 않았으므로.

"그래도 다과는 충분히 즐겨주십시오. 갓 구운 톰푸스입니다."

"왕도에 떠도는 소문은 들으셨을 겁니다."

빌헬미나가 곧장 용건을 꺼냈다. 남매의 시선이 허공에서 복잡하게 얽혔다. 시종 총괄은 사막의 고대 석상처럼 묵묵히 서있었다. 베르너르는 웃음기를 거두는 대신 평안한 목소리를 꾸며냈다.

"소문이야 늘 있는 것 아니겠습니까. 어떤 이야기 때문에 걸음 하셨는지요?"

"사르네즈를 이용하셨더군요."

여인이 다감하게 말했다. 인자한 음색으로 날카로운 말을 하는 것은, 베르너르가 그녀에게서 배운 몇 가지 기술 중 하나였다. 그는 느릿느릿 눈길을 들어 누님을 응시했다.

화장기 대신 주름이 진한 얼굴. 단아하게 틀어 올린 머리카락. 특별한 장식이 없는 대신 최고급 옷감과 염료만을 사용한 드레스. 아버지가 물려준 수수한 장신구. 그녀는 자신처럼 화려한 치장을 갑옷으로 삼을 필요가 없는 사람이었다. 오히려 검소한 차림을 할수록 겸양을 아는 귀족이라는 칭찬을 들었다.

"눈엣가시 하나를 치우겠다고 말입니다."

"…"

어떻게. 누님이 어떻게 그것을 확인했단 말인가. 그녀가 진실을 알고 있다는 사실은 무엇을 의미하는가? 베르너르는 입 안쪽 살을 세게 깨물었다. 정신을 차려야 했다. 빌헬미나는 신국 전역에서 무소불위의 권력을 휘두르는 사람이었다.

왕성 심처에서 지내는 자신보다야 정보원이 많은 게 당연했다. 그는 금세 아무렇지 않은 표정을 만들어 냈다. 천한 사생아를 제거하는 데 거듭 실패했으나, 누님은 절망을 나누기에 적합한 상대가 아니었다.

"누님께서 그리 말씀하실 정도면, 사르네즈 공작이 몰락했다는 풍문이 사실인가 보군요."

그래서 평소보다 공들여 눈꼬리를 휘었다. 별일 아니라는 양. 그러고 보니 그런 계획도 있었다는 듯이.

"할 수 있어서 그리했습니다. 국왕 대리에게 불가능한 일이 있겠습니까. 그르친 자의 허물이지요."

"…"

공작은 대답 없이 차를 마셨다. 테이블 아래로 양 주먹을 꽉 쥔 베르너르와 달리, 그녀는 조금도 긴장한 기색이 아니었다. 음성도 평온했다.

"지금은 대리가 아니지 않습니까. 왕세녀께 양보하셨으니."

"예. 제가 몸져눕는 바람에… 요 몇 주간은 엘리서가 국정을 돌보았습니다."

"그리 전해 들었습니다."

몸은 좀 어떠하냐는 물음은, 의례적으로도 나오지 않았다. 빌헬미나가 무감정하게 말을 이었다.

"국왕 대리의 자리는 꼭 쥐고 계시라 당부드린 것으로 기억합니다."

의미하는 바가 노골적인 문장이었다. 국서는 즉시 방어적인 태도를 취했다.

"큰아이는 오롯이 제 손으로 키웠습니다. 폐하께서 국정으로 바쁘실 때도 늘 제가 곁에 있었지요. 결코 배신하지 않을 겁니다."

"아우님."

'아우님.'

그건 빌헬미나가 동생을 훈계할 때 주로 내뱉는 표현이었다. 베르너르가 무의식중에 허리를 꼿꼿이 세웠다. 누님의 사람 좋은 눈동자에 일순 냉기가 돌았다.

"피붙이로서 아비를 버리는 것과, 정치적으로 아버지를 배제하는 일이 같겠습니까?"

"…"

"생각을 깊이 하셔야지요. 큰조카님은 아우님을 봉양할지언정 지지하지는 않을 겁니다."

명백히 타이르는 말투였다. 베르너르는 티 나지 않게 이를 악물었다. 엘리서는 그와 크리스타너의 딸이었다. 빌헬미나가 제아무리 정계에서 날고 기는 이라 하더라도, 부녀 관계를 놓고 왈가왈부하는 것은 불쾌했다. 왕세녀를 세상에서 가장 잘 아는 사람은 다른 누구도 아닌 자신이었다.

"제가 청하면 언제든 자리를 돌려줄 겁니다. 엘리서는 군사軍事를 돌보느라 바쁜 아이가 아닙니까."

"한 번 이리 쉽게 내주셨으니, 두 번 취하기도 어렵지 않을 것입니다."

빌헬미나가 간단히 대꾸했다. 그것도 모르는 저가 한심스럽다는 눈빛이었다. 베르너르는 욱하고 답을 토해냈다.

"설령 두 번 넘겨준다 한들 세 번 돌려받을 터이니, 누님께서 걱정하실 부분은 아닙니다. 성내의 일은 참견하지 않으시기로 한 것 아니었습니까?"

"제가 우려하지 않게 해주시면 얼마나 좋겠습니까."

그녀가 고개를 기울이며 눈매를 날렵하게 세웠다. 특유의 뱀 같은 시선이 베르너르를 쏘아보았다. 호쾌하며 배포가 크다고 알려진 빌헬미나였으나, 하나뿐인 동생에게는 태어나 한 차례도 너그러웠던 적이 없었다. 그는 소름이 돋는 것을 억누르고자 기를 썼다. 어차피 체할 것이니 차를 마시지 않길 잘했다고 생각하며.

"국혼 전날에 제가 말씀드렸지요, 전하. 살고 싶은 대로 살고, 하시고 싶은 대로 하시되… 분수를 아셔야 한다고 말입니다."

초콜릿색 눈동자가 누이를 날카롭게 노려보았다. 그의 입술이 수치심으로 파르르 떨렸다. 공작은 흔들림 없이 말을 이어갔다.

"전하께서 어머니가 키우던 고양이를 무참히 살해하였을 때, 저는 아무런 말도 하지 않았습니다. 어머니가 충격으로 쓰러져 영영 눈을 뜨지 못하셨는데도 원망하지 않았지요."

"…"

빌헬미나는, 눈앞의 남자가 성장하는 과정을 똑똑히 지켜본 사람이었다. 그녀는 도저히 동생을 사랑하려야 사랑할 수가 없었다. 베르너르를 낳은 직후 어머니는 급격히 쇠약해졌고, 자녀들과 함께하는 날보다 병석에 누워있는 날이 더 많았다.

국내외 내로라하는 의원과 치유 신관을 불러도 차도가 없었다. 선대 공작이었던 아버지는 처자식을 무척 사랑했지만, 전후 피해를 복구하느라 바빠 영주성으로 돌아오는 날이 드물었다. 그러한 환경에서 둘째는 온전히 제멋대로 자라났다. 유모와 가정교사들의 끊임없는 가르침에도 불구하고, 베르너르의 잔혹성은 잠들지 않았다. 눈물로 어르고 달래도 소용이 없었다.

'식기 놓는 순서가 잘못되지 않았느냐!'

'-쨍그랑! 쿠당탕!'

'아이고, 도련님!'

'제발 용서해 주십시오. 이 아이가 오늘 처음 와서 실수를 했습니다!'

툭하면 아랫것들을 때리거나 고함을 질렀다. 상대가 약할수록 폭행이 잦았다. 일곱 살에 어머니의 고양이를 죽였고, 열 살 때는 아버지가 아끼던 말의 다리를 부러뜨렸다. 마치 악마를 보는 것 같았다. 섬찟하고 끔찍하여 가까이하고 싶지 않았다. 부모님 앞에서만 큼은 천사처럼 웃는 얼굴이 혐오스럽고 가증스러웠다.

어머니가 끝내 돌아가셨을 때, 열여섯의 빌헬미나는 오열하며 생각했다. 저 애는 어쩌면, 주신의 마귀가 인두겁을 쓰고 태어난 결과물일지도 모르겠다고. 사람을 홀려 파멸시키고자 저리 아름다운 껍데기를 고른 것 아니겠느냐고. 동생이 어머니를 잡아먹었다고.

"출신도 모르는 사제 하나를 죽이겠다며 악을 쓰셨을 때도, 조용히 도왔습니다. 그것이 장기적으로 가문의 영달에 도움이 되겠노라 판단했기 때문입니다."

"…"

페네티안의 국서가 된 것은, 베르너르가 집안에 기여한 유일한 사건이었다.

"그 아들을 죽이고자 하셨을 때도 방조했습니다. 1왕자의 존재가 우리에게 유익하지 않았기 때문입니다."

"…"

"볼모로 보냈으니 된 것 아니었습니까."

"누님."

베르너르가 경고하듯 말을 끊었다. 그의 음성이 지독히 낮아졌다. 한때 신국에서 가장 귀하다고 찬양받았던 연보랏빛 머리칼이, 분노로 바들바들 떨리고 있었다.

"그것이 어딘가에서 숨 쉬는 한 저는 완벽해질 수 없습니다."

"…"

"누님께서는 모르시겠지요. 이해 못 하실 겁니다. 하지만 예서라는 이름까지 받은 그 더러운 핏덩이는, 악취를 풍기고 구토를 유발하는 제 인생의 오점입니다!"

파리한 옥안이 치욕으로 발갛게 달아올랐다. 국서의 목소리가 점점 커졌다. 시종 총괄이 그를 흘끔했다.

"저는 왕의 남편입니다! 신국에서 제일 높은 이의 반려라는 말입니다! 고결하고 완전한 것만 누려도 모자란 자리 아닙니까? 타국의 공작 하나 이용했기로서니 그게 무슨 큰일이라고 예까지 와서!"

"멍청한 것!"

-철썩!

국서의 고개가 홱 돌아갔다. 남자는 어안이 벙벙하여 입을 벌렸다. 충격은 몇 박자나 늦게 들이닥쳤다. 얻어맞은 왼뺨이 벌겋게 부어오르고, 이내 불에 덴 듯 뜨거운 고통이 밀려왔다. 빌헬미나가 벌떡 일어나 손을 올리고 있었다. 쏟아진 찻물이 융단 위로 뚝뚝 떨어졌다. 알록달록한 케이크가 추악하게 허물어 갔다.

"하아… 아…"

말이 빠르게 나오지 않았다.

"네가 무슨 짓을 했는지 아느냐!"

"왜, 왜…"

누군가에게 폭력을 당한 것은 난생처음이었다. 어째서?

"적국의 세작을 부추겨 내란을 일으키면 어쩌자는 게야! 전쟁을 하겠다고? 응?"

"감히. 감히 일국의 국서에게 손찌검을…"

"네 과실로 개전선언이 나오면 그 책임은 어찌 질 것이냐! 국서 자리는커녕 공작가의 존속 자체가 위태로워질 것이다! 머저리 같은 놈!"

"공작님!"

"닥치지 못해!"

쨍그렁! 공작이 시종 총괄을 향해 도기 주전자를 집어던졌다. 노복이 허리를 푹 숙이고 황급히 뒤로 물러났다. 뺨을 감싼 베르너르는 거의 경기를 일으키며 그녀를 돌아보았다.

"어찌 저에게, 이러십니까… 제가 무슨 잘못을 했다고 이러십니까!"

"네가 따져야 할 상대는 폐하가 아니더냐!"

타앙! 그녀가 발을 굴렀다. 남자는 흠칫했다. 여인의 눈동자가 부리부리하게 빛났다.

"네게 정을 주지 않은 것도 폐하이며 너를 배반한 것도 폐하이시다. 한데 30년을 천것들에게 목매고 있는 네 스스로가 한심하지도 않아!"

"…"

"다시는."

빌헬미나가 그에게 불쑥 삿대질했다. 베르너르는 본능적으로 숨을 참았다.

"다시는 황제의 땅에 손쓸 생각 마라. 한 번만 더 이런 짓이 내 귀에 들어왔다가는 네 자리가 성치 않을 것이야."

그의 눈이 크게 흔들렸다. 누님은 지금 두 번째 국서의 가능성을 이야기하고 있었다. 언제든 자신을 폐서인하고, 호리낭창한 어린 것을 데려와 크리스타너의 침실에 밀어 넣겠다는 소리였다.

베르너르가 충격에 빠져있건 말건 공작은 개의치 않았다. 그녀는 흘러내린 머리카락을 정돈하고, 웃옷 자락과 매무새를 추스른 뒤 우아한 걸음으로 다실을 벗어났다. 다시 빈틈없는 가주의 모습이었다.

-달칵, *끼이익!*

-또각, 또각, 또각…

여인의 발소리가 복도 너머로 멀어졌다. 금 간 찻잔에서 붉은 찻물이 방울방울 흘러내렸다. 베르너르는 파랗게 질린 입술을 벙긋거렸다. 가문이 다음번에는 자신을 버리겠다고 선언했다. 전례 없는 일이었다.

"…"

아팠다. 상처받았다. 분하고 원통하여 눈물이 날 것 같았다.

* * *

어, 그러니까 우리는… 잘 지내고 있다.

-뚜벅, 뚜벅, 뚜벅

-또박, 또박, 또박

-또각, 또각, 또각…

빈말로라도 그날의 상처가 다 나았다고는 못 하지만, 모두가 함께 있어서 괜찮았다. 오늘은 시몽 드 사르네즈 공작의 재판으로부터 정확히 한 달이 되는 날이다. 크리스텔과 이자벨은 프레데리크 황제의 배려로 줄곧 스트로다 궁에서 지냈다.

블랑케르 공작 가족은 재판과 사후 처리가 끝나자마자 궁을 떠났는데, 에바가 영지로 돌아가기를 원하지 않아 지금껏 황도 공작저에 머물렀다. 자녀에 대한 이해가 없었던 그간의 행보를 생각하면 놀라운 결정이었다. 그리고…

"플뢰르 드 리스의 단장치고는 한가해 보이는군."

"태자님."

나는 즉시 왼편에서 걷던 남자를 불렀다. 황태자가 한쪽 눈썹을 까닥이며 나를 내려다보았다. 다섯 살이나 어린 상대를 아주 못 잡아먹어 안달이다. 누가 자기한테 '제국의 태자치고 한가로워 보인다'라고 하면 숯불구이 만들 거면서.

"토요일이니까 쉬어도 괜찮지 않습니까. 걷기는 건강에도 좋고요."

2월의 황도 날씨는 서울 수준이라(연중 온화하다는 설정은 그냥 데미 간식으로 준 모양이다), 우리는 바깥을 산책하는 대신 이렇게 삼삼오오 모여 쥘리에트 궁 복도를 거닐었다. 알고 보니 귀족들이 많은 살롱에선 흔한 풍경이라고 했다.

10여 미터 뒤에선 밤톨이가 포대기로 티테를 업은 채 타닥타닥 뛰고 있었다. 오른편의 바카리 군이 입술을 뾰족하게 모았다. 감히 상전에게 말대꾸는 못 하겠지만, 그렇다고 순순히 쫓겨나긴 싫다는 표정이었다. 나는 잽싸게 말을 이었다.

"몸은 좀 어떻습니까? 날도 추운데 기력이 허해졌을까 봐 걱정이네요."

"…괜찮습니다. 마나 휴지기가 유독 길었지만, 후유증은 전혀 없습니다."

청소년이 인공지능 스피커처럼 딱딱하게 답했다. 그가 이번 모략에 관한 예지를 하고 혼절했다는 소식은, 환궁하고 얼마 지나지 않아 들었다. 하지만 예언자가 깨어난 건 재판이 끝나고 사흘이나 지나서였다. 바카리 자작가 측에 따르면 이만큼 휴지기가 길었던 적이 없다고 했다.

무려 3주나 쓰러져 있었으니 황실에서도 우려가 컸다. 어린 인재가 잘못될까 싶어 태의와 치유 신관들이 수시로 그를 살폈다. 마지막 이틀간은 나도 스트로다를 들락거리며 그의 상태를 확인했다. 다행히, 바카리 군은 의식을 회복했다. 빈속으로 오래 누워있던 탓에 한동안 투랭 같은 수프만 먹어야 했고… 이번에도 기억을 통째로 잃었지만.

"미안합니다."

내가 사과했다. 안경 아래 크게 뜨인 청은색 눈동자가 나를 돌아보았다.

"가장무도회 때도 그렇고… 역시 저 때문이라는 생각이 듭니다. 바카리 군이 무리한 계시를 받는 거요. 많이 무섭고 아팠겠죠."

'왕자님은 모든 계시를 어그러지게 만드시는 존재입니다.'

블랑케르 공작령에서, 예언가는 분명히 내게 그런 말을 했다. 크리스텔에게서 떨어지라는 경고도 남겼다. 이후에 열린 무도회에선 기어이 원작에 없는 내용을 내다보고, 기억을 몽땅 잃어버렸다. 그동안 코피도 참 많이 흘렸다. 나로 인해 미래가 바뀌는 바람에.

"…"

나라고 빙의하고 싶어서 빙의한 게 아니지만, 내 존재 때문에 앓아눕는 아이가 있으니 마음이 편치 않았다. 게다가 나는 주인공들과 억지로 멀어지지 않겠다고 결심했다. 바카리 군의 고생길이 훤히 열린 셈이었다. 이와 비슷한 일은 언제든 다시 벌어질 수 있었다. 차라리 이 애한테 아무것도 보이지 않으면 좋겠는데. 주신이든 누구든 힌트 같은 거 안 줘도 되니까.

"유감스러울 일도 많군."

"좀."

애가 오늘따라 왜 이러냐. 태자 녀석이 또 못나게 굴기에 소리 죽여 꾸중했다. 놈이 잘생긴 낯을 찌푸리건 말건 나는 청소년의 기색을 살폈다. 바카리 군은 혼란스러운 얼굴이었다.

"…제가 그런 환상을 보는 것은 왕자님의 과실이 아닙니다."

"압니다. 하지만 남 일처럼 넘길 수 있는 게 아니잖아요. 제가 없었다면 겪지 않았을 고통입니다."

"그렇다고 해도, 자신에 관해 악담 같은 예언을 하는 이에게 죄스러워하는 자는 없습니다."

"그분들은 바카리 군이 힘들어하는 모습을 못 봐서 그래요."

내가 쓰게 웃으며 대답하자, 단장이 고개를 홱 돌린 채 정면을 보고 걸었다. 로브 색이 그대로 묻어난 남빛 머리칼이 흔들거렸다. 가볍게 동정하는 거라고 생각했을까? 절대로 그런 게 아닌데.

"저는 폐하의 신하로서 해야 할 일을 했을 뿐입니다."

그가 퉁명스레 내뱉었다. 입매가 스르륵 벌어졌다.

"이제 마도구라고 안 하네요."

만날 때마다 너는 도구가 아니라고, 특별한 능력을 지닌 '사람'이라고 말한 보람이 조금은 있는 듯했다. 내가 밝게 웃자 예언자가 입술을 깨물었다. 그즈음 반대편에서 에바와 이자벨이 사이좋게 팔짱을 끼고 걸어왔다. 바카리 군을 발견한 소공작의 눈매가 선인장 가시처럼 뾰족해졌다.

"단장님. 또 왕자님을 노려보고 있던 건 아니시지요?"

"…그럴 이유 없습니다. 저는 콩데 씨와 선약이 있어 이만 가보 겠습니다. 마담 랑부예."

바카리 군은 이자벨에게 인사를 건네고, 태자와 나에게도 예를 차린 뒤 빠르게 복도를 벗어났다. 에바 쪽은 보는 둥 마는 둥 했다. 콩데 씨라면 주방장 로랑스를 가리키는 호칭이었다. 어김없이 귓갓 길에 빵을 받기로 한 것 같아 흐뭇했다. 오늘도 속 깊은 얘기는 못 했지만 말이다. 시간 날 때 밥 한번 먹자고 하면 경계하려나.

"무슨 이야기를 그리 열심히 하셨습니까?"

에바가 청소년의 뒷모습에 입을 비죽이며 물었다. 나는 가만히 아이를 내려다보았다. 소공작은 오빠를 잃은 뒤로 가끔 말없이 창 밖을 응시하곤 했다. 우편물 뜯는 일은 좋아하지 않게 되었고, 전 보다 자주 나를 만나러 왔다. 이제 상복은 입지 않지만, 장례가 끝 났다고 슬픔이나 충격도 끝난 건 아니었다.

로베르가 최악의 오빠였다고 해도 그를 하루아침에 인생에서 지 워버리기란 불가능했다. 나는 에바의 복잡한 감정을 온전히 이해 했다. 씩씩하게 걸어온 꼬마를 보고 있자니 입가에 절로 미소가 걸렸다.

"간단한 안부를 주고받았습니다. 에바와 이자벨은요?"

"살롱 드 빅투아르 운영 정책을 논의하고 있었습니다! 이자벨 님 은 어른이니까 좋은 조언을 많이 해주시거든요. 제 자문 위원이십 니다."

에바가 이자벨의 팔뚝을 조몰락거리며 자랑스럽게 말했다. 지난 달 중순부터, 소공작은 고급 술집 '블루아 - 취중 진담' 인수 건에 다시 집중하기 시작했다. 공간의 이름은 '살롱 드 빅투아르'로 정했 다. 아이는 두꺼운 카탈로그를 가져와서 나와 함께 가구를 골랐고, 조명과 장식은 요한 경 부자와 틈틈이 보러 다녔다.

나는 환궁한 이후로 내내 궁에 머물렀다. 누구도 나를 가두지 않 았지만, 정세가 안정될 때까지는 밖으로 나돌지 않는 게 좋을 듯싶 어서였다. 그 점이 에바에게 미안했다. 서운함을 내비쳐도 이해했 을 텐데 속을 헤아려주는 게 못내 고마웠다.

"고맙습니다, 이자벨. 소공작이 신세를 지고 있습니다."

내가 이자벨을 돌아보며 인사했다.

'신세라뇨!'

에바가 툴툴거리며 내 손을 쥐고 흔들었다. 여인은 상냥하게 눈 꼬리를 휘었다.

"아닙니다, 왕자님. 저야말로 사교 활동엔 익숙지 않은데… 소공 작님 덕분에 다양한 곳을 돌아다니고 있어 기쁘답니다."

'며칠 전에는 함께 무테 백작저의 살롱에 갔었지요. 영감을 얻기 위해서요.'

그녀가 조곤조곤 말했다. 이자벨은 훌륭히 이겨내고 있었다. 일 련의 사건이 그녀의 삶을 거칠게 할퀴고 간 후에도. 사르네즈 공작 은… 결과적으로 황제의 처형을 받지 않았다. 그가 황도 감옥에 갇 힌 지 이틀 만에 스스로 목숨을 끊었기 때문이다. 돌벽에 머리를 들 이받았다고 들었다.

자진할 수 없도록 황실 근위대가 그를 감시하고 있었지만, 주로 목매는 경우를 상정한 것이었기에 갑작스러운 자해엔 모두가 당혹하고 말았다. 다급히 철창을 열고 의원을 불렀으나 공작은 이미 의식이 없었다고 했다. 비겁하고 불명예스러운 도주였다.

대략 두 시간이 흘러 황궁에 부고가 전해졌다. 나는 소식을 듣자마자 이자벨과 크리스텔을 만나러 갔다. 무슨 말을 건네야 좋을지 알 수 없어서 해종일 모녀 곁에 앉아만 있었다. 둘의 식사를 챙기고, 밤에는 제때 잠들 수 있도록 신탁을 내렸다.

'[괜찮으시면 내일 또 오겠습니다. 푹 쉬세요.]'

'고맙습니다, 왕자님.'

새삼 내게 주어진 능력에 깊이 감사했다. 황궁에 머무는 이들이 내 에테르 덕분에 숙면을 취하고, 좋은 꿈만 꾼다는 게… 그렇게 은혜로울 수 없었다. 정말로.

"헤릿하고 아기들을 위한 수면 공간도 있어요. 그런데 이자벨 님이 복도 쪽으로 커다란 창을 내면 좋겠다고 제안하셨습니다. 아이는 잘 때도 문제가 생길지 모른대요. 그러니까 오며 가며 누구든 볼 수 있어야 한다고요."

"맞는 말씀입니다. 이불도 가벼운 걸 넣는 게 좋겠죠."

내가 곧장 말을 보탰고, 이자벨은 고개를 끄덕이며 아름답게 웃었다. 다행히 그녀에게는 의지할 다른 가족이 있었다. 본가인 랑부에 자작가는 중립 지대의 사막까지 오가는 카라반caravane 집안이었다. 자산이 탄탄한 데다 내륙 운송업계에서 입지가 확고해, 이번 사태로 큰 타격을 받지는 않았다고 했다.

듣자니 사르네즈와 정략혼을 한 것은 해상 무역 쪽으로도 관심이 있었기 때문이었다. 자작 부부는 돌아온 딸을 얼싸안으며 맞아주었고, 모녀가 지내던 사르네즈 공작저를 즉시 황실로부터 매입해 이자벨 명의로 돌려놓았다. 특히 손녀인 크리스텔을 복덩이처럼 예뻐한다고 들었다. 두 노인이 그녀에게 붙인 애칭은 '우리 분홍 타마駝馬'였다.

'좀 감동. 우리 강아지 아니고 우리 낙타라니까 신선해요. 냅다 특별한 느낌? 뭔지 아시죠.'

'예에.'

…주인공에겐 작명 센스를 공유하는 가족이 생겼다. 잘된 일이었다.

"그럼 저희는 다시 저쪽 한 바퀴 돌겠습니다. 개장 행사에 관해서도 토론할 게 있거든요."

"천천히 하세요, 에바. 필요한 게 있으면 언제든 저나 태자님을 불러주시고요."

"네에."

아이는 전봇대처럼 서있는 사촌오빠의 눈치를 할끔 보더니, 사랑스럽게 예를 차리고는 이자벨과 종종 멀어졌다. 나는 입꼬리를 올리며 둘을 바라보았다.

"남작도 초대했나?"

그때, 태자의 근사한 중저음이 귓가를 건드렸다. 주황색 눈동자가 어느새 복도 건너편을 향하고 있었다. 그의 시선을 따라가니, 색색의 모피를 머리에 두른 채 크리스텔과 무언가를 상의 중인 조

서브 남주가 파업하면 생기는 일 6

안이 보였다. 그녀의 말을 듣던 엘리자베트 경은 반대의 표시로 고개를 내젓고 있었다.

"작위를 돌려받아서 갑자기 자유의 몸이 됐거든요. 갈 데가 없다고 화를 내기에 임시 보호 중입니다."

내가 웃음기 섞인 말투로 설명했다. 그렇다. 조안은 지난달부터 '조안 드 아스 남작'이 됐다! 사내의 숱 많은 속눈썹이 불만스레 움직였다.

"영지와 재산은 장식인가?"

"난데없이 부자에 귀족이 돼서 적응하기 힘들답니다. 거기다 조안의 그림은 물론이고 머리 모양까지 유명해져서 밖에 나가면 사람들이 알아본다고… 잠시 피신해 온 거죠."

"한심하군."

그가 신랄하게 평가했다. 하지만 이건 진짜 경사였다. 지난 1월 7일에 열린 황제의 탄신 축하연에서, 화가는 드디어 가문의 명예를 되찾았다. 할머니, 어머니, 조안 남매까지 장장 삼대가 흐른 뒤에야 복권된 정의였다.

'…제국 황실은, 로메로 선황 폐하에 의해 살해당한 아스 남작과 그의 유가족 및 후손들에게 공식적인 유감을 표한다. 조부께서 고해도 없이 자의적인 판결과 처형을 집행하신 것은 명백한 과오였다. 당시의 일을 돌이키지 않은 짐과 셀린 선황 폐하 역시, 그 죄과로부터 자유로울 수 없을 것이다.'

황제는, 수백의 귀빈이 지켜보는 가운데 정식으로 리에스테르 황가의 잘못을 인정하고 사과했다. 조안은 초청받은 자리에서 엉엉 울었다. 증조부의 결백을 주장하던 목소리가 떠올라 나까지 눈시울이 따끔해졌다.

'생각할수록 쪽팔려! 억울하게 뺏겼으면 돌려받을 생각을 해야지.'

'그게 전부 모함이라고요, 아저씨! 다른 인간이 증조부한테 뒤집어씌운 거라니까?'

언제나 조안에겐 조금 쌀쌀맞은 엘리자베트 경이, 그날만큼은 그녀에게 손수건을 건네주었다. 나는 샐샐하며 태자를 올려다보았다. 불타는 듯한 홍채가 금세 시선을 얽어왔다. 상처가 아무는 데 걸리는 시간은 결코 짧지 않겠지만. 어쩌면 영영 흉터가 남을지도 모르겠지만… 그사이에도 좋은 일과 기쁜 일은 있었다. 그것마저 아픔에 묻어버리고 싶진 않았다.

"잘 보이셔야 합니다. 태자님 초상화를 실물에 가깝게 그려줄 사람은 조안밖에 없거든요. 황위에 오르실 즈음엔 아쉬울 겁니다."

그러자 태자가 코웃음 쳤다. 녀석과 크리스텔의 주변에 좋은 친구가 많아지는 게 기뻤다. 그런 모험에 나도 한 발 걸쳤다는 게 내심 뿌듯하기도 했다. 나 빼고 다들 개성이 심하게 넘치긴 하지만, 슈팅 스타처럼 톡톡 튀는 주인공들 성향을 고려하면 이상할 것도 없었다. 유유상종이라는 말도 있지 않은가.

"베랑 공작도 태자님의 든든한 조력자가 되어줄 거고요."

그래, 이제는 공작 가족이 된 베랑 남작 가족도 있었다. 내가 검지를 치켜들자 태자가 손끝을 빤히 바라보았다. 소스 묻었나?

"정치적 조력은 필요 없어."

네가 외동이라 그런 소릴 쉽게 하는 거지. 동생 한 명만 있었어도

'퇴계공'이 아니라 HBO 드라마 됐을 거다.

"내가 원하는 건 하나야."

"…"

놈의 목소리가 은밀하게 울렸다. 분명 가벼운 산책이었는데 느닷없이 분위기가 무거워졌다. 꿍쳐 놓고 혼자 쓰는 남주 전용 스킬이라도 있는 건지, 어째 녀석에게서 눈을 뗄 수가 없었다. 선명한 오렌지빛이 가까이에서 일렁였다. 나는 목이 뻐근한 것도 잊고 마른침을 꿀떡 삼켰다. 속절없는 기대감으로 심장이 벌렁거렸다. 크리스텔이라고 하면 어떡하지? 여기도 숲 유치원 있나?

"예서 왕자님!"

움찔! 뒤편에서 가나엘이 나를 불렀다. 나는 화다닥 태자에게서 두 걸음 떨어져 나왔다. 잘못한 것도 없는데 어쩌다 보니 그렇게 됐다. 재깍 뒤를 돌아 소년의 금색 눈동자를 마주했다. 아이는 몹시 당황한 표정이었다.

"방해하여 송구합니다. 서신이… 헉, 왕자님께서, 왕세녀 전하께 보내신 서신이 반송되어 돌아왔습니다."

민망함은 씻은 듯이 잊혔다. 소년의 당혹이 순식간에 내게 옮아왔다.

4.

"그게 어떻게…"

"설명해."

선수를 친 건 황태자 녀석이었다. 그가 가나엘을 내려보며 짤막하게 명하자, 소년은 어깨를 살짝 움츠렸다.

"저도, 콜록. 자세히는 모르겠습니다. 다만 폐하께서 먼저 보내셨던 친서는 정상적으로 전달된 것으로 보인다고 합니다. 헤인스경이 특별한 경로를 통했다는데…"

"응. 그렇다고 들었어."

내가 가나엘의 등을 토닥여 주며 답했다. 아이는 급하게 왔는지 뺨이 발그레하고 숨도 가빴다. 멀리서 약혼자를 발견한 엘리자베트 경이 이쪽으로 다가오고 있었다.

교황청 루트는, 이제 완전히 막혔다. 프레데리크 황제는 내부 질서가 제대로 확립될 때까지 자국의 성직자들이 그곳으로 건너가는 일이 없기를 원했다. 교황청에서 제국으로 들어오는 길 역시 전면 차단됐다.

그녀 치세에 교황청 마차를 국내에 들인 신관은 전부 조사 대상이었다. 황제는 한다면 하는 성격이었고 그것에 예외란 없었다. 수사선이 모친인 셀린 선황 대까지 올라가야 한다면, 감당하고도 남을 사람이었다.

스승님은 그런 반려를 보필하느라 요사이 눈코 뜰 새 없이 바빴다. 나를 위한 시간은 짧게라도 내주셨지만, 그 외에는 얼굴 보기가 힘들었다. 조만간 추기경의 지휘 아래 부제副祭들을 위한 안보 교육 과정도 신설된다고 했다.

아무튼 그래서… 내가 누명을 벗었다는 내용의 친서는, 공식적인 채널이 아닌 요한 경의 도움으로 신국에 건너갔다. 황제는 양국 간에 무익한 오해가 덧나기를 바라지 않았다. 그런데 줄곧 답이 없었다. 전송은 확실히 되었다는데 이상하리만치 무반응이었다.

'묘하군.'

'응. 왕세녀는 이런 결례를 범할 사람으로 보이지 않았는데.'

지난달 토요 만찬에서 어른들이 그런 이야기를 했다. 내가 환궁한 이후로 두 어른은 토요일마다 우리와 저녁을 함께 했는데, 그 자리에서 우려가 나온 것이다. 듣자니 왕족이나 황족이 편지를 주고받는 데는 정해진 예절이 있다고 했다.

예컨대 서신의 핑퐁을 끝내는 사람은 반드시 연소자 또는 하급자여야 했고, 사계절마다 주고받는 인사말이 달랐다. 맺음말에도 칼 같은 형식이 있었으며 추신은 절대 남길 수 없었다. 그런데 엘리서가 자신보다 '연상'인 '황제'를 상대로 답장을 쓰지 않고 대화를 마친 것이다. 이는 엄청난 외교적 결례였다.

그래서 나도 엄청 긴장했다. 자칫 분쟁이 생길까 봐 걱정이 됐다. 그렇지 않아도 황제는 최근 신국에 대한 불만을 노골적으로 드러내고 있었다. 당연하지 않은가. 세작을 이용해 남의 나라를 실컷 휘저어 놓고 나 몰라라 하는데!

'제가 왕세녀께 따로 편지를 써볼까요?'

'왕자님?'

결국 내가 마틀로트 국물을 떠먹다가 조심스레 물었다. 스승님이 눈을 깜빡였다.

'저는 정말 괜찮고 잘 지낸다는 내용으로요. 신뢰를 주면 좋을 듯 싶습니다.'

물론 일방적으로 믿음을 깨부순 건 저쪽이고, 황제가 당장 군사를 일으켜도 개연성엔 문제가 없을 지경이지만… 좌우지간 전쟁은 막아야 하지 않겠는가. 나는 오직 그런 마음가짐으로 어렵사리 의견을 냈다.

군주의 체리색 시선이 나를 빤히 바라보았다. 왼뺨엔 세드리크 태자의 눈길이 닿아 따끔따끔했다. 나는 괜스레 켕겨서 입술을 감쳐물었다. 스튜 속의 하얗고 통통한 장어 살이 어쩐지 당기지 않았다. 정 싸우고 싶으시면 어쩔 수 없는데요. 그래도…

'태사.'

'예, 폐하.'

'왕자의 계획대로 진행하지.'

'그리하겠습니다.'

대박! 나는 마구 치솟는 입꼬리를 간신히 억눌렀다. 가까스로 웃음기를 빼고 '감사합니다' 인사했다. 과연 당대 황제는 불필요한 출혈을 원치 않는 성군이었다. 그때만 해도 잘하면 정면충돌은 피할 수 있겠다는 생각을 했다. 그런데 지금, 내가 보낸 편지가 돌아왔다는 거 아니냐.

"그게 가능하긴 해? 어떻게 반송을 하지?"

"신국이 대화를 바라지 않는군."

"아니, 그러지 말고요."

나는 다급히 태자의 털북숭이 망토를 잡아당겼다. 그의 날카로운 시선이 나를 내려다보았다. 아까는 분명 로판 남주 같았는데 지금은 그냥 먼치킨 웹소설 남주 같았다. 이러다 출정해서 다 쓸어버리겠다고 할까 봐 슬며시 겁이 났다. 상대는 순순히 쓸려줄 나라도 아니었다.

"하지만 왕자님…"

"폐하께서 진노하셨겠습니다."

가까이 다가온 엘리자베트 경이 말했다. 가나엘은 그새 조금 자란 손으로 소백작의 양손을 폭 담았다. 어느덧 창밖 날씨가 흐려지고, 하늘에선 함박눈이 펑펑 내리고 있었다. 모두가 좋아하는 쥘리에트 궁 정원이 이불처럼 희게 변했다. 검사의 회색 눈동자가 무겁게 가라앉았다.

"편지를 돌려보내다니… 완강한 거부로군요."

"혹시 주소가 잘못됐거나, 애고. 요한 선생님이 그런 실수를 하실 분은 아니네요. 중간에 무슨 착오가 있었던 거 아닐까요?"

크리스텔이 고개를 기울이며 말을 보탰다. 나도 비슷한 생각이었다. 그냥 읽고 무시하는 거면 몰라도, 기왕 받은 편지를 고생해서 돌려보낸다니 이상했다. 우리를 번갈아 보며 상황을 파악하던 조안이 인상을 와락 찡그렸다.

"분홍 공주님, 그럴 리가 없잖아. 내가 귀족 나리들 예절은 몰라도 대륙에서 편지 반송이 무슨 뜻인지는 알아. 그건 '너 따위하고 말 섞기 싫다'라는 거랬어."

크리스텔과 내가 입을 헤 벌렸다. 그럼 아까 태자 녀석이 했던 말이 사실이었다!

"남작의 말이 옳습니다, 크리스텔 경. 더군다나 왕족이 다른 왕족의 서찰을 거부했다는 것은 의미하는 바가 무척이나 적나라합니다. 황실의 두 어른께서 이를 좋은 쪽으로 해석해 주실 이유가 없습니다."

"…"

엘리자베트 경이 깔끔하게 상황을 정리했다. 그러고는 태자와 의미심장한 눈길을 교환했다. 설명을 들은 크리스텔과 조안의 안색이 덩달아 어두워졌다. 나는 그사이 발치로 달려온 데미와 페리를 조심조심 품에 안았다. 손끝이 잘게 떨리는 건 수전증 때문이라 믿고 싶었다.

* * *

오늘은 마침 토요일이라, 황제궁에서 또다시 만찬이 열렸다. 애물단지들의 참석도 허락되는 자리이다 보니 저녁나절 내내 외출 준비로 번잡했다. 그간 내가 식탁 예절을 열심히 가르친 결과, 꼬마들의 기초적인 태도엔 문제가 없었다.

접시에 앞발을 올리지 않는다든지, 밥 먹는데 옆에서 깃을 정리하지 않는다든지. 하지만 황제의 말에 멋대로 대꾸하거나("삐뽀!") 기분 좋으면 식당을 뛰어다니는 건 여전해서("끼이이!") 주의가 필요했다.

"가면 두 분이 진지한 얘기를 하실 거야. 상황이 진짜 심상치 않거든."

-아우으

"티테는 걱정 안 해. 우리 막내 순둥이니까. 네 형들이 말썽쟁이지."

내가 무릎에 누인 하프물범을 두툼한 강보로 감싸며 말했다. 일주일 만의 나들이에 신난 레아는 뱅자맹의 다리를 꼬물꼬물 등반하고 있었다. 가나엘은 페리와 데미의 발바닥을 닦아주느라 고생이었다. 다그닥, 다그닥… 마차가 평화롭게 흔들리며 제설한 길을 나아갔다. 창틀에 앉은 뚝심이가 나를 보며 가슴팍을 오르락내리락했다.

"뚝스. 너는 알 수 있어?"

-삐?

속삭이듯 묻자, 굴뚝새가 무슨 소리인지 모르겠다는 양 갸웃거렸다.

"우리를 체보임으로 데려간 게 너였잖아. 나야 선택의 여지가 없었지만 네가 크리스텔이랑 태자님을 거기로 이끈 거 알아."

나는 목소리를 더욱 낮추었다. 티테는 벌써 따끈하게 잠들고 있었다.

"혹시 너도 미래를 봐? 주신의 뜻을 감지했어? 아니면 그냥…"

그냥 위대하신 신물의 능력으로, 일행이 체보임에 결집하는 게 가장 합리적이라 판단했던 걸까. 너무 많은 경우의 수가 한꺼번에 떠올라 제대로 된 질문을 만들기 어려웠다. 뚝심이는 한동안 나를 가만히 바라보더니, 포르릉 날아와 품을 파고들었다.

애교로 넘어가려는 건가 싶어 헛웃음이 났다. 물론 새의 모습으로는 나와 원활한 소통이 불가능했다. '니키' 역시 내게 말할 수 있는 정보가 한정되어 있었다. 나는 손가락 끝으로 녀석의 작은 머리를 어루만져 주었다.

-끼으?

"곤란해요, 페리 님. 이건 제 예물이거든요. 앗!"

"…"

가나엘에게 장난 거는 신수들을 보고 있노라니 별별 생각이 다 들었다. 주신교 성서에서 말하기를, 신수가 하는 일은 주신의 역사役事와 다름없다고 했다. 그렇다면 애물단지들이 나를 도와주는 것도 주신의 의지일까?

내게 능력 일부를 숨기면서까지 어마어마한 연출을 해내고, 누구도 나를 깎아내리지 못하도록 만드는 게? 하지만 내게 위험을 내리는 당사자도 주신이었다. 적어도 방주의 안내자인 니키는 그렇게 말했다. 심해처럼 짙푸른 눈동자에, 따뜻한 염려를 담아.

'-주신이 그대를 위해 예비한 무언가가 있는 듯합니다.'

그게 사실이라면 변덕이 심해도 너무 심했다. 한 세계의 유일신이 이렇게 제멋대로여도 되는 거야? 사람을 보호했다가 위험에 빠뜨리기를 반복하다니. 물론, 그녀가 신인 동시에 다른 존재라고 가정하면 모든 의문이 쉽게 풀리기는 했다… 아니. 과연 그런가?

-끼이!

흠칫. 나는 건강한 울음소리에 상념에서 깨어났다. 가나엘에게 꾹꾹이를 하던 데미가 나를 향해 혀를 내밀고 있었다. 몸에서 힘이 쭉 빠지며 한숨과 웃음이 섞여 나왔다.

"…그래. 도담도담 잘 크면 됐다."

그러자 꼬맹이가 와다닥 뛰어와 내 팔뚝에 매미처럼 달라붙었다. 균형을 잡겠답시고 오동보동한 꼬리까지 반짝 세웠다. 눈송이를 얹은 듯한 하얀 눈썹 아래, 오징어 먹물을 찍은 까만 눈이 평소보다 초롱했다. 꼭 사람처럼 웃는 낯이었다. 아무런 걱정할 필요 없다는 듯이.

"내가 누굴 이겨 먹겠냐."

-끼웅! 끼웅!

나는 결국 마주 웃으며 데미를 끌어안았다. 요 고집불통 애물단지들이 무슨 생각을 하며 내 곁에 머무르는지는 몰라도, 지금 우리가 주고받는 애정만큼은 진짜였다. 그러니 괜찮았다.

"보기 좋아라. 다 왔습니다, 왕자님."

-히힝!

-푸르릉, 푸르릉

그즈음 마차의 움직임이 멎었다. 나는 데미의 입에 블루베리 한 알을 물려주고, 차근차근 내릴 채비를 했다. 뱅자맹도 흐뭇한 얼굴로 우리를 보고 있었다.

* * *

만찬장으로 가는 길에, 우연히 파브리스 베랑 공작 부부를 만났다!

"예서 왕자님."

"주신의 달을 뵙습니다."

황제를 알현하고 나오는 모양이었다. 새로운 공작이 된 지 한 달 가까이 지났는데도 부부의 옷차림은 여전히 수수했다. 내게 더없이 정중한 예를 차리는 모습도 작년 연말과 똑같았다. 애물단지들이 두 사람을 알아보고 방긋방긋했다. 나는 반갑게 인사를 건넸다.

"안녕하세요, 두 분. 아직 황도에 계신 줄은 몰랐습니다."

"엘로디는 먼저 내려가 영지를 돌보고 있습니다. 저희는…"

"이곳에서 수습해야 할 일이 많이 생겼지요. 황공한 일입니다."

안 베랑 공작 부인이 목을 굽히며 부드럽게 말을 맺었다. 나도 일전에 생각보다 귀한 작위를 받아 놀랐었지만, 지금 공작 가족이 겪고 있을 혼란과 비교하면 그건 아무것도 아니었다. 이러면 안 되는데 작게 실소가 샜다. 사건이 막을 내린 뒤, 베랑 남작이 더 높은 작위를 받는 건 어느 정도 예상된 일이었다.

프랑수아 후작이 먼저 그런 예측을 했고 태자도 딱히 반대 의견을 내지 않았다. 그쯤 되면 확실하다고 봐야 했다. 나 역시 남작의 조모님이 남작 위를 받은 건 서운한 처사라고 생각하던 차였다. 역사서에서 읽은 바로, 전장에서 황제를 수행한 측근들은 못해도 백작 위는 받았으니까. 황자나 황녀의 배우자가 되기도 했다.

'경들은 베랑 남작가의 지극한 헌신을 본받아야 할 것이다. 저들이 보여준 리에스테르에 대한 충심과 영지민들에 대한 애정은, 짐이 지금껏 만난 어느 영주보다도 진정이었다.'

이 또한 지난달 황제의 탄신 축하연에서 나온 문장이었다. 잔을 든 그녀의 눈빛엔 확신이 넘쳤고, 목소리에선 단단한 신념이 묻어났다. 나는 넋 놓고 중년인의 옆얼굴을 구경했다.

'그중 무엇보다도 짐의 마음을 움직인 것은, 신국의 난민을 구조하여 거리낌 없이 돕던 저들의 선의였다. 자신들의 결핍엔 개의치 않는 희생이었다.'

'…'

우리와 같은 테이블에 앉아있던 남작 가족이 고개를 숙였다. 어쩔 줄 몰라 하는 표정들이었다. 칭찬받으려고 한 일이 아니었으니 부끄럽고 민망한 심정도 이해가 갔다. 크리스텔이 그들을 들여다보며 씩 웃었다. 소남작의 긴장을 풀어주고자 손을 꼭 맞잡기도 했다.

'동정은 짧으며 연민은 흔하다. 반면 스스로의 위험을 무릅써 가며 약자를 구하는 행동은, 사막의 샘물과 같이 드물고 귀한 것이야. 하물며 그러한 선행이 대를 이어 왔다면, 이는 숭고하다고 말하기에 모자람이 없다.'

황제가 잠깐 말을 쉬었다. 짝짝짝! 점잖은 박수가 즉시 연회장을 가득 메웠다.

'하여 짐은 남작과 그의 선조들에게 드높은 치하를 내리고자 한다.'

그런 문장이 소음을 갈랐다. 프랑수아가 예고 없이 나를 돌아보며 빛나는 윙크를 보냈다. 갑자기 뭔데요… 아. '후작 위'라는 거야?

'파브리스 베랑은 짐의 후작이 될 것이다.'

'와아아!'

탄성과 손뼉이 축포처럼 쏟아졌다. 나는 놀란 얼굴로 프랑수아를 바라보았다. 후작은 '다 아는 방법이 있답니다!' 하며 근사하게 미소했다. 남자는 황제의 탄신일이 다가오자 감쪽같이 열이 내리고 멀쩡해졌는데, 듣기로는 매년 이랬다고 했다.

나는 그의 얼굴을 보며 기꺼이 입매를 허물었다. 그가 더는 아프지 않은 것도, 남작령의 사정이 나아질 수 있다는 것도 진심으로 기뻤다. 그리고 대충 그즈음에,

'영원토록 축복받으실 폐하. 황은이 망극하오나…'

당사자인 파브리스가 후작 위를 정중히 사양했다. 섬기는 군주의 성정을 깊이 모르는, 벽지의 귀족이기에 시도할 수 있었던 과감한 발언이었다. 연회장이 써늘하리만치 조용해졌다. 모두가 입을 떡 벌리거나 입을 가리고 그를 바라보았다. 남자의 얼굴에 때늦은 '아뿔싸'가 스쳤다. 뭐, 그 뒤는 예상대로였다. 황제는 묻고 더블로 갔다.

* * *

"기회가 되면 또 공작령에 놀러 가겠습니다. 물론 두 분이 괜찮으

시다면요."

내가 진심을 담아 말했다. 뒤편에서 뱅자맹과 가나엘이 '거듭 축하드립니다', '코코에게도 안부 전해주세요!' 했다. 파브리스와 안베랑은 꼭 닮은 인상으로 자상하게 웃었다.

"언제든 무한한 영광입니다. 왕자님과 친우분들이라면 새벽이슬을 맞으며 기다려도 행복하겠지요."

"아이들이 무척 기뻐할 겁니다."

부부가 내 손등에 입을 맞추고 깊이 절했다. 여전히 조금 민망한 인사였지만, 둘의 마음을 존중해서 티 내지 않고자 노력했다. '경애를 기꺼이 받아들이는 것도 황실의 일'이라고 스승님이 그러셨다.

프레데리크 황제의 인사는 가히 파격적이었으나, 그래도 막후에선 부부의 의견을 최대한 존중했다고 들었다. 일단 두 사람의 간청에 따라 추가로 봉토를 내리는 일은 없었다. 이들은 조모님이 일군 '남작령'에 애착이 컸고, 두 아들의 유골 일부를 뿌렸다는 땅에서 평생을 지내고 싶어 했다. 그곳의 모두가 여유 있는 삶을 누리기 전까진 섣불리 영지를 늘리고자 하지 않았다.

황가의 보물이나 최고급 공단 대신, 현금과 구호물자 위주의 포상을 받은 것도 특이 사항이었다. 부부는 영지민들에게 직접적으로 보탬이 될만한 물건이 아니면 전혀 마음을 쓰지 않았다. 결국 황태자가 나서서 황실 재단사를 불렀다고 했다. 세 가족의 옷이라도 잔뜩 맞춰 보내려는 심산이었다. 기특한 녀석. 에테르로 본때를 보여줘야지.

"그럼, 왕자님. 허락하신다면 먼저 물러가 보겠습니다."

"그럼요. 바쁘실 텐데 붙잡아 송구합니다."

"아닙니다, 아닙니다."

"하하하. 들어가세요."

우리는 서로에게 끝없이 고개를 꾸벅이며 멀어졌다. '끼이!' 데미가 꼬리를 살랑이며 부부와 작별했다. 오가던 황제궁 시종들이 어쩐지 흐뭇흐뭇한 눈길로 이쪽을 바라보았다.

"얼굴 좋아 보이셔서 다행이다, 그치."

"네!"

가나엘이 방방거리는 목소리로 답했다. 모두가 조금씩 회복하고 있었다. 느리지만 분명히. 나는 오늘도 어김없이 잔뜩 껴입고 복도를 걸었다. 잠든 티테를 볼록하게 품에 안은 채였다. 처음 황제궁에 왔을 때는 모든 게 너무 크고, 사방이 드넓어서 혼자 어디 돌아다닐 엄두를 못 냈다.

평소에도 방향을 잘 못 잡다보니 더욱 졸아붙곤 했다. 그런데 지금은 시종장 로라가 나를 마중 나오지 않아도, 추기경의 시종 나탈리가 배웅해 주지 않아도 곧잘 목적지를 찾았다. 더는 가나엘과 뱅자맹이 속닥속닥 길을 짚어줄 필요가 없었다. 자주 오니까 자신감도 생겼다.

-뚜벅

"다 왔다."

이내 문이 높고 번쩍번쩍한 만찬장 입구가 모습을 드러냈다. 연회장과 비교하면 여기는 확실히 사적인 분위기를 풍겼다. 식당만 수십 개인 황제궁이지만, 우리가 '토요 만찬'을 갖는 장소는 오직

서브 남주가 파업하면 생기는 일 6

이곳뿐이었다.

"어서 오십시오, 예서 왕자님."

만찬장 시종들이 나를 보고 반갑게 예를 차렸다. 주변이 적막한 것으로 보아 어른들은 아직 도착하지 않은 것 같았다. 묘한 존재감이 느껴져 고개를 돌리니, 복도 건너편에서 무진장 예쁜 사람이 나를 향해 팔을 휘젓고 있었다. 입매가 절로 벌어졌다. 큰소리는 못내고 온몸으로 아는 척만 하는 게 재미있었다.

"안녕하세요, 크리스텔."

오늘은 가인 씨도 같이 먹나 보다.

* * *

그건 맞았는데, 그전 거는 완전히 틀렸다. 크리스텔도 초대받긴 했지만 우린 지각생이었다!

"오메."

문이 열리자마자 크리스텔이 후딱 자신의 입을 가렸다. 나는 심란해 보이는 체리색 눈동자를 마주하고 식겁했다. 왜 이렇게 일찍 오셨…

"들어와서 앉아."

"예, 폐하."

"기다리시게 해서 죄송합니다."

만찬장 주위가 고요했던 게, 어른들이 오지 않아서가 아니라 안에 이미 계셔서였다. 나는 재깍 사과하고 바쁘게 움직였다('천천히 하렴, 왕자님'). 시종들의 도움을 받아 부지런히 옷을 벗고, 미리 준비된 아기 침대에 티테를 눕히고, 애물단지들을 어른들께 인사시켰다('안녕하세요, 해야지.' '끼아으!'). 세드리크 태자 놈이 크리스텔과 나를 한심하다는 눈초리로 바라보았다. 야, 우린 15분 일찍 왔다고!

"오래간만입니다, 왕자님."

"안녕하세요, 변경백."

쾌활한 목소리가 귓가에 닿았다. 나는 낯익은 중년인을 향해 밝게 인사했다. 오늘 태자 대신 황제 곁에 앉은 사람은, 엘리자베트 경의 모친이자 북부의 접경지를 호령하는 소드마스터 카롤린 무테 변경백이었다. 오다가다 가끔 인사한 얼굴이라 어렵진 않았다. 술자리와 옛날 농담을 좋아하는 성정인 것도 익히 알았다.

다만 이런 겨울에 영지를 비우고 내려와 있다는 점이 의외였다. 토요 만찬에는 고정 멤버(황제, 추기경, 태자 놈, 나) 외에도 다양한 초대 손님이 함께했는데, 오늘은 유독 숫자가 많았다. 무테 모녀와 요한 경이 와있었고 프랑수아 후작과 에르베 경도 보였다. 형제는 나와 시선이 마주치자마자 멋있음과 느끼함이 절묘하게 섞인 눈인사를 보냈다. 잘생겨서 망정이지…

"바로 식사를 들이겠습니다."

"부탁할게."

로라의 말에 스승님이 다정하게 답했다. 언제나 그렇듯, 대화가 끊기는 걸 좋아하지 않는 황제를 위해 모든 음식이 한꺼번에 나왔다. 나중에 디저트만 따로 올라올 예정이었다. 아는 맛, 새로운 향,

서브 남주가 파업하면 생기는 일 6

특별한 모양으로 한껏 무장한 접시들이 눈길을 사로잡았다. 데미를 위한 황금 물그릇도 등장했다. 나는 긴장감도 잊고 신이 나서 식기를 들었다. 요한 경이 나직이 웃었다.

"들지."

"잘 먹겠습니다."

–끼이

황제가 말했고, 나와 데미가 작게 호응했다. 이런 대답은 주로 우리 몫이었다. 이후 30분 정도는 평소와 비슷하게 흘러갔다. 나는 신선한 소 양과 발굽을 넣고 끓인 스튜를 한 그릇 뚝딱 해치웠다. 누린내가 하나도 없고, 소 요리인데 국물에선 깊은 닭 육수 풍미가 났다.

푹 익힌 건더기들은 말캉말캉하고 꼬들꼬들해서 씹는 맛이 있었다. 안에 든 당근이며 양파까지 싹싹 긁어 먹은 뒤, 생햄 없은 피프라드를 크게 한 스푼 덜었다. 빨갛고 진한 토마토 냄새와 노랗고 고소한 달걀 냄새가 코를 간지럽혔다. 몇 입 만에 깔끔하게 먹어 치우고, 너무 맛있어서 두 스푼 더 가져왔다.

술을 못 하는 내게 특별히 서빙된 클레멘타인 에이드 역시 천상의 맛이었다. 일반적인 귤과는 차원이 다른 달콤함에, 살짝 얼려 함께 넣은 과육이 혀끝에서 사각사각 녹아내렸다. 내 입에도 맛있지만 이건 진짜 우리 형 취향이었다. 훈훈한 실내에서 달고 시원한 음료를 마시니 천국이 따로 없었다. 입안이 곧장 새것이 됐다. 또 뭐 먹지…

"북쪽은 좀 어때."

"난리 났어. 전쟁하자는 어린놈들 천지야."

멈칫. 나는 따끈한 캉파뉴에 리예트를 얹다 말고 눈길을 들었다. 황족 모자가 동시에 포크를 내려놓았다. 카롤린은 딸이 따라준 칼바도스를 물처럼 꿀꺽꿀꺽 들이켜고는, '크으' 소리를 내며 반삭 머리를 쓸었다.

반대쪽 어깨 위로 엘리자베트 경과 똑같은 암녹색 머리칼이 구불구불 흘러내렸다. 한때 황제의 라이벌이었던 변경백은, 이제 그녀와 종종 검을 맞대는 친우였다. 여인이 덤덤하게 말을 이었다.

"3월엔 아홉이었지. 지난주엔 마흔아홉이 죽었어."

"..."

"내 구역은 거친 녀석들 소굴이니 놀라운 일도 아냐. 하지만 분위기가 예년 같지 않아."

그러고는 안주로 나온 건자두를 씹었다. 크리스텔과 소백작이 동시에 잔을 꾹 쥐었다. 심각해진 공기에 내 기분도 덩달아 가라앉았다. 왕세녀가 나의 편지를 반송했으니 분위기가 좋지 않으리란 예상은 했는데, 생각보다 무거운 말이 쏟아지고 있었다. 나는 조심스럽게 입을 뗐다.

"마흔아홉이 죽었다는 게…"

"국경에서 백작가 병사들과 신국군 사이에 충돌이 있었습니다."

엘리자베트 경이 차분히 답해주었다. 일순 팔뚝에 소름이 돋고 온갖 부정적인 상념이 스쳐 갔다. 무서운 이야기라는 걸 알았는지, 얌전히 놀던 애물단지들이 오르르 몰려와 의자 다리에 매달렸다. 나는 녀석들을 하나씩 품에 올리며 카롤린을 바라보았다.

"3월에도 아홉을 잃으셨다는 건, 혹시 저 때문입니까?"

"왕자님 때문은 아니지요. 죄인이라면 그 빌어먹을 쌍둥이 꼬마 아닙니까."

카롤린이 카키색 눈동자를 형형하게 빛내며 잔을 든 손을 내저었다. 그러니까 지금… 내가 상상하고 있는 게 전부 사실인 모양이었다. 작년 3월, 쌍둥이 암살자가 나를 공격했다는 소식이 전해지자 북방에서 양국 군대가 마찰을 빚었다.

그로 인해 리에스테르인 아홉이 목숨을 잃었다. 7월에 있었던 요한 경의 일은 기밀로 분류되어 조용히 넘어갔지만, 이번 사건은 아니었다. 시몽 드 사르네즈 공작의 배신은 전국적으로 알려졌다. 국경에선 다시 50에 가까운 이가 목숨을 잃었다. 내가 망연히 속삭였다.

"…일부러 신민들은 모르게 하시는군요."

"황실이 앞장서 백성의 불안을 조성할 이유가 없으니까."

스승님이 슬픈 목소리로 대답했다. 심장이 꽉 조여들고 위기감이 밀려왔다. 황제의 붉은 눈동자가 소용돌이쳤다.

"에르베. 황도 상황은."

"대부분은 신임 공작 파브리스 베랑에 관해 이야기합니다, 폐하. 부부의 미담이 곳곳에 퍼지고 있습니다. 후작 위를 거절하였다가 공작 위를 받게 되었다는 후문이 특히 반응이 좋지요. 이는 살롱의 대귀족과 거리의 평민 모두 비슷합니다. 사르네즈의 죽음에 관한 말도 심심찮게 나오기는 하나…"

근위대장이 거기까지 보고하고는 크리스텔의 안색을 살폈다. 그녀가 괜찮다는 듯 웃어 보였다. 남자는 작게 목례하며 문장을 맺었다.

"아무래도 남작에서 공작이 된 최초의 사례보다는 화제성이 떨어지는 듯합니다."

"클레르 광장에 보라색 튤립이 피었던 일 또한 기적으로 일컬어지고 있습니다. 전쟁에 관한 언급이 없는 것은 아닙니다만, 다수는 승전을 낙관합니다. 물론 노년층은 신분에 관계없이 교전 자체에 회의적입니다."

부근위대장도 명료한 답을 내놓았다. 만찬장에는 잠시 침묵이 휘돌았다. 나는 새근새근 숨 쉬는 레서판다들을 도닥이며 입술을 맞다물었다. 그렇구나. 황제가 파브리스에게 최고의 작위를 내린 이유는 또 있었다.

그녀는 제국이 걷잡을 수 없는 혼란에 빠지는 것을 막고자 영웅을 내세운 것이다. 사르네즈 공작의 빈자리는 무척이나 컸고, 지도자는 어떻게 해서든 시선을 돌려야 했다. 작금의 리에스테르에는 칭송할 만한 새 인물이 필요했다. 누구나 쉽게 이입하고 공감할 수 있는 사람.

'어느 날 갑자기 황은을 입고 이름을 떨친', '가난하고 선한' 귀족.

베랑 가족을 치하한 건 진심이겠지만 황제는 정치인이었다. 모든 행위엔 몇 겹의 속뜻이 숨어있었다.

"프랑수아."

"아래쪽도 크게 다를 바 없습니다! 베랑 공작령과 인접한 영지일수록 열기가 뜨겁지요. 다만 동부는… 짐작하시는 대로입니다. 신국을 쳐야 한다는 강경론이 힘을 얻고 있습니다. 마담 무테의 영지와 비슷한 경우입니다."

"블랑케르 공작을 돌려보내야겠군."

"예. 마탑을 오래 비우면 곤란할 겁니다."

연분홍빛 눈동자가 부드럽게 휘었다. 나는 식탁 아래로 손가락을 꼼질거렸다. 상황은 내가 막연히 추측했던 것보다 훨씬 심각했다. 지난 11개월간 이미 전투로 죽어간 이들이 있었고, 그것은 단지 제국의 질서를 위해 묵묵히 잊혔을 뿐이며, 세작의 횡포를 접한 국경 지역의 젊은이들은 본격적인 보복을 원했다.

이건 단순한 치기나 원한이라고 할 수도 없었다. 이곳 사람들은 애국심이 상당한 편이었고, 이번 건은 리에스테르의 명예와 존엄이 걸린 사안이었다. 한순간에 입안이 바짝바짝 타들어 갔다. …이런 사태를 편지 하나로 무를 수 있을 거라 생각하다니. 난 진짜 세상을 얼마나 쉽게 본 거지.

"서신 반송 건은."

고개가 반짝 올라갔다. 독주를 마시던 요한 경이 약간의 동요도 없는 얼굴로 입을 열었다.

"다시 확인했지만 왕자 전하의 서신은 왕세녀 전하 측에 확실히 전달되었습니다. 신국에서 동일한 경로를 밟아 반송한 사실도 분명하고요. 읽은 흔적은 없었습니다."

"…이해할 수가 없군."

'제길.'

황제가 머리를 쓸어 넘기며 짧게 욕설을 내뱉었다. 스승님이 달래듯 그녀를 불렀다. 나는 오른편에 앉은 크리스텔과 왼편의 태자 녀석을 번갈아 보았다. 내가 죽는 것도 싫지만, 전쟁이 터지면 내 친구들은 전부 위태로워질 것이다.

출정은 물론이고 전장의 끔찍한 광경을 매일없이 마주하며 싸워 야만 할 터였다. 그런 전개는 절대로 막고 싶었다. 나는 이곳 사람 들이 평안하고 행복하기를 바랐다. 먼 훗날 말고 지금 당장. 내일, 모레, 일주일 후에도. 하지만 어떻게?

"감옥엔 새로운 죄수가 넘치고 왕세녀도 협조하질 않는데, 제국 은 위엄을 지켜야 하지."

"응. 어렵네."

추기경이 진심으로 유감스러워하며 반려의 팔을 쓸었다. 뚝심이 가 말똥말똥한 눈빛으로 나를 올려다보았다. 나는 녀석과 눈을 맞 추며 필사적으로 머리를 굴렸다. 생각해, 정예서. 생각. 어른들도 어려워하는 일을 내가 무슨 수로 해결하지? 메신저가 막히고 전화 도 못 하면 사람들은 어떻게 대화를 해?

"…만나면 되잖아."

내가 퍼뜩 고개를 들며 중얼거렸다. 양옆에서 동시에 나를 보는 시선이 느껴졌다. 맞은편에 앉은 요한 경은 민트색 눈동자를 늘어 뜨리며 우아한 미소를 보냈다. 내 말이 저기까지 들렸을 것 같진 않 지만… 아니, 잠깐. 회심의 미소였나?

"중립 지대로 사절을 보내는 건 어떻겠습니까, 폐하?"

그가 나긋하게 말을 올렸다. 단숨에 모든 시선이 성기사에게 쏠 렸다.

"그렇지 않아도 산트 사제가 가족을 만나러 가야 한다고 하던데요."

어? 진짜로…?

* * *

"생각 없다."

프레데리크 황제가 딱 잘라 말했다. 혹시나 했던 기대가 푸시시 무너져 내렸다. 레서판다들도 꼿꼿이 세우고 있던 꼬리를 축 내렸다. 요한 경은 어쩔 수 없다는 표정으로 고개를 비스듬히 기울였다.

그래도 쉬이 포기할 수는 없었다. 나는 간절히 그녀를 바라보았다. 가능성이 있다면 뭐든 시도해 봐야 했다. 수많은 사람이 죽기를 바라는 이는 없지 않은가.

"폐하. 이게 왕세녀 전하의 의도가 아닐 수도 있습니다."

그녀가 즉시 나와 시선을 마주했다. 나는 애물단지들을 다독이며 침착하게 말을 이었다.

"베르너르 페네티안이 전하의 눈과 귀를 막은 것일지 모릅니다. 중간에서 편지를 가로챘거나 이상한 말로 판단을 흐려서…"

"내가 그것까지 배려해야 할 이유가 있느냐?"

입이 딱 다물렸다. 황제는 한 손에 칼바도스 잔을 쥔 채 거침없이 말했다.

"신국의 세작이 내 나라를 불경하게 휘젓고 영원히 달아났다. 3월엔 황궁이 당했고, 금번엔 황도에 테러가 있었지. 너라고 모르지는 않을 거다. 리에스테르인은 제국의 심장이 뚫리는 일에 특히 민감하다는 것을."

"..."

모를 수가 없었다. 황제의 조부는 사랑하던 여인으로부터 기습을 당했다. 율리터 스타티아는 성기사를 포함한 신국군을 이끌고, 황제궁 지하 포털을 이용해 제국을 침략했다. 이는 로메로 리에스테르를 포함한 모두에게 대단히 충격적인 사건이었다.

군주의 거처와 수도가 동시에 공격받은 데다, 상대는 무려 그가 국혼을 추진하던 페네티안의 귀족 신관이었으니까. 지하 포털 역시 그녀와의 만남을 용이하게 하려던 수단이었다. 황도가 그대로 함락당하지 않은 것은 오직 로메로의 평소 철학 덕분이었다.

그는 황태자 시절부터 군사軍事에 지대한 관심을 쏟았고, 이미 황실 근위대와 황도 수비대를 오늘날의 특수 부대 같은 편제로 양성한 상태였다. 역사책에 따르면 그전까지의 두 부대는 고급 순찰대에 가까웠다고 했다. 당시 근위대와 수비대가 기민하게 대처하지 않았더라면⋯ 그리고 로메로가 희대의 마검사가 아니었다면. '퇴계공'의 역사는 어떻게 바뀌었을지 모른다.

"이 몸은 제국의 황제다. 적국의 왕위 계승자가 곤란한 상황에 놓였을지 모른다고 굳이 가정하여, 그자에게 편의적인 해석을 해줄 까닭이 없어. 그리하여 내게 이로울 것은 무엇이냐?"

'오히려 몇 배의 경계를 해도 모자라.'

황제가 날카로이 덧붙였다. 우리는 그녀를 뚫어지게 바라보았다.

"게다가 왕세녀의 서신은 국왕 대리의 상징을 달고 황궁에 닿았다."

"…"

"그렇다면 나는 그것이 수장의 뜻이라고 받아들여야 하지. 그게 약속이니까. 30년간 단교했어도 변하지 않는 언어는 있는 법이야."

내가 조용히 눈을 내리깔았다. 구구절절 옳은 말이었다. 제국은 지금 일방적으로 수모를 당하고 있었다. 이만큼 참는 것도 엄청난 일인데 염치가 있다면 그보다 더한 이해를 바랄 수는 없었다.

거기까지 생각하니 표정 관리가 힘들었다. 아무리 전쟁을 싫어하는 황제라고 해도, 인내심이 바닥나고 여론이 강해지면 별다른 수가 없을 것이다. 이제 진짜 충돌이 코앞인가? 절대 막지 못할 흐름인 거야?

"…왕세녀가 만남을 요청하긴 했어."

나는 고개를 번쩍 들었다. 스승님이 난감하게 미소하며 나를 보고 있었다. 진짜요?

"오렐리."

"저 아이도 알 권리는 있는걸."

황제가 나직이 반려를 불렀고, 추기경은 부드러우면서도 단호한 대답을 내놓았다. 군주는 혀를 차더니 칼바도스를 입안으로 털어 넣었다. 사르네즈 재판 때 나도 분명 두루마리를 보기는 했다. 하지만 어깨너머로 확인한 데다 전부 읽은 것도 아니었기에, 전체적인 내용은 몰랐다.

"그런 말이 있었습니까?"

"응, 왕자님이 아픈 것 같다는 이야기 아래에. 중립 지대에서 직접 만나 상태를 보고 싶다고 하더구나."

"불허한다."

내가 뭐라고 입을 떼기도 전에 황제가 말을 잘랐다.

'끼이이…'

품 안의 데미가 서운한 울음소리를 냈다. 중년인은 어림도 없다는 양 한쪽 눈썹을 까딱였다. 세드리크 태자와 참말 똑같았다.

"중립 지대엔 어느 나라의 군대도 진입할 수 없어. 네가 근위대의 보호조차 받지 못한다는 뜻이다. 하물며 지금은 평시도 아니지."

"…네. 무슨 말씀이신지 이해합니다."

"현재는 모든 성직자의 출입을 금했다."

"오갈 수 있는 건 일부 카라반과, 그곳에 연고가 있는 사람뿐이야. 그마저도 아주 엄격한 검역과 신원 보증을 거치고 있단다."

스승님이 위로하듯 부연했다. 나는 묵묵히 고개를 끄덕였다. 나를 해치고자 무고한 사람들까지 대대적으로 모함하고, 온 나라를 발칵 뒤집어 놓았던 사건이 겨우 한 달 전에 막을 내렸다. 수습은 아직 끝나지도 않았다. 이런 시기에 당사자인 내가 황궁 밖으로 향하는 건 위험하고 무모했다. 스스로도 그걸 알아서 에바와 쇼핑 한 번 안 나가지 않았던가.

"네가 쓴 서신은 보관해도 좋다."

"…예."

내 대답이 떨어지기 무섭게 로라가 화려한 금 쟁반을 올렸다. 고급스러운 편지 봉투가 눈에 들어왔다. 리에스테르 황실 문장 대신, 세레니테의 문장이 실링 왁스로 찍혀있었다. 요한 경 말대로 안을 살핀 흔적조차 없었다. 아무런 소용도 없이 돌아온 종이를 손에 쥐니 허망했다. 딴엔 엄청 고심해서 쓴 건데. 친구들하고 연구도 많이 했는데. 황제가 다시 입을 열었다.

"나와 오렐리가 친서로 요구한 것은, 페네티안의 공식적인 사과와 재발 방지 서약이었다."

"…"

우리는 제각기 놀라서 눈을 들었다. 그건 정말, 믿을 수 없을 만치 너그러운 제스처였다.

"마음 같아선 국서를 폐서인하라 욕을 퍼붓고 싶었지만, 내정 간섭이라며 물고 늘어질 구실은 주기 싫었어. 저들과 똑같은 패거리가 되고 싶지도 않았고. 무엇보다."

'국왕이 이성을 잃은 상황에 반려를 끌어내라고 할 수는 없지 않겠느냐.'

황제가 그렇게 말하고는 빈 잔을 밀었다. 로라가 기품 있는 몸놀림으로 새로운 술을 따랐다. 스승님이 '과음하지 마' 하고 말렸지만, 아무래도 참을만한 상황이 아닌 것 같았다.

카롤린 무테 변경백이 긴 한숨을 내쉬며 자신의 잔을 황제의 것에 부딪혔다. 짠! 꿀꺽, 꿀꺽. 독한 브랜디가 두 중년인의 목구멍을 타고 쏟아져 내렸다. 나는 엘리자베트 경과 불안한 시선을 나누었다.

-딱!

다시 깨끗해진 글라스가 테이블을 두드렸다.

"그러니 양보는 없어."

숨이 턱 막혔다.

"오래 기다리지도 않을 것이다."

어느 정도 예상한 결정이건만, 막상 닥치니 눈앞이 캄캄해졌다.

* * *

페네티안 신국 북부. 리에스테르 접경지대.

-휘이이이…

-펄러덕펄러덕!

막사의 하얀 천이 마구 흔들렸다. 마법이 걸린 내부는 한겨울에도 훗훗했으나, 엘리서 페네티안의 심중엔 삭풍만이 불고 있었다. 이곳은 왕세녀의 야전 침실 겸 서재였다. 그러나 요즘은 후자 노릇밖에 하지 못했다.

그녀가 도통 잠을 이루지 못하는 데다 그럴 의지조차 없으니 당연한 일이었다. 엘리서는 둥근 탁자 앞에 서서 수행 기사가 보낸 서찰을 반복해 읽었다. 새파란 눈동자가 불안과 걱정으로 뜨겁게 흔들렸다.

'마르티어입니다, 전하. 오늘도 무탈하시기를.

왕도에 퍼진 소문은 날이 갈수록 세부가 허황해져, 이제는 어디까지가 진실한 뼈대이고 어디까지가 거짓된 거죽인지 가늠키 어려울 지경입니다. 어느 상인은 시몽 드 사르네즈 공작이 반역을 도모하다 붙잡혀 사형을 당했다고 전하며, 어느 용병은 그가 신국의 세작으로 활약하다 덜미를 잡혔다고 이야기합니다. 이번 일에 국서 전하가 관계되어 있다는 말도 있습니다.

왕자 전하에 관한 풍문도 이와 별반 다르지 않습니다. 누군가는 그분이 무사히 누명을 벗고 영웅이 되었노라 합니다. 또 어떤 자는 왕자께서 황실의 신임을 잃고 간신히 연명 중이라는 소리를 지껄입니다…'

-빠스락!

아름다운 손아귀에서 하얀 종이가 반쯤 구겨졌다. 확실한 것이, 정말로 아무것도 없었다. 심장이 답답하고 가슴이 미어졌다. 이대로 있다간 온몸에서 불꽃을 터뜨릴 것만 같았다. 엘리서는 아주 천천히, 가느다란 숨을 내쉬었다.

"후우…"

그리고 가족을 생각했다. 반쯤 시든 튤립을 새로운 유리 상자에 넣고 잠든 어머니와, '아바마마가 요즘은 기운이 나시나 봐!' 하고 웃던 코르넬리서를 생각했다. 마르티어의 부상을 기억하지 못하는 예서도 떠올렸다.

자신은 세 사람의 사랑하는 딸이자 누나이자 언니였고, 일국의 지배자 겸 집안의 가장이 될 사람이었다. 심지어 지금은 '국왕 대리'라는 직함을 달고 있었다. 그러니 굳건하게 버텨야 했다. 매사에 침착해야만 했다.

'…허나 제국 방비는 항마석의 장막을 친 것처럼 견고하여, 어떠한 사실 확인도 할 수가 없습니다. 이러한 와중에 왕성에는 아무런 소식도 닿지 않고 있습니다. 황제의 친서는커녕 비밀스러운 전령 하나 보이지 않지요.'

"어째서."

어째서 제국은 묵묵부답으로 일관한단 말인가. 무슨 이유로 소통을 거부하는가? 빠드득, 그녀가 힘주어 이를 갈았다. 옆에 놓인 물잔을 단숨에 비웠지만 고통스러운 갈증은 사라지지 않았다. 꼭 지독한 저주에 얽힌 것 같은 기분이었다.

동생을 만날 수 없다면 누명을 벗었다는 확답이라도 받고 싶었다. 황제의 서명 하나만 있어도 마음이 놓일 듯싶었다. 그저 잘 지내고 있다고⋯ 진정으로 과거의 기억을 잃었더라도, 지금 그 애가 건강하고 행복하다면.

마지막으로 보았을 때처럼 그들 사이에서 따스한 눈길을 받고 있다면. 그것만으로 자신은 한 걸음 물러날 수 있었다. 위태로운 마음을 감추며 눈물을 머금고 훗날을 기약할 수도 있었다. 한데 어찌하여 리에스테르는 나라의 문을 걸어 잠근 채⋯

"전하. 자닌입니다."

흠칫 고개를 들었다. 흰색 천 너머로 익숙한 윤곽이 물결쳤다. 그림자로 어룽거리는 입김을 보니 안쓰러운 마음이 들었다. 엘리서는 급히 중년인을 막사 안으로 들였다. 태어나 한 번도 무기를 잡아본 적 없는 왕세녀의 충복이, 추위로 창백히 질린 얼굴을 하고 나타났다. 찬바람에 까칠하게 튼 손은 텅 비어있었다.

"송구합니다. 여전히 기별이 없습니다."

"⋯"

많은 것이 생략된 문장임에도 상황은 명료했다. 엘리서는 울컥 치솟는 감정을 가까스로 억눌렀다. 분노를 표현하는 대신 시종을

서브 남주가 파업하면 생기는 일 6

화로 곁에 앉혔다. 팔팔한 나이도 아닌데 전투 지역까지 데려와 고생시키는 것이 미안했다. 자닌은 애정과 염려가 뒤섞인 눈길로 그녀를 올려다보았다.

"또 밤을 새우셨습니까."

"잠이 오지 않았다."

"조식도 거르셨는지요."

"…"

"왕자 전하와 약조했다고 하지 않으셨습니까."

예전의 어머니처럼 다정하게 타이르는 음성이었다. 얼마간 침묵이 흘렀다. 천막 바깥에선 기사와 병사들의 외침이 뒤섞여 들렸다.

'검은 그렇게 뽑는 것이 아니다!', '열심히 하겠습니다!'

이어지는 기합. 캉, 캉, 캉! 멀리서 구부러진 검을 두드리는 소음. 쏴아아…! 어느 성기사의 물꽃이 움트는 소리. 작은 전쟁터의 소란들.

"유의미한 반응이 있을 때까지 전초전을 벌일 것이다. 포로를 잡을 수 있다면 좋겠지."

"두더지가 있는 것은 아니겠습니까."

두 여인의 말이 동시에 흘러나왔다. 예상치 못한 발언에 엘시어의 눈이 커졌다. 자닌은 신중한 얼굴로 목소리를 낮추었다.

"리에스테르 황제를 알현한 적은 없으나, 그분은 이러한 성정이 아닌 것으로 압니다. 혹 누군가 중간에서…"

"서신을 빼돌렸다고 보는 것이냐."

윗전의 단도직입적인 물음에, 여인이 보일 듯 말 듯 고개를 끄덕였다. 왕세녀는 티 나지 않게 심호흡을 했다. 그런 일을 할만한 이가 머릿속을 스치기는 했다. 하지만… 하지만.

"아버지께서 어찌 그런 짓을 하시겠느냐. 황제의 친서를 받는 것이 당신이나 신국에 피해를 입히는 일도 아닐진대."

"전하."

"되었다."

엘리서는 빠른 걸음으로 자닌의 곁을 벗어났다. 그러고는 그녀를 등진 채 탁자에 양팔을 짚고 섰다. 고산 지대도 아니건만 느닷없이 호흡이 쉽지 않았다. 동시에 머릿속 한구석이 떠나갈 듯 시끄러워졌다. 성기사는 거칠게 고개를 내저었다. 그리하면, 악마인지 천사인지 모를 무의식의 속삭임을 떨쳐낼 수 있다는 듯이.

'위실, 이미 알고 있지 않으냐.'

'가능성이 있는데 감히 모른 척해?'

"단서가 전부 한곳을 가리키지 않습니까."

"그즈음 크게 앓아누우셨다. 내 눈으로 직접 보았어."

"전하께서는 진즉 답을 찾으셨습니다."

"더는 말하고 싶지 않구나."

"어쩌면 그날부터 아셨을지 모릅니다."

"그만."

그녀가 단호하게 한 손을 들어 자닌의 입을 닫았다. 숨이 가빴다. 이제는 정말로 조금 지치는 기분이었다. 홀로 진실을 감당하는 일이 버겁고 힘들게만 느껴졌다. 서른하나. 어리지 않은 나이이건만 현실로부터 달아나고 싶은 마음이 불쑥 솟았다.

눈앞이 태양빛으로 울렁거렸다. 어째서 그렇게까지 한단 말인가? 스스로의 몸을 산송장으로 만들어 의심을 피하고, 적국의 세작을 이용하여 내란을 일으키고, 그리하여 양국의 갈등을 극단으로 치닫게 하면서까지 한 아이를 파괴하고자 하는 게…

"으."

"전하?"

"헉, 크읏…"

사람이 그리 어리석을 수가 있는가. 어찌하여 자기 자신밖에 생각하지 못하는가. 광기와 울분에 잡아먹혀 끝내 화신이 된 인간은, 대관절 어디까지 갈 수 있단 말인가?

"커헉!"

"전하-!"

와당탕! 자닌이 재빨리 달려와 무너지는 엘리서를 받아 안았다. 타닥, 탁! 추기경의 뺨에서 샛노란 불티가 튀어 오르고 있었다. 중년인은 본능적인 공포로 입을 벙긋거렸다. 왕세녀가 고통에 짓무른 목소리로 속삭였다.

"중립, 지대로… 주신의 평화가, 있는… 갈 것이야."

"전하, 정신을 놓으시면 아니 됩니다. 이대로는 폭주하십니다!"

"만나, 큭. 만나야, 하는…"

"밖에 누구 없느냐! 당장 신관들을 불러라! 어서!"

치이이익…! 성기사를 붙든 시종의 손바닥이 타들어 가고 있었다. 그릇이 진동하고, 주체할 수 없는 화염으로 전신이 용광로처럼 뜨거워졌다. 다급한 발소리와 고함이 귓바퀴 너머로 달아났다. 엘리서는 가물거리는 의식 속에서 어떤 에테르를 떠올렸다.

'코르넬리서와 폐하께도 안부 전해주세요.'

달빛처럼 맑고, 윤슬처럼 반짝이며, 어느 추기경의 힘보다도 안온했던…

* * *

진짜 큰일 났는데, 내가 할 수 있는 게 아무것도 없다.

"으음…"

그게 더 큰 일이다.

-서걱, 서걱

나는 잠옷 위에 가운을 걸치고, 후듯한 쥘리에트 궁 실내에 앉아 글씨를 끼적였다. 다시 토요일 밤이었다. 칼바도스의 사과 향이 물씬 풍기던 토요 만찬으로부터 일주일이 지났다. 일손이 모두 쉬러 간 시각이라 사방이 어둑했지만, 책상 주변만큼은 은촛대를 밝힌 덕에 온화하게 빛났다. 창밖은 한동안 눈이 내리지 않더니, 어제저녁부터 다시 설화雪花가 흩날리고 있었다.

-타닥, 타닥

-사락사락…

가만히 숨을 죽이고 있으면, 장작 튀는 소음 사이로 눈 내리는 소리가 들렸다. 그동안 리에스테르 황궁은 평화로웠다. 바깥은 어떻게 돌아가는지 모르겠지만 적어도 궁내는 그랬다. 뱅자맹의 말에 따르면, 프레데리크 황제의 잡도리는 여전히 열성적으로 진행되고 있었다.

황궁 시종들의 가문은 이전까지도 내사를 받았으나, 앞으로는 강도가 한결 높아질 거라고 했다. 귀족원을 중심으로 하는 대귀족들 수사는 벌써 끝났고, 현재는 황도와 영지를 오가며 활동하는 상류층의 뒤를 살피고 있다는 모양이었다.

신관은 물론 교황청에 유학을 다녀온 귀족 자제들도 전수 조사 대상이었다. 혹시라도 국외 자본을 들여온 정황이 포착되면, 근위대의 집요한 추적과 심문을 피하기 힘들었다. 이렇게 대대적인 집 안닦달을 하는데도 공포 정치나 매카시즘 같은 분위기로 빠지지 않는 건… 역시 지도자의 역량이겠지.

"그날 진짜 멋있으셨어."

내가 탄신 축하연의 황제를 떠올리며 중얼거렸다. '끼이?' 벽난로 앞에 배를 까고 있던 데미가 호기심으로 몸을 꿈틀거렸다. 레아와 페리는 색색 숨소리를 내며 진작 꿈나라로 가 있었다. 둘 사이에 폭 묻힌 뚝심이는 꽁지만 조금 보였다. 피식 웃음이 샜다.

"폐하 말이야. 진짜 존경스러워서. 황제 하려고 태어나신 분 같아."

–끼응

실제로는 부단한 노력과 세월의 흐름이 빚어낸 인격이겠지만. 아무튼 그녀는 정말로 근사한 어른이었다. 보고 있으면 괜히 가슴이 뛰었다. 나는 아직도 황제가 생일날 선언했던 내용을 또렷이 기억했다.

'그대들 중 일부는 예서 왕자 때문에 이러한 혼란이 발생했노라 믿고 싶겠지만, 짐이 보기엔 이것을 혼란이라고 여기는 놈이야말로

수상하다.'

'…'

붉은 눈이 위엄에 차서 번득였다. 좌중은 찍소리도 못 냈다.

'이는 혼란이 아닌 청소다. 제국의 묵은 때를 벗기는 행위지.'

그녀는 혹시나 내게 화살이 돌아올 경우를 대비했다. 피해자인 내가 부수적인 가해에 시달리는 일이 없도록, 비난 가능성을 사전에 차단한 것이다. 그것은 시몽 드 사르네즈와 베르너 페네티안의 목표를 원천 봉쇄하는 길이기도 했다. 덕분에 누구도 나를 내쳐야 한다고 간언하지 않았으니까. 나도 나중에 폐하 같은 사람이 되고 싶다.

"…이럴 때가 아니지."

나는 잠깐 샐쭉하다가 후다닥 현실로 돌아왔다. 책상에는 여느 때처럼 온갖 역사책과 〈격주간 리에스테르〉, 각종 인문 서적 등이 널려있었다. 열두 시에 가까운 시각이지만 이대로 잠들 수는 없었다. 아직 밖을 나돌기 힘들고, 나간다 해도 딱히 유의미한 일을 하기 어려우니 지식이라도 쌓아야 했다. 리에스테르 외부에 관한 나의 상식은 솔직히 없다고 봐도 무방했다. 빙의한 지 1년이 다 됐는데 그간 뭐 했냐고 묻는다면…

"이게 최선이었다."

난데없이 떨어진 별세상에 적응하는 것도 일인데, 이웃 나라에 제후국에 중립 지대까지 공부할 시간이 어디 있었겠냐고!

-끼

"괜찮아. 지금부터 열심히 하면 돼."

손 보태줄 친구들도 있잖아. 나는 스스로를 격려했다. 그즈음 데미가 느릿느릿 다가와 의자 다리를 짚고 일어났다. 안아달라는 뜻이었기에 선선히 품에 넣고 도닥여 주었다. 티테는 초저녁부터 요람에서 흰무리처럼 따끈하게 퍼져있었다. 여태 조용한 걸 보니 깊게 잠든 모양이었다.

"옳지, 다시 보자. 내가 읽던 페이지가…"

팔랑팔랑, 수첩과 서책이 동시에 넘어갔다. 예전에 썼던 기록들이 선명하게 보였다. 빙의 초기에 깨작인 책장은 어느새 조금 빛이 바래어 있었다. 4월까지만 해도 얼룩덜룩 잉크 번진 페이지가 많았는데, 뒤로 갈수록 정리가 깔끔해졌다.

'피한다 vs 엮인다', '피하면 좋은 점: 전쟁 때까지는 살 수 있음'.

꿈도 컸던 지난날의 메모를 보고 있자니 헛웃음이 절로 났다. 내가 해봤는데, 엮여도 어찌저찌 살 수는 있더라.

－팔라당…

어느새 공부하던 지점으로 돌아왔다. 나는 깃펜을 들고 문장을 헤아렸다. 테이블보처럼 깔린 커다란 대륙 지도를 살피기도 했다.

－중립 지대
· '경계의 신전'이 위치한 지역
· 신전을 중심으로 광활한 사막, 소수 민족의 취락 등이 펼쳐짐
· 다양한 고대 유물이 잠들어 있음
· 어떠한 군대도 진입할 수 없음(교황청 병사만 있음, 토착 무인들
  은 제외)

· 현재 모든 리에스테르인 출입 금지(일부 카라반과 신원 보증된
  자는 예외, 검역 필수)

지도는 고맙게도 가나엘이 구해다 준 최신 버전이었다. 대륙의
서쪽을 큼직하게 차지한 리에스테르와, 그보다 좁다란 모양으로 동
쪽에 걸친 페네티안 사이에 양파 모양의 땅이 있었다.

아니지. 양파라는 건 나만의 생각이고, 대륙인들은 이곳이 튤립
구근을 닮았다고 생각했다. 아주 오래전에, 대륙은 하나의 나라였
다. 국명은 우니오Únĭo. 수도는 오늘날 경계의 신전 부근이었다. 요
컨대 지금의 중립 지대는 인적 드문 사막이지만, 대략 천 년 전까지
만 해도 젖과 꿀이 흐르는 고국古國의 중심지였다.

여전히 위니테강이 지나기는 하나, 당시엔 무슨 나일강 유역의
이집트 문명처럼 번성했다는 것 같았다. 우니오가 두 나라로 쪼개
질 무렵엔 당연히 수도 쟁탈전도 치열했는데…

'이곳, 이곳은 주신의 평화가 피어나는 땅입니다. 예서 피를 보려
거든 나부터 해치셔야 할 겁니다!'

주우욱. 내가 어린이용 역사책 한편에 밑줄을 그었다. 당시 교황
이었던 마테이스 로세하르더는, 도시 한복판에 홀연히 나타나 교전
을 막고 나섰다. 사학자들은 겁 많은 그가 너무 늦게 행동했다고 지
적했다. 앞서 많은 이가 목숨을 잃은 시점이었고 숱한 유적이 모래
속에 묻힌 뒤였다.

'성하, 위험하니 자리를 비키시지요!'

'아니요! 한 발짝도 움직이지 않겠습니다. 무고한 백성을 희생시

키는 일은 그만두세요!'

어찌 됐건 남자의 등장은 유효했다. 처절하게 싸우던 두 세력도, 교황의 엄포에는 어쩔 수 없이 물러났던 것이다. 명분이 중요한 전쟁에서 감히 종교적 정당성을 저버리기란 불가능했다. 그는 벌벌 떨면서도 피 흘리는 신도들 앞을 꿋꿋이 지켰다.

이에 모든 군대가 교황의 눈앞에서 물러갔으며, 다시는 귀환을 허락받지 못했다. 그것이 마테이스의 유일하고도 영원한 업적이었다. 교황의 집이 있는 땅은, 대륙의 중립 지대로 남았다.

"여기서 엘리서가 나를 만나겠다고 한 거지. 내가 누명을 쓴 시점에서 제국 황실을 100프로 신뢰하긴 어렵다 판단했겠고… 그래서 나는 편지를 썼고."

손끝으로 지도 위를 톡톡 두드렸다. 책상 한쪽에 놓인 고급 봉투가 눈에 들어왔다. 세레니테의 문장이 입구를 단단히 봉하고 있었다. 저건, 내가 밤낮으로 번뇌와 고민을 거듭하며 쓴 거였다. 진짜예서 왕자의 필체가 어떤지 감이 잡히질 않았기 때문이다.

같은 이유로 크리스타너 국왕의 친서에도 답을 하지 않았었기에 조금 겁이 났다. 괜히 나댔나 싶었고, 자칫 나로 인해 사태가 더욱 심각해질 수도 있겠다는 생각이 들었다. 하지만 이번에는 묘한 직감이 나를 부추겼다. 내가 이미 왕자의 글씨체대로 글자를 쓰고 있다는 확신이 들었다.

그도 그럴 것이, '정예서'였을 때 승마 한 번 해본 적 없는 내가 이곳에선 왕자의 경험에 힘입어 가뿐히 말을 탔다. 어지간한 사교춤엔 소질이 있었고 신국식 인사도 곧잘 해냈다. 고대 언어는 잘 모르지만, 페네티안과 리에스테르의 문자는 모두 쉽게 읽을 수 있었다.

요컨대 퇴계공 세계관에서 살아남기 위해 익혀야 하는 기초는, 이미 왕자의 도움으로 전부 해내고 있었다. 그래서 자신감이 생겼다. 엘리서에게 편지 한 통은 부쳐도 될 것 같았다. 약간의 위험을 감수해서 전쟁을 막을 수만 있다면 뭔들 못 하겠는가.

'제육이 이야기도 쓸까요?'

'제육이라면…'

'응접실 맨틀에 놔둔 돼지 조각상 말입니다. 빨간 거요.'

'오. 그 흉상 말씀이시군요.'

제육이가 코르넬리서의 작품임을 뒤늦게 떠올린 뱅자맹이 표정 관리를 했다. 아무리 봐도 흉물이라고 하려던 것 같았지만, 그를 곤란하게 하고 싶지 않아 웃어넘겼다. 나는 서신을 적는 내내 친구들의 도움을 얻었다.

인사말과 맺음말은 황실의 예서禮書를 참고했고, 황태자에게 물어 재차 확인받았다("…그대가 글을 쓸 줄 안다는 게 새삼 놀랍군." 내 질문을 받은 녀석이 차분하게 비꼬았다. 놈은 가끔 이렇게 핵심을 찔렀다).

신뢰를 주기 위해 중간 이름은 무조건 넣었다. 누님은 위실, 나는 로스나. 접때 받은 크리스타너의 친서를 펼쳐놓고 온종일 살피기도 했다. 혹시 보탬이 될만한 요소가 있나 싶어서였다. …그렇게 난리를 피워가며 완성한 건데, 읽은 흔적도 없이 반송되니 허무하고 섭섭했다.

"지금은 아니지만."

서브 남주가 파업하면 생기는 일 6

-끼

정확히 일주일 전까지는 그랬다. 절망하고 있을 시간이 없었다. 지금 이 순간에도 국경에서 사람이 죽어가고 있을지 모르는데, 되돌아온 서신만 곱씹을 순 없는 노릇이었다. 내가 살던 곳에선 두 차례의 세계대전이 겨우 25년의 간극을 두고 발생했다. 여기서 비슷한 일이 반복될지도 모른다는 생각을 하면, 자다가도 심장이 철렁해 몸을 일으키게 됐다.

"편지는 됐고… 내 생일에 이게 있는데. 월요일 수업 때 말씀드려 볼까."

-끼이잉

내가 수첩에 적힌 '2월 22일 – 주신 강림 대축일'을 가리키자, 신수가 불평을 했다. 빨리 자러 가자는 양 배때기를 꾹꾹 누르기도 했다. 나는 녀석을 둥개둥개 어르며 시계를 확인했다. 바로 입이 떡 벌어졌다. 뭐 했다고 벌써 한 시냐!

"아이고, 미안. 이렇게 늦은 줄 몰랐어."

-끼어으

"어, 형 미워. 코하러 가자. 공부 그만할게."

내일은 가나엘의 생일이라, 오전부터 손님이 잔뜩 오기로 되어있었다. 나는 수첩을 주머니에 챙기고 데미를 안은 채 급하게 일어났다. 잠은 중요했다.

* * *

다음 날인 2월 14일은 아주 맑았다. 언제나 고운 실내는 물론이고, 바깥 역시 소복소복 쌓인 눈으로 눈부시게 아름다웠다. 추위도 한풀 꺾였다. 가나엘의 생일이라고 부르기에 여러모로 부족함이 없는 날씨였다. 커다란 금빛 눈동자가 넘치는 애정으로 반짝거렸다. 나는 방 안을 조심스레 들여다보고, 친절한 로랑스로부터 후딱 케이크를 건네받았다.

"짜잔!"

그러고는 싱글벙글하며 내부로 들어섰다. 초가 꺼질까 조심조심 움직이는 것도 잊지 않았다. '우와!', '너무 예뻐요!' 이내 사방에서 감탄사가 쏟아졌다. 하늘색과 금색으로 치장한 케이크를 오늘의 주인공 앞에 내밀자, 우르르 몰려든 친구들이 너도나도 한마디씩 보탰다. 대부분은 비슷한 말이었다.

'가나엘 님, 어서요!' 아니면 '빨리 소원 빌어, 가나엘!'

"네에. 후우…!"

"와아아!"

아이가 소리 죽여 웃고는 초를 불었다. 사복 차림의 엘리자베트 경이 약혼자의 뺨에 입을 맞추었고, 세드리크 태자를 제외한 모두는 손뼉을 치며 즐거워했다. 한꺼번에 사르르 꺼진 촛불은 정확히 열일곱 개였다. 며칠 전부터 〈사운드 오브 뮤직〉의 한 장면이 머릿속을 맴돈 이유였다. 나는 가나엘에게만 들릴 만치 작게 속삭였다.

'항상 고마워. 생일 축하해.'

그러자 소년의 눈가장이 촉촉하게 물들었다.

"주신의 축복이 있기를."

"가나엘, 생일 축하해!"

"축하해요, 가나엘 님!"

"정말 축하드립니다. 행복하세요!"

"늘 건강하십시오."

"…다들 감사드려요, 진심으로요."

뱅자맹을 비롯한 쥘리에트 식구들과 에바, 산트, 요한 경이 줄줄이 인사를 건넸다. 로메로 궁의 다비드와 산지기 아녜스도 다정한 말을 얹었다. 가나엘은 내가 다 흐뭇할 정도로 행복에 젖은 얼굴이었다.

'얍!' 크리스텔이 잽싸게 케이크를 검지로 찍어 소년의 볼에 생크림을 묻혔다. 와르르 웃음이 터졌다. 피에르가 그녀를 따라 친구의 콧등에 크림을 바르는 순간-

-퍼엉!

"으아악!"

"주신 맙소사!"

조그마한 마도구 폭죽이 터졌다! 이어 종이로 만든 오색의 나비들이 가나엘 주변을 팔랑팔랑 날아다니기 시작했다. 모두가 신기한 구경거리에 헤벌레 넋을 놓았다. 프랑수아 후작이 우리를 보고 유쾌하게 웃었다.

"하하하! 많이 놀라셨군요. 죄송합니다, 마담."

"괜찮습니다. 몹시 어여쁜 물건을 만드셨네요, 후작님."

오늘을 위해 영지에서 다시 올라왔다는 그는, 이자벨의 손등에 입을 맞추더니 일사천리로 자신의 발명품을 소개해 올렸다. 소파에 고고히 앉아있던 태자가 소리 없는 한숨을 내뱉었다. 꼭 시트콤의 한 장면을 보는 듯해 실소가 흘렀다. 오만상을 쓰면서도 시간 맞춰 참석한 녀석이 기특해서, 나는…

-툭!

어?

"산트, 이걸 떨어뜨렸습니다."

"으아! 감사합니다, 예서 왕자님. 하마터면 잃어버릴 뻔했습니다!"

사제가 둥근 몸을 한껏 숙이며 감사를 표했다. 그렇지 않아도 동그란 눈이 아예 휘둥그레진 걸 보니, 내가 주운 봉투가 무척 중요한 물건인 모양이었다. 나는 설핏 미소하며 무의식중에 겉봉을 살폈다.

'성력 1614년 주신 강림 대축일 기념

경계의 신전 순례 일정'

…어라?

* * *

순간 번개 같은 상념이 찌릿하고 지나갔다!

"산트. 잠깐 이쪽으로 와주시겠습니까?"

나는 기민하게 속삭였다. 내게서 진지한 분위기를 읽었는지, 봉투를 건네받은 사제가 순한 눈을 끔뻑이며 머리를 끄덕거렸다. 케이크는 이제 로랑스가 들고 있었다. 그녀가 재료를 설명하기 시작하자 내내 조용하던 바카리 군이 눈을 반짝였다.

우리는 살살 친구들의 눈치를 보며 벽난로 쪽으로 이동했다. 가나엘의 생일 축하 분위기를 심각한 이야기로 흐리고 싶지는 않았다. 그렇지 않아도 소년은 요즘 우리 주변 상황 때문에 안심하질 못했다. 오늘 하루만큼은 아무런 걱정 없이 웃게 해주고 싶었다. 요람 곁에서 티테를 돌보던 레서판다들이 나를 빤히 보았다. 뚝심이와 헤릿도 고개를 갸웃갸웃했다.

"…"

"…"

"하하. 장작불이 따뜻해서 좋네요."

물론, 짝꿍들의 집요한 시선에서도 벗어날 수 없었다. 나는 묘하게 따라붙는 청회색과 주황색 눈길에 대충 웃으며 손짓했다. 별일 아니니까 잠깐만 모른 척하고 있어요. 착하지.

"저, 죄송합니다. 방금 제가 겉봉에 쓰인 글씨를 읽었습니다."

"앗. 그러셨군요. 괜찮습니다."

내가 속닥속닥 사과하자, 산트가 사람 좋은 얼굴로 고개를 저었다. 별일 아니라는 듯한 반응이었다. 나는 마른침을 꿀떡 삼키고 입을 뗐다.

"그럼… 중립 지대로 가시는 겁니까? '경계의 신전 순례 일정'이라고 쓰여있어서요."

물론 지금은 철저한 신원 보증 없이 나갈 수 없으니, 산트 역시 출국이 어려울 공산이 컸다. 하지만 지푸라기라도 일단은 잡아보고 싶었다. 알고 보니 금 동아줄이면 대환영이고!

"아."

그러자 자단나무를 닮은 적갈색 눈동자가 살짝 커졌다. 사제는 곧장 답을 내놓지 못하고 난감한 낯으로 입을 벙긋거렸다. 아무리 급하다고 해도 무례하게 사생활을 캐묻기는 미안했다. 나는 재빨리 덧붙였다.

"불편하면 대답하지 않으셔도 괜찮습니다."

"아뇨, 아닙니다. 저는 왕자님을 믿으니까요. 불편하지도 않습니다."

청년이 다정하게 답했다. 그가 웃으며 뺨을 긁적이는 사이, 나의 부재를 깨달은 가나엘이 사방을 두리번거렸다. 나는 창가 테이블의 접시에서 잽싸게 피아돈을 집어 깨물었다. 레몬 껍질과 레몬즙의 상큼한 향기 사이로, 부드럽고 풍부한 양 치즈의 맛이 입안 가득 퍼졌다.

가랑눈처럼 솔솔 뿌린 꿀이 진득한 달콤함을 더해주었다. 산트에게도 후딱 두 조각을 건네고, 가나엘과 시선이 마주치자마자 눈을 휘었다. 입술을 움직이는 대신 손가락으로 치즈케이크를 콕콕 가리키는 것도 잊지 않았다. 출출해서 간식 먹으러 왔어. 계속 놀아.

"헤헤."

그러자 소년은 환하게 웃으며 고개를 까닥이더니, 친구들이 준비한 선물을 하나씩 풀어보기 시작했다. 겨우 한숨 돌렸네! 꿀꺽.

"이제 괜찮습니다. 맛있으니 많이 드세요."

"네에."

산트는 영문을 모르겠다는 양 목을 갸울이면서도, 내가 커피를 따라주자 기쁘게 받았다. 참고로 크리스텔이 물처럼 마시는 아메리카노엔 결국 '카페 크리스'라는 별칭이 붙었다.

프랑수아 후작의 말로는, 황궁에서 쓰이는 단어이니 사교계에서 통용되는 것도 시간문제라고 했다. 어린 사제는 케이크를 반쯤 먹고, 카페 크리스도 조금 마시더니 소곤소곤 입을 열었다.

"그… 제가 제국에 귀화한 걸, 본가에서 별로 좋아하시지 않았습니다. 실은 지금까지도 그렇습니다."

"그랬군요."

나는 따뜻한 루이보스를 머금으며 귀를 기울였다. 산트는 작년 가을에 요한 경 부자를 따라 리에스테르 국적을 취득했다. 자세한 과정은 듣지 못했고, 황실에서 일사천리로 일을 진행해 주었다는 사실만 알았다.

평범한 외국인의 귀화는 그렇게 쉬운 건가 싶어 놀랐던 기억이 났다. 지난번 집들이 때 사제가 그런 이야기를 했었다. 본가에선 아무도 그를 있는 그대로 인정해 주지 않아 힘들었고, 그래서 부모님의 반대를 무릅쓰고 교황청으로 뛰쳐나왔다고. 우연히 닿은 제국에서는 그의 '부족함'도 '보통'이 되어 좋았다고 했다. 성기사들의 등쌀에 힘겨웠던 시간도 있었지만…

'저에게 엄청난 능력을 기대하거나, 장래 희망을 묻거나, 부담스러운 질문을 하는 사람이 없어서… 진심으로 기쁩니다. 이젠 마음이 가볍고 숨쉬기도 편해요.'

산트는 그렇게 말하며 싱긋했다. 격주로 연재되는 《이성과 감성과 신성》도 귀화 사유 중 하나였으나, 가장 주효했던 건 그가 이곳에서 심신이 편안하다는 사실이었다. 우리는 거기까지만 듣고 더는 파고들지 않았다. 자세한 내막은 누가 봐도 집안일이었고, 그건 본인이 말해주기 전까진 기다리는 게 옳다고 생각했기 때문이다. 그의 평안을 깨뜨리고 싶지 않았다.

'산트 사제님이 못 가는 게 아쉽습니다. 귀화 문제가 완벽히 해결이 안 돼서라는데.'

'요한 경, 사제님은 괜찮을까요?'

'걱정 마세요, 전하. 그 댁은 원래 유난스럽기로 유명하거든요. 하지만 금방 포기할 거예요.'

지난 연말, 친구들과 베랑 공작령으로 내려가며 나누었던 대화가 떠올랐다. 즉 '유난스러운 댁' 때문에 귀화 문제가 완벽히 해결되지 않았다는 소리였다. 그때 요한 경은 산트네 가문이 금방 포기할 거라고 했지만⋯

"혹시 귀화를 물러야 한다거나?"

"앗, 그런 건 아닙니다!"

산트의 목소리가 커졌다. 나는 깜짝 놀라 주위를 살폈다. 데미가 꼬리를 반짝 들었다. 조안의 선물을 뜯던 가나엘이 눈을 동그랗게 뜬 채 우리를 바라보았다. 나는 후다닥 사블레 세 조각을 집었다. 그러고는 앙증맞은 톱니 모양 비스킷을 한꺼번에 입으로 쏘옥 밀어 넣었다.

바삭바삭, 푸슬푸슬 부서지는 달콤한 맛에 절로 미소가 떠올랐다. 이번에도 말없이 손가락만 움직여 상황을 설명했다. 산트가 사블레를 커피에 적셔 먹고 싶지 않대. 그래서 잠깐 큰 소리가 났어.

'네에.'

그러자 소년이 입 모양을 움직이고는 앙글거렸다. 성기사들을 제외한 모두가 다시 선물 개봉에 집중했다. 찰나 프랑수아가 우리를 향해 눈을 찡긋했다. 고마워요, 당신만 믿을게.

"칼라마르 공자, 신혼여행은 어디로 갈지 정했습니까?"

"가, 갑자기요?"

"아저씨!"

…믿어도 되나 싶지만 지금은 별다른 수가 없었다. 나는 딸기처럼 빨개진 커플을 일별하고는 진중한 표정으로 산트를 돌아보았다. 사제는 피아돈을 뚝딱 먹어 치우고 속삭속삭 말을 이었다.

"그런 건 아니고… 아버지께서 얼굴을 보고 싶어 하십니다. 제가 교황청으로 가출한 이후엔 한 번도 뵌 적이 없거든요."

"언제 가출했는지 물어봐도 될까요?"

"열여섯이 되자마자 나왔습니다."

산트가 겸연쩍게 말했다. 성숙하게 보여도 아직 열아홉이니까, 무려 3년 넘게 가족을 보지 않은 셈이었다. 내가 제풀에 한숨짓자 그가 머리를 주억였다.

"예. 부모님과 친하진 않지만, 잘 지내고 있다는 말씀을 전하면 좋을 것 같았습니다. 그런데 마침 아버지께서 신원 보증을 해주시겠다고… 쿵. 주신 강림 대축일은 대륙에서 가장 큰 축제니까요. 그즈음엔 중립 지대로 오는 게 쉽지 않겠느냐고 하셨습니다."

마디 끝까지 동글동글한 손이 봉투를 조몰락거렸다. 솔직히 '주신 강림 대축일'이 얼마나 큰 축전인지는 여태 감이 안 왔다. 여긴 크리스마스가 없었고, 신년 주간에도 우리는 시몽 드 사르네즈 공작 사건 때문에 정신이 하나도 없었으니까. 눈이 많이 내린 탓에 황궁 내부는 아직 장식도 드물었다.

성경에 '12월 25일이 성탄절이요' 하는 구절이 없듯이, 주신교 성서에도 '2월 22일이 대축일이로되 한번 거하게 챙겨보자 하시니라' 같은 말은 없었다. 내가 해설서를 너무 대충 봤나?

"모쪼록 부모님께 인사를 드릴 수 있으면 좋겠네요. 그럼 이건 어떻게…"

나는 사리살짝 봉투를 가리켰다. 전국이 봉쇄된 상황에 아버님 편지는 어떻게 받았느냐는 질문이었다. 그러자 산트가 방싯했다.

"이자벨 님이 전해주셨습니다. 정확히는 이자벨 님의 부모님께서, 중립 지대를 오가는 유명 카라반이시라고… 때마침 교황청에 와 계시던 아버지가 의뢰하셨답니다. 이게 폐하의 검역도 통과한 물건이라네요, 왕자님."

나는 눈을 회동그래 떴다.

"이자벨요?"

"제가 모시고 올까요?"

악! 나는 소리 지를 뻔한 입을 다급히 틀어막았다. 어깨를 움츠리고 뒤를 도니 익숙한 치약 색 눈동자가 보였다. 아이고, 헤릿 아버지!

"죄송해요, 전하. 무슨 재미있는 이야기를 하시나 했어요."

요한 경이 한껏 눈썹을 늘어뜨렸다. 미안함이 넘실거리는 낯이었다.

"언제…"

서브 남주가 파업하면 생기는 일 6

"'잠깐 이쪽으로 와주시겠습니까'부터 들은 것 같네요."

아예 처음부터 따라왔잖아요! 내 눈빛에 원망이 묻어났는지, 그는 사르르 눈웃음으로 얼버무리고는 자리를 떴다. 그러더니 이자벨에게 양해를 구하고 냉큼 그녀를 에스코트해서 돌아왔다. 살금살금 걸은 것도 아닌데, 그의 두 제자를 제외하고는 누구도 움직임을 알아차리지 못했다. 아무리 카펫이 깔려있다지만 발소리조차 없었다. 굉장해.

"예서 왕자님?"

"말씀 나누시는 중에 송구합니다, 이자벨. 실례가 되지 않는다면 여쭈고 싶은 게 있어서요."

나는 일단 정중히 사과했다. 그녀는 딸을 돌아보더니 눈을 깜빡였다. 왜 크리스텔이 아니라 자신을 찾았는지 궁금해하는 표정이었다. 요한 경을 친구들에게 돌려보내고("프랑수아 좀 말려주십시오. 애들도 있는데 진행이 좀 자극적인 것 같아요.", "맡겨주세요, 전하.") 재깍 본론부터 꺼냈다.

랑부예 자작 부부가 중립 지대에서 산트 아버지의 서신을 받았다고 들었는데, 언제든 출입이 가능하신 건지. 대축일 기간에 출국이 쉬워진다는 게 사실인지. '경계의 신전 순례'는 정확히 무얼 하는 건지. 또…

"호기심이 넘치시네요, 왕자님."

"죄송합니다. 질문이 너무 많죠."

"아니에요. 늘 열심이신 모습이 보기 좋답니다."

'제 딸아이가 왕자님을 흠모하는 이유 중 하나겠지요.'

이자벨이 고운 볼웃음을 띠웠다. 그러고는 온화한 말투로 물음에 대한 해답을 척척 내놓았다. 그녀가 자세히 모르는 내용은 교황청 소속이었던 산트가 친절하게 부연해 주었다. 그러니까…

"본래는 대축일 기간이 되면, 중립 지대와 맞닿은 국경이 완전히 개방된다는 거네요. 페네티안도 마찬가지고요."

"그렇습니다."

사제가 끄떡끄떡했다. 내가 신국 사정을 잘 모르는 건 이제 모두가 그러려니 했다. '구박데기 난봉꾼 사생아' 포지션이 이럴 때는 참 편했다. 주신 강림 대축일은 전후 2주일을 기념한다고 했다. 다만 절대 3월로 넘어가지는 않는다고.

"이때 개시되는 경계의 신전 순례는 지위 고하를 막론한 누구나 갈 수 있고, 신전 건물이 전면 개방된다고 하셨습니다. 중립 지대 교구를 관장하는 총대리가 대축일을 기념해 세례와 강론을 하고요. 하지만 올해는 상황이 상황인 만큼 리에스테르에서 출발하긴 어렵 겠죠. 그래도 자작 부부께선 제국 최대 규모의 카라반을 이끄는 분들이니, 폐하의 가호로 꾸준히 그곳을 오가시는 거고요."

"정확합니다."

이자벨이 우아하게 긍정했다. 나는 곰곰이 생각에 빠졌다. 양국의 경계가 열릴 정도로 큰 종교적 행사라면, 프레데리크 황제에게 잘 말해볼 수 있을 것 같은데. 먼저 스승님께 청을 올릴까.

랑부예 자작가의 카라반과 동행하고, 신원 보증인이 있는 산트와 성기사들까지 함께 간다고 하면 허락해 주실지도 모른다. 가서 엘리서가 없으면 바로 돌아오겠노라 약속드리고…

"왕자님, 황태자 전하께서는 일정을 비우기 어려우실 겁니다."

불쑥 다비드의 목소리가 귓전을 울렸다. 나는 또 식겁해서 깨어났다!

"…인기척 지우는 건 정말 성기사급이십니다. 접때도 생각했지만요."

"귀한 수면 시간을 방해하지 않고자 몸에 익힌 습관이지요."

중년인은 부드럽게 웃더니, 빈 접시를 정리하고 우리의 찻잔을 다시 채워주었다. 가나엘의 파티를 망치지 않기 위한 연기마저 완벽했다. 이자벨과 산트가 사이좋게 브레첼 하나를 나누어 먹는 동안, 나는 따뜻한 차만 한 모금 마시고 다비드를 바라보았다. 그의 어깨너머로 태자 녀석도 몰래 관찰하다가 눈이 마주치기 직전 화다닥 시선을 내리깔았다. 일정을 비우기 어렵다는 게…

"하긴, 태자이신데 할 일이 산더미 같겠죠."

갑자기 나가자고 하면 곤란할 터였다. 또 저번처럼 정무를 몰아서 봐야 할지도.

"허허허. 그렇다고 볼 수도 있겠습니다."

시종은 어째 유쾌해 보였다. 내 얼굴에 의아한 빛이 돌았는지, 그는 몇 차례 헛기침을 하더니 조심스레 다가왔다.

"다비드?"

"왕자께서도 익히 아시다시피 세드리크 전하께서는 청춘이시지요. 꽃다운 춘추 스물다섯입니다. 옥체 강녕하시어 밤낮으로 힘이 넘치시고, 옥안의 아름다움으로는 제국에서 따를 자가 없습니다."

"어머나."

"예에, 뭐…"

이자벨은 벌써 무언가를 눈치챈 것 같았다. 나는 떨떠름하게 사실을 긍정했다. 무슨 말씀을 하시려고 이런대?

"슬슬 후사를 보셔야 하지 않겠습니까."

나는 고장 난 인형처럼 턱을 쩍 벌렸다. 벌써? 눈알이 본능적으로 크리스텔을 찾았다. 오목눈이 뱃살을 닮은 분홍빛 머리칼이 흔들리고 있었다. 소리 높여 웃는 음색은 여느 때처럼 맑고 높았다. 아무리 영혼은 직장인이라지만, '크리스텔'은 아이를 갖기에 너무 어리잖아! 그러나 그녀를 보고 있는 건 오직 나뿐이었다. 이자벨조차 딸을 가리키지 않았다. 다비드의 무심한 목소리가 고막에 꽂혀들었다.

"해서 금주 토요 만찬에는 멘디 공작가의 영애가 참석할 거라고 하더군요."

'부디 말이 새어나가지 않도록 해주십시오.'

그가 은밀하게 덧붙였다. 일순 온몸에서 피가 증발하는 기분이 들었다. 삽시에 손발이 차가워지고 뒷골이 뻐근하게 당겼다. 뭣이 어쩌고 어째…?

5·

어떻게 이럴 수가 있어. 이래도 돼? 장난해?

"아름아. 이게 말이 되냐."

-히힝

어찌어찌 이튿날이 됐는데 아직도 멍했다. 가나엘의 생일 선물을 챙기고, 끝내 울어버린 소년을 열심히 달래고, 앞으로도 잘 부탁한 다고 인사했던 것까진 아주 선명하게 그려졌다.

그런데 떠들썩한 파티 이후로 하루를 어떻게 보냈는지 가물가물 했다. 잘난 황태자의 얼굴이나 밝게 웃던 크리스텔의 모습 외엔 전 부 흐린 기억 속의 그대, 이게 아니지. 정신 차리자. 나는 빠르게 고개를 내저었다.

"세상이 이렇게 부조리하고 불합리하다. 왜 어려운 일은 늘 한꺼 번에 닥치는 걸까?"

-푸릉

황궁에서 제일 잘생긴 백마 아름하르트가 내 말에 코웃음을 쳤다. 녀석은 작년에 뱅자맹의 선물로 인연을 맺게 된 친구였다. 근사한 외양에 어울리는 페네티안식 이름은 요한 경이 붙여주었다.

시간이 날 때마다 와서 얼굴도장을 찍었더니, 요 깐깐한 아가씨가 최근엔 나를 반쯤 주인으로 여기는 눈치였다. 나는 아름이의 목덜미를 쓸며 한숨을 삼켰다. 도톰한 겨울옷을 걸친 말이 꼬리를 깃발처럼 흔들었다. 머리가 편안하게 아래로 놓인 것을 보건대 기분이 좋은 모양이었다. 내가 공부한 '말의 몸짓 언어'가 맞는다면 말이지.

"진짜 골 때리네…"

아름이의 갈기를 쓰다듬는데도 마음이 쉬이 진정되질 않았다. 뱅자맹은 우리의 교감을 위해 자리를 비켜주었고, 애물단지들은 가나엘과 함께 놀이방에서 술래잡기를 하고 있었다. 나는 마구간에 눈사람처럼 동그마니 서서 눈을 질끈 감았다 떴다. 이제 어떡하지?

"…어떡하긴 뭘 어떡해. 이게 현실이야. 사건은 한 번에 하나씩 오지 않아."

내가 비장하게 중얼거렸다. 원래 사람이 한가할 때는 이래도 되나 싶을 만큼 널널하다가, 바쁠 때는 오늘이 무슨 요일인지도 모를 만큼 정신이 없는 법이었다. 나도 사회생활을 해본 사람이라 알았다.

그러니 '1. 중립 지대에서 엘리서를 만나 대화하기'와 '2. 세드리크 태자 맞선 훼방 놓기'는, 무조건 동시에 해결해야 하며 그럴 수 있어야 했다. 넋 놓고 있다간 전쟁 나거나 공식 커플 깨지기 딱 좋았다. 최악의 경우엔 둘 다 이루어지겠지.

서브 남주가 파업하면 생기는 일 6

"일단 중립 지대 가는 건 스승님한테 직구로 말씀드리고. 태자 맞선은 친구들이랑 상의를 해보자. 혼자서는 죽도 밥도 안 돼."

스스로가 공식에 과하게 집착하고 있다는 건 알았다. 심리적으로 원작 의존도가 높다 보니, 둘의 관계를 쉬이 포기 못 한다는 사실도 받아들였다. 하지만 그렇다고 '퇴계공 망했어, 쟤넨 안 이어질 거야' 하며 지레 단념할 수는 없었다.

둘이 표지에서 얼마나 예뻤는지 알면 아무도 그런 소리 못 할 거다. '에밀 드 아스' 때처럼 방심하다가 당하고 싶지도 않았다. 초장부터 아주 적극적으로 나서서 싹을 잘라야 했다. 무엇보다 작년 봄에 비하면 둘이 확실히 가까워졌다고. 지난주엔 대련하다가 끌어안고 바닥을 구르기도 했다고! 단추도 막 뜯어지고!

"후… 아저씨 또 올게. 조만간 좋은 소식 들려줄게."

괜히 또 얼굴이 따끈해졌다. 어찌나 각오를 세게 다졌는지, 손끝에서 금빛 에테르 구슬이 몽글몽글 솟아났다.

"맞다. 3월엔 너랑 황궁 밖으로 나가도 될 거라고 하셨어."

-푸르릉

'분위기가 많이 정돈될 거래.'

내가 속닥이자, 아름이는 귀를 팔랑이며 점잖게 반응했다. 이렇게 크고 어른스러운 동물은 처음이라 볼수록 웃음이 났다. 나는 녀석의 어깨와 가슴까지 토닥토닥해 준 뒤 칸막이 문을 벗어났다. 아니, 그러려고 했다.

"샤를마뉴가 좀이 쑤시는 모양입니다, 전하."

마구간지기 오드레의 목소리였다. 나는 움찔 놀라 깨금발을 들었다. 멀찍이 들어오는 일손들 사이로 껑충 솟은 까만 정수리가 보였다. 와, 진짜 양반은 못 되는 놈이네.

"흑마 친구 이름이 샤를마뉴인가 보다, 그치."

거창하구먼. 내가 아름이를 보며 소곤거렸다. 태자가 자신의 깜장 애마를 직접 부르는 건 들어본 적이 없었다. 나가서 인사를 하고 바로 황제궁 수업에 갈까 하는데-

"귀한 공녀님들이 손님으로 오신다지요. 함께 온실 근처라도 거니시겠습니까?"

"…"

두런두런 말소리가 이어졌다. 공녀님들? 드을? 심지어 한 명도 아니야?

"그리 채비하겠습니다. 다비드 님."

사이의 대답은 제대로 들리지 않았다. 그냥 눈짓으로 반응했거나, 다비드가 조용히 언질을 준 것 같았다. 이내 발소리가 저벅저벅 가까워졌다. 흡! 나는 계획을 바꾸어 잽싸게 숨을 들이켰다.

그리고 에테르 수도꼭지를 최대한 잠그는 상상을 했다. 머릿속 방문과 창문을 꼭꼭 닫아걸고 암막 커튼까지 쳤다. 이런 종류의 이미지를 그리면, 알게 모르게 흘러 나가는 에테르를 확실히 차단할 수 있다고 스승님이 그러셨다. 완벽히 숨고 싶을 때는 이만한 방법이 없었다. 아름이가 나를 보고 입술을 달싹였다. 방금 한숨 쉰 거 아니지?

"숙녀분들이 타실 말도 준비할까요?"

"그래. 낯가림 적고 얌전한 녀석들로 부탁하네."

"온기 마법 마차는 어찌할지… 여분은 예서 왕자님께서 대여 중이십니다요."

양보할까 보냐. 그거 사실상 내 거라고 마리아가 그랬어! 나는 못된 생각을 하며 이마를 찡그렸다. 태자와 소개팅할 여성분께는 죄송하지만, 성인 남녀가 단둘이서 마차에 왜 타느냔 말이다. 단둘이 아니라 단체라도 무조건 반대였다. 상대가 크리스텔이 아니라면 나는 절대 용납 못 한다.

"이번 기회에 추가로 장만하시겠습니까?"

"그럴 필요까지는 없을 걸세. 금번엔 태자 전하의 마차를…"

-끼이익

으악! 바로 옆에서 칸막이 열리는 소리가 났다. 나는 소리 없이 경악하며 입을 뻥끗거렸다. 이제 보니 샤를마뉴와 아름하르트의 방이 딱 붙어있었다. 최대한 숨을 죽이고 아름이 곁에 바투 섰다.

각종 소음 때문에 대화 내용을 또렷이 듣지는 못했지만, 루트는 뻔했다. 이번 주부터 귀족 아가씨들이 태자를 만나러 입궁할 거고, 저놈은 그분들과 좋은 시간 보내다가 적당히 괜찮은 사람을 간택하겠지. 망할.

"샤를."

이어 익숙한 중저음이 울렸다. 그러자 주인을 만난 흑마가 나지막한 숨소리를 냈다. 몇 번 본 적이 있기야 한데, 역시 로판 남주는 키우는 말도 진중한 듯했다. 그에 비해 아름이는 나를 살짝 업신여기는 느낌이었다.

"말먹이와 영양제를 올리겠습니다."

"말빗은 이리 주게."

–히힝

부스럭, 부스럭. 얼마간 옆방은 소란스러웠다. 태자는 원체 말이 없었고, 샤를마뉴를 돌보느라 미팅 관련 이야기는 완전히 수그러들었다. 백색 소음을 듣고 있자니 '왜 하필 지금인가' 하는 원망이 다시 한번 울컥 솟았다.

하지만 프레데리크 황제는 나 같은 소시민과 달랐다. 그녀는 하루에도 수십 개의 안건을 보고 받는 제국의 군주였고, 그중 또 수십 건을 처리하는 지도자였다. 그러니 아들의 혼사도 당연히 다른 일과 동시에 진행할 수 있었다.

나한테나 갑작스럽지 그녀에겐 전부터 생각이 있었을 터였다. 아직 여러 사람을 만나보는 단계라면 어려울 것도 없겠지. 쟤는 그게 본인의 의무라고 생각해서 협조하는 거고!

"아저씨 응원해 줘."

간절한 속삭임에도 아름이는 별 반응이 없었다. 다만 내 쪽으로 고개를 기울이는 시늉은 해주었다. 나는 목을 빼꼼 내밀어 통로에 아무도 없는 것을 확인한 뒤…

–타닷!

로브를 이불처럼 끌어안고 전속력으로 마구간 밖까지 달려 나왔다. 하아–! 얼음처럼 쨍하고 깨끗한 바람이 순식간에 폐를 가득 채웠다. 태자가 들어온 곳과는 반대 방향이니 설마 누가 봤을 것 같진 않았다. 다행히 나를 부르는 사람도 없었고.

"왕자님, 어찌 이리 급하게 나오십니까."

서브 남주가 파업하면 생기는 일 6

"뱅자맹. 헉, 콜록."

마차 안에서 기다리던 중년인이 급히 문을 열고 나를 맞아주었다. 깊고 차분한 눈동자를 보니 그제야 때늦은 후회가 들었다. 본인한테 얘기 좀 하자고 말해볼 걸 그랬나. 피하지 않겠다고 약속도 했는데. 하얀 입김이 안개처럼 뿌옇게 눈앞을 가렸다.

"그, 흠. 수업에 늦을 것 같아서요. 바로 가시죠."

…그래도 당장 걱정은 안 들었다. 대화야 이따 오후에도 할 수 있는 거였다. 방금은 그냥 첩보 영화 한 편 찍었다고 생각하기로 했다. 녀석이 '원하는 하나'가 크리스텔이라면 내가 꼭 이루어 주고, 아니라면 열심히 깨뜨려 줘야지.

* * *

오늘 스승님과의 강의는, 집무실이 아니라 운동장만 한 황제궁 거실에서 진행됐다. 이유는 단순했다. 나의 '신기술' 완성 작업을 한결 수월하게 하려고.

[나와라, 만능 팔!]

–파아아앗…!

몇 번째인지 모를 민망한 주문과 함께, 손끝에서 눈부신 금빛의 원이 태어났다. 추기경은 마치 졸업 작품을 심사하는 교수님처럼 서클 위를 찬찬히 걸으며 관찰했다. 성소보다 한층 복잡해진 문양은 그녀도 익히 아는 것이지만, 폴짝폴짝 뛰어오르는 꼬마 돌고래는 아무리 봐도 즐거운 모양이었다.

단안경 아래 눈동자가 어린아이처럼 반짝거렸다. 입꼬리 역시 은은하게 올라가 있었다. 내가 그녀의 성역에서 영감을 얻어 무턱대고 개발한, 시야 교란용 스킬. 어둑한 골목에서 마담 빅투아르에게 썼던 잡기雜技.

"이제는 형태가 제법 또렷한걸. 모르는 자가 보면 신수라고 믿겠어."

"과찬이십니다."

내가 쑥스럽게 웃었다. 참방! 넘치는 에테르를 뚫고 솟아오른 고래가, 그녀의 손톱에 주둥이를 콕 맞추고 금색 알갱이로 부서졌다. 중년인의 웃음이 울려 퍼졌다.

"유선형은 확실히 쉬운가 보구나."

"예. 실루엣이 단순할수록 구체화가 수월합니다. 티테도 흉내 낼 수 있어요. 데미는 꼬리나 귀가 어렵고, 뚝심이도 의외로 난도가 높습니다."

내가 그동안 실험한 숙제 내용을 하나하나 손에 꼽았다.

'그렇구나. 자랑스럽네.'

스승님이 상냥하게 칭찬했다.

"지금의 기술도 좋지만, 한 걸음 나아가 보는 건 어떻겠니?"

"나아간다면…"

그녀는 특유의 신비로운 미소를 짓더니, 거실 한편에 놓인 큼직한 테이블로 걸음을 옮겼다. 아까 나탈리와 시종들이 기다란 나무 상자를 두고 간 곳이었다. 나는 한동안 뒷말이 없는 그녀를 보다가 슬쩍 운을 뗐다. 아무래도 지금이 기회인 것 같았다.

"…전하."

"음?"

"저기. 산트 사제가 아버지를 만나러 중립 지대에 간다고 하더라고요. 확정된 건지는 모르겠지만 그렇게 들었습니다."

"으응. 아침에 그런 보고가 올라왔었어."

'신원 보증이 확실하던걸. 알고는 있었지만.'

스승님이 노래하듯 답했다. 무엇을 하시는지 뒷모습이 바쁘게 움직였다. 표정이 보이지 않으니 괜히 초조했다. 출국 허락을 안 해주실 수도 있겠다는 생각이 들자 손바닥이 절로 촉촉해졌다. 나는 눈앞에서 느릿느릿 회전하는 성지를 내려다보며 말을 골랐다.

"그래서 말인데요. 혹시 산트가 중립 지대에 갈 수 있다면, 저와 친구들도 함께…"

"이걸 써보겠니?"

"네?"

시선이 저절로 올라갔다. 어느새 나를 보고 선 스승님이, 양손에 기다란 지팡이 같은 걸 들고 있었다. 아까 그 나무 상자에 들어있던 물건인 듯싶었다. 저건…

"성장聖杖. 내가 대주교 시절까지 사용하던 거야."

"아."

멍청한 소리가 흘렀다. 추기경이 작게 손짓했다.

"이리 온."

어른이 부르시니 일단 주섬주섬 자리에서 일어나 다가갔다. 스승님은 나의 손을 조심스레 이끌어 지팡이 중앙을 잡게 했다.

"…"

나는 눈을 끔뻑였다. 특별한 에테르가 느껴지거나 하지는 않았다. 지팡이는 초등학교 철봉 굵기에 추기경의 키 높이였고, 온통 녹이 슬어 울퉁불퉁했다. 점점이 그녀의 홍채를 닮은 베이지색 금속이 보였지만 그뿐이었다. 끄트머리에도 뭐가 박혀있는 것 같은데, 역시 시커멓게 변색되어 무엇인지 확인할 수가 없었다. 꼭대기에는…

"이건 낫인가요?"

"어머."

내 물음에 그녀가 소매로 입을 가렸다. 하지만 이거 진짜로, 옛날 소련 국기에 있는 낫같이 생겼는데.

"초승달이야."

"아. 죄송합니다."

멍청이 소리 2탄 되시겠다. 다시 보니 달 같았다! 심하게 녹나긴 했지만.

"내가 일찍이 황태녀의 반려로 내정된 상태여서, 작은 태양과 함께한다는 의미로 달을 조각하자는 의견이 나왔었단다. 경계의 신전에서 제작한 물건이야."

내가 눈을 화등잔만 하게 떴다.

"거기서 이런 것도 만드나요?"

"그럼. 종이로도 접을 수 있는 게 성장이라지만, 이건 신전의 뿌리를 베어 만들었으니 아주 고귀해."

"헉."

식겁해서 손을 떼려고 했으나 그녀가 훨씬 빨랐다. 스승님은 내 손등을 감싸며 부드럽게 눈꼬리를 휘었다.

"이제 왕자님 거야."

"예?"

충격으로 머리가 빨리빨리 돌아가지 않았다. 비록 겉모습은 낡고 흉하지만, 이건 스승님의 소장품인 이상 무지 귀한 물건이었다. 먼 훗날엔 분명 성유물로 남을 터였다. 거기다 '신전의 뿌리'로 만들었다니(그건 또 뭔데!) 이젠 말도 못 하게 엄청나 보였다. 이런 보물을 왜 나한테…

"왕자님은 나의 처음이자 마지막 제자님이고, 우리 대자가 늘 신세 지고 있는 사람이니까. 고마워서."

내 혼란을 읽은 그녀가 다정하게 답했다. 순간 목이 막혀서 뭐라고 말을 꺼낼 수가 없었다. 당장 일주일 뒤가 생일이라 그런 걸까. 여기서 미역국 먹기는 깔끔히 포기했다고 생각했는데.

"…"

"성의를 표하는 거란다. 잘 보이고 싶거든."

"지금도 저한테는 아주 소중한 분이신데요."

결국 파안하며 대답하자, 추기경이 내 뺨을 어루만지고는 이마에 입을 맞추었다.

"그런 말도 듣고 싶었고."

"하하하."

'감사합니다.'

나는 콧등을 찡긋거리며 겨우 인사를 올렸다. 그녀는 애정이 듬뿍 담긴 시선으로 나를 올려다보더니, 목을 조금 갸웃했다.

"그러면 더 강해질 수 있겠지?"

"이게 도와주나요?"

내가 되물었다. 온화한 설명이 잇따랐다.

"응. 지팡이가 왕자님을 인정하는 순간, 놀라운 에테르 통제력을 얻게 될 거야. 그렇지 않아도 조정이 뛰어난데 더욱 손쉬워지겠지. 세상에 없는 사람이 된 것처럼 그릇의 흔적을 지울 수 있고, 신기술도 훨씬 정교해질 거란다."

"우와."

나는 손안의 지팡이를 빤히 바라보았다. 당장 박물관에 고이 모셔야 할 것 같은 아이템인데, 아직 팔팔한 현역인 모양이었다. 내 반응이 재미있는지 중년인이 목을 울렸다.

"왕자님이 성장의 새 주인이 되면, 중립 지대로 보내는 걸 고려해볼게."

고개가 번쩍 들렸다! 아까 내 말을 흘려듣지 않으셨구나 하는 안도감이 밀려왔다. 다음으로는 이게 희소식인지 아닌지 알 수 없어 가슴이 철렁했다. 혹시 주인 되는 데 30년쯤 걸린다거나…?

* * *

스승님은 내 속을 꿰뚫어 보았다는 양 미소 지었다.

"걱정하지 마. 오래 걸리지는 않을 거란다."

'신물처럼 까다로운 물건이 아니니까.'

그녀가 조곤조곤 덧붙였다. 그러고 보니 그랬다. 신물들은 대체로 고유의 의지가 있었고, 주군을 택할 때도 자의적인 판단을 거쳤다. 실례로 화성의 혜검은 황태자가 나타날 때까지 오랜 세월 꼼짝도 하지 않았다.

비렴의 방주인 뚝심이는 여전히 주인이 없었고, 크리스텔에게 흡수된 창해의 축복은 그녀와 물아일체로 거듭났다. 반면 추기경의 성장聖杖은 주신이 아니라 인간이 제작한 아이템이었다. 아무래도 그만한 주체성을 지니기는 어렵겠지.

"어떻게 하면 주인이 될 수 있습니까?"

"간단해. 나보다 강해지면."

"아…"

나는 절망의 한숨을 내쉬었다. 과제가 쉬울 거란 기대는 하지 않았지만, 현존하는 추기경급 신관 중에서도 신력으로 손에 꼽는다는 스승님이었다. 그녀보다 강력해진다니 너무 까마득한 이야기였다. 나는 에테르만 넘쳐나지, 신력은 아직 애송이 수준이었다. 인제 보니 30년이 아니라 50년은 걸릴 것 같았다. 한마디로 중립 지대엔 절대 안 보내주신다는 소리 아닌가.

"왕자님에겐 위대한 재능이 있어. 지레 겁먹지 말렴."

그녀가 부드럽게 말했다. 나는 지팡이를 꼭 쥐고 추기경을 바라보았다.

"정말 고맙습니다, 전하. 하지만… 저는 진심으로 제가 중립 지대에 가봐야 한다고 생각합니다. 왕세녀 전하가 그곳으로 향했을 거라는 생각이 듭니다. 저를 만나고 싶다고 먼저 이야기했으니까요."

"왕자님."

"아시지 않습니까. 왕세녀는 이토록 큰 위험을 부담할 성정이 아 닙니다. 일촉즉발의 상황을 스스로 만들어 낼 까닭이 없습니다. 신 중하고…"

뒷말은 자연히 흐려졌다. 나는 지금껏 엘리서를 딱 한 번 보았을 뿐이었다. 그녀가 좋은 누나이자 언니이며 성군의 자질을 품고 있 다는 건 알지만, 거기까지였다. 극한의 상황에는 어떻게 대처하는 지, 주변에 어떤 사람이 있고 누구의 조언을 받는지 등은 전혀 몰 랐다.

친서를 전했다는 국왕의 측근 로세하르더 궁정백 또한, 세간에 알려진 정보가 많지 않았다. 내가 아는 건 페네티안이 아니라 리에 스테르 황실이었다. 거기까지 생각이 닿자 명분이 더욱 약해지는 느낌이었다. 프레데리크 황제의 입장을 충분히 이해하니 더는 떼쓰 기도 힘들었다. 제풀에 낯빛이 흐려졌다.

"…"

"저런, 괜찮아."

추기경이 곧장 나의 머리칼을 쓸어주었다. 그녀가 속삭이듯 말을 이었다.

"산트의 경우는 정해진 바가 없단다. 신원 보증인이 제국에서도 인정하는 가문인 건 맞지만, 상황이 이러니 쉬이 보내주긴 어려워. 조만간 바카리 군을 불러서 의견을 물을 거야."

"바카리 군을요?"

"응. 그 애는 프레데리크의 자문 중 한 명이니까. 혹시 계시를 받앗을까 해서."

입이 헤 벌어졌다. 그러고 보니 모데스트 바카리가 있었다. 이틀에 한 번, 못해도 사흘에 한 번은 쥘리에트 궁에 빵을 먹으러 오는 청소년. 황제 직속 마법사 자문단 '플뢰르 드 리스'의 최연소 단장. 우리에게 조금씩 마음의 문을 열고 있는 스무 살.《퇴사했더니 이계 공녀》를 내다보는 선지자. 나는 빠르게 질문을 꺼냈다.

"그럼 만약 단장이 괜찮다고 하면요? 산트에 관한 별다른 흉조가 없다고 하면,"

"보내줘야지. 혼자는 안 되겠지만 랑부예 자작가의 카라반이라면 믿을 수 있어."

"대박."

내 얼굴이 곧장 환하게 밝아졌다. 스승님은 곤란하다는 양 눈썹을 늘어뜨리더니, '황실 사람이 이렇게 표정이 적나라해선 안 된다'라고 타이르셨다. 그러면서도 양손을 따뜻이 감싸주시는 걸 보면 그게 아주 싫진 않으신 모양이었다. 실낱같은 희망이 보이는 듯해 금세 기분이 나아졌다. 바카리 군이라면 무조건 믿을 수 있었다. 왜냐고?

* * *

"특별한 건 보이지 않습니다. 산트 로스 사제는 평범하기 짝이 없는 사람입니다."

무려 원작을 예견하는 지고하신 분께, 산트의 등장은 아무런 문제가 안 된단 말씀이다. 사제님은 무해하다!

"아자!"

나는 데미의 앞발을 흔들며 환성을 내질렀다. 물론 수업 참관 중엔 시끄러운 소리를 내면 안 되니 기쁘게 속삭이기만 했다. 성기사들이 올 때마다 크고 작은 보수를 거친 실내 연무장은, 이제 짱짱하다 못해 무슨 방공호 수준으로 튼튼해졌다.

레서판다는 상황을 모르면서도 무릎에서 '끼이, 끼이' 하며 즐거워했다. 신이 난 우리를 보고 바카리 군이 묘한 낯을 했다. 나는 후다닥 표정을 갈무리했다.

"죄송합니다. 바카리 군을 이용하려던 건 아닙니다. 그저 산트가 중립 지대로 갈 일이 있다는데, 괜찮을지 걱정이 되어서 물었습니다."

거짓말은 하나도 안 했다. 원작의 세드리크 태자와 크리스텔은 성기사가 아니기에, 산트 역시 본래는 제국에 파견될 운명이 아니었다. 말인즉 그가 갑자기 '주요 인물'이 되어 큰일에 휘말릴 가능성은 극히 적었다.

이러한 나의 이론을 바카리 선생님께 확인받아 무척 기뻤다. 위언은 못 하는 성격이니 황제에게도 같은 말을 고할 테고, 그러면 산트는 중립 지대로 갈 수 있겠지. 나를 빤히 보던 청소년이 고개를 획 돌렸다. 마법 조명 아래 은빛 안경이 반짝거렸다.

"상관없습니다. 빵값을 한 것뿐입니다."

"…"

봤지! 이젠 '이용당하는 것이 저의 일입니다' 같은 말도 안 한다.

나는 수플레처럼 부푼 기분으로 뷔슈 드 노엘을 크게 잘라 예언가의 접시에 올렸다. 본래는 가나엘이 도와주는 일이지만, 소년은 지금 저쪽에서 애물단지들의 꽃수레를 밀어주느라 바빴다.

참관에 꼬마들이 오는 날은 항상 이렇게 정신이 없었다. 쥘리에트에 남은 뱅자맹은, 일손들과 함께 궁전 곳곳을 금색과 보라색으로 장식하는 중이었다. 블루베리와 금박을 얹은 통나무 모양 롤케이크에선, 커피 버터크림 대신 진한 초콜릿 향이 훅 끼쳤다.

대륙에서 주신 강림 대축일 기간에 먹는 특식이라고 했다. 청소년이 조심스레 포크를 들고 나를 기다렸다. 나는 입꼬리를 올리며 신호를 보냈다.

"많이 드십시오."

"…잘 먹겠습니다."

꼬맹이는 어른스러운 태도로 카페 크리스(아이스 아메리카노)를 먼저 마시고는, 보드라운 케이크를 쿡 찔러 야무지게 입에 넣었다. 달콤한 머랭으로 만든 버섯 모양 장식도 꼭꼭 챙겼다. 언제나 깨끗하고 단정한 남빛 로브엔 부스러기 한 톨 흘리지 않았다.

처음 왔을 땐 몹시 불편해하는 것 같았는데 요즘은 충분히 먹고, 볕이 좋으면 30분 정도 쉬다 갔다. 보기만 해도 간식 배가 찰 만큼 흐뭇한 광경이었다. 그래도 계속 구경하는 건 예의가 아니니 가만히 시선을 돌렸다. 연무장 중앙에선 대련이 한창이었다.

–쌔애앵–!

–쿠당탕!

어이쿠! 충격에 나가떨어진 크리스텔이 구석에 처박혔다. 올려

묶은 분홍 머리칼이 마구 흘러내려 눈앞을 덮었다. 다 찢어진 크라바트가 걸레짝처럼 바닥을 나뒹굴었다. 나는 테이블 밖으로 다리를 빼고 언제든 뛰쳐나갈 준비를 했다. 태자가 어깨를 돌리며 자세를 바로잡고 있었다. 이내 주인공이 삐걱삐걱 몸을 일으켰다.

"아으, 저걸 그냥…"

신음하는 그녀의 눈동자가 도깨비불처럼 번쩍거렸다. '저것'이 뭔지 물어봤다가는 큰일이 날 것 같았다. 요한 경은 코치님처럼 신중하게 팔짱을 낀 채 둘의 기술을 지켜봤다. 지난주부터 2주 연속으로, 연무장에선 용병 신술身術을 이용한 싸움이 펼쳐지고 있었다. 이런 분위기엔 익숙지 않은지 단장이 어깨를 움츠렸다. 내가 씩 웃고는 소곤거렸다.

"오늘 와주셔서 고맙습니다. 잘 어울리죠, 두 분."

그러자 청은색 눈동자가 동그랗게 변했다. 바카리 군은 슬쩍 두 남녀의 눈치를 보더니, 티 나지 않게 고개를 까닥였다. 역시 뭘 좀 아는 사람. 제국의 인재.

"미래를 함께하실 분들이니, 보기에 조화롭고 아름다운 것이 당연합니다. 지금은 비록 서로에게 호전적이라 할지라도 운명적인 결속은 피할 수 없습니다."

하! 속이 뻥 뚫리네, 이거거든! 과장 좀 보태 눈물이 찔끔 날 것 같았다. 나는 몹시 기꺼운 심정으로 청소년의 접시에 과일 프리앙세 개를 추가했다. 맘 같아선 시드르를 백 잔도 주고 싶지만, 꼬마가 근무 중이라 권하지 못했다. 데미가 불편한 듯 끙끙거렸다.

"다만 조건이 있습니다."

"제가 둘 곁에서 멀어져야 가능한 미래라는 거죠. 접때 제대로 들었습니다."

"…예."

바카리 군이 시원찮게 긍정했다. 내가 싱글벙글 말을 이으려는데,

-콰아앙-!

요란한 굉음이 귓전을 때렸다. 나는 화다닥 자리에서 일어났다. 어휴, 대낮부터 또 뒹굴고 있네!

"으아, 크리스텔 경! 참으세요!"

산트가 발을 동동 구르며 '죽이시면 안 된다'라고 외쳤다. 반대로 요한 경은 미동도 없었다. 텁석! 바닥에 깔린 태자가 얼음처럼 차가운 얼굴로 주인공의 멱살을 잡아 쥐었다. 나는 하마터면 소리 지를 뻔한 입을 잽싸게 틀어막았다. 둘은 서로의 낯이 초점도 맞지 않을 만큼 가까웠다. 크리스텔의 눈에서 시퍼런 악바리 불꽃이 튀었다. 그녀가 즉시 이마를 들이받았다.

-턱!

태자가 주먹으로 박치기를 막아냈다!

"아오!"

-콱!

그러자 화를 이기지 못한 크리스텔이 코밑의 숯검정 머리칼을 손에 쥐었다. 사내의 미간에 깊은 주름이 팼다. 미친, 머리끄덩이는 안 된다!

"크리스텔!"

로판 남주의 모근은 소중하다고! 나는 재깍 데미를 내려놓고 전

력으로 질주했다. '끼아!' 신수가 기쁘게 울며 뒤꽁무니를 쫓았다. 요한 경이 그제야 상황을 정리하기 위해 움직였고, 그새를 못 참은 우리의 주인공님은 날쌔게 한쪽 무릎을 세웠다. 산트가 기겁해서 숨을 들이켰다. 일순 아득한 공포로 머릿속이 써늘해졌다. 어디, 어딜 걷어차시려고요!

"살려주십쇼!"

-우당탕!

나는 절박하게 외치며 온몸을 던져 그녀의 다리를 붙들었다. 헉, 허억. 한동안 누구의 것인지 모를 거친 숨소리만이 우리 사이를 가득 메웠다. 실눈 사이로 태자의 장갑 낀 손이 보였다.

그는 분위기가 풀린 틈을 놓치지 않고 크리스텔의 몸통을 거칠게 움켰다. 얇은 허리가 커다란 손바닥에 거의 가려졌다. 뺨이 절로 화끈 달아올랐다! 녀석은 그대로 크리스텔을 들어 올리다 나와 눈이 마주쳤고,

"…"

-콰당탕!

"으악!"

대충 그녀를 옆으로 밀치는 선에서 동작을 끝냈다. 크리스텔의 정강이를 끌어안고 있던 나는 그녀와 함께 데구루루 굴렀다. 아이고, 허리야…

"아우, 등짝 아파."

짐짝처럼 나동그라진 크리스텔이 온몸을 뒤틀었다. 내가 걱정스레 바라보자, 그녀는 가슴이 철렁할 만치 울상 지으며 손을 내밀었

다. 에테르가 필요한가 싶어 재빨리 팔꿈치를 잡아주었다. 어째 뒤통수가 뜨끈뜨끈했다. 으음, 한마디 하라는 뜻인가.

"크리스텔… 조금 전엔 과하셨습니다."

이건 진짜다. 저쪽 테이블에서 바카리 군도 경악하고 있었다.

"그치만 왕자님, 태자 전하께서 먼저 제 옷을 찢어발기셨는데요. 요기 차여서 너무 아픕니다. 조기도."

크리스텔이 몹시 가녀린 목소리로 호소했다. 솔직히 옷이 그 정도로 상하진 않았지만, 새끼 비글처럼 순한 눈빛을 보니 절로 마음이 약해졌다. 나는 도리 없이 그녀 옆에 주저앉아 치유 서클을 열었다. 뒤편에서 요한 경이 '전하께선 괜찮으신가요?' 하고 물었다. 친절한 성기사에게 고맙다고, 나는 멀쩡하다고 답해주었다. 태자 녀석은 여태 묵묵했다.

–사아아아…

"멍든 곳이 있기는 한데, '축복'의 치유력이 탁월하니 제가 손볼 필요는 없겠습니다. 크리스텔의 힘은 쓸수록 강해지니까요. 단련하면 좋겠죠."

"네, 그리하겠습니다. 저건 뭔가요? 아까 들어올 때 가져오신 상자 말입니다."

금세 멀쩡해진 주인공이 초롱초롱 물었다. 하늘빛 에테르 알갱이와 눈망울을 구별할 수가 없을 지경이었다. 나는 피식하며 대답했다.

"오렐리 전하께서 하사하신 물건입니다. 대주교 시절에 쓰시던 성장을 저에게 선물해 주셨어요."

"우와!"

"경이롭네요. 자식에게나 물려주는 것이라고 들었는데요."

헤릿 아버지가 드물게 놀란 투로 말했다. 그런 관습이 있는 줄은 몰랐기에 나도 속으로만 식겁하고 웃어넘겼다. 그의 옆에 고요히 선 태자는 아직 시선이 뜨거웠다. 다비드가 차가운 물수건을 가져다주었는데도 전투의 열기가 가라앉지 않은 듯했다. 나는 크리스텔을 마저 타이르기로 했다.

"아무튼… 서로 급소는 피해서 연습해 주십시오. 태자 전하께선 후사를 보셔야 하고 크리스텔도, 어. 사람 앞일은 모르는 거니까요."

그러자 주인공이 나를 뚫어져라 바라보았다. 말실수를 했나 싶어 철렁했다. 다음 문장은 자못 성급하게 튀어나왔다.

"물론 아이를 원치 않으셔도 존중합니다. 하지만 혹시나 미래에 마음이 바뀌면… 음. 어느 쪽이든 두 분 다 건강하시면 좋겠죠. 태자님도 곧 혼인 상대를 찾으신다고 하니,"

"네에?!"

크리스텔의 목소리가 커졌다. 나는 뒤늦게 입을 합 다물었다. 시선이 마주친 다비드는 어째 예상했다는 반응이었다. 이런 이야기를 하려던 게 아니었는데. 저분이 새어나가지 않게 해달라고 했는데. 친구들이랑 속닥속닥하겠다고 결심하긴 했지만 절대 이런 식은 아니었다!

"크리스텔, 들어보세요. 제 말은…"

"으하하하! 결혼한대! 악!"

'그럼 이제 일정 못 빼애해해핵.'

주인공이 구겨진 팥빵 같은 표정으로 배를 잡고 쓰러졌다. 데미가 콩콩 뛰어 그녀의 품에 안겼고, 요한 경이 웃음 섞인 한숨을 내쉬었고, 코앞의 산트와 저 멀리 가나엘은 나란히 기겁한 얼굴이었다. 흐름이 좀 이상한데… 나는 당황해서 주섬주섬 태자 쪽으로 서클을 확장했다. 이놈은 와중에 치유 에테르도 잘 먹네.

-달칵!

"무슨 일입니까? 크리스텔 경이 울고 있네요."

설상가상으로, 때마침 문을 열고 들어온 건 엘리자베트 경이었다. 입가엔 벌써 장난기가 잔뜩 맺혀있었다. 아냐, 내가 상상한 전개는 이게 아니라…!

* * *

"세드리크, 너 여자 만나는 거야?"

그런 식으로 말씀하지 말아주십시오, 철렁하니까!

"…황명을 내리시더군."

"맙소사, 진짜구나."

엘리자베트 경이 찻잔을 내려놓으며 눈을 커다랗게 떴다. 우리 중 황태자와 가장 가까운 그녀조차 몰랐을 정도면, 확실히 이번 맞선은 극소수의 관계자만 아는 일인 듯했다. 어느새 우리는 연무장 테이블에 옹기종기 둘러앉아 다과를 들고 있었다.

나는 다비드로부터 화성의 혜검을 건네받아 꼭 붙들었다('소문내서 죄송해요.' 입 모양으로 사과를 전하는 것도 잊지 않았다. 그는 웃으며 고개를 저었다). 어쩔 수 없었다. 내가 갖고 있지 않으면, 태자 녀석이 당장이라도 깔깔거리는 크리스텔을 베어버릴 것 같았으니까.

"작년에 흐지부지된 뒤로 생각 없으신 줄 알았어. 내 착각이었네."

"…"

흐지부지 아닙니다. 우리 주인공들은 예열 시간이 좀 긴 것뿐입니다! 나는 한 팔에 혜검을 끼고, 다른 손으로는 가토 낭테를 성둥성둥 잘라 한가득 입에 넣었다. 진리를 부르짖을 수 없는 스트레스 때문에 단것이 당겼다. 공식 커플을 공식이라 부르지 못하고… 아, 맛있다.

"상대는 정해졌어? 아니면 여럿 만나보고 간택하시는 건가?"

"후자."

"흐음."

근무 중 잠시 땡땡이를 치러 왔다는 소백작은, 혼사 이야기에 누구보다 진지하게 반응했다. 솔직히 더 '심각하게' 받아들이는 건 내 쪽이지만 그녀는 친구로서 최선을 다하려는 것 같았다.

나란히 앉은 바카리 군과 산트는 탁구 관객처럼 눈만 열심히 움직였다. 다비드와 가나엘이 침착하게 손님들의 차를 우렸고, 요한경은 날씨 이야기를 듣는 것처럼 평온한 얼굴이었다. 맞은편의 크리스텔은 아직도…

"아, 경하드립니다. 성력 1614년 최고의 소식. 제가 꼭 총각 파티 열어 드릴게요."

손수건에 눈물을 찍어내며 덩실덩실하고 있었다. 일순 태자의 눈동자에 화르르 불이 붙었다. 나는 거의 무조건 반사로 움직였다!

-덜컹!

"참으세요, 아까 많이 하셨습니다!"

내가 그의 소매에 매달려 외쳤다. 좀 전엔 주인공의 다리에 따개비처럼 붙어 애원했는데, 이번엔 무려 남주 팔뚝이었다. 둘 사이에서 서브로 살아남기도 쉽지 않았다. 한껏 온순한 표정을 지어 보이자, 녀석은 나를 내려다보더니 흉부를 크게 부풀리며 자세를 바로 했다.

야속한 크리스텔은 그래도 소리 죽여 낄낄거리고 내게 몰래 엄지를 치켜세웠다. 나는 한숨이 터져 나오는 것을 가까스로 삼켰다. 아무것도 모르니까 저렇게 행동할 수 있는 거다. 정은서가 나한테 분명히 그랬는데.

'아! 초반엔 이놈이 메인일 리가 없었다고. 표지 페이크인 줄 알았다고.'

'원래 검은 머리는 무조건 남주 아니야?'

'그거는 편견이고요. 이제 예 서방 표지 나올 때까지 숨 참는다.'

'와서 밥 먹고 해. 부대찌개 다 됐어.'

'후아!'

…원작을 읽지 않았으니 내막은 모르지만, 그간 들은 것만 종합해 봐도 알 수 있었다. 크리스텔과 세드리크 태자는 본편에서도 제법 시간이 흐른 뒤에야 서로의 마음을 확인했다. 소위 '삽질'이 길었던 것 같았다.

둘이 아무리 주먹다짐을 하고 가끔은 서로 소 닭 보듯 해도, 내가 공식을 포기하지 못하는 또 다른 이유였다. 계기만 있으면 불이 붙으리란 믿음이 있었다. 속도가 느려서 그렇지. 우리만 해도 빠르게 친해진 건 아니지 않은가.

"태자님은 어떠십니까?"

그러니까, 그전까지는 연적이 생겨선 안 된다. 나는 결의에 차서 그를 돌아보았다. 에스프레소를 마시던 사내가 눈알만 내 쪽으로 굴렸다.

"무엇이."

"결혼을 원하십니까?"

그러자 녀석이 살포시 미간을 구겼다. 돌아온 답은 예상 가능한 것이었다.

"내 의사와는 관계없어."

"그렇다고 태자님 의견이 중요하지 않은 건 아니잖아요."

나는 천연덕스럽게 듣기 좋은 말을 늘어놓았다. 만약 이게 크리스텔과의 혼담이었다면 내 반응은 사뭇 달랐을 것이다. 하지만 지금은 상대가 멘디 공작가의 이름 모를 아가씨이지 않은가. 얼굴도 본 적 없는 분이건만 벌써 묘한 적개심이 들었다. 한번 열린 말문은 닫힐 생각을 안 했다.

"국혼은 언젠가 하셔야겠지만, 당장 다른 일에 더 집중하고 싶으실 수도 있으니까요."

"…"

"자아실현 욕구는 중요합니다. 때를 놓쳐서 나중에 후회하면 아쉽지 않겠습니까."

그러자 모두의 눈길이 내게 쏠렸다. 소백작이 입술을 감쳐물고

인중을 씰룩거렸다. 요한 경은 목을 비스듬히 기울였다. 못 할 말을 했나 싶어서 돌이켜 봤지만, 이 정도 의견은 괜찮은 것 같았다. 지나치게 21세기적인 가치관이긴 해도 적당히 완곡하게 잘 말한 듯 싶었다. 더 좋은 문장이 없을까 머리를 굴리고 있는데 태자가 나를 빤히 보았다. 왜?

"…마구간에서 달아날 때도 그런 생각을 했나 보지."

제길. 그렇게 꼭꼭 숨겼는데 에테르 돼지는 못 속이네!

"아니, 그거는. 그런 데서 만난 게 좀 당혹스럽기도 하고. 불편하실까 봐 그랬습니다."

내가 황급히 손을 내저으며 어설프게 웃었다. 그러자 크리스텔이 재밌어 죽겠다는 표정으로 녀석과 나를 번갈아 보았다. 데미와 교대한 페리도 내 무릎 위에 발라당한 채 즐거워했고, 엘리자베트 경은 몽블랑을 국밥처럼 퍼먹으며 우리를 구경했다. 콧등에 3D 안경하나 얹어주면 딱 맞았다. 당사자는 지금 진땀 뽑고 있는데 말이지. 누구 탓을 하겠냐마는!

"그대 이야기인가?"

"제가 왜 불편하겠습니까. 그냥 무거운 얘기를 하시는 듯해서 피해드린 거죠."

"피하지 않겠다고 했던 것 같은데."

"아이, 그런 말이 아니라. 분위기가…"

심지어 세이디 모습으로 앓았을 때 들은 말까지 정확히 기억하고 있다. 거짓 약속은 아니었지만 새삼 무서운 놈이었다. 다시 보니 당근색 눈동자가 조금 삐진 것도 같았다. 시선을 묘하게 비끼는 데다 눈 끝에 날이 서있었다. 이런 동생을 키워본 적은 없어서 어떻게 달래야 할지 감이 안 왔다. 일단 정직하게 사과부터 하기로 했다.

"불쾌하셨다면 죄송합니다. 하지만 그때는 제가 말을 얹을 상황이 아닌 것 같았고,"

"그건 내가 판단할 문제야."

그가 으르렁거렸다. 이토록 공격적인 태도는 오랜만이라 표정 관리가 안 됐다. 그랬더니 도리어 녀석이 고개를 휙 돌렸다. 방금 설마 네가 당황한 거냐?

"태자님."

"왕자님은 태자 전하를 돕고 싶으신가 보네요."

그때, 주인공의 낭랑한 목소리가 나를 구원했다. 나는 테이블 한편에서 초신성처럼 휘황한 빛이 뿜어져 나오는 환각을 보았다. 아주 천천히 고개가 돌아갔다. 눈이 멀 것만 같은 광채 속, 양손으로 턱을 받친 크리스텔이 나를 보며 함박웃음을 짓고 있었다.

* * *

그래, 자신이 아니면 또 누가 나서서 구해주겠느냔 말이다. 저 나사 빠진 미남들을!

"크리스텔."

아름다운 보라색 눈망울이 기대와 희망으로 반짝거렸다. 크리스텔은 끓어오르는 희열을 느끼며 단숨에 시선을 끌어모았다. 소백산맥 말기보다 쉬운 일이었다.

"저야 언제든 축가 불러드릴 생각 만만인데, 왕자님 생각은 다르신가 봅니다. 주변에 그런 분이 종종 있긴 하죠. 친구가 결혼한다고 하면 서운함 느끼는 분들. 어쩐지 마음이 허한 분들. 이상한 거 아닙니다."

"으음…"

"보아하니 전하께서도 국혼을 반기시는 눈치는 아니고요. 정말로 괜찮으셨다면 화제가 여기까지 흘러오게 두지 않으셨겠죠. 엘리자베트 경?"

"동의합니다."

소백작이 은수저를 들어 올리며 짐짓 엄숙한 표정으로 말했다. 이어 다비드가 무게감 있게 턱을 끄덕였다. 크리스텔이 형형한 눈빛을 보내자, 가나엘과 산토도 흠칫하며 '옳습니다' 했다.

요한 헤인스가 '탁월한 분석이네요' 하고 칭찬을 곁들였다. 모데스트 바카리는 떠날 타이밍을 놓친 바람에 사무실로 돌아가지도 못하고 앉아있었다. 태자는 이글거리는 눈동자로 사저師姐를 쏘아보았지만, 딱히 부정을 표하지는 않았다.

그제야 크리스텔이 입꼬리를 쌕 올렸다. 물론 태자 녀석이 곱게 장가가 주면 자신에겐 좋았다. 착하고 다정한 왕자님과 함께하는 시간이 길어질 테고, 덤으로 기분 좋은 에테르도 지금보다 자주 받을 수 있을 테니까.

무엇보다 저놈의 눈에 정복욕이며 독점욕이 그득그득한 게 아주 보기 싫었다. 하지만 어쩌겠는가? 크리스텔은 다시 한번 행동하기로 했다. 이유는, 첫째. 저것과 살아야 할 아가씨가 너무 불쌍했다.

평생 얼굴만 뜯어먹어도 배는 부르겠다만 아무튼 불쌍한 건 불쌍한 거였다.

둘째, 쟤는 이미 왕자님이랑 놀겠다고 개강하자마자 기말 과제까지 끝내버리는 미친 짓을 한 적이 있었다. 유부가 돼서도 그걸 반복하지 않으리란 보장이 없었다.

셋째. 크리스텔은 요즘 정신을 팔 곳이 필요했다. 어머니, 할머니, 할아버지와 지내는 것도 행복하지만 가끔은 '아버지'를 잊을만한 주제가 간절했다.

넷째이자 마지막. 예서 왕자님은, 불여우를 포함한 놀이 집단을 깨기 싫은 눈치였다. 그건 태자도 비슷한 것 같았다.

뭐… 그녀라고 이해 못 할 감정은 아니었다. 어디까지나 조금은 그렇다는 소리다.

"그래서. 맞선은 언제 어디서 몇 시에 진행됩니까?"

크리스텔은 품에서 파이프 사탕을 빼 물고, 콘셉트로 챙겨온 수첩까지 꺼내 들었다. 그러자 왕자가 눈을 동그랗게 뜨며 반색했다. 그는 그녀가 이런 연극 같은 행동을 할 때마다 은근히 기꺼워했다.

"오는 토요 만찬에, 플로리앙 멘디 공작의 차녀인 베레니스 멘디 공녀가 참석할 겁니다. 로라 멘디 시종장님과는 고모와 조카 사이입니다."

다비드가 기다렸다는 듯 진술했다. 수첩은 있으나 펜은 없는 크리스텔을 위해, 페리가 왕자님의 가가방에서 뽀스락뽀스락 연필을 물어다 주었다. 그녀는 레서판다의 이마에 뽀뽀 도장을 찍고 글씨를 끼적였다.

"피해자 나이는요?"

"피해자는 아닙니다."

"아. 맞선 상대의 나이는요?"

'아시는 정보가 있다면 그것도 간략하게 부탁드립니다.'

크리스텔이 목소리를 깔며 요청했다. 다비드는 분명 점잖은 얼굴인데도 무척 신나 보였다. 마치 오늘만을 기다린 사람 같았다.

"열여덟입니다. 말이 없고 소극적인 성격으로 알려져 있으며, 외부 활동보다는 독서와 독후감 쓰기에 관심이 많다고 합니다. 마나와 에테르엔 소질이 없는 일반인입니다."

"아…"

"저런."

"세상에."

"너무했다. 이건 양가 부모님이 너무하셨다."

좌중이 술렁술렁하며 태자를 바라보았다. 세드리크는 고요히 이를 악물었다. 그는 아까부터 심기가 썩 불편했다. 사과받고도 왕자를 벌컥 위협한 스스로가 마음에 들지 않았고, 감정이 통제를 벗어났다는 사실에 더욱 화가 났다. 신관이 자신을 피하지만 않았어도 이런 결과는 없었을 거라는 생각이 들었다.

그런데 왕자가 혼사에 부정적인 견해를 내비치니, 무슨 까닭인지 다시금 기분이 풀리고 있었다. 그릇 상태가 나빠진 것도 아닌데 변덕이 여우비처럼 쏟아졌다. 이런 태도는 자신답지 않아 혼란스러웠다. 그러나 생각해 보면, 작년 봄부터 그는 이런 상태였다.

"무를 수는 없을까요?"

"태자 전하께서 완강히 거부하신다면 가능하겠으나, 이는 멘디 공작가의 명예를 크게 손상하는 행위입니다. 총애하는 가문 중 하나이니 폐하께서도 원치 않으실 겁니다."

"그렇겠네요. 이쪽에서 차기엔 너무 늦었다. 그러면 역으로 이쪽이 차여야 한다는 건데. 흠."

"그게 가능하겠습니까?"

크리스텔이 중얼거리자, 엘리자베트가 진중하게 물었다. 열심히 집중하던 왕자 역시 걱정스러운 얼굴이었다.

"태자님은 어디 가서 차일 분은 아닌 것 같습니다."

그러더니 태자 놈의 면상과 몸뚱이를 슬쩍 훔쳐보았다. 크리스텔은 그의 행동이 너무 잘 보여서 웃겨 죽을 것만 같았다. 어쩌면 저렇게 겉과 속이 일치할 수 있단 말인가.

"왕자님. 사람이 차이기 위해서는 어떤 행동을 해야 한다고 생각하십니까?"

그래서 돌발 질문을 던졌다. 스물아홉이나 먹은 남자가 눈에 띄게 난감해했다.

"어… 나쁜 말이나 못된 짓을 해야 하지 않을까요? 이감신에 나오는 것처럼 '신자가 신관과 사랑에 빠진 게 죄는 아니잖아!' 하면서 바람피운다든지. 얼굴에 물을 끼얹는다든지. 부모님이 나타나서 금화 던지고, '우리 아들하고 헤어져' 하고."

"어허허헝."

잘 버티던 부근위대장이 기어코 우는 소리를 내며 엎드렸다. 크리스텔은 기막힌 포커페이스를 유지하는 요한 선생님을 보고 혀를 내둘렀다. 아니, 실은 입을 뗄 수도 없었다. 단전에서부터 뿜어져 나오는 웃음을 참느라 입술이 희게 질렸다. 절로 콧구멍이 커지고 턱에 힘이 들어갔다.

눈앞의 예서 페네티안은, 연애라곤 막장 소설에서 본 게 전부인 양 굴었다. 도대체 '신국의 난봉꾼'이란 별명은 어쩌다 붙은 건데. 그냥 반어법 아니야? …그녀가 겨우 근엄하게 입을 열었다.

"그래도 하나는 정답에 근접하셨습니다. 바람."

"네?"

왕자가 신수를 도닥이며 눈을 깜빡였다. 고장 난 시계도 하루 두 번은 맞는다더니.

"무뚝뚝하고 무섭기로 소문난 태자 전하보다 훨씬 좋은 남자가 나타나서, 공녀의 마음을 홀라당 훔치면 되는 거죠. 아주 뿅 가게."

"그런 사람이 실존할 수가…"

미인의 안색에 달무리가 졌다. 크리스텔은 파이프 사탕을 쭉 뻗어 그를 가리켰다. 더는 의문의 여지가 없도록. 방향도 확실하게. 이내 고운 눈동자가 천천히 커졌다.

"설마."

그래요, 너. 잘생기고 키 크고 참한데 부와 명예까지 누리는 능력자. 너 말이야. 너!

＊ ＊ ＊

아니… 이게 뭐야. 왜 갑자기 이야기가 이렇게 됐지?

"크리스텔."

"예서 왕자님께서 베레니스 멘디 공녀를 꼬드기시면 되겠습니다. 공녀가 왕자님께 푹 빠지면 혼담은 물 건너갈 겁니다. 혼약은 '신실한 두 육신의 결합'이잖아요. 다른 이에게 마음을 품었다면 불가능한 서약이죠. 명예롭지도 않고요."

우리의 주인공님이 나를 가리키며 선언하셨다. 모두의 눈길이 순식간에 내게 집중됐다. 심히 당황스러워서 머리가 잠깐 버벅거렸다. 그야말로 한 치 앞을 예측할 수 없는 전개였다. 와중에 황태자는 아까보다 더 기분이 나빠 보였다. 나는 떡 벌어진 페리의 입을 닫아주며 간신히 말문을 열었다.

"그건 좀, 힘들지 않겠습니까."

여러모로.

"현재 리에스테르에서 태자 전하만큼 잘생긴 사람은 왕자님밖에 없는걸요."

그런 엄청난 과장을 아무렇지 않게 하지 마시고요! 식은땀이 훅하고 배어 나오는 기분이었다. 나는 침착하게 말을 고르고자 노력했다. 설령 그녀의 말대로 한다고 해도, 이번 작전을 실행하기 어려운 이유는 여러 가지가 있었다. 먼저.

"멘디 공녀에게 상처가 될 겁니다."

"오."

엘리자베트 경이 카페 크리스의 얼음을 오도독오도독 깨물며 호응했다. 착각이겠지만, 다들 작전 논의보다 내가 반박하는 꼴을 구경하는 데 열심인 것 같았다. 자의식 좀 버리고 살아야 하는데.

"그렇잖아요. 마음에도 없는데 유혹… 하는 건 상대에 대한 예의가 아닙니다. 이건 도덕적이지 못해요."

"마음만 먹으면 유혹할 수 있다는 것처럼 말씀하시네요."

크리스텔이 파이프를 뻑뻑 피우며 위험천만해 보이는 눈웃음을 지었다. 순간 등골에 오소소 소름이 돋고 심장이 철렁했다. 본능이 그녀를 이길 수 없을 거라고 속삭이는 것만 같았다. 이게 말로만 듣던, 팜 파탈인가 뭔가 하는 그거냐?

"그런 말씀이 아니라,"

"인정합니다. 예쁘고 잘생긴 건 대륙 어디서든 통하는 최고의 가치 아니겠습니까. 그런 의미에서 보면 왕자님은 거의 재벌이죠, 재벌."

"크리스텔 경, 재벌이 뭔가요?"

"억만장자. 돈이 너무 많아서 주체가 안 돼 가지고, 이것저것 일 잔뜩 벌이는 사람이에요."

"아. 그럼 우리 왕자님은 옥안 재벌이시네요!"

가나엘이 활짝 웃으며 새로운 단어를 배웠다고 즐거워했다. 애한테 뭘 가르치는 거예요!

"들어보십시오. 공녀는 겨우 열여덟입니다. 저는 스물아홉이고요. 이건 그냥 삼촌하고 조카입니다."

"타당한 지적이십니다. 앞서 말씀하신 내용도 어떤 의미인지 확실히 알았습니다. 하지만."

그녀가 연필을 빙글빙글 돌리며 한 박자 쉬어갔다. 역시 주인공에겐 그냥 숨만 쉬어도 뭇시선을 사로잡는 마성의 힘이 있었다. 고운 입술이 뻐끔거릴 때마다 달큰한 사탕 향기가 뭉게뭉게 퍼져나갔다. 바카리 군은 이제 동료 마법사의 예언이라도 듣는 양 심각한 표정이었다. 죄송한데 너무 몰입하지 말아줄래?

"왕자님이 적극적으로 임하지 않으시면 모든 게 해결됩니다."

"…이해가 잘 안 되는데요."

"한참이나 어린 상대를 노골적으로 유혹하는 건 확실히 문제의 소지가 있습니다. 그녀의 마음을 이용하는 일도 윤리적으로 옳지 않아요. 하지만 왕자님께서 평소처럼 행동하셨는데 공녀가 왕자님에게 빠져든다? 이건 어쩔 수 없는 거죠. 매혹할 의도가 전혀 없었음에도 상대방이 나한테 반한다? 아뿔싸! 주신의 장난이죠. 사랑의 화살이 잘못 날아가 버렸네?"

무슨 놈의 말발이 이렇게 좋은지 모르겠다! 우리는 입을 헤 벌리고 그녀의 콩트 같은 몸짓과 연극 조의 말투를 감상했다. '뚜쉭!' 크리스텔이 심장에 화살촉을 맞고 아파하는 열연을 하자, 꽃수레에 타고 있던 애물단지들이 삐뽀삐뽀 하며 환호했다. 세상에.

"목표를 생각하신다면 가장 효율적인 방법이긴 하네요, 전하."

내내 묵묵하던 헤릿 아버지가 비췻빛 눈동자를 반짝였다. 요한경, 당신마저.

"가능성을 키우려면 태자 전하와 비등한 수준으로 준수한 이가 나서는 것이 옳아요. 왕자께선 리에스테르 사교계 전방에 나선 적이 없으시니, 어린 공녀에게 주는 신비감도 클 거예요. 어색한 연기를 하실 필요가 없다면 효과는 더욱 좋겠죠."

젠장… 나는 기대감으로 눈을 빛내는 페리를 애써 외면했다. 진짜 말도 안 되는 상황인데 묘하게 납득이 되고 있다는 게 문제였다. 내가 원하는 건 세드리크 태자가 크리스텔하고 이어지는 거였다.

《퇴사했더니 이계 공녀》는 '로맨스 판타지' 장르 소설이고, 둘은 그중 로맨스를 담당하고 있는 공식 커플이었다. 그게 이루어지길 바라는 게 이렇게 고될 일인가?

-끼이

…그렇다고 하신다. 나는 혀를 빼문 레아를 보며 한숨을 억눌렀다. 이래서 정은서가 연재 시간마다 폰 붙잡고 소리를 질렀나 보다. 공식 루트조차 이토록 다사다난한데, 서브 남주 노선을 미는 건 얼마나 마음고생이 심했을지 상상도 가지 않았다.

나는 최대한 객관적으로 사태를 봤다. 다른 계획을 제시하려고 해도 더 그럴듯한 게 떠오르지 않았다. 다비드 말대로 이쪽에서 거절하긴 늦었으니 저쪽에서 태자를 차야 했고, 그러는 데 필요한 건 결국 제삼자의 개입이었다.

그리고 예서 페네티안은 많이 잘생겼지. 이건 팩트였다. 눈을 질끈 감았다 떴으나 기적처럼 빙의가 풀리는 일은 없었다. 나는 애꿎은 식기를 문지르다가 뚱딴지 꽃차를 꼴깍꼴깍 들이켰다. 고소한 찻물이 입안을 휘돌고 넘어가자 정신이 좀 나는 것 같기도 했다. 달그락, 조심히 찻잔을 내려놓았다.

"…"

그래, 이건 공식 커플에 대한 나의 진심을 시험하는 과정이다. 원작의 뼈대라도 건사하자. 훗날을 도모하면서 오늘 최선을 다하는 거다. 가인 씨도 그런 이야기를 했었으니까.

"하겠습니다."

"오오-!"

일시에 환성이 터져 나왔다. 엘리자베트 경이 '큰 결심 하셨다'라며 내 앞으로 나무딸기 수플레를 밀어주었다. 나는 즉시 한 숟갈을 푹 떠올렸다.

"다만 조건이 있습니다. 공녀는 아직 어리니 저와 혼자 만나서는 안 됩니다. 인적이 있는 개방된 장소, 이왕이면 공녀가 편하게 생각하는 자리가 좋겠습니다. 저 혼자서는 어색할 수 있으니까 도움도 필요하고요. 그리고…"

"누구 마음대로."

내 고개가 홱 돌아갔다. 그새 누가 태자 녀석 자리에 횃불을 던져 넣은 모양이었다. 주황색 눈이 용암처럼 펄펄 끓고, 장갑 낀 손끝에선 '치익' 하며 미세한 연기가 올라왔다. 어이가 없어 입이 스르륵 벌어졌다. 당장 국혼은 올리기 싫으면서 맞선 깨뜨리는 것도 싫다 이거냐?

황제 될 놈 욕심이 아주 놀부 뺨을 서라운드로 치겠네. 형님으로서 따끔히 한마디 해주려는데 탁자 밑에서 퍽, 쿵, 쿠당탕 하는 소리가 났다. 나는 놀라서 재빨리 아래를 살폈다. 태자의 정강이 쪽에서, 엘리자베트 경의 부츠가 화드득 떨어지고 있었다. 헉.

"이대로 진행하시죠. 베레니스 공녀의 동선은 제가 확인해 보겠습니다. 대귀족 가문 영애이니 소규모의 모임 정도는 참석할 겁니다."

소백작이 멋들어진 미소를 지으며 말했다. 나는 고개를 들고 눈을 깜빡였다. 그러고 보니 작은 문제가 있었다.

"제가 황궁 밖으로 나가지 않고도 만날 수 있을까요?"

"물론입니다. 황제 폐하의 궁정에선 연중 다양한 소모임이 열리고, 초대 손님도 하루 수십 명씩 드나듭니다. 왕자께서 청만 올리시면 한두 모둠은 거뜬히 들이실 수 있습니다."

그렇구나. 그럼 공녀가 나가는 모임 중 하나를 통째로 궁에 초대하면 되겠다. 아는 얼굴들이 있으면 갑자기 나를 만나더라도 크게 당황하진 않겠지. 내가 고개를 끄덕이자 크리스텔이 밝게 웃었다.

그녀는 내게 윙크를 날리더니, '준비물이 필요하겠네요' 하며 수첩에 무언가를 끄적이기 시작했다. 산트가 상기된 낯으로 어깨를 움찔움찔했다. 나 저 표정 알아. 사제님은 이감신 최신 에피소드 읽을 때마다 저랬어.

"역시 소통은 중요합니다. 그렇지 않습니까, 전하."

"…"

다비드가 웃음기 어린 목소리로 인자하게 말했다. 25개월 꼬마는 여전히 불만스러워 보였지만, 내가 밀어주는 홍차 다쿠아즈를 거부하진 않았다. 그럼 이쯤에서… 아차! 하마터면 까먹을 뻔했네.

"저 또 할 말 있습니다."

내가 꽃수레에서 넘어오는 레아까지 보듬으며 말했다. 꼬마들이 슬슬 놀아달라며 기어올랐지만 짚고 넘어가야 할 게 있었다. 이걸 내가 묻는 게 그림이 좀 이상하긴 한데, 지금은 크리스텔이 사정을 모르니까 어쩔 수 없었다. 주인공 몫도 착실하게 챙겨드리는 조연이 되어야지.

"다비드가 말씀하시는 걸 들었는데요. 조만간… 귀한 공녀분들이 입궁해서 태자님하고 말도 타고 마차도 타고 하신다고요. 그럼 그건 누굽니까? 그쪽도 전부 국혼 때문에 만나시는 겁니까?"

나 방금 너무 취조하듯이 말했나?

"…"

잠시 침묵이 흘렀다.

'허엉.'

이내 부근위대장이 티테처럼 울며 가나엘의 어깨에 이마를 묻었다.

'허허허.'

다비드는 아예 소리 내어 웃었다. 당사자인 태자는 나를 보더니 긴 한숨을 내쉬었다. 어째 아까보다 좀 누그러진 것 같았다. 나를 포함한 나머지 일행만 어리둥절했다. 아니, 그래서 뭐냐고? 극비 같은 거 아니면 우리한테도 알려줘!

* * *

이튿날, 황도 시내의 어느 고급 찻집. 주간 독서 모임 '궁정풍 연애'가 열리는 곳. 곱게 차려입은 귀족 영애와 영식들이, 탁자 하나에 오순도순 둘러앉아 있었다. 튤립과 사슴이 수놓아진 테이블보 위로 어여쁜 후식 접시가 놓였다. 향 좋은 커피며 차도 머릿수에 맞게 올랐다.

멘디 공작의 차녀, 베레니스 멘디는 두꺼운 휘장 너머 광경을 멍하니 바라보았다. 온 거리가 금빛과 보랏빛으로 장식되어 번쩍번쩍했다. 나머지는 하얀 눈으로 뒤덮여 더욱 맑고 아름답게 보였다. 우렁차게 호객하는 빵집 주인의 목소리가 들렸다.

"튤립 과자! 튤립 과자가 맛있어요! 방금 구운 거! 샹티이 크림 듬뿍 올려드릴게!"

"엄마, 나도 저거!"

"여보, 나도 저거!"

-딸랑, 딸랑…

나이 든 사제들이 종을 흔들며 인파 사이를 거닐었다. 신이 대륙을 창조했다는 '주신 강림 대축일' 기간이었다. 특별한 이유가 없어도 이웃과 햄을 나누고, 아침부터 와인 잔과 치즈를 들고 나와 건배한다는 시기.

튤립 과자를 배가 터질 때까지 먹게 되는 겨울의 끝. 계절상으로는 봄이 오기 직전의 설렘이 움트는 때였다. 베레니스는 평민들과 같은 경험을 해본 적은 없지만, 상상력이 풍부한 편이었다.

그녀가 품속의 공책을 꼭 쥐었다. 오늘은 한 달에 한 번 있는, 궁정풍 연애 회원들이 각자의 소설을 공유하는 날이었다. 대부분이 중단편을 지었지만 베레니스는 작년 봄부터 꾸준히 한 작품만을 써 왔다.

"먼저, 오늘도 빠짐없이 나와주신 여러분께 감사를 표합니다. 주신께서 여러분의 생애에 기뻐하시기를."

"기뻐하시기를."

모임의 대표인 공자가 점잖게 대축일 인사를 건네자, 모두 그에게 축복의 말을 되돌려 주었다. 청년은 부드럽게 말을 이어갔다.

"제가 모임의 회장으로서 첫 번째로 소설을 낭독해야 한다는 건 알지만… 오늘은 귀한 소식이 있어 그것부터 말씀드리고자 합니다."

그러자 회원들이 술렁거렸다. 대체로 조용조용한 이들의 성격을 고려하면 제법 뜨거운 반응이었다.

"무엇이 됐든 공자님의《은색 방울꽃》보다 흥미로운 이야기는 없을 거예요."

"회장님. 크리스텔 경이 '창해의 축복'을 흡수했다는 이야기는 본편에 반영하셨는지요? 지난주까지 고민이 많지 않으셨습니까."

"아직 폐하께서 공표하신 게 없는데 설정으로 쓰셨을까요?"

"설령 사실이 아니더라도 저희 상상 속에서는 전부 가능하죠."

막 성인이 된 열여섯 공자부터, 모임에 열과 성을 다하는 마흔 살 공녀까지. 회원들의 면면은 놀라울 만치 다양했다. 베레니스는 자신과 비슷한 생각을 공유하는 이들에게 깊은 애정을 느꼈다.

'궁정풍 연애'는 그녀가 유일하게 걸음 하는 사교 모임이었다. 그래서 오늘을 끝으로 모임에 나올 수 없다는 사실이 무척 슬펐다. 회장의 발언이 끝나면, 자신도 조심스레 손을 들고 소식을 전할 생각이었다.

곧, 결혼하게 될 것 같다고. 그래서 부모님의 조언대로 더는 모임에 나오지 못하게 되었다고. 베레니스는 차마 두 분의 말씀을 거역할 수 없었다. 이곳에서 자신이 쓰는 소설은… 절대로 태자 전하가 알아선 안 되는 거니까. 주신께 맹세코, 자신이 죽는 한이 있어도 말이다.

"하하하. 제 이야기를 들으면《은색 방울꽃》의 내용은 잊으실 겁니다. '궁정풍 연애'가 황궁의 초청을 받았습니다."

"네에?"

베레니스가 황급히 손으로 입을 가렸다. 돋보기 무테안경이 콧등 아래로 쑥 흘러내렸다. 회원들의 반응도 크게 다르지 않았다. 모두 얼굴이 달아올라 어쩔 줄을 몰라 했다. 치부라도 들킨 양 땀을 흘리는 신사도 있었다.

"주신 맙소사."

"세상에, 폐하께서 저희 모임의 존재를 아신단 말씀이세요?"

"어, 어떻게. 어찌 그런 일이… 회장님?"

공자가 난감하게 웃어 보였다. 그는 차분히 말꼬리를 붙였다.

"폐하께서 초대하신 것은 아니고, 예서 페네티안 왕자님의 존함으로 초대장이 왔습니다. 독서를 즐기시는 왕자께서 어쩌다 저희의 소문을 듣게 되신 모양입니다. 평소 모이던 날이 아닌, 금주 금요일 입궁을 제안하셨습니다."

"아아… 분명 그림자에 숨어 즐기고 있노라 여겼는데…"

"저희 글을 왕자님 앞에서 낭송해야 하는 건 아니겠지요?"

"설마요! 말도 안 돼요."

모두가 기겁하며 자신의 공책을 옷자락 밑에 숨겼다. 그러면서도, 미남으로 소문난 왕자님을 가까이서 볼 수 있다는 생각에 은근히 기대하는 눈치들이었다. 보통은 황제궁에 자주 드나드는 집안의 가주나 후계자쯤 되어야 왕족 신관의 얼굴을 지척에서 봤다.

'시몽 드 사르네즈 공작 사건' 이후로는 왕자가 궁 밖에서 목격되는 일도 전무했다. 베레니스는 떨리는 입술을 꾹 깨물었다. 공녀 역시 국혼을 위한 자리에 나가기 전에 왕자님을 알현하고 싶었다. 아직 그를 주제로 한 글은 써보지 못했지만, '세 귀인' 중 그녀가 가장 좋아하는 이는 단언컨대 예서 왕자였다. 가녀린 손끝에서 공책 표지가 덩달아 바들거렸다.

"···"

《얼음과 불의 노략》.

베레니스가 직접 저술한, 해적왕 크리스텔과 양치기 세드리크의 사랑 이야기였다.

* * *

그렇게 다시 평탄한(?) 이틀이 흘렀다. 작전 개시일도 딱 이틀 남았다. 진짜 쪽팔려 죽겠다.

-다그닥, 다그닥

-또각또각···

장담하는데, 내가 여기 와서 제일 많이 하는 경험이 쪽 팔기다.

"왕자님, 왜 얼굴이 빨간색이에요? 더우세요?"

"그럴 리가 있겠니, 마리아? 어디 편찮으신 건 아닌지 걱정입니다."

"큰오빠가 마도구 손난로를 가지고 왔어요."

마리아, 앙투아네트, 테레즈 공녀가 내 얼굴을 관찰하며 차례로 말했다. 원통 모양 털모자를 쓴 에바도 커다란 눈으로 나를 할끔거렸다. 나는 괜찮다고 답하며 손사래 했다. 불꽃의 성석 구슬이 있으니 핫팩도 필요 없었다.

나를 태운 아름하르트는 푸르릉 코웃음 치며 앞으로 나아갔다. 일행의 선두엔 황태자가 있었다. 녀석의 흑마 샤를마뉴는 뒤태도 근사했다. 인제 보니 아름이보다 덩치가 확실히 컸다.

-삐이

"뚝심, 아름이 누나 일하니까 착하게 있자."

-끼우우

"지금은 달리면 안 돼. 황궁에선 질주하는 거 아니야."

내가 함께 탄 굴뚝새와 레서판다를 얼렀다. 녀석들의 조그만 입에서 하야스레한 김이 흘러나왔다. 주신 강림 대축일 기간을 맞은 황궁은, 사방이 치장되어 휘황찬란했다.

잎이 진 나무들이 금빛 술과 자수정 장식 따위를 두르고 있었고, 마법 조명엔 연보랏빛 레이스며 주신교 상징을 수놓은 금색 깃발이 달렸다. 곳곳에 쌓인 눈이 신비롭고 아름다운 느낌을 더했다. 두툼한 털옷을 입은 궁정 악사들이 손님 오가는 길목에서 멋진 연주를 들려주었다.

-♩ ♪ ♬…

"음악이 훌륭하네요. 매년 그렇지만요."

"동감이에요, 마르그리트 공녀. 지브릴 공자는 잘 지내나요?"

"말도 마세요. 오라버니는…"

그러니까, 매년 열리는 가족 모임이었다!

-따그닥, 따그닥…

'귀한 공녀님들'이 와서 세드리크 태자를 만나고, 함께 말에 올라 온실 근처를 거닐고, 하하 호호하며 오붓한 분위기를 조성하는 게… 전부 대축일 기간의 대가족 행사였던 거다. 그래서 황실 방계인 뒤엠 후작가 식구들이 와있었다. 태자의 사촌 동생인 에바 또한 참석했고, 그 밖에 황족 피가 섞인 청년과 어린이들도 우르르 입궁해 즐거운 시간을 보내는 중이었다.

길게는 2월 말일까지 궁에 머무르는 혈족도 있다고 들었다. 이들은 출궁하기 전에 마지막으로 황제에게 예를 올리는데, 그러면 황제가 덕담과 함께 금은보화를 내려준다고 했다.

대충 큰집 와서 어른께 절하고 세뱃돈을 받아 가는 개념 같았다. 이런 데서 작가 양반 한국인인 게 티가 난단 말이지. …난 그걸 까맣게 몰라서 '너 혹시 여자 만나냐?' 하는 식으로 태자 녀석을 추궁해 댔고, 젠장. 다비드가 여성분들 얘기밖에 안 했단 말이야.

"아! 올해 신년 산보에는 예서 왕자님이 동행하시는군요. 기쁘기 한량없습니다!"

"안녕하세요, 프랑수아."

프랑수아 후작이 자신과 꼭 닮은 준마를 타고 다가왔다. 오늘도 텐션이 장난 아니었다. 병색이 없는 얼굴은 볼 때마다 반가웠다.

"하기야, 지난 연말을 생각하면 우리는 이제 혈연만큼 질긴 끈으로 묶여도 모자람이 없겠지요. 그날의 모험을 떠올려 보십시오. 짜릿한 항해! 위대한 우정!"

"저는 이런 건지 모르고 나왔습니다."

그에게만 들릴 만치 속삭이자, 후작은 배우처럼 멋들어진 미소를 지으며 밀착했다. 나는 속으로만 꽁알거렸다. 태자 놈이 '그대의 눈으로 확인하면 되겠지' 하면서 꼭두새벽부터 불러냈거든요. 쟤는 맨날 다섯 시에 기상한답니다.

"그렇다면 운명의 도움이로군요. 마침 왕자께 드릴 말씀이 있습니다."

그는 은밀한 투로 목소리를 낮추더니, 가까이서 말을 몰던 앙투아네트에게 윙크를 보냈다. 그러자 공녀가 귀신같이 큰오빠의 뜻을 알아차리고 동생들을 물렸다. 이어 다른 젊은이들과 친목을 다지는 척 두어 마신馬身 거리를 벌렸다.

에바는 고개를 갸울이더니 '저는 같이 있을래요' 하고 더욱 붙었다. 멀리, 황궁의 질서를 다잡느라 바쁜 에르베 경이 보였다. 그 큰 스트로다 궁이 만실이라고 하니 얼마나 정신없을지 상상조차…

"엘리서 페네티안 왕세녀의 소식입니다."

흠칫, 나는 놀라서 후작을 바라보았다. 매화를 닮은 연분홍빛 눈동자가 선명하게 빛나고 있었다. 그는 이런 일로 농담하는 성격이 아니었다. 나는 태자 녀석의 등짝을 흘끔한 뒤, 그가 신경 쓰지 않는 것을 확인하고서 몸을 기울였다.

"…듣고 있습니다."

"왕세녀 전하께서 중립 지대에 도착하셨다는군요. 다만 군사를 들일 수 없어 시종 하나만 대동하셨다는 첩보입니다."

"어떻게 아셨습니까? 죄송하지만 확실한 정보인가요?"

"국경에서 직통으로 들어온 귀엣말이고, 존경하는 블랑케르 공작님의 교차 검증을 거쳤으니 그럴 겁니다."

그가 에바를 건너보며 씩 웃었다.

'정말 감사합니다.'

나는 프랑수아에게 고마움을 전하고서 아이와 눈길을 교환했다. 흑갈색 시선이 걱정을 한가득 담고 있었다. 예상대로 엘리서가 중립 지대에 닿았다. 듣자니 산트 역시 랑부예 자작가의 도움을 얻어 주말에 그곳으로 떠난다고 했다. 프레데리크 황제가 그의 신원 보증을 받아들인 것이다.

제국의 귀족도 아닌데 그녀와 스승님이 오케이 한 것을 보면, 산트 아버님이 꽤 알아주는 분이신 것 같았다. 생각보다 흐름이 나쁘지 않았다. 그러면⋯ 산트 편에 서신을 보낼 수 있지 않을까. 너무 위험해서 내가 직접 가기는 어렵더라도, 편지 정돈 괜찮을 것이다.

"여유가 길지는 않습니다, 왕자님."

후작이 나직이 말했다. 황제의 최측근답게, 그는 이미 엘리서의 친서와 관련한 최근 상황을 꿰고 있었다. 진중한 눈빛이 아까와는 완전히 다른 분위기를 자아냈다. 나는 그의 문장이 무슨 뜻인지 재깍 이해했다.

"네."

오늘은 2월 17일이다. 그리고 2월 28일까지는, 신성한 주신 강림 대축일 기간이었다. 주신의 평화를 지킨다는 철칙 아래, 모든 종류의 폭력은 대륙 전역에서 평시보다 훨씬 엄격히 처벌받았다.

지금쯤 국경의 '소규모' 마찰은 거의 잦아들었을 것이다. 황제도 그날까지는 묵묵히 신국의 반응을 기다릴 터였다. 하지만 3월부터는 정세가 어떻게 바뀔지 알 수 없었다. 설령 달이 바뀌자마자 제국이 선전포고를 한다 해도, 나로서는 말릴 명분이 전무했다.

　　　　　서브 남주가 파업하면 생기는 일 6

"…할 수 있다면 전쟁을 막고 싶습니다. 저를 포함한 모두를 위해서요."

"과연. 모범적인 마음가짐이십니다."

남자가 부드럽게 눈웃음쳤다. 꼿꼿한 승마 자세를 보니 문득 떠오르는 것이 있었다.

"헤릿이 후작의 폴로 경기를 좋아하잖아요. 날 풀리면 같이 가서 또 봐야죠."

"더할 나위 없는 가문의 영광입니다! 꼬마 헤인스 군은 뛰어난 선수를 알아보는 안목이 있더군요."

"헤릿은 요즘 살롱 드 빅투아르에도 관심 많습니다. 거길 먼저 오셔야 해요!"

에바가 지지 않고 톡톡거렸다. 소공작의 안장 바구니에 담긴 레아와 페리가 '옳소!' 하듯 울었다. 나는 결국 소리 내 웃어버렸다. 분명 우리의 머리 위로 불길한 먹구름이 드리우려 했지만, 아직은 괜찮았다. 모두 같은 모양의 우산을 쓰고 있으니까 말이지. 그걸 이번 겨울에 뚜렷하게 확인했으니까.

"와서 해설하도록."

그때, 태자의 중저음이 귓가를 파고들었다. 나는 반짝 눈길을 돌렸다. 녀석이 부리부리한 시선으로 나를 쏘아보고 있었다. 어느새 거대한 돔형 온실 앞이었다. 놈의 불친절한 문장을 열심히 번역해 보자면, '온실에 햇무리초가 있으니 와서 저들을 위해 실습해라' 정도가 될 것 같았다.

알아들어도 어처구니없기는 마찬가지였다. 네가 친척 동생들 데리고 시간 때워야 하는 장손 역할인 건 알겠는데, 이제 여기 담당하시는 분 따로 있다고. 내가 왜…

"느려."

"간다, 가."

나는 툴툴거리며 아름이와 함께 전진했다. 후작이 뒤에서 목을 울렸다. 앞으로 나오니 후방을 호위하는 요한 경과 엘리자베트 경이 한눈에 보였다. 그들에게도 작게 손을 흔들어 주었다.

"온실 햇무리초는 지난달부터 산트의 소임이 되었는데요. 혹시 까먹으셨습니까?"

"산트 로스는 금일 휴가야."

종달종달 따져 묻자, 태자는 퉁명스레 대꾸하고 안장에서 내렸다. 그렇다면 어쩔 수 없긴 한데 부탁하는 태도가 영 글러 먹은 게 문제였다. 나는 절로 나오는 장탄식을 삼키고 아름이의 등을 벗어났다. 양팔을 벌리는 데미도 냉큼 받아 안았다. 저놈 저거 언제 사람 되지. 얼집 졸업했더니 유치원이 문제네.

"예서 왕자님, 제가 도와드리겠습니다."

"감사합니다."

그러자 다비드가 즉시 다가왔다. 이것도 가족 모임 일정 중 하나인지, 그는 작은 바구니에 작업용 장갑이며 호미 같은 것을 챙겨서 들고 있었다. 본격적이라는 생각이 들자 자연히 태자를 흘기게 됐다.

이쯤 되면 수당 줘야 하는 거 아니냐? 내가 여기서 돈 쓸 일이 별로 없긴 한데, 남의 집 동생들 재밌으라고 온실까지 와서 신기한 구경 시켜주는 거잖아. 볼모래도 나름 고급 인력이라고. 그즈음, 조랑말을 타고 있던 꼬마 손님들이 오르르 내렸다.

"기대된다! 페네티안의 왕자님이 햇무리초를 소개해 주신대!"

"그냥 햇무리초가 아니야. 햇무리초에 에테르 뿌리는 걸 보여주신댔어!"

"맞아. 나도 단순한 햇무리초는 본 적 있거든."

"네가 국경까지 가 봤다고? 여섯 살밖에 안 된 게!"

"피에로 옷깃이 잘 어울리는 공자님, 이쪽으로 줄을 서주시겠어요?"

"네에, 앙투아네트 공녀."

…수당은 무슨. 애들 건강하고 즐거우면 됐다. 나는 결국 파안하며 고개를 저었다. 크리스털처럼 고운 마석을 깎아 만든, 제국에서 가장 웅장한 온실이 코앞이었다. 예전엔 이곳까지 나오기도 불가능했는데 이젠 누구의 허락 없이도 쉽게 드나들 수 있었다. 그뿐이랴, 오늘은 아리안 리에스테르의 피가 흐르는 병아리들의 현장학습 선생님이 되었다. 태자가 나를 고요히 바라보았다. 반가운 변화였다.

"왕자님, 필리프 추기경 전하의 이야기를 익히 아실 겁니다."

"네, 다비드."

중년인이 온실 문고리에 열쇠를 꽂으며 자상하게 말했다. 통했다! 마침 아리안 생각을 하고 있었는데.

"아리안 선황께서 혼인을 적극적으로 권하셨지만, 필리프 전하께서는 한사코 사양하셨지요. 결국 선종하실 때까지 홀로 지내셨습니다."

"그랬죠."

그런데 갑자기 이런 말씀은 왜 하시지? 태자의 어깨에 앉은 뚝심이가 나 대신 고개를 갸웃거렸다.

"그분께서 남기신 선례의 영향으로, 역대 리에스테르 황제의 종교적 반려는 전부 미혼으로 살았습니다."

"그렇다고 읽었습니다."

"…예."

다비드가 점잖게 대답하고는 문을 열었다. 끼이익. 고귀한 청년과 어린이들이 발을 구르고 좋아했다. 태자는 팽하니 먼저 안으로 들어가 버렸다. 나는 이불처럼 두꺼운 로브를 끌어올리며 눈을 깜빡였다. 뭐지? 이게 끝인가?

* * *

금요일. 주간 독서 모임 '궁정풍 연애'는, 창립 30여 년 만에 처음으로 주 2회 만남을 갖게 되었다. 평소엔 한적한 장소에서 주 1회 만나는 것으로 충분했다. 회원들은 대체로 나들이를 즐기지 않았고, 사람 많은 곳에 있으면 금방 지치는 체질이었다.

다수는 가주의 책임이 없는 유력 가문 자녀였으므로, 이들의 취미 생활을 만류하는 어른도 없었다. 회합 자체가 워낙 비밀스러운 탓도 있었다. 요컨대 애정 어린 조언을 받아가며 꾸준한 작품 활동을 하기에, '궁정풍 연애'는 더없이 좋은 모임이었다.

그러니 오늘의 행보는 분명 파격적이었다. 황족 대우에 빛나는 예서 왕자님의 초청을 받은 것도 모자라, 무려 황제 폐하의 소모임 공간인 파시옹Passion 궁에 들게 되었으니까.

"황궁이 처음도 아닌데 무척 떨리네요."

'궁연'의 회장이 손수건으로 이마를 닦으며 말했다. 온화한 목소리가 널따란 공간을 웅웅 울렸다. 그러자 모두가 머리를 끄덕였다. 그들은 자신의 원고가 든 가방을 직접 들고(황궁 시종이 전부 놀랐다), 번쩍번쩍한 대리석 탁자 앞에 앉아있었다.

어려운 자리임에도 전원이 출석해 의리를 다졌다. 옷차림은 누구에게도 뒤지지 않을 만큼 호사스럽건만 면면이 다소 불안해 보였다. 시종들은 질서정연하게 들어와 다과를 놓아주고, 파시옹에 오신 것을 환영한다며 작은 꾸러미를 하나씩 선물했다. 상자를 묶은 라일락색 리본엔 다음과 같은 문장이 금실로 새겨져 있었다.

'품격 있는 취향을 위하여. - F. R.'

…파시옹의 소모임을 격려하는, 폐하의 전언과 하사품이었다. 회원들의 얼굴이 한결 어두워졌다. 시종 몇몇이 갸우뚱했다. 이런 반응은 처음이었다.

"저는 어머니 따라 가끔 왔었는데, 그래도 긴장돼서 야단이네요. 베레니스 공녀는 좀 낫지 않으세요?"

'고모님이 시종장님이시잖아요. 자주 드나드셨을 것 같아요.'

어느 공녀가 다정히 말을 붙였다. 베레니스는 간신히 입꼬리를 올리며 머리를 내저었다. 고모와 그녀는 무척 가까운 사이였고, 지금보다 어릴 적엔 뻔질나게 궁을 오간 게 사실이지만…

궁연에 가입한 후로는 입궁하기가 줄곧 껄끄러웠다. 상상과 현실이 다를까 봐 무서워서였다. 그녀는 먼발치에서 보는 귀인들이 제일 좋았다. 그래서 혼담 이야기가 나왔을 때도, 눈물이 찔끔 날 만큼 싫었다.

소공작인 언니는 '제국 최고의 신랑감 1위' 설문지를 보여주며 자신을 북돋워 주려 애썼다. 하지만 그녀는 아무것도 몰랐다. 태자 전하는 자신이 아니라, 크리스텔 경과 달아나 무뚝뚝한 양치기로 살아가는 게 훨씬…

"기다리게 해서 죄송합니다. 안녕하세요."

움찔! 듣기 좋은 미성이 사교실에 울려 퍼졌다. 회원들이 기겁하여 허둥지둥 자리에서 일어났다. 베레니스는 온 세상이 달팽이처럼 느리게 움직이는 환각을 보았다. 문의 아득한 저편에서, 눈을 뜰 수 없을 만치 강렬하게 빛나는 광원이 걸어오고 있었다.

경망한 태도인 걸 알면서도 스르륵 벌어지는 입을 다물 수가 없었다. 심장이 쿵쿵 뛰고, 머릿속이 어질어질하고, 이게 꿈인지 생시인지 분간조차 가지 않았다. 식은땀이 흐르는 동시에 목이 바짝바짝 탔다. 지금 눈앞에, 그녀가 가장 좋아하는 유명 인사가…

-털썩!

"아!"

마수 가죽 가방이 힘없이 바닥으로 추락했다. 베레니스는 깜짝 놀라 허리를 숙였다. 귀하신 분 앞에서 이게 무슨 무례란 말인가. 마땅히 최고의 예를 갖추고 떠나실 때까지 바닥에 이마를 대고 있어야 하는데, 바보같이 멍하니-

"예쁘네요."

'저도 이렇게 생긴 가방을 메고 다닙니다.'

날개 잃은 천사의 말이었다. 주신의 성총이 깃든 섬섬옥수가 그녀의 가방을 가볍게 들어 올렸다. 귀신에게 홀리기라도 한 듯 공녀의 시선 또한 천천히 올라갔다. 현실감이 전혀 없는 광경이었다. 엄마…

"예서 페네티안이라고 합니다. 만나서 반갑습니다."

대주교 정복 차림에 화려한 다이아몬드 귀걸이를 한 왕자님이, 그녀를 보며 눈매를 휘고 있었다.

6.

형 믿지?

베레니스의 외양에 관해서는 미리 설명을 들어 알고 있었다. 책을 읽을 때는 안경을 쓴다고 들었는데, 오늘은 맨눈이었다. 나는 그녀의 가방을 건네며 실쭉 입꼬리를 올렸다.

"여기 있습니다."

입술에 뭘 발라서 괜히 어색했다. 조금 전 크리스텔은 작은 단지를 꺼내더니, 약지에 연지를 찍어서 내 입술을 톡톡 두드렸더랬다. 그것만으로도 숨이 넘어가는데 그다음엔 입가로 냅킨을 내밀었다. 나는 벌게진 얼굴로 멍청히 눈을 끔뻑였다.

'앙, 한 번 무십시오.'

'그러면 지워지지 않습니까?'

'아이. 저를 믿고 앙.'

그래서 또 덥석 물었다. 주인공님이 강조하시면 듣는 게 나았다.

"저는, 저는…"

나는 빠르게 회상을 떨쳐냈다. 어린 공녀는 나를 보고 무척 당황한 눈치였다. 눈가와 뺨이 당장이라도 울 것처럼 붉었고, 간단한 문장조차 만들어 내지 못했다. 대주교 정복 차림에 주교관까지 눌러쓴 나를 보고 위압감을 느낀 듯싶었다. 역시 평범하게 입고 올 걸 그랬나 싶어 미안했다. 태자도 간만에 내 편을 들었는데.

"송구합니다, 왕자님. 이쪽은 멘디 공작가의 차녀인 베레니스 공녀입니다. 낯을 많이 가리는지라…"

모임의 대표로 보이는 남성이 난감하게 웃으며 허리를 굽혔다. 베레니스는 그제야 내게 더듬더듬 예를 차렸다. 두 사람을 시작으로 회원들이 한 명씩 자기소개를 했다. 타인의 얼굴과 이름을 빨리 연결 짓지 못하는 편이지만, 오늘은 최선을 다해보기로 했다. 그들의 인사가 끝날 즈음,

-등장 좋습니다. '줄리엣', 제 목소리가 잘 들리시면 오른팔을 들어주세요.

귀걸이 모양 마도구에서 크리스텔의 맑은 음성이 들렸다. 귀를 뚫은 적이 없어 걸치는 형태의 장식이 필요했는데, 마침 프랑수아 후작이 도움을 주었다. 자연스레 삐걱거리며 오른손으로 뒷머리를 쓸었다.

그러자 크리스텔이 귓속에서 '로저 댓Roger that' 하고 대뜸 영어를 뱉었다. 나는 웃음을 참으려 기를 썼다. 알아들은 티를 내면, 아니지. 내가 다른 이의 말을 듣고 있다는 것부터 들켜서는 안 됐다. 내 암호명이 줄리엣이 된 건, 왕자의 이름이 J로 시작한다는 이유에서였다. 참고로 크리스텔은 '찰리'였다. 어찌나 할리우드 영화를 많이 봤는지, 그녀는 나토 음성 문자를 아주 달달 외우고 있었다.

-지금까지 지령 없이도 너무 잘하셨어요. 이대로 쭉 가보겠습니다. 오버.

-끼아

크리스텔 옆에 데미(암호명 '델타')도 있는 듯했다. 나는 키득거리지 않으려 입술을 말아 물었다. 마지막으로 나와 동행한 에바(암호명 '에코')가 예를 갖추었다. 아이는 언제나처럼 왕창 사랑스럽고, 눈송이 같은 털이 복슬복슬 달린 공단 드레스를 빼입고 있었다.

"저는 에바 블랑케르입니다. 블랑케르 공작가의 소가주예요. 왕자님의 친구로서 함께 왔어요."

"와아."

회원들 사이에서 탄성이 터져 나왔다. 어른이 가면 분위기가 어려워진다며 에바가 전략적으로 자원한 건데, 생각보다 반응이 좋았다. 나는 피식하며 손짓했다.

"일단 앉으시죠. 리에스테르의 트루바두르 여러분을 뵙게 되어 영광입니다."

"아…"

그렇게 말했더니 이번에는 모두 낯빛이 굳었다. 곧장 혀를 깨물었다. 말실수했나? 하지만 나도 예습 좀 했는데. 〈격주간 리에스테르〉에 의하면, 제국에서 문학을 즐기는 귀족치고 트루바두르troubadour라는 별명을 싫어하는 이는 없다고 했다. 게다가 독서 모임 '궁정풍 연애'에선 창작 활동도 꾸준히 한다고 들었다. 그러면 음유시인 맞지 않아?

"…저희야말로, 고귀하신 분의 초청에 몸 둘 바를 모르겠습니다.

가문의 영예로 삼겠습니다."

그렇게 말한 회장이 거듭 내게 인사했다. 일동이 따라서 웃으며 '감사합니다', '고맙습니다' 했다. 에바가 나를 올려보고는 턱을 까닥였다. 문제없다는 뜻이었다. 아무래도 내 지위가 높아서 긴장한 것 같지?

"주신께서 여러분의 생애에 기뻐하시기를."

나는 분위기를 풀고자 대축일 기간 인사를 건넸다.

"맙소사, 기뻐하시기를."

"망극합니다."

그랬더니 회원들이 손수건으로 입을 가리며 좋아했다. 드디어 안색이 밝아져서 마음이 놓였다. 기왕 성스럽고 빡세게 입었으니 이쪽으로 노선을 잡는 것도 괜찮을 듯싶었다. 나는 에바에게 의자를 빼주고, 따라 들어온 뱅자맹(암호명 '브라보')의 도움으로 느릿느릿 착석했다.

중년인은 내 사제복이며 가운의 주름을 촘촘히 펴주고 뒤로 물러났다. 테이블 위 진한 팬지꽃차 향이 코끝을 간지럽혔다. 보랏빛 찻물에 노란 꽃송이가 금별처럼 총총 떠있었다. 옆방에선 희미한 첼로 소리가 들렸다. 저 모임은 음악적 취미를 공유하나 보네.

"으음."

…이제 뭐라고 하지? 나도 모르는 사람과 빨리 친해지는 덴 소질이 없었다. 곁자리의 베레니스가 나를 빤히 보는 게 느껴졌다. 그러자 우리의 소공작이 냉큼 나섰다.

"다들 어떤 도서를 즐겨 읽으시는지 궁금해요. 매주 다른 책을 주제로 삼으십니까?"

뉘 댁 따님인지 아주 똑소리가 났다!

"네. 저도 독서를 좋아해서 여러분을 뵙고자 했습니다. 실례가 되지 않는다면요."

내가 이때다 싶어 말을 얹자, 다들 일제히 고개를 저으며 '전혀 실례가 아니다', '지금 정말 행복하다'라고 앓는 소리를 냈다. 어디가 편찮으신 것 같은데 좌우간 괜찮다고 하니 다행이었다.

나는 멋지게 말을 꺼낸 에바가 기특해서, 아이의 접시에 가장 큰 가토 모카 조각을 대령했다. 장미 모양 모카 크림을 잔뜩 얹은 케이크는 딱 에바 취향이었다. 소공작이 양다리를 동당동당하며 히죽거렸다.

"…"

회원들은 잠시 혼란스러운 시선을 교환했다. 그중 어느 공녀가 기어들어 가는 목소리로 말을 꺼냈다.

"저희는 주로… 염정 소설을 다룹니다."

"저도 연애 소설 좋아합니다."

내가 재깍 대답했다. 이런 말엔 늦게 반응하면 안 되지.

"제 친구들도 즐겨 읽고요. 요즘은 《이성과 감성과 신성》을 재독하고 있습니다."

"오!"

"태자님은 관심 없으신 것 같지만, 등장인물 이름을 전부 아시더라고요. 혼자 몰래 읽으시는 걸지도 모르겠습니다."

가볍게 농담했더니 좌중이 까르르 웃음을 터뜨렸다.

'명작이지요, 아무렴요.', '금주 연재분도 굉장했어요.'

적극적인 대답까지 쏟아졌다. 베레니스도 작게 웃었다. 이제는 내가 덜 무서운가 보다. 귓가에서 크리스텔이 목을 울렸다.

-소질 있으신데요? 공녀도 표정 좋습니다. 오버.

그러고 보니 우리 얼굴까지 확인하고 있잖아. 프랑수아는 대체 뭘 만든 건데? 이런 남자가 세작이 아니라니 주신의 은총이었다.

"왕자께선 '이감신'에서 누굴 제일 좋아하시는지요?"

나보다 훌쩍 어른스러워 보이는 공녀가 물었다. 뱅자맹도 듣고 있으니 말을 신중하게 골라야 했다. 좋아하는 인물이라. 읽으면서 딱히 그런 생각은 안 해봤는데.

"글쎄요. 내용이 워낙 흥미롭고 손에 땀을 쥐게 하다 보니, 인물을 개별적으로 짚어보진 못했습니다. 세 주인공끼리 한창 갈등이 심할 무렵엔 제인 편이었습니다. 아마 제인 아닐까요?"

"아아…"

"제인 좋아하시는구나. 이감신은 제인."

베레니스가 쪼그맣게 중얼중얼했다. '궁연'의 모두가 다시 차분해졌다. 나는 공녀와 살짝 눈을 맞추었다.

"공녀께서는요?"

"왕자님요."

"예?"

"헉."

그녀는 다급히 양손으로 입을 가렸다. 보아하니 내가 질문을 이상하게 한 것 같았다. 공녀 역시 눈썹이 구깃구깃해지고 뺨도 빨갛게 익었다. 회원들 사이로 잔물결이 퍼져나갔다. 바로잡을 기회를 주고자 다시 물어보려는데, 이번엔 귓가에서 엘리자베트 경의 목소리가 울렸다.

-줄리엣, 응답하십시오. 여기는 '마이크'.

응답을 어떻게 해요! 아무리 군인이라지만 이렇게 적응을 잘한다고?

-더 묻지 않고 넘어가셔야 합니다. 곱게 웃어주십시오.

아니, 애가 당황해서 울려고 하는데요… 여기서 웃으면 나만 나쁜 놈 되는 거 아닙니까?

-다음은 에코에게 맡기시죠. 확인.

"저도 이감신 좋아해요. 히스클리프 대공자만 보면 열불이 나지만, 그게 바로 잘 쓴 글이라고 크리스텔 경이 그러셨습니다. '어그로'? 그게 훌륭하대요. 아무튼 오늘은 그것보다 좋은 기회가 있다고 해서 온 겁니다."

따로 신호를 받은 에바가 불쑥 끼어들었다. 가인 씨가 또 꼬맹이한테 이상한 단어를 가르친 모양이었다. 어리고 또랑또랑한 발언에 모든 시선이 아이에게 쏠렸다.

나는 어쩔 수 없이 베레니스에게 미소만 지어주고 시선을 뗐다. 꺼질 듯한 한숨 소리가 이어졌다. 소공작은 케이크 찌르던 포크를 내려놓고, 냅킨으로 입가를 정리하더니 야무지게 말을 이었다.

"제가 듣기로, 궁연은 매주 글을 써서 공유하고 서로 조언도 해주신다던데요."

"…그렇습니다."

회장 청년의 음성이 어째 침통하게 들렸다.

"제국인의 모험을 다루는 멋진 무훈시도 있고, 애정시도 창작하신다고요."

"무훈시…"

"괜찮으시면 우리에게도 들려주실 수 있나요?"

그랬더니 분위기가 아주 무거워졌다. 이내 어려 보이는 공자가 손을 들었다. 표정이 필요 이상으로 진지했다.

"그런 내용이 있기는 합니다. 멘디 공녀의 《얼음과 불의 노래》이 대단한 모험담입니다. 한 번 들으면 일주일을 곱씹게 되는,"

"안 됩니다!"

흠칫. 베레니스가 기겁하며 자신의 가방을 꼭 끌어안았다. 당장이라도 자리를 박찰 것처럼 필사적인 눈빛이었다. 아까 떨어뜨렸던 짐에 원고가 들어있는 듯싶었다. 나는 공녀를 안심시키고자 머리를 저었다.

"억지로 보고 싶은 마음은 없습니다. 걱정 마세요."

"…"

"그나저나 작품 제목이 아주 근사하네요."

내가 최대한 부드럽게 덧붙였다. 모르긴 몰라도 일곱 시즌짜리 드라마로 제작하면 대박이 날 것 같았다. 공녀는 졸린 듯 멍한 표정으로 나를 바라보았다. 바로 그때였다.

"왕자께서 허하신다면… 감히 저의 부족한 글을 낭독해 보겠습니다."

"회장님!"

"오, 주신이시여."

"저희를 이리 밝은 곳으로 끌어올려 주셨으니, 마땅히 은혜를 갚아야 한다고 생각합니다."

회장이 몹시 비장한 낯으로 선언했다. 누가 보면 그가 홀로 모임의 죄를 뒤집어쓰고 골고다라도 오르는 줄 알겠다. 나는 벌떡 일어난 청년을 보며 얼떨떨하게 고개를 끄덕였다. 밝은 데로 나오게 해 줬다는 건 무슨 뜻이지? 원래 모이는 장소가 좀 어두웠나? 다들 부유한 집 자제분일 텐데…

"제목은 《은색 방울꽃》입니다. 물의 힘을 지닌 황녀… 에니드. 그리고 뛰어난 검사 황제… 에레크. 두 사람의 치정을 다루고 있습니다."

−미친.

−푸흡!

−끼이?

귓전이 단숨에 혼잡해졌다. 나는 놀라서 입을 이응 자로 벌렸다.

"참고로 작중에서 둘은 피가 섞이지 않은 가족입니다. 크… 에니드가 태어나자마자 진짜 황녀와 뒤바뀌었기 때문입니다."

"와."

출생의 비밀이 얽힌 금단의 사랑이라니. 나는 눈을 빛내며 찻잔을 꾹 쥐었다. 이건 답 없는 삼각관계에, 근데 이제 신분 차이를 곁들인 이감신만큼이나 간간한 막장이었다. 줄거리가 너무 흥미로워서 베레니스보다 회장에게 더욱 눈길이 갔다. 소개를 들은 회원들의 안색이 다시 밝아졌다. 내 반응이 어떨지 걱정했나 보다.

"그럼… 제1장부터 낭독을 시작하겠습니다."

"네. 잘 부탁드립니다. 기대되네요."

내가 활짝 웃으며 고개를 주억였다. 눈이 마주친 에바는 대경실색을 하고 있었다. 하기야 열여섯에게는 너무 자극적인 소재였다. 지금 내보내야 하나?

"'이것은 은색으로 빛나던, 그리고 물방울로 부서진 두 존재에 관한 이야기다.'"

오오. 분위기 있다. 비극적 결말이 예상되는 인트로…

-왕자님.

크리스텔이 심각하게 나를 불렀다. 잠시만요. 이것만 듣고요.

-예서 왕자님.

베레니스도 지금 집중하고 있습니다. 이게 다 친해지는 과정이에요.

-골프 입장.

움찔. 방금 그건 세드리크 태자의 저음이었다. 나는 눈을 동그랗게 뜨고 화다닥 뒤를 돌았다. 입구에서 대기 중이던 뱅자맹이 나를 향해 발을 떼는 순간-

"전하."

"요한 경?"

암호명 '골프'. 공기 속성의 추기경이, 소리 소문 없이 파시옹 궁 사교실에 나타났다. 그는 평소처럼 고급스러운 옥빛 코트를 걸치고, 목에는 단아한 백색 크라바트를 매고 있었다. 예고를 들었건만 갑작스러운 등장이 당황스럽긴 매한가지였다. 그를 본 궁연의 회원

모두가 기나긴 한숨과 신음을 토해냈다. 가방에서 부채를 꺼내 드는 이도 보였다. 베레니스는 이제 쥐 죽은 듯 조용해졌다.

"무슨 일 있습니까? 지금 분위기는 괜찮은데요…"

내가 소곤거리자 성기사는 부드럽게 허리를 숙였다. 하얀 머리칼 몇 가닥이 고아히 흘러내렸다.

"〈격주간 리에스테르〉가 긴급 호외를 발행했어요. 경계의 신전에 관한 소식이에요."

'폐하와 저의 정보원이 이중으로 확인했죠.'

낮은 속삭임엔 바깥의 눈바람 내음이 묻어있었다. 소식을 듣자마자 이곳으로 온 게 분명했다. 태자의 혼사를 미루는 것보다 더욱 긴요한 일. 내가 당장 알아야 하는 정보.

"교황청 총대리가 양국 사이의 중재를 원하고 있어요. 리에스테르 황족을 정식으로 초청했고요."

순간 머릿속에 번쩍하고 번개가 쳤다! 이건 정말 예상치 못한 전개였고, 어찌 보면 대단한 희소식이었다. 나는 떨리는 시선으로 태사를 바라보았다. 민트색 눈동자가 청록빛으로 어두워졌다.

"'소원의 성반' 앞에서 평화를 맹세하자는 제안이에요."

…잠깐. 성반의 신실神室에 들어갈 수 있다고?

* * *

베레니스는 눈을 깜빡였다. 심장이 이상했다.

-콩닥, 콩닥, 콩닥

"…"

그녀의 작고 건강한 기관이, 아까와는 완전히 다른 방식으로 뛰고 있었다. 천상의 하프처럼 고운 음성이 곁에서 속삭임을 이어갔다.

"폐하께서 귀족원을 소집하실까요?"

"아직 계획은 없으신 듯해요. 하지만 만약 궁을 비우시게 된다면…"

헤인스 경이 답했다. 공녀는 천천히 고개를 돌려 '궁정풍 연애' 회원들을 살폈다. 고급 공책을 손에 든 채, 황제 폐하와 크리스텔 경의 이야기를 낭독 중이던 회장. 갑작스러운 손님의 등장에 놀란 얼굴들.

그 유명한 태사를 만났다는 기쁨이 엿보였지만 그뿐이었다. 누구도 자신처럼 기묘한 간지럼을 느끼는 것 같지는 않았다. 그녀는 아득한 낯으로 다시 요한 헤인스를 바라보았다. 가방을 끌어안은 팔에 절로 힘이 들어갔다. 그는 몹시 어른스럽고 관능적이었다. 까닭 모를 갈증이 일었다. 너무 근사했다.

"…그러면 바로 나가실 수 있게 준비하죠."

"고맙습니다, 요한 경."

인간을 사랑하여 지상에 떨어진 주신의 천사가, 보랏빛 눈동자를 휘며 답했다. 그러자 헤인스 경이 우아하게 묵례하고는 두어 걸음 뒤로 물러났다. 베레니스는 그에게서 겨우 시선을 떼어냈다. 태어나 이런 경험은 처음이었다.

여전히 왕자님을 보면 행복하고, 이토록 아름다우신 게 감사해서 눈물이 날 것 같고, 밥을 먹지 않아도 배부르지만… 이건 그것과 너무나도 판이한 감정이었다. 혼란스러웠다. 때 이른 민들레 홀씨가 허파에 가득 찬 기분이었다.

"정말 죄송합니다, 궁정풍 연애 여러분. 저는 일이 생겨 먼저 일어나야 할 것 같습니다."

이윽고 그녀의 왕자님이 미안한 얼굴로 말했다.

"아…"

베레니스는 몸을 떨며 새로운 감각에서 헤어 나왔다. 단꿈은 비정하게도 몹시 짧았다. 만난 지 한 시간도 되지 않았는데, 벌써 그녀의 그랑 마르니에 수플레를 보내주어야 했다. 공녀는 울지 않고자 노력했다. 열여덟 인생은 희비극의 연속이었다.

"아닙니다, 왕자님. 저희를 파시옹 궁에 들여주신 것만으로도 감읍할 따름입니다."

회장이 무척 안도한 낯으로 책자를 덮고 예를 차렸다. 다른 회원들도 '마음 쓰실 것 없다', '인연이 닿아 또 뵐 수 있기를 앙망한다'라며 정중히 인사했다. 한 떨기 튤립 같은 왕족 신관이 자리에서 일어나자 시종이 다가와 의자를 빼주었다.

에바 블랑케르 소공작은 당황한 눈치였으나, 이내 왕자님의 에스코트를 받아 새침하게 섰다. 베레니스는 진심으로 그녀가 부러웠다. 자신도 예서 왕자님의 동생 같은 존재가 될 수 있다면 얼마나 좋을까. 왕자님은 어떻게 이름도 예서일까?

"이곳은 오늘 하루 제가 빌렸으니, 여러분은 종일 있다 가셔도 됩니다. 때맞춰 식사도 준비해 드릴 거예요."

"황송합니다."

앞으로 나아온 회장이 왕자님의 손등에 입을 맞추었다. 베레니스는 마지막으로 그에게 아무 말이라도 하고 싶었다. 어떻게든 그의 기억에 남는 이가 되고 싶었다. 하지만 동시에, 바보 같은 소리를 해서 그에게 이상한 사람으로 각인되고 싶지도 않았다. 아쉬움과 안타까움으로 속이 바싹바싹 탔다. 어떻게 해야…

"모쪼록 즐겁고 유익한 시간 보내시기를 바랍니다."

"어디가 불편하신가요, 마드무아젤?"

그때, 성기사가 연풍 같은 목소리로 베레니스를 불렀다. 그녀는 깜짝 놀라 입을 벙긋거렸다. 예상치 못한 배려에 다시금 심장이 쿵 덕쿵덕했다. 그에게 심박이 들릴까 봐 걱정스러울 지경이었다. 처진 눈동자가 그녀를 반듯이 응시하고 있었다.

"아뇨, 그런 게 아니라…"

"태의를 불러드릴까요?"

그랬더니 왕자님이 저를 보며 다정하게 말을 걸었다. 일순 눈앞이 일렁거렸다. 진정한 주신 강림 대축일의 기적이 일어나고 있었다. 지금 이 순간, 지금 여기. 그것도 자신에게.

"괜찮습니다. 정말이에요. 그냥 왕자님을 뵌 게 너무 좋아서, 벅차서요."

그녀는 후회 없이 후다닥 답을 올렸다. 하고 싶은 말은 다 했다!

"하하하. 다행이네요. 저도 공녀를 만나서 기뻤습니다."

'혹시 몸이 불편하시면 언제든 종을 울려주세요. 제가 부탁을 해 두고 가겠습니다.'

왕자님은 믿을 수 없을 만큼 청순한 미소를 지어 보이더니, 세상에서 가장 상냥한 말과 눈인사를 남기고는 천천히 멀어졌다. 베레니스는 영혼이 빠져나가는 듯한 감각을 느끼며 그의 뒷모습을 꼼꼼히 눈에 담았다. 어쩜 사람이…

"그럼."

그리고 헤인스 경이, 마지막으로 그녀에게 눈웃음을 보내고 돌아섰다. 또 철렁했다. 알아서는 안 되는, 아주 위험한 마음을 알아버렸다는 직감이 들었다. 일동이 착석하고 시종들이 의자를 정리해 주는 동안에도, 베레니스는 우두커니 서서 입구를 바라보았다. 아슴아슴한 잔몽이 그녀의 머릿속을 휘돌았다. 속절없이 가슴이 울렁거렸다.

"공녀님. 필요한 게 있으십니까?"

핫.

"아니에요. 고마워요."

베레니스는 친절한 시종에게 손을 내저은 뒤, 다소곳이 자리에 앉았다. 저택에 돌아가면 곧장 일기를 쓰겠다고 마음먹었다. 아니지, 오늘을 기념하는 그림을 주문할까?

그동안 모은 용돈에 연금을 보태면, 조안 드 아스 남작님의 작품도 소장할 수 있을 터였다. 하지만 그분에게 의뢰하면 대기표를 받아도 1년은 기다려야 한다던데…

"이것은 현재 황궁 밖에 뿌려진 호외입니다. 귀한 손님들께도 한 장씩 올리겠습니다."

-팔랑

베레니스는 화들짝하며 눈앞에 놓인 종이를 보았다. 짧은 설명이

서브 남주가 파업하면 생기는 일 6

이어졌다.

"클레르 광장 속보대에도 붙은 내용입니다."

어찌 황궁에서 이런 것을 주시나 했는데, 생각해 보니 여기는 '황제의 살롱'이라 불리는 파시옹이었다. 폐하의 지원으로 온갖 소모임과 야회가 열리는 곳인 만큼, 바깥소식에도 민감하게 반응하는 모양이었다. 복도에는 〈격주간 리에스테르〉와 최신 교양서가 줄지어 놓여있었다. 이상할 게 없었다.

"…맙소사. 별일이 다 생기네요."

"어찌 생각하십니까, 회장님? 폐하께서 친히 국경을 넘으실까요?"

"글쎄요. 정세 안정에 한창 힘쓰고 계시는데 쉬이 떠나실지…"

먼저 내용을 확인한 회원들이 술렁거렸다. 베레니스는 가방에서 안경을 꺼내 쓰고 서둘러 기사를 읽었다. 누런 종이는 크고 작은 글씨와 삽화로 빽빽했다.

'호외! 호외!'

'교황청 총대리 로날트 뤼퍼르트, 제국-신국 긴장 완화 나서'

'파격적 평화 협상 제안!'

'교황 없는 신전, 사실상 '유명무실'…강제력 부족'

'뤼퍼르트 총대리(68)는 페네티안 신국 출신의 추기경으로, 현재 공석인 교황을 대신하여 경계의 신전과 중립 지대를 관장하는 고위 성직자다. 추기경들의 호선互選을 통해 선출된 지도자로서 성의회와 신앙 교리 성성을 이끌고 있으며…'

'…리에스테르 주교회의의 한 신관은, '총대리께서 기를 쓰고 충돌을 막으려 하시는 것 같다. 교황의 공석이 이토록 길었던 적이 없지 않나. 이대로 다시 동란이 나면 교황청의 존립 여부를 장담키 어려울 것'이라고 귀띔했다. 총대리가 신전의 마지막 존엄을 지키고자 소매를 걷어붙였다는 해석이다.'

어려운 단어와 심각한 문장이 무더기로 쏟아졌다. 하지만 궁연 회원들은 소위 '잘 배운 집 자식들'이었다. 대부분은 내용을 또렷이 이해했다. 베레니스의 왼편에 앉은 공자가 겁먹은 얼굴로 속닥였다.

"공녀, 정말로 전쟁이 날까요?"

"모르겠어요. 폐하께선 싸움을 싫어하시니까요. 총대리 전하도 중재하시려는 것 같은데요."

"하지만 어머니께서 그러셨습니다. 못해도 당한 만큼은 갚아줘야 한다고요. 그래야 제국의 위엄이 선다고 하시던걸요."

"맞는 말씀입니다."

둘의 대화를 듣던 어느 신사가 끼어들었다. 어느새 궁연의 주제는 비밀한 애정이 아닌 정치 문제로 바뀌어 있었다. 남자가 턱수염을 문지르며 점잖게 말을 이었다.

"제 조모님이 전장에서 직접 싸운 마법사이셨습니다. 그분께서 이렇게 말씀하셨지요. '인내가 과하면 체면이 깎인다'. 참고만 있다가는 우습게 보일 겁니다."

"허어…"

"저는 전투가 벌어지지 않았으면 합니다. 우리야 무력이 없는 일반인이라지만, 가까운 가족 중엔 마법사나 검사가 많이 계시잖아요. 그분들은 곧바로 전장에 나가셔야 할 거예요."

한 공녀가 소심하게 발언했다. 그러자 사교실이 찬물을 끼얹은 듯 조용해졌다. 전부 사실이었다. 베레니스는 동쪽 하늘에 커다란 구멍이 뚫리고, 골렘이 준동하여 어지러웠던 작년 가을을 떠올렸다.

그때 그녀는 난생처음으로 '군사 대비 태세'라는 것을 경험했다. 거리가 죽은 도시처럼 텅 비고, 온 황도엔 통금이 걸렸다. 황도 수비대는 고급 저택 지구까지 드나들며 눈에 불을 켜고 치안을 유지했다.

한동안 바깥사람은 코빼기도 구경하지 못했다. 저택에서만 지냈는데도 그즈음의 팽팽한 긴장감은 선연히 기억했다. 당장이라도 무엇이 잘못될 것만 같았던 분위기. 잠을 설치게 하던 불안감.

"예. 어쩌면 비극이 반복될지도 모르겠습니다."

회장이 무거운 목소리로 말했다. 베레니스는 그런 시간을 원치 않았다. 풍년의 상징이라고 좋아하는 이도 많았다지만, 영세한 평민들은 한동안 어려움을 겪었다고 들었다. 폐하께서 조속히 지원해주시지 않았더라면 상황이 얼마나 나빠졌을지 모른다고 했다. 아버지는 그게 바로 전쟁의 비극이라고 말씀하셨다.

"그러면… 태자 전하와 크리스텔 경도 나가시겠네요. 태사님도요. 신국의 성기사단을 상대하려면 최전방에 배치되실 수밖에 없을 거예요."

"맙소사."

어느 공자의 말에 모두가 하얗게 질렸다. 거기까지는 한 번도 생각해 본 적이 없었다. 한데 듣고 보니 필연적인 이야기였다. 세 분은 추기경 다음가는 대주교급 성기사였다. 후방에서 지휘만 하기에는 무력이 너무 강했고, 신국의 신력 공세를 막아내려면 이와 유사한 전력은 필수였다.

베레니스는 창백한 얼굴로 터뜨릴 듯 가방을 쥐었다. 갑자기 숨이 잘 쉬어지지 않았다. 세 분이 출정하신다면, 예서 왕자님도 그렇게 될 것이다. 그분은 두 성기사의 짝이시니까.

"…전쟁을 막을 수 있다면 좋겠어요."

그녀가 결연하게 말했다. 궁연 모두가 베레니스를 바라보았다. 자신에겐 아무런 능력도 없지만, 보탬이 되는 거라면 무엇이든 하고 싶었다. 아빠, 엄마, 훗날 공작이 될 언니. 영지민들. 그리고 눈에 넣어도 아프지 않을 왕자님. 그들이 무사하리라는 보장만 있다면, 백 일이든 천 일이든 새벽기도를 올릴 각오가 되어있었다. 그보다 고된 일도 기꺼이.

"예, 베레니스 공녀. 저도 공감합니다."

회장이 쓰게 웃으며 고개를 끄덕였다. 옆방의 콘트라베이스가 흐릿한 단조를 연주했다.

* * *

'소원의 성반'. 그걸 공개한단 말이지.

"지금 제일 중요한 게…"

나는 쥘리에트 궁으로 돌아오자마자, 정신없이 수첩과 서책을 뒤적였다. 솔직히 요한 경이 처음 속보를 전했을 때는 긴가민가했다. 무언가를 작당한 친구들이, 나를 사교실에서 빼내려고 농담이라도 하는 걸까 싶었다. 그런데 아니었다.

작전실로 돌아갔더니 엘리자베트 경은 이미 윗전에 불려 가고 없었다. 당연히 황태자와 프랑수아 후작도 부재. 남은 크리스텔과 다른 친구들만 엄청 놀란 표정이었다. 즉, 실제 상황이었다. 우리의 계획은 짤없이 파투 났다!

'왕자님, 폐하께서 중립 지대로 가실까요?'

'잘 모르겠습니다. 신전은 여기서 무척 멀다고 들었는데… 당분간 국내 상황에 집중하겠노라 하셨으니까요.'

'역시 그렇죠?'

크리스텔이 이마를 긁으며 미간을 찌푸렸다. 에바와 나는 그녀에게서 실물 호외를 받아 들고 차분히 읽어 내렸다. 사라 벨리아르 경 특유의, 중립적인 듯하면서도 날카로운 문장이 눈에 쏙쏙 박혔다.

'경계의 신전은 교황의 집이자 사실상 주신교의 총본산으로…'

'…양국의 황족과 왕족이 역사적인 회담을 가질 수 있을지 귀추가 주목된다.'

교황청. 내가 이토록 거대한 변수를 지금까지 고려하지 않은 까닭은 명백했다. 무려 100여 년의 수장 공백기. 여태 무슨 사건이 터져도 잠잠했던 그들의 태도. 그리고…

"왕자님, 차근차근하시지요."

"주교관을 벗겨드리겠습니다."

"어, 고마워."

뱅자맹과 가나엘이 나를 졸졸 따라다니며 가운을 받고, 사제복 탈의를 도와주었다. 그 뒤를 레서판다들과 뚝심이가 쫄쫄 묻어 다녔다. 나는 한 손에 호외를 쥔 채, 피에르의 협조를 얻어 티테를 포대기로 업었다. 하프물범이 '아우우' 하며 알은체를 했다. 그래, 형 오늘 엄청 바쁘지?

"오전에 수업 듣고. 점심 먹고 고해받고. 수업 참관 대신 소모임 자리 나갔다가."

내가 중얼거리며 창가에 섰다. 겨울 햇볕이 커다란 종잇장을 길게 비추었다.

'한편, 소원의 성반을 공개한다는 발표에 성직자들의 관심이 뜨겁다. 성반은 작년 3월에 있었던 도난 사건 이후 일부가 유실된 것으로 알려졌으나, 뤼퍼르트 총대리가 이번 성명에서 '신물이 우리 곁에 있다'라고 밝혀 이목을 끈 것.'

'아주 오랫동안, 신물은 신전 지하 미로를 통과하여 신실神室에 든 자만이 영접할 수 있는 것으로 전해졌다. 지난 도난 사건이 미제로 남은 이유가 여기에 있다. 누군가 지하를 드나든 자취나 기록이 전무했으며, 미로의 수호령이 살생을 저지른 흔적 역시 발견되지 않았기 때문.'

"…이제는 사막에 갈 궁리를 하고 있네."

한숨 같은 말이 흘러나왔다. 내게 내려진 힘의 원천. 나를 빙의시킨 고약한 물건. 만약 내가 성반에 닿을 수 있다면, 이번에야말로 집에 돌아갈 단서를 얻게 될지도 모른다.

* * *

물론, 사막으로 가겠다는 생각을 안 했던 건 아니다. 난 애초부터 엘리서를 만나기 위해 중립 지대로 떠나고자 했으니까. 다만 '너무 위험하다'라는 현실적인 이유로 그게 막혔다.

"으음…"

-끼응?

내가 테이블 앞에 앉아 신음하자, 벽난로 곁을 뒹굴던 레서판다들이 빙그르르 앞구르기 해 오뚝이처럼 한 마리씩 섰다. 티테는 요람에서 백설기가 된 지 오래였다. 타닥, 타닥… 겨울 끝자락의 난로가 따뜻한 소리를 내고 있었다. 벌써 해님도 쉬러 간 밤중이었다.

널찍한 휴게실 저편에선, 편한 옷을 입은 뱅자맹과 가나엘이 소일거리를 하며 앉아있었다. 나는 피식 웃고 수첩을 내려보았다. 이리 콩, 저리 콩. 뚝심이가 흩어진 호외와 파지 위를 바지런히 폴짝거렸다.

"이번엔 절대 물러서면 안 돼."

-삐

결연한 말에, 꼬마 새도 단호박처럼 마주 울었다. 나를 노린 세 번째 살해 시도가 12월이었다. 지금은 2월이다. 제국 정세와 치안에 혼란을 주지 않기 위해, 나는 한동안 황궁을 벗어나지 않는 쪽을 택했다. 리에스테르 신민들이 봄맞이로 바빠질 때까지는 얌전히 있는 게 좋을 듯싶었다. 그래서 스승님이 나를 보낼 수 없다고 하셨을 때도 받아들였다. 산트 편에 서신을 부치면 될 거라 스스로 타협도 봤다. 그런데 말이지.

"이건 진짜. 성반을 직접 볼 수 있는 유일한 기회 같거든."

내가 굴뚝새와 눈을 맞추고 소곤거렸다. 신물은 조용히 숨 쉬며 나를 바라보았다.

"또 언제 가까이 가보겠어. 원래는 교황만 만질 수 있는 거잖아."

-뻬이

'소원의 성반聖盤'. 그건 내가 퇴계공에 빙의한 이래 줄곧 골치였다. 나와 최초의 접점이 생긴 건, 신물 도난 소식이 제국에 닿았을 무렵이었다. 나는 그날 엘리자베트 경을 처음 만났다. 그녀는 윗전의 명을 받아 나를 찾아왔고, 성반이 유실되던 시점에 내가 어디에서 무엇을 하고 있었는지 등을 물었다.

그즈음 예서 왕자가 경계의 신전을 지난 건 사실이었으니, 근거 없는 심문은 아니었다. 다만 그가 도둑질했다는 증거가 전무했다. 신전 보안이 워낙 철통같았고 목격담도 없었다.

'혹시 네가 '경계의 신전'에서 신물을 훔쳤니?'

'아뇨.'

결정적으로, 부티에 추기경이 고해 성사를 통해 나의 결백을 증명했다. 그렇게 사건은 어영부영 미제로 덮였다. 혐의 없음. 두 번째는, 봄 무도회 날 이자벨이 내게 전해준 정보였다.

'신국의 고위 신관들은, 신전의 신물이 '사라진' 것이 아니라 '쓰임을 다했다'라고 해석하고 있다더군요.'

'누군가 이미 그곳에 소원을 빌었고, 그 바람이 이뤄지면서 신물이 영구히 훼손되었다고 본다고 합니다.'

그때 나의 빙의에 관한 첫 단서를 얻게 됐다. 분명히 원작에서 사망한 왕자가 작품 초반으로 돌아와 깨어난 것. 내가 어마어마한 에테르를 발현한 것. 원작의 주요 맥거핀 '창해의 축복'이 초장에 쓰여버린 것. 크리스텔이 난데없이 초능력을 얻게 된 것. 이 모든 비틀림의 시작이 성반이었다. 그리하여 나는 하나의 결론을 내렸다.

'누군가가 '나'를 살리기 위해 그곳에 소원을 빌었고, 그 결과로 내가 빙의했다.'

그렇다면 내가 각성한 힘도, 아마 소원의 성반을 흡수한 영향이겠지. 이는 오래지 않아 사실로 확인됐다.

'-그대의 그릇에 담긴 것은, 주신의 섭정이 다스리던 물건입니다. 나는 그에 관해 조금도 아는 바가 없습니다.'

비렴의 방주 속 안내자인 '니키'는, 나의 심장을 가리키며 그렇게 말했다. 그로부터 며칠 후 성반은 자신의 위대함을 똑똑히 증명해 보였다. 신물의 권능은, 다량의 최상급 에테르를 공급하고 주변 사람의 꿈자리를 좋게 해주는 것뿐만이 아니었다. 녀석은 그보다 훨씬 무시무시하고 엄청난 일을 해낼 수 있었다. 하기야 작품 바깥의 나를 끌고 들어올 정도였으니.

'끄… 허윽.'

'예서. 크게.'

'꺼, 지라고…!'

두 번 다시 겪고 싶지 않은 끔찍한 경험. 온 세계가 나를 밀어내는 무서운 감각. 홀로 진공에 갇힌 듯 호흡하기 힘들고, 온몸이 부서질 것처럼 아프던 기억.

'-콰아아아아!'

이내 몸뚱이에서 금색의 빛줄기가 폭발했고,

'우욱! 쿨럭쿨럭! 콜록! 욱…'

정신을 차렸을 때는 눈앞이 온통 붉었다.

'ㅡ쿠구구구…'

당장이라도 무너져 내릴 듯 진동하던 하늘과, 아득한 먹빛의 '게이트'. 그리고…

'우리 집 베란다잖아.'

형과 정은서가 기다리는 곳. 엄마와 아빠의 흔적이 있는 장소.

'우리 집'.

나는 거기까지 생각하고 울컥하는 감정을 내리눌렀다. 뚝심이가 내 앞에 찰파닥 주저앉았다. 목소리는 더욱 작아졌다.

"너도 봤잖아. 내가 막 피를 쏟고 난리 났던 거."

ㅡ삐잉

"아무리 생각해도 재도전은 못 하겠어. 그랬다간 진짜 죽을 수도 있겠다 싶다. 뭔가… 그땐 억지로 게이트를 열었나 봐. 성반의 힘으로 가능한 일이긴 했는데."

'원래는 그러면 안 됐던 것 같아.'

내가 속닥였다. 당연히 뚜렷한 근거는 없었다. 그냥 그런 기분이 들었다. 그렇지 않고서야 그토록 거부 반응이 심했을 리 없으니까. 데미는 내가 성반의 주인이 되면 부작용을 극복할 수 있다고 믿는 모양이지만, 교황은 되고 싶다고 될 수 있는 게 아니었다.

오직 주신의 선택만이 새로운 교황을 세울 수 있었다. 추기경으로 한 단계 성장하면 어떨까 하는 생각도 해봤으나, 그 역시 토익 점수처럼 한 달 만에 딸 수 있는 게 아니었다. 성장에 5년이 걸릴지 30년이 걸릴지는 아무도 몰랐다. 요컨대 노력만으로 도달 가능한 목표가 아니라는 거다.

"그래도…"

−삐이

뚝심이와 나는 동시에 고개 숙여 수첩을 살폈다.

−소원의 성반

· 경계의 신전, 지하 미로의 신실에 위치

· 추기경급 이상의 교황청 성직자만 영접 가능

· 2천 년간 대중에 공개된 적 없음

· 교황만 다룰 수 있음

이번 호외는, 이만큼 까다로운 조건을 뚫을 일생일대의 찬스였다. 양국 간 긴장이 고조되자 로날트 뤼퍼르트 총대리가 일종의 회담을 제안한 것이다. 그게 빛 좋은 개살구가 될지 어떨지는 누구도 장담하지 못했다. 내게 중요한 건, '소원의 성반 앞에서 평화의 맹세를 하자'는 그의 권유였다.

한 번만이라도 좋으니 성반을 가까이서 보고 싶었다. 만나자마자 뿅 하고 집에 갈 수 있으리란 기대는 안 했다. 나는 어디까지나 조연이었고, 그런 대단한 물건이 다시 한번 나를 선택하고 어쩌고 하는 전개는 바라지도 않았다. 그냥… 작은 단서라도 좋으니까. 아주 사소한 힌트라도 괜찮으니까. 뭐든 받아 적고 기억할 테니, 잠깐이라도 들여다볼 수만 있다면.

"내일 폐하께 말씀드려 보려고."

–삐삐?

"원체 바쁘시잖아. 황태자를 대신 보내실 가능성이 커. 그러면 나도 묻어갈 수 있어. 친구들하고 카라반까지 한꺼번에 움직이면 안전할 거야."

–삐이이

"일석이조지. 엘리서도 만날 수 있고."

–삐이뽀오!

"너 대답이 왜 이렇게 불량하냐. 형 못 믿어?"

내가 검지로 녀석의 정수리를 쓸며 킥킥거렸다. 그랬더니 신물이 쪼그만 날개를 파닥이고, 노란 부리를 한껏 벌려가며 반항했다. 곰 곰이 생각해 보니 내 과실이었다. 식은땀이 삐질 흘렀다.

새를 상대로 '일석이조' 같은 말을 하다니!

–삐르르르!

"미안해. 형이 잘못했다. 인간이 잘못했어."

그때,

–똑똑

"왕자님. 헤릿 군이 왔습니다."

"아, 고마워."

시종 피에르가 손님의 등장을 알렸다. 나는 왼쪽 가운 주머니에 수첩을 찔러 넣고, 펄펄 뛰는 뚝심이를 오른쪽 주머니에 챙겨 일어 났다. 부리로 손가락을 무는데 하나도 아프지 않고 간지러웠다. 뱅 자맹과 가나엘은 차분히 뜨갯감이며 원고를 정리했다. 이어 문 너 머에서 자그마한 소년이 모습을 드러냈다.

"어서 와, 헤릿. 베개도 챙겨왔네."

"흐흥."

꼬마가 앙글방글하며 내게 절을 올렸다. 헤릿이 잠옷 차림으로 쥘리에트 궁에 온 이유는 간단했다. 언제든 와서 자고 가도 된다고 이야기했더니, 실행력 좋은 아이가 오늘로 날을 잡은 것이다. 친절한 뱅자맹이 헤릿의 로브를 받아주었고, 가나엘은 우유를 데워주겠다며 방을 나섰다. 피에르도 소년의 눈송이 같은 머리를 한 번 쓸어주고 돌아갔다.

원래 헤릿의 머리칼은 목덜미를 덮는 길이였는데, 환궁하고 보니 나와 똑같은 모양이 되어있었다. 듣자니 산트와 미용실에 다녀왔다고 했다. 나는 아이가 내복까지 잘 받쳐 입은 것을 확인한 뒤, 손을 잡고 침실로 걸어갔다. 보폭을 맞추니 오래 대화할 수 있어 즐거웠다.

복도엔 기어다니는 티테를 위한 고급 카펫이 깔려있었고, 잠에 취한 레서판다들이 그 길을 느릿느릿 따라왔다. 깨지기 쉬운 장식, 긁히기 좋은 가구는 전부 치운 지 오래였다. 애물단지 키우는 집이 다 똑같지, 뭐.

"아빠가 앞까지 데려다주셨어?"

끄덕끄덕.

"그랬구나. 밖에 춥지 않았어?"

도리도리. 역시 어린이는 몸에 열이 많은가 보다.

"약은 잘 챙겨 먹었고?"

"응…"

헤릿은 가끔 이렇게 목을 울려 소리도 냈다.

'기특하네. 바빴겠다.'

나는 활짝 웃으며 아이의 손을 흔들었다.

"삼촌이 자기 전에 책 읽어주면 어떨 것 같아?"

"헤헤."

그러자 선물 같은 함박웃음이 돌아왔다. 독서를 좋아하는 훌륭한 어린이였다. 방에 다다라, 나는 헤릿을 반짝 안아 들고 침대에 비스듬히 눕혔다. 아이는 뭐가 그리 좋은지 자꾸만 까르르 소리를 냈다. 가슴팍까지 이불을 올려주고, 가나엘이 가져다준 따뜻한 꿀 우유도 한 잔씩 나눠 마셨다.

자상한 뱅자맹은 머리맡 마법 조명을 제외한 모든 빛을 꺼주고 나갔다. 뚝심이가 자신의 침대에 종종 앉는 동안, 헤릿은 오늘 있었던 일을 종이에 써서 내게 보여주었다.

'태자 전하가 또 용돈을 주셨어요. 황금이 잔뜩 있어요.'

그놈 자식. 애 경제관념 버려놓을까 걱정이다.

"아빠한테 맡기고 있어? 헤릿 어른 될 때까지는 아빠가 보관해야 하는 거 아닐까?"

'크리스텔 고모가 그러면 안 된대요. 나중에 못 돌려받는대요.'

'이자가 없고 원금 보장도 안 된다고 했어요. 무슨 뜻인지 모르겠어요.'

…인제 보니 커플이 쌍으로 문제다. 나는 욱하는 마음을 겨우 가라앉히고 아이의 머리카락을 정리해 주었다.

"삼촌은 헤릿 믿어. 잘 모으고 아껴서 좋은 데 쓰겠지."

"흐흐흥."

꼬마가 쑥스럽게 웃으며 고사리손을 놀렸다.

'다비드 님이 꼭 제후국 화폐를 사라고 하셨어요. 나중에 많이 오를 거래요. 그건 어디서 팔아요?'

'오르면 어떻게 돼요?'

주신 맙소사다. 눈앞이 아찔했다. 나는 결국 읽어주려던 책《성기사를 좋아하세요...》를 덮고, 아이와 올바른 경제생활에 관해 이야기했다. 투자가 나쁜 건 아니지만, 아직 열 살인 헤릿은 돈을 쓰는 법보다 돈의 생리에 관해 먼저 배워야 한다는 생각이 들었다. 한참을 조곤조곤 말하다 고개를 돌리자…

"아이고, 자네."

"…"

아이가 새근새근하며 꿈나라로 가있었다. 발치에서 동그랗게 꼬리를 만 레서판다 삼총사도 함께였다. 나는 헤릿의 손에서 조심스레 종이와 펜을 빼내고, 몸을 바르게 누이고, 이불도 목 끝까지 덮어주었다.

마지막으로 조명을 끄고 눕자 부스스 깨어난 데미가 내 품을 파고들었다. 금세 조그마한 온기에 둘러싸였다. 그랬더니 별 이유도 없이 코끝이 찡해졌다. 밤이라서 그런가.

"…형이 만약 돌아가게 되면, 꼭 먼저 이야기할게."

내가 천장을 향해 속삭였다. 차마 아이들의 얼굴을 보고 말할 자신은 없었다.

"다 털어놓을 거야. 숨기는 거 없이."

당연히 돌아오는 반응은 없었다. 나는 내가 이렇게 비겁한 놈인 줄 처음 알았다. 듣는 사람이 없으니 어려운 말도 술술 나왔다.

"한 명도 안 빼놓고 인사하고 갈게. 사과도 하고. 그동안 속인 거."

용서받지 못하더라도, 그동안 이들을 기만한 죄는 당연히 고백해야 했다. 그럴 기회가 온다면 말이다. 내가 성반을 실물로 접하고, 그것이 내게 유의미한 도움이 되어서. 그래서 언젠가 집에 갈 수 있다면. 나는 가만히 눈길을 돌렸다.

헤릿과 데미의 작다란 배가 어둠 속에서 오르락내리락했다. 고요한 숨결이 침실을 맴돌았다. 간신히 올린 입꼬리가 뚝 떨어졌다. 참 이상하지. 어느 때보다 방이 꽉 찼는데, 꼭 혼자 외딴섬에 떨어진 기분이었다.

"…잘 자."

봄이 오려고 그러나.

* * *

토요 만찬은 평소처럼 진행됐다. 플로리앙 멘디 공작과 베레니스 멘디 공녀도… 예정대로 참석했다. 하지만 착각은 금물이었다. 세드리크 태자의 맞선을 목적으로 하는 자리는 아니었으니까!

-달그락, 달그락…

"총대리가 신국 편이 아니란 보장은?"

"없어. 하지만 지금까지 보여준 행보는 중립에 가까워. 나는 그 사람이 노력파라고 생각해."

"흥. 태사는 어찌 생각하지?"

은식기 부딪히는 소음과, 어른들의 진중한 말소리가 두런두런 만찬장을 울렸다. 극한의 효율주의자인 프레데리크 황제는, 1. 밥을 먹는 동시에 2. 술도 마시고 3. 국정을 논의하며 4. 아들 녀석 패거리도 볼 수 있다면 약속을 취소할 이유가 없다고 판단한 듯했다.

그래서 가까운 대귀족 중 하나인 멘디 공작도 그대로 불러들였다. 나는 흘금흘금 어른들 눈치를 보며 밀크셰이크를 꼴깍였다. 커스터드애플이 들어가서 달콤하고 시원했다. 언제 말씀드리지.

'댁의 아드님을 사막으로 보내주십시오.', '저도 같이 가게요.'

"…"

그러다 베레니스 공녀와 눈이 마주쳤다. 어제 봤으니 딱 하루 만이었다. 내가 빙그레하자 소공녀는 순식간에 딸기잼처럼 빨개졌다. 마침 옆자리의 요한 경이 황제에게 답을 올리고 시선을 돌렸다. 그와 베레니스의 눈길이 자연스레 얽혔다.

"앗."

공녀는 크게 당황하더니, 화드득 머리를 떨구며 식기 대신 냅킨을 잡았다. 어찌나 세게 쥐었는지 손가락 마디마디가 희게 질리고 있었다. 왜 저러지? 요한 경하고 무슨…

"이 몸이 가야겠군."

예? 나는 황급히 고개를 틀어 상석을 바라보았다. 와인을 닮은 황제의 눈동자가 무겁게 빛나고 있었다. 삽시에 모든 생각이 증발했다. 이건 정말이지 억지 전개였다. 제가 잘못 들은 거죠?

"오렐리, 단단히 준비해. 사막은 오랜만이니."

* * *

…그건 안 된다. 사막에 가는 건 우리여야만 한다.

하지만 내 마음과는 관계없이, 스승님과 프레데리크 황제의 대화는 일사천리로 이어졌다.

"짐을 싸야겠네. 대축일 다음 날에 출발할 거지?"

"그래. 새벽에 이르게 나가야 해. 3월 전에 왕세녀를 만나는 게 좋을 테니."

"응. 이번 기회에 전부 해결되면 좋겠네. 그리고…"

나는 포크 쥔 손을 움찔거리며 끼어들 타이밍을 잡고자 애를 썼다. 옆에서 황태자가 나를 흘깃하는 게 느껴졌다. 농어 뫼니에르를 해치우던 크리스텔도 나를 보며 갸웃했다. 얼굴에 티를 내지 않았건만 초조한 에테르가 느껴지는 모양이었다.

-달그락

"폐하, 전하."

잠깐의 공백을 틈타 불쑥 말을 꺼냈다. 그러자 만찬장의 모든 시선이 내게 꽂혔다. 날렵한 체리색 눈동자는 오늘따라 카리스마가 넘쳤다. 일단 부르기는 했으나, 어떻게 문장을 만들면 좋을지 확신이 서지 않았다. 세드리크 태자도 가만히 있는데 내가 먼저 이런 이야기를 하면…

"그게."

아냐, 정예서. 고민할 여유도 없잖아. 소원의 성반을 실물로 보고 싶다며. 일단 질러!

"태자님과 저희가 대신 가도 괜찮지 않겠습니까?"

내가 조심스레 물었다. 식기 움직이던 소리가 일제히 멎었다.

'오.'

부티에 추기경 옆자리의 프랑수아 후작이 짧게 감탄했다. 황제는 둥근 글라스에 담긴 녹빛 샤르트뢰즈를 마시며, 말없이 나를 몇 초간 바라보았다. 꼭 초원 한복판에서 맹수의 먹이로 찍힌 듯한 기분이었다. 팔뚝에 소름이 돋고, 누가 풀을 바른 것도 아닌데 머리가 딱 고정되어 움직이질 않았다. 이대로 가다간 금방 졸아붙을 것 같았다. 나는 용기를 내기로 했다.

"태자님은 외교 전방에 나서본 적이 없으니, 이번 기회가 정치적 성장의 발판이 되리라 생각합니다. 주신 강림 대축일 기간의 중립 지대라면 어느 때보다도 안전할 거고요."

…그리고 무사히 발언을 마쳤다. '저는 성반을 영접하고 싶습니다' 같은 개인적 욕구는 철저히 배제했다. 까닭을 물으시면 답할 말도 마땅치 않았다. 황제는 그제야 느리게 눈을 깜빡이며 잔에서 입술을 뗐다.

"세레니테 후작이 제국의 장래에 이토록 마음 쓰는지 미처 몰랐군."

심술스러운 목소리였다. 스승님은 상냥한 눈길로 나를 일별했다가, '프레데리크' 하고 반려를 다그쳤다. 건너편의 플로리앙 멘디 공작이 자상하게 미소 지었다. 당연하지만 그는 돌아가는 상황이나 우리의 관계를 깊이 몰랐다. 그냥 리에스테르 생각을 하는 내가 기특하다는 얼굴이었다.

"왕세녀를 만나고 싶어 그러느냐?"

"…그런 이유도 있습니다. 여러모로 좋을 거라고 봅니다."

나는 기적적으로 어물거리지 않고 답변을 내놓았다.

'흥.'

황제는 코웃음을 치더니, 조그마한 그릇에 꽃다발처럼 꽂힌 감자 튀김을 몇 개나 집어먹었다. 그게 무슨 의미인지 알 수 없어 내 속만 바짝바짝 탔다. 스승님은 염려하는 눈길이었고, 태자는 의문스러운 눈빛을 보내고 있었다. 이럴 때는 어머니와 달리 해석하기 쉬운 녀석이었다.

'무리해서 가려고 하는 이유가 뭐지?'

"나중에."

내가 들릴 듯 말 듯 속삭이자 놈이 미간을 찌푸렸다. 황제는 그런 우리를 보고 피식했다.

"네 뜻은 알겠으나 불허한다."

"아…"

일순 가슴이 콱 막혔다. 나는 입술을 말아 물며 어떻게든 표정 관리를 했다. 이번이 아니면 언제 성반을 다시 볼 수 있을지 몰랐다. 그리고 그건 어쩌면, 내가 이곳에서 물리적으로 접근할 수 있는 유일한 단서였다. 집에 돌아갈 열쇠 말이다. 아니, 그냥 낡은 열쇠 구멍이라고 해도 좋았다. 모양을 맞추는 건 내가 할 테니까. 세월이 얼마나 걸리든 상관없으니까.

"폐하."

"더는 중간 다리를 거쳐 대화하고 싶지 않아. 나는 답답함을 오래 참는 성미가 아니야."

그녀가 날카롭게 말했다. 거기엔 차마 반박할 수가 없었다. 황제는 불필요한 희생을 만들지 않고자 몇 달째 인내하고 있었고, 여기 있는 사람 중 그걸 모르는 이는 없었다.

제국의 군주는 빙글빙글 말을 돌리거나 상황을 꼬는 짓을 혐오했다. 그녀는 보검 뒤랑달만큼이나 올곧았고, 아들의 에테르만큼이나 불같았다. 황궁에 앉아 소식을 기다리느니 교황청의 제안을 핑계 삼아 떨쳐나서겠다는 의지였다.

"…"

그러나 여기서 물러나면 곤란했다. 꿀꺽. 나는 밀크셰이크를 크게 한 모금 들이켰다. 쩡하고 머릿속이 써늘해졌다. 두려움과 죄의식이 일시적으로 물러갔다.

"언감생심 제가 드릴 말씀이 아닌 것은 알지만…"

건방지고 주제넘어 보이겠지. 무례하다고 느끼실 수도 있다. 하지만 나는 그만큼 절박했다. 내 자리에서 할 수 있는 건 전부 해보고 싶었다. 후회하기는 싫었다.

"두 분께선 요 몇 달 국내 정세를 다잡느라 무척 다망하시지 않습니까. 시몽 드 사르네즈 공작 사건의 여파를 수습하시는 한편, 사르네즈 해운의 운영과 관리까지 감독하고 계십니다. 뒤엠가의 지원으로 전시 포털 기록 복원도 한창인 것으로 압니다. 그리고…"

또 뭐가 있더라. 나는 테이블 밑으로 손가락을 열심히 헤아렸다. 태자의 어깨너머로 봤던 중요 서류들이 머릿속에 둥둥 떠올랐다가 흐려졌다. 맞다!

"햇무리초의 효능과 관련하여 공표되지 않은 정보가 있습니다. 크리스텔 경의 물 속성 에테르에 관한 발표도 아직입니다. 또한 몰수된 앙드레지 백작가의 재산으로 보육원을 건설 중이시니 그것도…"

"우리 왕자님이 리에스테르 국정에 관심이 많구나. 기뻐."

스승님이 다정하게 말했다. 태자와 나를 번갈아 보는 얼굴엔 흐뭇한 빛이 완연했다. 저 말씀은 진심이시겠지만, 나는 그녀가 완곡히 내 의견에 반대를 표하고 있음을 깨달았다. 마음이 더욱 급해졌다. 도와주십시오.

"전하. 랑부예 자작가의 카라반과 동행하면 아무 일도 없을 겁니다. 작년까지만 해도 한 번의 여정에 낙타 1천 필이 함께했다고 들었습니다. 그만한 규모라면,"

"예서. 안 돼."

움찔. 나는 눈에 띄게 몸을 떨며 상석을 바라보았다. 은색 머리칼이 샹들리에 빛을 받아 축복처럼 반짝였다. 제국 땅에서 가장 고귀한 시선이 오롯이 나만을 담고 있었다. 황제가 내 이름을 부르며, 분명하고도 단호하게 말허리를 자른 것이다. 포기하라고. 네가 원하는 바는 이루어지지 않는다고.

"내 아들의 능력이 부족하다고 생각지는 않는다. 세드리크라면 교황청 외교도 훌륭히 해내겠지. 이 몸이 지나치게 바쁜 것도 사실이야. 허나 그것이 하루이틀 일이더냐?"

"…"

그녀는 몹시 견고한 어른이었다. 감히 내가 흔들 수 있는 상대가 아니었다.

서브 남주가 파업하면 생기는 일 6

"산트 로스는 예정대로 내일 떠난다. 나와 오렐리는 23일 새벽에 출발할 계획이고. 하니 너는 궁을 지키며 태자를 보필하도록 해라. 그동안 무슨 사고를 치든 못 본 척해줄 테니. 국경은 사령邪靈들의 땅이야."

'어린것들이 갈만한 곳이 아니다.'

그렇게 덧붙인 그녀가 무심히 스테이크를 썰기 시작했다. 덜 익은 속살에서 붉은 육즙이 배어 나왔다. 우연치 않게 베레니스 공녀와 다시 눈길이 닿았다. 그녀는 무척 안타까운 표정으로 나를 들여다보고 있었다. 내가 그렇게 절실해 보였나 싶어 설핏 실소가 흘렀다.

"이번 매듭은 내가 짓지. 번복하기 싫군."

"…"

허스키한 선언이 만찬장을 울렸다. 그게 끝이었다. 나는 조용히 눈꺼풀을 내리깔았다. 평소 좋아하는 요리에선 어쩐 일인지 아무 맛도 나지 않았다.

* * *

이튿날이 됐다.

-따그닥, 따그닥…

이제는 자동차 배기음도, 지하철 소음도 가물가물했다. 나는 익숙한 말발굽 소리에 귀를 맡기며 너무 절망하지 않으려고 노력했다. 빙의한 지 겨우 1년이니, 벌써 단념하지 말자고 스스로를 다독였다. 살다 보면 또 기회가 올 테니까. 그걸 놓치지 않으려면 지금부터 정신 줄 잘 잡아야 할 테니까.

"그래도 폐하께서 왕자님을 정말 아끼시나 봐요."

그 말엔 머쓱한 미소가 나왔다. 과분한 애정을 받는 건 사실이었다.

"진짜로요, 이것 좀 보십시오. 비싼 비단을 이렇게나 많이 실어 주시고. 기분 풀라고 보물도 쌓아주시고. 대박! 이건 그냥 황족 물건인데요?"

크리스텔이 눈을 휘둥그레 뜨며 번쩍번쩍하는 티아라를 들어 보였다.

'너무 예쁘다!'

그녀는 나를 북돋아 주려고 평소보다 더욱 밝게 행동하는 것 같았다. 용건 없는 일요일에 나를 보러 입궁했을 정도니 말 다 했다. 뱅자맹은 차분했지만, 가나엘 역시 보물을 보고 흥분을 감추지 못했다. 총애가 어떻고 황은이 어떻고 하는 말이 계속해서 나왔다. 맞은편 좌석에 앉은 태자는 내게 잠깐 시선을 두더니…

"개."

대뜸 이렇게 말했다. 요한 경이 흥미롭다는 양 고개를 기울였다. 방금 나 욕한 거냐?

"응?"

"고양이도 상관없어."

"…키우라고요?"

"싫으면 관두지."

그가 창밖으로 고개를 팽 돌렸다. 나는 결국 헛웃음을 터뜨렸다. 자신은 개의치 않으니, 궁에 강아지나 고양이라도 들여 위로받으라는 말인 것 같았다. 하지만 못 견디게 우울하거나 슬픈 것도 아니고, 그렇게 가벼운 마음으로 생명을 거두고 싶지도 않았다. 더구나 내겐 이미 반려 꼬마들이 있었다. 녀석들은 어젯밤부터 내게 딱 붙어 떨어질 생각을 안 했다. 바로 지금처럼.

"제안은 감사하지만 사양하겠습니다."

에테르라는 건 정말 신기하다.

–끼이익!

–삐이익!

그러자 데미와 뚝심이가 애물단지들을 대표해 태자에게 달려들었다. '우리 몸종에게 감히 다른 동물을 붙이려 드느냐!' 하는 분노 같았다. 이내 통통한 바게트와 털 찐 모카빵이 사내의 근육을 퐁퐁 구타하기 시작했다. 어찌나 매섭게 움직이는지 소리도 안 났다. 태자는 긴 한숨을 내쉬었다.

"잘한다, 데미! 본때를 보여줘!"

가인 씨가 목청을 높였다. 요한 경의 무릎에 누워있던 헤릿도 발딱 일어나 앙실방실했다.

순식간에 구경거리가 났다.

'하하하.'

나는 끝내 소리 내어 웃어버렸다. 온기 마법이 걸린 대형 마차는 승차감도 훌륭했다. 우리는, 사막으로 떠나는 산트를 배웅하러 가는 길이었다.

오늘 아침. 프레데리크 황제는 불시에 일손 수십 명을 쥘리에트 궁으로 보냈다. 창밖으로 보이는 마차 행렬이 끝도 없었다. 이게 무슨 난리인가 싶어 잠옷에 가운만 걸치고 나오니, 글쎄 그게 전부 금은보화였다. 쥘리에트 식구는 물론이고 지나가던 이들까지 웅게웅게 모여 숙덕거리고 있었다.

'폐하께서 내리시는 하사품입니다, 예서 왕자님.'

'수고 많으십니다, 로라. 한데 하사품은 갑자기 왜⋯'

'왕자께서 마음이 상했을까 우려하셨습니다. 이것은 그러한 성심의 결과물이지요.'

중년인은 엷게 입꼬리를 올리더니, 내게 황금빛 카드를 전했다. 종이에는 짤막한 문장이 쓰여있었다.

'일이 잘 풀리면 왕세녀와 2왕녀를 초청하지.

마차는 가져라. 나는 너무 많아 번거로우니.

-F. R.'

앞뒤로 여러 말이 생략된 편지였다. 예상치 못한 선물에 턱이 절로 벌어졌다. 당황스럽기도 하고, 신경 써주시는 게 감사해서 헛숨이 샜다. 스승님의 입김도 있었겠지만 이만치 과한 선물은 분명 황제의 뜻이었다. 분에 넘친다고 하사품을 돌려보낼 수도 없었다. 접때 들어온 귀족들 선물도 아직 1층 객실에 쌓여있는데!

'⋯감사합니다. 좋은 곳에 잘 쓰겠습니다.'

'스스로에게도 많이 쓰셔야지요.'

로라가 짐짓 엄하게 말했다. 그녀와 황제궁 시종들이 떠난 자리에는, 호화로운 마차 여러 대와 산더미 같은 상자들이 남았다. 참고로 냉난방 마법이 걸린 프리미엄 차량도 결국 내 것이 됐다.

국경에는 못 보내지만, 다른 곳은 마음껏 나가 놀라는 뜻인 듯싶었다. 어떻게 보면 내가 떼를 쓴 건데. 황제의 입장을 빤히 알면서도 조른 건데. 이렇게까지 달래주실 줄은 몰랐다.

"데미, 적당히 하고 이리 와. 뚝심이 너도."

-끼

-삐

내가 부르자, 태자의 무릎을 뒹굴던 두 애물단지가 조르르 돌아왔다. 크리스텔에게 안긴 티테는 개선장군 형님들을 보며 '아으우' 하고 울었다. 나는 눈앞의 포근한 광경을 보며 마음을 가다듬었다. 어른들이 나를 아껴주시는 만큼 나도 어른스럽게 행동해야지. 다음엔 더 괜찮은 구실을 찾아보자. 그땐 억지 부리지 말고. …다음번이 있다면 말이야.

"다 왔네요, 전하. 내리실까요?"

"네. 그러죠."

반짝 상념에서 깨어났다. 요한 경이 속을 알 수 없는 눈웃음을 짓고 있었다. 창문 바깥의 풍경은 어느새 황궁 정문이었다. 대축일 기간을 맞아 손님의 왕래가 잦은 곳이었다. 나는 페리와 데미를 태자 녀석과 그의 스승에게 맡기고, 나머지를 챙겨 마차에서 내렸다. 레아는 요즘 에테르를 많이 먹어선지 살짝 무거워졌다. 크리스텔이 '이러다 돼지 되겠네' 하고 놀렸더니 입을 떡 벌리는 게 몹시 귀여웠다.

"태자 전하, 예서 왕자님. 어서 오십시오!"

"으쌰. 안녕하세요, 산트."

내가 신수를 고쳐 안으며 마주 인사했다. 봇짐을 멘 사제는 상기된 표정이었다. 그의 뒤로 출발 대기 중인 황실 마차가 보였다. 산트는 저걸 타고 국경 부근까지 이동한 뒤, 랑부예 카라반과 합류할 예정이었다. 스승님의 배려였다.

"이렇게 나와주실 필요까지는 없었는데… 황송합니다! 성은이 망극합니다."

그는 어쩔 줄 몰라 하며 몇 번이고 예를 차리더니, 돌아올 때 꼭 기념품을 사 오겠노라 약속했다. 크리스텔은 면세가 되냐고 물으며 대놓고 좋아했다. 나는 쪼그려 앉아 헤릿과 대화하는 산트를 보고 히죽이다가…

"어?"

아주 괴이쩍은 장면을 목격했다. 절로 머리가 기울었다. 산트의 마차 뒤에 누군가 숨어있는 것 같았다. 차림새로 보건대 마부나 하인은 아니었다. 남빛 로브와 고운 드레스 자락이 보였다. 밀회하는 연인인가? 아니, 잠깐만. 설마…

"바카리 군?"

-툭!

내가 중얼거리자, 로브 입은 사람이 발치에 무언가를 떨어뜨렸다. 두툼한 빵 봉지. 그리고 웬 봉투였다!

* * *

서브 남주가 파업하면 생기는 일 6

"…"

그러자 마차 아래 다리가 뻣뻣하게 굳었다. 저렇게 갓 구운 빵 봉지를 들고 황궁을 돌아다니는 이는, 내가 알기로 플뢰르 드 리스의 단장뿐이었다. 본인은 모르는 것 같지만 쥘리에트까지 소문이 자자했다. 아무리 봐도 바카리 군이 맞는 듯한데, 그럼 옆에 있는 사람은 누구지?

"단장님. 앞으로 나와 황태자 전하께 예를 보이시지요."

내내 점잖게 있던 다비드가 말문을 열었다. 그가 보기에도 어린 예언자가 확실한 모양이었다. 어느새 친구들의 눈길이 모두 그쪽으로 쏠렸다. 애물단지들도 날개와 꼬리를 종긋거렸다. 보다 못한 헤릿이 마차 뒤편으로 토도독 달려갔다. 상대가 위협이 아니라고 판단했는지, 요한 경은 웃으며 보고만 있었다.

"혜혜헹."

"이거, 놓으십시오."

숨바꼭질 술래가 된 꼬마가, 꿩처럼 숨은 예언가를 잡아 데려왔다. 품에는 몸뚱이만 한 빵 봉지도 소중히 안아 든 채였다. 가장 위에 놓인 포뉴는 바닥에 살짝궁 닿은 것 같아서, 내가 서둘러 탈탈 털어주었다.

우리의 로장금께서 구우신 거라면 빵 부스러기도 소중했다. 세드리크 태자가 설마 하는 눈빛으로 나를 내려다보았다. 야, 괜찮아. 떨어지고 나서 3초 안에 주운 건 먹어도 돼.

"…제국의 작은 태양과 주신의 달을 뵙습니다."

"뵙습니다…"

나는 당혹한 바카리 군의 인사를 받다가, 뒤따라 나온 의외의 인물에 입을 벌렸다. 그건 베레니스 멘디 공녀였다!

"안녕하세요, 두 분. 이런 데서 만나다니 우연이네요."

우리의 주인공이 분홍 머리칼을 흔들며 쾌활하게 인사했다. 그러자 베레니스는 뺨을 발갛게 물들인 채 목을 숙였다. 대중적으로 인기 많은 크리스텔이니 이상할 것 없는 반응이었다. 산트와 요한경도 두 사람에게 안부를 물었다. 공녀의 낯이 아예 천도복숭아처럼 빨개졌다. 그런데 둘이 무슨 접점이 있는 거지? 원래 아는 사이인가?

"어쩌다 여기에 같이…"

"아무것도 아닙니다."

"아무것도 아닙니다."

대답은 짜기라도 한 것처럼 일시에 튀어나왔다. 나는 눈을 깜빡였다. 태자가 미간을 찌푸렸고, 크리스텔은 실눈을 떴다. 이거 수상한데.

"혹, 혹시 좋은 시간을 방해한 거라면 죄송…"

"그런 거 아닙니다."

"그런 거 아닙니다!"

산트가 슬쩍 말을 꺼내자, 두 남녀가 기겁하며 말허리를 잘랐다. 나도 같은 생각을 하고 있었는데 아쉽게도 진짜 아닌 듯했다. 바카리 군의 청은색 눈동자가 질색하는 빛을 띠었고, 베레니스는 아주 억울한 표정이었다.

둘은 서로의 눈치를 힐끔힐끔 보더니, 모종의 합의를 이루었는지 조그맣게 고개를 끄덕했다. 공녀는 울기 직전처럼 보였지만 아무튼 동의한 것 같았다. 이내 예언자가 내게 하얀 봉투를 건넸다. 아까 떨어뜨렸던 그것이었다. 응?

"왕자님 것입니다."

"저요? 바카리 군이 쓴 겁니까?"

빵 고맙다는 내용인가? 내가 구워준 적도 없는데 괜히 감동이었다.

"아뇨. 멘디 공녀가 저를 통해 왕자님께 전하려던 겁니다."

"아."

"저는 그저 사무실로 돌아가던 길에 잡혀 부탁을 받았을 뿐입니다."

칼 같은 답변이 돌아왔다. 바카리는 도도하게 저편을 눈짓했다. 시선을 따라가자 황궁 정문 근처의 네모난 책처럼 생긴 건물이 보였다. 뱅자맹이 나직이 설명해 주었다.

"제국 고위 관료들이 출퇴근하는 일터입니다, 왕자님. 방셀 궁입니다."

"그랬군요."

어쩐지 저기로 들어가는 사람들이 많더라. 나는 예언자에게 빵 봉지를 돌려주며 멍하니 소공녀를 바라보았다. 베레니스는 이제 본인의 붉은 드레스와 물아일체의 경지였다. 콕 찌르면 빵 터질 듯 달아오른 얼굴이 안쓰러울 지경이었다.

떨리는 시선은 땅에 박혀 올라올 줄을 몰랐다. 상황을 파악한 크리스텔이 나를 향해 짓궂게 야유했다.

'이여얼. 능력 조오으시다! 꿈은 이루어진다!'

'왕자님, 대애단하세요!'

그새 이런 것만 배운 가나엘이 덩달아 박수를 보냈다. 하지만 말도 안 됐다. 그런 허술한 작전이 정말로 통했다고…?

"나, 나이 차이가. 저기…"

나는 고장 난 로봇처럼 딱딱거렸다. 단호하게 거절해야 하는데, 이런 걸 해본 적이 없어 방법을 몰랐다. 아이에게 상처 주지 않으려면 어떻게 하지? 다음에… 아냐. 다음 생에 뵙겠습니다? 괜찮나?

"우편은 로메로 궁으로 올리도록."

"예?"

나는 즉시 태자를 올려보았다. 녀석이 낭랑 십팔 세의 일반인을 상대로 검사의 기세를 끌어올리고 있었다. 황당해서 턱이 스르륵 벌어졌다. 너 뭐 해?

"쥘리에트는 내 소관이지. 공녀는 교양이 부족하군."

"앗, 저어. 그게…"

태자의 폭언을 들은 베레니스의 눈동자가 순식간에 그렁해졌다. 나는 재빨리 주먹으로 놈의 팔뚝을 쳤다. 억! 절로 비명이 터졌지만, 덕분에 크리스텔이 '쓰레기…' 하고 중얼거리는 소리가 묻혔다. 얼얼한 주먹을 감싼 채 남주 놈을 노려봐 주자 그가 목을 기울였다. 뭐가 문제냐는 뜻이었다. 너 이래서 장가가겠냐? 어?

"그런, 그런 내용은 아닙니다. 걱정하시지 않아도…"

"네?"

그런데 베레니스가 살며시 끼어들었다. 크리스텔과 내가 동시에 반응했다. 그녀는 요한 경이 손수건을 건네자 파르르 놀라더니, 조심조심 천을 붙잡고 말을 이었다. 목소리가 잘게 떨렸다.

"와, 왕자님을 흠모하기는 하지만, 감히 불경한 마음을 품은 것은 아닙니다. 단지 간밤에 무척 상심하신 것 같아서…"

'작게나마 보탬이 되고자 글을 적었습니다.'

소공녀가 기어들어 가는 음성으로 말했다. 내 눈이 휘둥그레졌다. 지난밤이라면, 중립 지대로 가고 싶다는 간청이 몇 번이고 거절당했던 만찬을 의미했다. 그때 베레니스가 나를 보며 몹시 안쓰러워했던 기억이 났다. 그런데 그게 마음에 걸려 편지까지 써주었다니. 게다가 이걸 전하려고 입궁까지 했다는 말 아닌가. 설령 아무런 내용이 없다고 해도 감사한 일이었다.

"…정말 고맙습니다, 공녀. 꼼꼼히 읽어볼게요."

"네, 네."

내가 미소로 답하자, 베레니스의 얼굴이 조금 밝아졌다. 크리스텔이 장난스레 덧붙였다.

"태자 전하껜 안 보여드릴 테니 걱정 마십시오."

"뭐?"

태자 놈이 짜증스럽게 되물었지만 우리는 단체로 못 들은 척했다. 헤릿마저 아빠의 손금 보는 시늉을 했다. 그제야 소공녀의 입꼬리가 설핏 올라갔다. 그때였다.

"따니임. 다 끝났나요? 출발할까요오?"

저쪽에서 자상한 목소리가 들렸다. 우리의 눈길이 움직였다. 멀지 않은 곳에, 호화로운 멘디 공작가의 마차가 서있었다. 문을 열고 밖을 내다보는 얼굴이 낯익었다. 특유의 기특해 죽겠다는 표정도 어젯밤에 본 것과 똑같았다. 플로리앙 멘디 공작이, 우리에게 정중한 묵례를 보내고 있었다. 베레니스는 화들짝 놀라며 드레스 자락을 붙잡았다. 갑자기 행동거지가 다급해졌다.

"아, 아버지예요. 실례지만 저는 먼저…"

"나눌 말씀이 많아요? 아빠 더 기다릴 수 있어요오."

"아니에요! 가요!"

공녀는 창피해 죽겠다는 양 큰소리를 내더니(그런 모습은 처음 봤다), 다소곳이 절하고는 후다닥 멀어졌다. 어찌나 열이 올랐는지 입김이 우리 것보다 훨씬 하얬다. 모두의 고개가 그녀를 졸졸 따라 갔다.

'공작님 시간 많아요오.'

'조용히 하세요!'

공녀가 또 외쳤다. 나는 결국 바보 같은 소리를 내며 웃어버렸다. 공작은 못 말리는 딸 바보인 듯했다. 엄청 다감한 부녀지간이시네.

"좋아 보이네요."

"네."

나는 크리스텔의 말에 여상히 대답했다가, 퍼뜩 그녀를 돌아보 았다. 마주친 청회색 눈동자가 희미하게 빛났다. 자신은 괜찮다는 양. 혹은 그렇게 될 거라는 듯이.

"저, 그럼 저도 이만 가보겠습니다."

"참! 우리 산트 배웅 나온 거였잖아요. 하마터면 이대로 파할 뻔 했네요."

"그러게요."

크리스텔이 순식간에 화제를 바꾸었다. 내가 베레니스의 편지를 챙기는 동안, 뱅자맹과 가나엘은 사제의 짐에 여행 간식을 이것저것 넣어주었다. 청년은 몸 둘 바를 몰라 하면서도 기쁘게 선물을 받았다.

그는 마지막으로 헤릿과 신수들을 꼭 안아주고 절을 올린 뒤, 황실 마차에 올랐다. 문이 닫히기 직전까지도 우리는 온갖 당부로 소란스러웠다. 수많은 귀족과 일손들이 이쪽을 힐끔거리며 지나갔다.

"산트 님, 중립 지대엔 독 있는 생물이 많대요. 전갈이랑 지네 조심하세요!"

"네에, 가나엘 님!"

"원혼 맺힌 사령들도 주의하세요."

요한 경이 산들산들 덧붙였다. 산트의 안색이 창백해졌다.

"네에…?"

"하하하. 농담은 아니지만 사제님이라면 괜찮을 거예요."

그가 눈웃음으로 수습했다. 아니, 잠깐만. 수습된 것 같지 않은데? 말을 안 주워 담는데?

"다, 다녀오겠습니다!"

-달칵!

사제가 눈썹을 잔뜩 늘어뜨린 채 손을 흔들었다. 이어서 문이 닫혔다. 우리를 기다려 준 황실 마부는 '누가 보면 영영 헤어지시는 줄 알겠습니다' 하고 농을 했다. 헤릿이 까르르 웃으며 크리스텔의 허리춤에 매달렸다. 나는 멀어지는 마차의 꽁무니를 오랫동안 바라보았다. 까만 정문이 활짝 열리고, 다시 철창처럼 쿵 닫힐 때까지.

"이런!"

-다그닥, 다그닥…

실은 부러웠다. 아주 많이.

* * *

어라?

-바스락!

쥘리에트 궁으로 돌아온 나는, 읽던 편지를 황급히 테이블 아래로 숨겼다. 그러고는 잘못을 저지르다 들킨 것처럼 사방을 둘러보았다. 이게 베레니스가 쓴 거라니 당황스러웠다. 아무도 못 봤…

"또 뭐가 문제지?"

"예서 왕자님?"

을 턱이 있겠는가. 친구들이 여기에 죄 몰려있는데!

"아닙니다. 그냥 내용이 독특해서요."

"흐음."

내가 어색하게 둘러대자, 크리스텔이 몹시 수상쩍다는 시선을 보냈다. 오늘 비번인 엘리자베트 경도 나란히 앉아 머리를 갸웃했다. 백작령 업무 때문에 느지막이 입궁한 그녀에게, 가나엘이 속닥속닥 아까 있었던 일을 들려주었다.

자신의 궁으로 돌아가지 않은 태자('쥘리에트의 위대한 총책이신 로메로 궁주 마마') 놈은 나를 뚫어지게 바라보았다. 쟤가 언제부터 용건 끝나도 집에 안 들어갔더라?

"마저 드십시오."

내가 녀석의 에스프레소를 턱짓했다. 놈은 혀를 차며 커피잔을 들어 올렸다. 나는 재깍 눈을 내리깔았다. 살며시 서신을 펼치자 동글동글한 글씨가 시야에 담겼다. 어찌나 또박또박 썼는지 알아보기 힘든 글자가 하나도 없었다.

'영원히 은총 받으실 에서 페네티안 왕자님께 바치는 글.

봄이 머지않은 2월입니다. 강녕히 지내고 계시는지요?

귀하신 왕자께서 제국에 오신 뒤로, 이곳은 한파에도 보라 튤립이 피어나고 첫눈과 불사조가 한날한시에 강림하는 기적의 땅으로 변모하였습니다…'

분명 여기까지만 해도 멀쩡했다. 민망한 말이 많긴 하지만, 지위 높은 이에게 보내는 것이니 이해할 수 있었다. 그런데 아래로 내려갈수록 분위기가 바뀌었다.

'저의 고모님, 로라 멘디 시종장께서는 어릴 적부터 저를 몹시 아끼셨습니다. 한때는 제가 그분처럼 황궁을 총괄하는 시종장이 되기를 바라시기도 했습니다. 사실은 지금도 그러한 소망을 품고 계시지요. 하여 폐하의 하해와 같은 은혜로, 저는 재작년까지 시종장의 업무를 고모님 곁에서 보고 배웠습니다. 석 달 정도 황궁에 기거하며 다양한 일을 익혔습니다.'

'아무쪼록 저의 얕은 지식이, 경애하는 왕자님께 조금이나마 도움이 되었으면 하는 소망으로…'

언뜻 비장미가 느껴지는 서두였다. 그리고 좀 더 밑으로 가면…

'새벽 4시 30분: 황궁 쪽문이 개방됩니다. 신선한 식자재를 실은 화물 마차들이 들어옵니다. 가문과 신원이 확실한 자들이 오랫동안 대대로 맡아온 직무이기에, 사람에 대한 검문은 상대적으로 느슨합니다. 물건을 최초로 내릴 때 한 번. 그리고 짐을 완전히 비운 뒤 한 번 화물칸을 살핍니다. 이후 황궁을 나갈 때까지는 누구도 열어보지 않습니다. 여기까지 정확히 50분의 작업 시간이 소요됩니다.'

마른침이 꿀떡 넘어갔다. 이거, 누가 봐도 탈출을 돕는 정보잖아.

'새벽 5시 20분: 모든 화물 마차가 매일 같은 시간에 황궁을 떠납니다. 이들은 대부분 동부 또는 서부에 있는 광역 포털로 이동합니다. 드물게 르고 종합 무역소로 향하는 차량이 있으니 유의하셔야 합니다. 국경으로 가기 위해서는 반드시 동부로 가는 마차를 타셔야 하기 때문입니다. 광역 포털의 공용 차고지에…'

'늦게 출발해 랑부예 카라반과 접선하시려면, 지름길을 택하셔야…'

나는 최대한 소리 나지 않게 서신을 접었다. 정보는 소름 끼칠 만치 구체적이었다. 내가 나쁜 마음이라도 먹는다면 경을 칠만한 기밀 유출이었다. 진심으로 베레니스에 대한 걱정이 샘솟을 정도였다.

종이는 여러 장이었고, 여기엔 누구나 읽을 수 있는 약도와 각종 인력의 동선이 그려져 있었다. 시간표는 모두 분 단위로 기록됐다. 마지막으로 사제복 차림의 3등신 캐릭터가 지도 끝에서 손을 흔들고 있었다. 이건 아마… 나겠지.

"여러분."

내가 진지하게 친구들을 불렀다. 어느새 이마를 맞대고 낱말 맞추기에 열중하던 이들이, 반짝 나를 바라보았다. 태자는 무관심한 태도로 독서하다가도 엘리자베트 경이 물으면 재깍 정답을 내놓고 있었다("오베론.").

구석에서 인형을 물어뜯던 레서판다들이 살금살금 다가왔다. 이건 절대 새어나가면 안 되는 비밀이었다. 나는 숨소리에 가까운 목소리로 속삭였다.

"만약에… 만일 제가 우리끼리 국경을 넘자고 하면요. 어떨 것 같습니까?"

"네?"

'설마 가출 생각하시는 거예요?'

크리스텔이 재밌어 죽겠다는 표정으로 속닥거렸다. 소백작은 당황한 기색이었지만, 그보다는 나를 안쓰럽게 여기는 것 같았다. 누나를 만나고 싶어서 비행非行까지 결심한 왕자로 보인 모양이었다. 갑작스레 나쁜 짓을 제안하려니 심장이 도근도근했다.

"무모한 거 압니다. 들키면 폐하께서 진노하시겠죠. 하지만 이미 방법이 있고… 약간만 보완하면 된다면요?"

솔직히, 죄책감이 들었다. 나는 지금 나만의 욕망을 위해 움직이고자 하는 거였다. 안온한 황도를 떠나 위험한 곳으로 가자고, 남의 집 귀한 자식들을 꼬드기고 있었다. 그야말로 천하의 몹쓸 친구가 된 기분이었다.

하지만 이들이라면 나와 함께해 줄 거라는 확신이 들었다. 크리스텔은 눈부시게 웃으며 고개를 끄덕였다. 그녀와 나의 머리카락이 부드러이 한데 섞였다. 나는 간절히 태자를 돌아보았다. 너는?

"…"

형 믿지?

빙점하의 귀공자
납치 사건

네가 같이 가줘야 해. 그래야 명분이 선다고. 눈빛만 봐도 알 수 있 잖아.

"이유는?"

황태자가 날카롭게 물었다. 이럴 때의 그는 정말 모친과 똑같았 다. 아름다운 주황색 눈동자가 속을 꿰뚫듯 나를 응시하고 있었다. 한숨을 삼킨 내 목울대가 꿀떡였다. 크리스텔과 이 녀석에겐 언젠 가 진실을 말해야 할 것이다. 친구들에게 전부 털어놓고 떠나겠다 고 결심했으니까. 언제가 될진 몰라도, 반드시 얼굴을 마주한 채 용서를 구하겠다고 다짐했으니까.

하지만 그게 지금은 아니었다. 떳떳지 않은 행동이라는 건 알지 만 진짜 그랬다. 눈을 똑바로 보기 어려워 시선을 약간 비꼈다. 시 야 끝에 조각처럼 앉아있는 요한 경이 걸렸다. 나는 미안함을 가득 담아 거짓말을 했다.

"…어제 만찬에서 폐하께 말씀드린 것과 같습니다."

다물린 입술 아래로 수많은 문장이 꼭꼭 숨었다. 실은 소원의 성반을 보고 싶어서 그래. 나는 지금까지 집에 가는 데 도움이 될만한 정보를 얻지 못했거든. 볼모이기도 하고, 내가 퇴계공에 관해 아는 게 너무 없어서. 베르너르 페네티안의 칼날을 세 번이나 피하느라.

아니… 실은 얻긴 했는데 그걸 두 번 실행할 능력이 안 돼. 게이트가 열리면 나는 또 죽을 것 같은 고통에 시달리고, 어쩌면 그땐 진짜 죽을지도 몰라. 제국은 혼란에 빠져 다시 군사 대비 태세에 놓일 거야. 물론 그것도 황실 어른들이 나를 신물 있는 곳에 보내주실 때 얘기지. 네 개의 신물이 모이면 사달이 난다는 걸, 그분들도 이젠 확실히 아시잖아.

"나중에 설명한다고 하지 않았나?"

세드리크 태자의 목소리가 무겁게 가라앉았다. 만찬장에서 내가 대답을 미룬 일을 기억하는 거였다. 탁, 녀석이 읽고 있던 책을 덮었다. 나는 침착하게 말을 받았다.

"실은 왕세녀 전하를 뵙고 싶은 마음이 가장 큽니다. 저는 양국 사이에 불필요한 오해가 더해지는 걸 바라지 않습니다. 이러다 자칫 전쟁이 날까 무섭고요. 제가 무사하다고 직접 알리는 게 가장 확실한 방법이라 생각합니다."

"틀린 말씀은 아니야, 세드리크. 왕세녀 전하와 연락도 닿지 않잖아."

'폐하께서 행차하시는 것도 좋겠지만, 왕자님이 가시면 근본적인 해결이 가능할 거야.'

묵묵히 듣고 있던 엘리자베트 경이 내 편을 들었다. 가나엘의 안색이 환해졌다. 태자는 그녀를 쏘아보며 날 선 답을 내놓았다.

"이런 시기에 황궁을 비울 수는 없어. 폐하와 나, 둘 중 하나는 남아야 하지."

"…"

"그러자면 기회는 내일뿐이군."

그가 다시 나를 겨누었다. 내일은 2월 22일이었다. 내 진짜 생일.

"내가 대축일에 폐하를 거스르길 종용하는 건가?"

"…"

그를 알 리 없는 태자는 방어적인 태도를 보였다. 충분히 이해했다. 나를 믿는 것과 별개로, 녀석은 짊어진 책임이 많은 황위 후계자였다. 어머니와 뜻이 일치한다면 제후국에 밀입국까지 하는 녀석이지만, 이것은 그녀의 의지에 정면으로 반하는 행위였다.

게다가 사소한 건도 아니고 '몰래 국경을 넘어 중립 지대로 가자'는 제안이었다. 날도 날이거니와 사안이 중차대했다. …그렇다고 물러날 수는 없지 않은가. 나는 비장하게 운을 뗐다. 크리스텔의 눈길이 보드라이 뺨에 와 닿았다.

"전부 제 책임이고, 제가 무도한 주장으로 태자님을 꾀어냈다고 하십시오. 그게 사실이니까요. 다녀온 후에 폐하께서 벌을 주시면 달게 받겠습니다. 한 달이고 1년이고 궁에만 있으라고 하셔도 겸허히,"

-똑똑

그때,

"전하, 왕자님. 말씀 중에 실례합니다."

다비드가 열린 문을 두드리고 들어왔다. 그는 정중히 사과를 올린 뒤 허리 숙여 태자에게 귀엣말을 했다.

'귀족원의 부의장직을 두고…'

또렷하게 들리진 않았으나 국정 이야기인 것 같았다. 모든 게 예정대로 진행된다면, 프레데리크 황제가 궁을 비우는 동안 태자는 제국의 정무를 소화해야 했다. 나는 입을 앙다물었다. 세상 사는 게 다 그렇지만 쉬운 일이 하나도 없었다.

"…그렇게 하지."

"예. 채비해 두겠습니다."

다비드가 차분히 대답하자, 태자는 뚝뚝한 태도로 자리에서 일어났다. 늘 그렇듯 예고 없이 떠날 모양이었다. 내 고개가 동시에 올라갔지만, 그는 우리 중 누구와도 시선을 맞추지 않았다. 가나엘이 황급히 태자의 털 망토를 가져다주었다. 초조해서 보탤 말이 떠오르지 않았다.

"전하, 명색이 짝꿍인데 같이 다니셔야 하는 거 아닙니까?"

불쑥, 크리스텔이 물었다. 나는 놀라서 그녀를 돌아보았다. 낱말 맞추기를 하던 고운 손은 여전히 깃펜을 쥐고 있었다. 낭랑한 음성이 노골적으로 놀리는 말투를 만들어 냈다.

"왕자님이 가시는 곳이면 저는 어디든 따라갈 텐데. 반대로 제가 가는 곳이라면 왕자님도 와주실 거라 철석같이 믿고요. 근데 어디 사는 누구께선 신관 짝에 대한 진심이 좀 부족하신 거 아닌가 싶습니다. 요한 선생님은 어떻게 생각하세요?"

"…"

그녀가 커다란 눈망울을 깜빡이며 목을 갸웃했다. 자신은 아무 것도 모르겠다는, 무구하기 짝이 없는 표정이었다. 나는 소리 내지 않고자 입술을 감쳐물었다. 엘리자베트 경 커플은 후다닥 수그리고 퍼즐 칸을 색칠하기 시작했다. 에바는 걸핏하면 요한 경이 백여우 라고 하지만, 내가 보기엔 크리스텔이야말로 은여우였다. 이내 젊 은 추기경이 부드럽게 미소했다.

"저라면 뭐든지 할 거예요."

"아, 역시. 배운 분은 다르시네요."

요한 경의 답에 주인공이 산뜻하게 반응했다. 태자는 스승과 사 저를 벨 듯이 노려보더니,

"…"

마지막으로 내게 눈길을 두고는 휙 몸을 돌렸다. 커다란 망토가 깃발처럼 휘날리며 그를 따랐다. 다비드는 유감스러운 얼굴로 우리 에게 인사한 후 방을 떠났다. 나는 긴 숨을 내쉬었다. 뚝심이를 머 리에 쓴 데미가 낑낑거리며 종아리에 매달렸다. 그제야 터진 속처 럼 쓴웃음이 흘러나왔다. 응, 이번에도 실패야. 떼쓰는 것도 재능 이 필요한가 보다. 형은 소질 없는 거짓말쟁이고.

* * *

요한 헤인스는 고요히 방 안을 관찰했다. 기실 특이한 행동은 아 니었다. 그는 자신과 헤릿이 머무르는 장소라면 어디서든 사방을 감지하는 버릇이 들어있었다. 그곳이 실내이든 야외이든, 제국이

든 신국이든 관계없었다. 목숨을 바칠 상대가 생긴 뒤로 남자의 에 테르는 더욱 기민하고 예리해졌다.

'파아아…!'

온갖 소음이 증폭되어 그의 귓가에 와 닿았다 멀어지기를 반복 했다.

"…"

크리스텔과 엘리자베트는 어느새 낱말 맞추기를 밀어둔 채 친우 의 뒷담화에 열중하고 있었다. 그 틈으로 장작 타는 소리와 신수들 의 울음, 요람의 흔들림이 잘게 퍼져나갔다. 성기사는 찻물을 바라 보며 생각에 잠긴 시늉을 했다. 바람개비 움직이는 것보다 쉬운 일 이었다.

"나쁜 놈. 왕자님이 매달리니까 에테르 날뛰고 막 좋아 죽더니 만. 바쁘다고 팽 버리고 가? 밥통도 저런 밥통이 없다. 나 같으면 이럴 때 점수 왕창 땄다."

"크리스텔 경. 왕자님께서 들으시겠습니다."

"음. 조금 둔하시니까요. 저렇게 책에 빠져있을 때는 어지간하면 못 들으시더라고요."

"어흐흑…"

소백작이 무스 오 카페를 뜨다 말고 흐느꼈다. 크리스텔이 대신 그녀의 숟가락을 앙 물었다. 요한은 천천히 눈을 들어 에서 페네티 안을 바라보았다. 왕자는 멀찍이 떨어진 티테의 요람 곁에서 동화 책을 읽어주고 있었다.

평소처럼 온화한 낮이었지만, 요한의 제자가 뿔난 이유는 명백했다. 그녀의 신관 짝꿍은 어제부터 줄곧 에테르에 힘이 없었다. 본인은 알아차리지 못하는 모양이나, 흘러나오는 기운엔 우울감이 짙었고 언뜻 슬픔까지 느껴졌다. 왕자의 가족이 얽힌 일은 도와줄 수 있는 사람이 한정되어 있었다. 한데 두 황족 중 누구도 그를 보내려 하지 않았다.

"…나 실종 신고 했을까."

턱밑의 신수조차 듣지 못했을 왕자의 혼잣말을, 성기사는 노련하게 포착해 냈다. 일정 범위 안이라면 요한은 상대의 호흡까지 제 것처럼 간파했다. 공기 속성은 생각보다 많은 일을 할 수 있었다. 남자의 민트색 눈동자에 그림자가 드리웠다.

"그냥 납치하면 안 되나?"

"잘 못 들었습니다?"

크리스텔이 툭 뱉었고, 소백작은 눈을 땡그랗게 떴다. 주인의 간식을 줄줄이 대령하던 가나엘도 우뚝 멈추었다. 요한은 제자를 돌아보았다. 청회색 눈망울이 위험하게 반뜩이고 있었다. 농담이 아니라는 뜻이었다.

"태자 전하는 지금 가기 싫은 게 아니거든요. 제가 느낀 바로는, 느낌 당한 바로는 그렇습니다. 무조건 떠날 생각 만만인데 의무가 있어서 저러는 거예요."

"그건 사실입니다. 세드리크는 폐하께 늘 좋은 아들이었거든요. 어릴 때부터 노력도 많이 했습니다."

'뭐든 참는 습관이 있어요.'

부근위대장이 동의했다. 크리스텔은 기세 좋게 속삭거렸다.

"그러니까 누군가 등을 밀어줘야 해요. 어쩔 수 없는 상황을 만들어 버리면, 싫은 척하면서도 순순히 끌려오실 겁니다. 이런 경우엔 납치가 딱 맞죠."

"…"

분명 억지인데, 묘하게 설득력이 있었다. 엘리자베트는 타고난 군인이었다. 세드리크가 무언가를 견디고 있으면 그녀는 늘 함께 견뎌주는 쪽을 택했다. 감히 윗전께 저항하거나 중도에 포기하는 일은 상상조차 해본 적이 없었다. 그런데 두 사람의 새 친구 크리스텔은 완전히 새로운 방향을 제시하고 있었다. 이는 가히 신문물에 가까운 선동이었다.

"언제까지 짓눌려 살 것인가. 한 살이라도 어릴 때 일어나라. 이것은 혁명이다!"

"와아…!"

가나엘이 금빛 눈동자를 초롱초롱 반짝였고, 엘리자베트는 짜릿한 죄악감을 느꼈다. 요한은 입꼬리를 올리며 다시금 방을 살폈다. 시종 총괄 뱅자맹은 내일 있을 대축일 행사 준비를 위해 자리를 비운 상태였다. 마침 이용할 만한 패 하나가 눈에 띄었다. 적당히 계산을 마친 뒤 그는 나직하게 주군을 불렀다.

"전하."

반짝하고 머리가 들렸다. 신수를 돌보던 보랏빛 시선이 그에게 자비를 베풀었다. 요한은 다분히 의도적으로 음성을 높였다. 방음을 위한 장막은 해제한 지 오래였다.

"크리스텔 경이 태자 전하의 납치를 꾀하고 있어요. 전하의 '이미 준비된 방법'을 더하면 완벽해지겠네요."

"…예?!"

그가 아연실색하고 입을 떡 벌렸다. 왕자는 누가 들었을까 전후좌우를 두리번거리더니, 시종과 눈이 마주치자 움찔하며 티테를 안아 들었다. 그러고는 '농담이야, 피에르. 가서 쉬어. 너희 먹으라고 건넛방에 노네트를 쌓아놨더라' 하고 허겁지겁 둘러댔다. 투명한 호수처럼 속이 훤히 비치는 연기였다. 나머지 세 사람이 킬킬거리는 동안 요한은 목을 울리며 생각했다.

"네, 네! 왕자님!"

저분의 소원을 들어드리는 일이, 예상보다 쉬울지도 모르겠다고.

* * *

30분 후.

"…그게 정말이야?"

오렐리가 눈을 동그랗게 떴다. 그녀 앞에 선 쥘리에트 궁 시종 피에르는, 안절부절못하면서도 크게 고개를 주억였다. 소년은 가나엘과 동갑이었고 예서 왕자님을 무척 좋아했다. 조금만 손이 부족해도 가장 먼저 왕자를 도우러 나서는 이가, 바로 피에르였다. 그리고…

"예, 당고모님. 제가 이 두 눈으로 똑똑히 봤습니다!"

"어머나."

그는 제국에 하나뿐인 추기경급 신관의 오촌 조카였다. 여정 준비로 바삐 움직이던 오렐리는, 난감하다는 양 눈썹을 늘어뜨렸다. 집무실에 묘한 정적이 흘렀다. 지난봄, 그녀가 정보 수집을 위해 쥘리에트에 혈족을 심은 것은 맞았다.

하지만 이제껏 피에르가 그녀에게 전한 첩보라고는 '왕자님 마음씨가 금단金緞처럼 고우시다', '왕자님이 떨어진 단추를 꿰매주셨다' 하는 게 전부였다. 소년은 시종이 체질이고 제법 의욕도 있었으나, 원체 마음이 깨끗해 간자 노릇엔 재주가 없었다.

그래서 오렐리도 아이가 그렇게 자라도록 두었다. 어차피 예서 왕자는 그녀에게 웬만한 소식을 먼저 고하는 편이었다. 그러나 피에르는 요즘도 가끔 그녀에게 쪽지를 올렸다.

'왕자님과 크리스텔 경은 참말 잘 어울리는 한 쌍이십니다. 가나엘 말로는, 두 분이 손을 잡고 달아나 숨으신 적도 있답니다! 설레지요.'

'왕자께서 태자 전하를 향해 돼지라고 중얼거리셨습니다. 전하께선 군살이 개미 눈물만큼도 없으신데 불가사의한 일입니다.'

…그러니 어린 당질의 말을 어디까지 믿어야 할지. 아니, 어떻게 받아들여야 할지 막막했다.

"왕자님과 친구들이 세드리크 납치극을 꾸미고 있다는 거니?"

"확실합니다."

"혹시 그게 엘리자베트와 크리스텔이었을까?"

그녀가 서류를 탁탁 정리하며 가볍게 물었다. 문장엔 웃음기가 묻어있었다. 침대만큼 널따란 책상이 오래간만에 어지러웠다. 이쪽엔 중립 지대에서 봐야 할 공문들이 분류되어 있었고, 저쪽엔 셀린 선황 대의 외교 문서와 관련 기사가…

"두 분뿐만이 아닙니다. 가나엘하고 헤인스 경도 함께 있었습니다. 태자 전하가 자리를 떠나자마자 분위기가 무서워지더니, 귀가 '뻥' 하고 뚫렸습니다. 그리고 헤인스 경이 왕자님을 불러서…"

"요한이 있었다고?"

그녀가 즉시 고개를 들었다. 피에르가 머리를 끄덕끄덕했다. 오렐리는 시립하고 있던 나탈리와 눈길을 교환했다. 요한 헤인스가 현장에 있었다면 상황은 완전히 달랐다. 그는 피에르가 오렐리의 친척임을 알고 있을 공산이 크며, 그보다 높은 확률로 그를 이용할 생각까지 했을 터였다. 용병은 천성이 그런 자였다.

"…그랬구나."

저 아이가 납치에 관한 이야기를 들었다는 게 그 증거였다. 원한다면 남자는, 자신의 행동반경 안에 있는 모든 생명체의 청각을 차단할 수 있었다. 그는 일부러 피에르가 '듣게 한' 것이다.

"내게 말을 전하려고 한 거야."

"그럼요! 쥘리에트에서 여기까지 한달음에 왔습니다."

소년이 싹싹하게 웃었다. 조금도 때 묻지 않은 동안이었다. 오렐리는 가만히 아이를 들여다보다가, 자신의 손끝에서 빠져나간 종잇장을 발견했다. 선황 치세에 발행되었던 낡은 기사 조각이었다.

'알렉상드르 블랑케르 공자 납치 사건!'

'갈림길에 선 궁정풍 사랑'

'두려움을 모르는 프레데리크 황태녀 전하께서, 소가주가 될 예정이던 블랑케르 공자를 유괴하여 로메로 궁에 들였다는 소문이 파

다한 가운데…'

풋. 작은 웃음이 터졌다. 어쩌면 이건 반려의 업보였다.

* * *

사고 치려고 마음먹은 건 사실이었는데, 어째 스케일이 너무 커진 것 같다.

―바스락바스락…

우리는 테이블 중앙에 커다란 파지를 놓고 깃펜을 끄적이는 중이었다. 가나엘로부터 소식을 듣고 온 뱅자맹이, 한숨을 푹 쉬며 우리 앞에 새로운 다과를 놓아주었다. 원한다면 식사도 이쪽으로 올리겠다고 자상하게 덧붙였다.

갑자기 손발이 찌릿찌릿하니 입맛이 도는 것 같았다. 나는 노란색 아이싱에 보라색 초콜릿을 얹은 살람보를 꼼꼼히 씹어 삼켰다. 달콤하고 향기 진한 크림이 깃털처럼 혀와 섞이며 콧방울까지 자극했다. 어느새 네 사람의 시선이 내게 모여있었다.

"요약하면… 태자님도 내심 가출을 바라고 있으니까, 우리가 납치해서 도우면 된다는 겁니까?"

끄덕끄덕. 내 속삭임에 크리스텔이 마구 긍정했다. 얼굴엔 반질반질 윤기가 흘렀고, 말간 물빛 눈동자에는 장난기가 그뜩그뜩했다. '물어!' 하면 당장 곰이라도 잡아 올 기세의 비글 같았다.

그녀에게 안긴 티테는 밤송이 같은 눈을 함께 반짝이고 있었다. 동화책보다 이게 더 재미있는 모양이었다. 엘리자베트 경과 가나엘은 물론이고, 요한 경마저 이미 작전에 몰입한 눈치였다. 나는 남자의 옷깃을 물어뜯는 뚝심이를 말리며 신음했다.

"끙."

–삐이

좋은 흐름인 것 같기도 하고, 아닌 것 같기도 했다. 어쨌든 황태자를 제외한 친구들은 굳건히 나를 지지해 주고 있었다. 무리한 작전을 세워서라도 내 소망을 이루어 주려고 하는 게 진심으로 고마웠다.

하지만 황제의 아들을 납치한다니. 나 진짜 다녀와서 방 빼야 하는 건가?

뒤랑달 검집으로 손바닥 맞고 쫓겨나나? 그럼 손이 남아나긴 할까?

영지마저 빼앗기면 어디 가서 지내지?

"…까짓거 한번 해보죠."

헉. 나는 스스로의 발언에 놀라 눈을 끔뻑였다. 입을 막고자 잽싸게 살람보 하나를 욱여넣고, 누가 들었을까 사방을 살피기도 했다. 하지만 쥘리에트 궁 일손들은 요 며칠 아주 바빴다. 딱히 우리의 꿍꿍이수작에 관심을 두는 사람은 없었다.

주신 강림 대축일엔, 황제의 탄신일 때만큼이나 많은 손님이 황궁을 드나든다고 했다. 어지간해선 보기 힘든 지방 대귀족도 새해 인사를 올리기 위해 입궁한다고 들었다. 그렇지 않아도 지금 궁내는 황실 혈족으로 북적북적했다. 어쩌면 이건, 주신이 내린 기회였다.

"한다고 하실 줄 알았습니다. 왕자님 은근히 지르는 거 좋아하는 성격이시잖아요.”

크리스텔이 키득거렸다. 나는 비장하게 데미를 부둥켜안았다.

'끼이.'

“납치에 실패하더라도, 해볼 만큼 해본 셈이니 후회는 없겠죠. 혼나고 갇혀도 억울하진 않을 겁니다.”

그렇게 내뱉고 나니 머릿속이 핑핑 돌아가기 시작했다. 참고할 만한 도서. 조언을 얻을만한 친구. 동선, 약도, 배치. 점검하고 두드리고 뜯어고쳐서, 오늘 밤까지 완벽하게 만들어야 할 작전.

“좋은 정신이네요.”

요한 경이 눈을 휘며 답했다. 주인공은 신나서 이를 딱딱거리고 소리 없이 박수했다. 엘리자베트 경은 근심이 뒤섞인 표정이었지만, 가나엘이 활짝 웃으며 매달리자 속절없이 풀어졌다. 나는 시선을 돌려 창밖을 바라보았다. 크리스텔의 목소리가 귓바퀴 너머로 솔방울처럼 굴러갔다.

'어머니가 카라반 경로를 몽땅 꿰고 계세요. 일단 궁 밖으로 나가기만 하면…'

-쏴아아아…

겨울바람이 한바탕 바깥을 휩쓸었다. 도처에 쌓인 눈이 새하얀 빛을 뿌리며 흩날렸다. 언제나처럼 쥴리에트를 가로막고 선 로메로가 시야에 들어왔다. 궁전은 금빛과 보랏빛으로 장식되어 호사스러웠다.

곱게 치장한 정원 미로는 바쁜 시종과 산책 나온 객들이 뒤섞여 어수선했다. 멀리서 신성한 종소리가 아렴풋이 들려왔다. 지금쯤 집무실에서 일하고 있을 세드리크 태자는 당연히 보이지 않았다.

나는 속으로 거듭 사과했다. 너 효도하고 싶은 마음 무조건 이해하고, 어머니를 거스르기 싫어하는 것도 이해해. 형이 나이 먹고 너무 철없이 행동하는 것도 알아. 말 안 듣고 청개구리처럼 굴어서 미안하다.

"그래도."

…딱 한 번만 봐주라. 갔다 와서는 얌전히 지낼게.

* * *

-♬ ♪ ♩ …

-딸그락!

프레데리크는 소리 나게 나이프를 내려놓았다. 고의였다. 대축일 성가를 연주하던 악사들이 일시에 악기를 멈추었다. 긴 식탁이 적막에 휩싸였다.

"오렐리."

"응?"

"뭔데."

"뭐가?"

추기경이 고개를 갸웃하며 눈을 깜빡였다. 황제는 와락 인상을 찌푸렸다. 완벽하다고 해도 좋을 만큼 근사한 대축일 전야 일요일이었다. 반려가 몇 년 만에 자신을 아미티에 궁으로 초대해 만찬을 베풀었고, 음식은 훌륭했다. 식사에 곁들인 아니제트 역시 향이 깊고 단맛이 풍부해 만족스러웠다.

국정 이야기가 드문드문 오가는 것은 평소와 똑같았지만, 곳곳에 초대 종교적 반려를 기리는 태피스트리가 걸려있어 경건한 느낌이 물씬 풍겼다. 식탁에 놓인 금촛대 또한 주신교 상징이 촘촘히 새겨진 작품들이었고, 기다란 초 사이엔 튤립 후원의 꽃들이 왕관처럼 꽂혀있었다. 아리안 리에스테르는 잔인하리만치 순수한 여인이었다. 일평생 자신만을 사랑한 남자에게 '우정^{amitié}'이라는 이름의 궁을 내릴 만큼.

"나한테 숨기는 거 있잖아."

"그럴 리가."

"문 닫아걸고 발뺌하면 누가 믿지?"

황제가 추궁하자 오렐리는 가만히 목을 울렸다. 사실이었다. 그녀는 아이들이 세드리크 납치극을 꾀하고 있다는 첩보를 접한 이래로, 영혼의 문을 꽁꽁 닫아놓은 상태였다. 자신이 무의식중에 황제에게 정보를 흘릴까 염려한 것이다. 물론 하나로 연결된 그릇이 분리되는 일은 없었다.

그러나 맹약의 주인인 황제는 이제 반려의 내면을 듣지 못했다. 아주 강렬한 울림이 아니라면 문틈으로 흘러나오는 정보는 극히 적었다. 프레데리크는 허공에 포크를 콕 찍었다. 나름의 경고였다.

"나 속일 생각 하지 마."

"반려를 너무 못 믿는 거 아냐? 필리프도 아리안에게 평생 이러고 살았다고 하던걸."

추기경이 단안경 아래 베이지색 눈동자를 사르르 휘었다. 황제가 다시 인상을 썼다. 남편 생전에도 저런 눈웃음에 숱하게 지고 들어 갔는데, 그가 떠난 뒤로는 오렐리가 저것으로 자신을 몇 배나 골려 댔다. 그녀는 두 반려가 작정하고 깜찍한 흉계를 꾸미면 도저히 이 겨먹을 수가 없었다. 어쩌면 그러고 싶지도 않았고.

"제 속이 썩어 문드러지는 걸 보여주기 싫었겠지. 그래서 계속 나를 문전박대할 계획인가?"

'불만이 있으면 말로 해.'

프레데리크가 아이처럼 툴툴거렸다. 오렐리는 평상시보다 말끔 하게 차려입은 프레데리크를 보며 작게 웃었다. 그녀라고 하나뿐인 짝에게 무언가를 숨기는 일이 달갑진 않았다. 중립 지대는 왕자님 에게 너무 위험하단 믿음도 여전했다. 그러니 아이들의 이번 행보 를 적극적으로 찬성하는 건 아니었다. 다만…

"낮에 네 기사를 읽었어."

"무슨 기사."

황제가 마그레 드 카나르를 썰며 불퉁하게 물었다. 그녀는 아무 리 토라져도 오렐리나 남편의 말을 무시한 적이 없었다. 지금처럼.

"옛날에 나온 거. 네가 알렉상드르를 납치했을 때 있잖아."

"정확히는 내가 탈출시켜 준 거지. 본인은 납치되길 원했고."

'소가주가 되면 국혼은 물 건너가는 거니까.'

프레데리크가 뻔뻔하게 정정했다. 오렐리는 결국 파안하고 말았 다. 그래, 사건은 그렇게 마무리됐다. 블랑케르 공자 알렉상드르는 자신이 '스스로' 가문을 박차고 나왔다고 증언했다. 황태녀가 자신 을 유괴한 것이 아니라, 모든 것이 본인의 의지였다고 했다.

'저는 감히 황태녀 전하를 연모하고 있습니다. 그러니 억측은 삼 가주십시오.'

선황의 어전에서, 대귀족들이 지켜보는 알현실에서 못 하는 소리 가 없었다. 지금 생각해도 충격적인 발언이었다. 오렐리는 당시의 풍경을 어제 일처럼 선명하게 기억했다.

'정말 낭만적이에요, 여보. 나는 우리 딸이 자랑스러워요.'

'…국서는 조용히 하세요. 지금 우는 건가요?'

'당신 때문에 못 살겠어요.'

셀린 리에스테르가 돌덩이 같은 남편의 손을 잡아주며 타박했다. 그날 선황 부부가 둘의 관계를 인정해 준 덕에, 연인은 불명예스러 운 꼬리표를 달지 않게 되었다.

그러나 두 사람이 혼인하고 세드리크를 낳을 때까지도 제국은 줄 곧 떠들썩했다. 오렐리를 포함한 삼인방이 동서남북을 활보하며 사고를 치고 다닌 까닭이었다. 모황이 전후 피해를 수습하느라 밤 낮으로 골머리 썩이는 걸 빤히 알면서도, 셋은 젊음과 치기를 주 체하지 못해 끊임없이 일을 벌여댔다. 약혼 전과 다를 바 없는 행 보였다.

"우리 그때 많이 혼났잖아."

"혼나고도 쏘다녔지. 세이디가 태어나고 나서야 좀 철들었고."

"네가 만삭으로 마수 잡던 모습이 아직도 기억나. 왕자님 아니었 으면 계속 꿈에 나왔을 거야."

"하하하하."

'미친 짓이었지. 두 번은 못 해.'

황제가 술잔을 치켜들며 말했다. 조금 전까지만 해도 왜 속을 감추냐며 뾰로통해 있더니, 금세 과거의 추억에 젖어 즐거운 얼굴이었다. 오렐리는 와인으로 목을 축이고 말을 이었다.

"다 같이 복도에서 벌설 때, 사실 반성 많이 했었어."

"우리 중에서 제일 통 크게 굴어놓고 착한 척을 했다고?"

"응. 사람이면 뉘우칠 줄 알아야 하잖아."

"나 참."

프레데리크가 고개를 저으며 오리 가슴살을 입에 쏙 넣었다. 잘 먹어서 보기 좋았다.

"그런데 우리가 말썽 피운 게, 생각해 보면 아주 나쁜 짓만은 아니었던 것 같아."

"왜. 못된 놈들 족치고 다녀서?"

"그것도 그렇고. 우리를 보며 미래를 그리던 백성들이 있었잖아."

추기경이 부드럽게 입꼬리를 올리며 말을 맺었다. 황제는 그녀를 한참 바라보더니, 이내 피식하고 음식에 집중했다. 돌이켜 보면 맞는 말이었다. 셋은 언제나 한 몸처럼 붙어 다녔고, 제국 밑바닥과 시골 벽지까지 나돌며 리에스테르인들의 삶을 함께했다.

그래서 언제나 인기가 좋았다. 화제의 중심이기도 했지만 애정과 희망의 대상이기도 했다. 더는 누구도 죽거나 다치지 않는, 평화로운 땅의 상징이 되실 분들.

"재미있었어."

"그래."

오렐리는 아이들이 다시 한번 그런 존재로 살아가기를 바랐다.

실패는 언제든 수습해 줄 준비가 되어있었다. 단점은 감싸안고 강점은 북돋아 줄 터였다. 그러니 계속해서 모험에 뛰어들고, 진심에서 우러나는 존경을 얻고, 가끔은 깨지고 무너지기도 하면서…

하루하루 한계 없이 나아가기를. 자신의 걱정이 전부 기우였다고 증명해 주기를. 이브가 보호라는 명목하에 그어놓은 저 선도, 겁 없이 훌쩍 넘어보기를.

"이따 푹 잘 수 있게 신탁을 내려줄까? 내일이 대축일이잖아. 여행 전날이기도 하고."

"인심이 후하군. 영혼에 빗장을 질러놓고는."

"응, 내가 하루 파업하는 대가야. 싫어?"

"싫다곤 안 했어."

황제가 술잔을 쥐며 냉큼 대꾸했다. 왕자 덕분에 꿈자리가 편안한 것과 별개로, 그녀는 타고나길 잠이 적었다. 늦잠을 자고 싶어도 대여섯 시면 눈이 절로 떠졌다.

휴일인 대축일엔 공식적으로 쉴 수 있으니, 반려가 신탁을 걸어준다면 잘된 일이었다. 모레는 새벽부터 길을 나서야 했다. 마음 같아선 내일 온종일 침대에 있고 싶었다. 그녀가 체리색 눈동자를 날카롭게 뜨며 말했다.

"무르지 마."

"알았어."

추기경이 너털웃음을 터뜨렸다. 로라와 나탈리가 두 사람의 잔을 채웠다. 악사들은 다시금 고운 선율을 자아내기 시작했다.

서브 남주가 파업하면 생기는 일 6

                              * * *

　2월 22일 02시 21분. 나는 씩씩하게 침실 발코니 앞에 섰다. 어
름어름, 엄벙덤벙, 얼렁뚱땅. 그게 우리의 작전을 표현하는 가장
정확한 말일 것이다. 어쩔 수가 없었다. 시간이 정해진 싸움이었
고, 예행연습이나 현장 점검에 나설 조건은 못 됐다.
　보는 눈도 많은 데다 상대는 무려 황태자였다. 기회는 한 번뿐이
니 이대로 진행하는 게 옳았다. 황제가 궁을 떠나면 우리는 꼼짝없
이 이곳을 지켜야 했다. 명색이 짝꿍인 태자를 두고 나 혼자 천릿길
을 가출할 수는 없었다. 게다가 녀석이 해줘야 할 정치적 역할도 있
지 않은가. …역시 납치와 가출이 답이다.
　-달칵
　22분이 되자, 그림자에 숨어있던 뱅자맹이 신속하게 문을 열어
주었다. 휘이잉! 찬바람이 내 머리칼을 마구 흩뜨리고 지나갔다.
두꺼운 로브가 파도처럼 팔랑이고, 하얀 입김이 어둠을 다문다문
물들였다. 즉시 익숙한 미성이 고막을 간지럽혔다.
　-'줄리엣', 여기는 '찰리'. 들리면 응답 바랍니다. 오버.
　"여기는… 줄리엣. 잘 들립니다."
　-확인. 이동하십시오.
　"확인."
　내 대답에 귀걸이가 조용해졌다. 눈이 마주친 가나엘이 고개를
주억였다. 나는 한밤의 정원을 슬쩍 내려다보았다. 지상엔 평소보
다 보초가 많고, 군데군데 횃불이 켜져있어 어둡지도 않았다.

시종이나 귀족 손님은 아무도 없었다. 모두 잠든 야심한 시각이니 당연했다. 따라서 우리는, 로메로 궁 시종 조프루아나 프랑수아 후작의 모습으로 잠입하기는 어렵겠다는 결론을 내렸다.

'제가 지난번에 태자님 침실에 침입한 적이 있습니다.'

나는 반짝 손을 들고 의견을 냈다. 소백작이 큰 충격을 받은 듯했지만, 아무튼 설명은 계속했다.

'그때는 뚝심이와 신수들이 구름다리를 만들어 줬습니다. 오늘 밤은 보초가 많고 여기저기 환할 테니 똑같이 적용하긴 어렵겠죠. 넝쿨을 깨끗이 치우는 것도 일이고요. 그러니까 조금 응용을 하면 어떨까 싶은데…'

'오오. 응용 좋죠.'

나는 발코니 난간에 아슬아슬하게 다리를 내놓고 앉았다. 태자 녀석이 알아차리지 못하도록 에테르 수도꼭지도 느릿느릿 잠갔다. 캄캄한 내 방에선 어떤 빛도 흘러나오지 않았다. 발끝이 차츰 밤의 색깔로 물들고 있었다.

"부디 몸조심하십시오, 왕자님."

"얌전히 기다리고 있을게요. 힘내세요."

뱅자맹과 가나엘이 다정하게 응원해 주었다. 가가방을 쥔 손에 힘이 들어갔다. 나는 마지막으로 두 사람을 돌아보며 밝게 웃었다.

"네, 다녀오겠습니다."

—탓!

그리고 망설임 없이 뛰어내렸다. 이것이 우리의 '응용'이었다.

                                   * * *

동시에 아찔한 추락감이 발끝부터 두피까지 질주했다. 떨어진다!

"읏…!"

-펄럭!

날갯짓 소리는 내게만 들릴 만큼 작았다. 나는 반짝 눈을 떴다.
지상으로 내리꽂히던 몸이 부지불식간에 밤하늘로 솟아올랐다. 차
오르는 달님과 시선이 마주쳤다. 익숙한 신물의 힘이 나를 감싸안
았다. 뚝심이를 못 믿은 건 아니지만, 조금만 늦었어도 들켰을 거
란 생각에 절로 덜미가 차가워졌다. 나는 황급히 아래를 내려다보
았다.

"…방금 새 소리였나?"

"그래. 황궁에 밤새가 많지 않은가."

"허허허. 근위대장님하고 친하게 지내는 부엉이도 있다네."

다행히 보초들 사이에 이상 징후는 없었다. 내가 뛰어내린 걸 아
무도 눈치채지 못한 거다.

"또 뵐게요."

나는 시선을 거두고 침실 쪽을 향해 소곤거렸다. 어두워서 표정
은 확인할 수 없지만, 두 개의 실루엣이 난간을 붙잡은 채 나를 올
려다보고 있었다. 뱅자맹과 가나엘이 볼 수 있도록 손을 크게 흔든
뒤 고도를 높였다.

-휘이이…!

작전대로 쥘리에트 꼭대기에 먼저 올랐다. 세레니테 영주성처럼

꼬깔콘 모양이 아니고, 베르사유 궁전처럼 평평한 형태의 지붕이라 편했다. 뚝심이의 도움으로 소리 없이 착지하자…

"어서 오세요, 전하."

부드러운 미성과 함께 찬바람이 잦아들었다. 이곳은 공기가 따뜻해서 입김도 나지 않았다. 요한 경(암호명 '골프')의 하얀 머리칼이 눈송이처럼 은은한 빛을 내고 있었다. 옆에는 대낮처럼 쌩쌩한 얼굴의 '찰리', 크리스텔이 서있었다.

그녀를 보니 나도 모르게 웃음이 새어 나왔다. 우리의 주인공께서는 이번 작전을 위해 늦은 시간까지 궁에 남았다. 랑부예 자작가의 마차엔, 이불로 만든 등신대 인형과 친필 편지를 실어 돌려보냈다. 어머니인 이자벨에게 쓴 것이었다.

"준비되셨습니까?"

"태어날 때부터 됐죠."

내 물음에 그녀가 재깍 답했다. 둘과 함께 나와있던 레서판다들이 토도독 내게 달려왔다. 레아와 페리는 잘 달래서 요한 경에게 맡기고, 데미를 허리춤에 단단히 싸맸다. 아직 아기인 티테는 두고 가려 했지만…

"분홍 누나 말 잘 들어야 해. 건강하게 돌아오기다."

-아우으

"약속."

-아우

녀석이 크리스텔에게 포대기로 업힌 채 냉큼 울었다. 에테르 구슬도 안 먹고, 잠도 안 자고 보채는 탓에 데리고 나올 수밖에 없었다. 혼자 남겨질 것을 귀신같이 알아차린 모양이었다. 산트와 내가 없으니, 낯선 신관에게 맡겨지리라 생각하면 걱정이 들기도 했다. 살살 머리를 쓸어주자 하프물범이 순하게 눈을 끔뻑였다. 그사이 요한 경이 회중시계를 꺼냈다.

"25분이네요. 바로 이동하실까요?"

"네."

"좋아요."

나와 크리스텔이 고개를 끄덕였다. 말이 끝나기 무섭게 두 발이 둥둥 떠올랐다. 반박의 여지 없이 정뚝심은 대륙에서 제일 똑똑한 새였다. 우리는 한 차례 시선을 교환했다. 신수들에게 경고를 해주는 것도 잊지 않았다. 그리고…

–파아앗!

곧장 달에 닿을 듯 직선으로 솟구쳤다. 크리스텔은 요한 경의 힘으로 비행하고 있었다. 밤하늘에 이리저리 뿌려진 별들이 당장이라도 눈앞으로 쏟아질 것처럼 가까웠다. 손을 뻗으면 차가운 결정의 감각이 그대로 닿을 것만 같았다.

문득 게이트가 열렸던 날이 떠올라 심장 한구석이 저릿했다. 내 것이 아닌 금빛 머리카락이 익숙하게 시야를 간지럽혔다. 우리는 계속해서 위로, 또 위로 날았다.

–휘이이이…

앞서가던 요한 경이 서서히 속력을 낮추었다. 크리스텔과 나도 그를 따라 허공에 정지했다. 달은 내가 살던 세상에서 떠오르던 것보다 훨씬 휘영청했다. 과장 좀 보태 우리를 집어삼키고도 남을 만

큼 커 보였다. 모두의 머리칼이 우주를 유영하듯 살랑거렸다. 추기
경은 제자를 돌아보며 사근사근히 말했다.

"이대로만 유지하면 되겠네요, 찰리. 힘들진 않은가요?"

"네, 골프. 할만해요."

"그간 영혼을 수양한 보람이 있군요."

그가 살포시 눈을 휘었다. 듣자니 크리스텔이 에테르를 완벽히
숨기고 있는 모양이었다. 요한 경이야 걱정할 것도 없었다. 자세히
캐묻진 않았지만, 그는 지척에 있는 황태자가 감지하지 못하도록
에테르 흐름을 철저히 제어하는 듯했다. 이렇게나 힘을 쓰면서도
말이다.

나는 그게 어려울 것 같아서 아예 수도꼭지를 팔 할 정도 잠갔다.
내가 접근하면 접근하는 대로, 멀어지면 멀어지는 대로 티가 날 테
니 에테르 자체를 적게 방출하기로 한 거였다. 이러면 설마 잠에서
깨진 않을 터였다.

"지상도 문제없어 보입니다. 건너가도 될 것 같은데요?"

-끼이

크리스텔이 제안하자, 용감한 데미가 동의했다. 나는 녀석의 귓
등을 문질러 주며 까마득한 아래를 관찰했다. 사람은 이제 점으로
만 보였고, 곳곳을 밝힌 횃불은 얌전했다. 하늘에서 벌어지는 일을
알아차린 낌새는 없었다. 티테는 수염을 씰룩이며 달구경에 넋을
놓고 있었다. 우리는 후딱 다음 단계로 넘어갔다.

-휘우우우…

무사히 별바다를 가로질러, 로메로 궁의 지붕에 안착했다. 요한

경이 거듭 시간을 확인했다. 새벽 2시 30분. 땡!

"쥘리에트 전방 열 명은 스트로다 궁으로 이동한다."

"헉. 부근위대장님, 이 시간에!"

칼 같은 엘리자베트 경의 목소리가 들렸다. 우리 셋의 입꼬리가 쌕 올라갔다.

"만취하여 소동을 피우는 손님이 있다고 하니 적당히 달래 들여보내도록. 너희 다섯은 가서 황궁 신전 경비를 보완해. 기도회 전에 소란이 생겨선 안 된다. 이쪽은 나와 이 녀석들이 맡지."

"예!"

우르르 발소리가 이어졌다. 친애하는 소백작께서 보초를 물갈이하며 시간을 끄는 동안, 이쪽은 착실히 목표 지점을 살피고 하강 준비를 했다. 사아아… 레서판다들이 양발을 죄암거리자 코끼리 귀처럼 커다란 이파리들이 피어났다. 우리는 거무죽죽한 그것을 몸에 칭칭 둘렀다. 똑같이 날아서 내려갈 거지만, 눈에 띌지 모르니 최대한 위장을 해야 했다.

"포인트 시에라-18 확인."

"…확인."

그냥 2층의 18번째 창문이라고 해도 되는데, 크리스텔은 꼭 이런 암호를 고집했다. 그녀의 목에 걸린 장신구가 야무지게 빛나고 있었다. 나의 다이아몬드 귀걸이와 한 쌍으로 제작된 통신용 마도구였다. 당연히 프랑수아 뒤엠 씨가 협찬해 주신 물건인데, 고장 내지 않고 돌려주는 게 목표였다. 나는 후드를 뒤집어썼다.

"먼저 들어갑니다."

"네, 전하."

요한 경이 어쩐지 즐거운 목소리로 대답했다. 그러자 세계관 최고의 지능을 자랑하는, 봉황 따윈 비교가 안 되는 신물 비렴의 방주께서 고요히 날개를 펼쳤다. 한 번 와본 적이 있어 모든 것이 한결 쉬웠다.

-탓…

순식간에 부츠 굽이 발코니에 닿았다. 즉시 몸을 낮추고 지붕을 향해 엄지를 치켜세우자, 위에서 크리스텔이 똑같은 몸짓을 했다. 나는 다시금 보초들의 동태를 체크했다. 엘리자베트 경이 등장한 후로 다들 자세가 무척 뻣뻣해진 것 같았다.

이쪽이 가장 잘 보일 쥴리에트 전방은 이제 소백작과 그녀의 오른팔이 점거하고 있었다. 나만 조심한다면 시선을 받을 일은 없을 듯했다. 입술을 깨물고 잠긴 유리문으로 엉금엉금 기었다. 흥분으로 더욱 따끈해진 데미가 옆구리에서 꼼틀거렸다.

"그래, 또 네 차례야. 잘 부탁한다."

-끙

녀석은 작게 울더니, 이번엔 코끝에서 고사리처럼 앙증맞은 덩굴을 피워냈다. 나는 잽싸게 레서판다를 안아 문고리 앞에 들이댔다. 꼬불꼬불한 식물이 문구멍을 파고들었다. 달그락, 달그락. 데미는 한참 인상을 썼다. 괜스레 초조해서 뒤를 흘끔거리게 됐다. 뭔가 잘 안 풀리는지 신수가 흉악하게 혀를 내밀 무렵…

-찰칵

열렸다!

"잘했어, '델타'."

-낏흥

내가 활짝 웃으며 안아주자, 꼬마는 기세등등하게 콧숨을 뱉었다.

"여기는 줄리엣, 시에라-18 침투 성공."

-찰리 확인, 다음 단계 진행합니다. 오버.

크리스텔의 응답엔 웃음이 섞여있었다. 나는 흥분으로 떨리는 허리를 겨우 가누고, 커튼을 걷으며 실내로 기어들었다. 등에 스승님의 성장聖杖까지 짊어지고 있어서 동작이 느렸다.

곧 낯익은 풍경이 드러났다. 예상대로 침실 곁방엔 아무도 없었다. 세드리크 태자가 다섯 시에 기상하니, 여긴 아무리 빨라도 네 시는 돼야 사람이 드나들 터였다. 나는 정확하게 방향을 잡았다. 지난번에 저쪽을 침실이라고 짚었는데, 진짜로 태자가 걸어 나왔지. 그러면 저기 맞다. 오른쪽 방이라고 했으니까.

"그치?"

-끼잉?

데미가 묘하게 반응했다. 나는 자세를 일으켜,

-달칵!

으악! 무음의 비명과 함께 테이블 아래로 몸을 던졌다. 복도의 은은한 빛이 발치까지 길게 뻗어 들어왔다. 허겁지겁 로브를 이불처럼 두르고 밖을 빼꼼 살폈다. 지금이 몇 신데, 누가 여태 안 주무시고 있는 겁니까!

-저벅, 저벅

둥근 슬리퍼가 카펫 위를 돌아다녔다. 사이즈로 보건대 태자는 절대 아니었다. 한데 귀를 기울이지 않으면 발소리도 모를 만치 조용한 움직임이었다. 어떻게 저런…

'인기척 지우는 건 정말 성기사급이십니다. 접때도 생각했지만요.'

'귀한 수면 시간을 방해하지 않고자 몸에 익힌 습관이지요.'

퍼뜩, 가나엘의 생일 파티에서 다비드와 나눈 대화가 떠올랐다. 나는 곧바로 상대가 다비드 카뮈송임을 깨달았다. 중년인은 태자의 충직한 심복이자 로메로의 시종 총괄이었다.

들키면 끝장이었다. 나는 무조건 쥘리에트로 돌아가게 될 것이다. 태자는 한때 하루에 열여덟 시간이나 잠들어야 했을 만큼 그릇이 약했고, 최근까지도 심신이 민감했다. 다비드가 고양이나 유령이나 고양이 유령처럼 움직이게 된 것도 무리는 아니었다.

-저벅

그가 발코니 앞에 멈춰 섰다. 데미와 나는 경악해서 입을 뻐끔거렸다. 문제 될 게 없을 텐데? 분명 들어오자마자 문을 닫았고, 커튼도 가지런히 정리했는데. 설마 잠금 푼 걸 들켰나? 어떻게?

"…그러고 보니 요 탁자가 침실과 가깝군. 앞으로는 여기에서 커피를 준비해야겠어."

'전하께서 향을 미리 음미하시는 것도 좋겠지.'

그가 길고 아련한 혼잣말을 했다. 발각된 게 아니라 천만다행이었다. 다비드도 새벽 두 시 감성 같은 게 있나 보다. 그는 내가 숨은 테이블 앞에 잠시 서 있더니, 이내 미련 없이 방을 떠났다. 나는 문이 닫히는 소음까지 들은 뒤에야 엉금엉금 기어 나왔다. 빠르게 상황을 알리는 것도 잊지 않았다.

"시에라-18 깨끗합니다."

-확인.

확인. 어…?

"테이블이 여기랑 더 가깝네. 이게 침실이구나."

다비드의 말을 듣고 다시 보니, 침실이 왼쪽이었다! 건물 정면에서 봐야 오른쪽인 거였다. 나는 왜 방향 학습이 안 되냐. 이래서 형이 운전면허 못 따게 막은 건가?

-끼익

이어서 크리스텔이 발코니를 열고 들어왔다. 필요한 작업은 전부 끝낸 모양이었다. 나는 위풍당당하게 왼편을 가리켰다. 그녀가 문을 잠그며 턱을 까닥였다. 우리는 곧장 그림자처럼 움직이기 시작했다. 침실 문고리를 돌릴 때는 달팽이보다 느리게 손을 놀렸다. 달카악.

"…"

"…"

그리고 후다닥 실내로 몸을 구겨 넣었다. 익히 아는 대로, 침방은 어두컴컴한 칠흑이었다. 마법 조명은 물론이고 작은 촛대 하나 켜진 게 없었다. 검은 캐노피가 드리운 침대는 쥐 죽은 듯 잠잠했다. 태자는 로판 남주답게 코도 골지 않았다.

대충 어둠에 눈이 익자, 코밑에서 반작이는 크리스텔의 눈동자가 보였다. 솜사탕 같은 숨결이 목덜미를 간지럽혔다. 나는 머리를 한 번 주억인 뒤, 침대 쪽으로 손을 뻗고 정신을 한껏 집중했다. 다 풀면 안 돼, 정예서. 천천히. 비눗방울을 부는 것처럼 조심스럽게.

-사아아아…

손가락 끝에서, 버섯 포자처럼 작은 에테르 알갱이들이 터져 나왔다. 금빛은 몹시 희미했지만 우리를 인도하기엔 부족함이 없었다. 태자는 잠결에도 순수 에테르를 흡수하는 진짜 돼지였고, 이번에도 어김없이 나의 힘을 끌어당겼다. 금색 입자들이 하늘하늘 춤추며 침대로 향하는 길을 밝히기 시작했다.

"…"

그리하여 우리는, 무사히 태자의 침상 앞까지 당도했다. 작전은 사실상 지금부터가 시작이라고 봐야 했다. 우리는 아주 나쁜 짓, 반역에 가까운 일, 범죄를 저지르고자 여기까지 온 거였다. 장막처럼 까만 휘장을 쥔 손이 조금 떨렸다. 그러자 크리스텔이 내 손등을 감싸고 함께 천을 걷어주었다. 역시나 거북이처럼 느린 동작이었다.

-사르르…

"와."

드디어 오늘의 피랍 예정자가 모습을 드러냈다. 흑공단처럼 새카맣고 결 좋은 반곱슬 머리카락과, 주신이 잔업에 특근까지 해가며 빚어놓은 옆선. 깊은 눈자위와 긴 속눈썹 밑에 우뚝하니 솟은 콧날이 보였다.

"진짜 잘생겼다."

"쉿."

-끼

-앵

무의식중에 감탄했다가 혼이 났다! 나는 뒤늦게 아차 싶어 혀를 깨물었다. 하지만 아무리 생각해도 내 탓은 아닌 것 같았다. 저렇게 태어난 놈이 잘못 아닌가?

"…에테르는요?"

재빨리 표정을 수습하며 속삭이자, 크리스텔이 고개를 저었다.

"정말 자는 것 같습니다. 안정적이에요."

그제야 안도의 한숨이 흘러나왔다. 주인공은 내게 진중한 눈빛을 보낸 뒤, 얼른 침실 발코니로 이동해 다음 계획을 실행했다. 그동안 나는 침상 옆에 쪼그려 성소 전개할 채비를 했다. 이것만 해내면 납치의 절반은 성공한 거나 다름없었다. 신탁도 진작 준비해 왔다.

'형이 깨울 때까지 조용히 자고 있자.'

시점을 정했고, 조건이 붙었고, 명령도 확실했다.

"후우."

나는 착하게 잠든 녀석을 보며 심호흡했다. 갑자기 에테르를 풀면 저 눈꺼풀이 번쩍 뜨일지도 모른다. 잠결에 신탁을 거부하거나, 본능적으로 코앞의 나를 공격할 수도 있다. 그러니 전개부터 신탁까지 모든 게 신속하고 분명하게 이루어져야 한다. 침착하자. 평온한 마음으로…

-툭

응? 목이 절로 기울었다. 손끝에 무엇이 걸린 것 같아 허리를 숙이니, 정말로 태자의 잠자리 밑에 무언가가 있었다. 나는 황금빛 에테르 가루 속에서 눈살을 찌푸렸다. 이런 데 보물 상자나 화첩을 보관할 성격은 아닌… 잠깐.

"아?"

저거 여행 가방인가?

* * *

크리스텔은 이번 작전에 몹시 진지한 태도로 임하는 중이었다.

-착!

"발돋움, 발돋움…"

예서 왕자님이 신탁을 내리는 동안, 그녀는 황태자의 침실 발코니에서 필요한 작업을 수행하고 있었다. 먼저 발코니 문을 활짝 연 뒤 커튼만 쳐서 내부를 가렸다. 이왕 범죄를 저지를 거라면 망설임 따위는 내던져야 했다.

그런 뒤엔 발을 디딜만한 물건을 찾았다. 이따 마차가 들어와 로메로 궁 앞에 서면, 일행은 무사히 화물칸으로 떨어져야 했으니까. 왕자님과 자신뿐이라면 그냥 뛰어내려도 되지만, 190 넘는 남자를 업어야 하니 디딤판은 필수였다. 공기 속성의 도움을 받는다고 해도 편한 자세라는 게 있지 않은가.

"무슨 가구도 없어, 방에."

-애우

그녀가 사방을 둘러보며 툴툴거렸다. 티테가 짤막이 동의했다. 기실 세드리크 태자의 침실엔 많은 것이 부재했다. 조명이나 장식은 아주 적었고 사람의 온기를 느낄만한 무엇도 보이지 않았다.

그냥 바닥부터 천장까지 시커멓기만 했다. 명색이 태자의 가장 내밀한 공간인데 따뜻하지도 않았다. 아마 에테르 안정을 위한 것이겠지만, 이런 데서 자니까 인성이 저 모양이라는 생각을 떨치긴 힘들었다.

"아무래도 협탁을 끌어와야겠는데…"

"크리스텔."

다시 벽을 더듬을 무렵, 왕자님이 조그마한 목소리로 그녀를 불렀다. 크리스텔은 눈을 동그랗게 떴다. 꽃가루처럼 둥둥 떠다니는 금빛 에테르 속에서 미남이 난감한 표정을 짓고 있었다. 신탁이 안 먹히는 걸까?

"무슨 일이십니까? 신탁은요?"

그녀가 까치발을 들고 침대로 다가가 속삭였다.

"아직 못 걸었습니다."

보랏빛 눈동자가 일렁거리고 있었다. 남자는 바닥에서 작은 짐 하나를 들어 보였다. 데미가 그것을 잡고 장난을 쳤다. 익숙한 냄새가 나는 모양이었다.

"태자님 것 같습니다. 침대 밑에 있었어요."

"…"

한눈에 봐도 고급스러운 가죽 가방이었다. 그는 조심스레 입구를 열어 내용물도 보여주었다. 마수 대토벌 때 왕자님이 나눠준 것과 비슷한 육포가 들어있었고, 수통도 있었다. 그 밖에 간단한 생필품과 여벌 옷 따위도 눈에 들어왔다. 크리스텔은 오만상을 쓰며 잠든 태자를 돌아보았다. 단단하게 닫힌 눈꺼풀과 몸뚱이는 꿈쩍도 하지 않았다. 숨소리조차 평온했다. 근데 저 새끼가…?

"안 주무시는 거 아닙니까?"

그녀가 누구 들으라는 양 물었다. 왕자는 당황한 낯으로 두 성기사를 번갈아 보더니, '아까 에테르가 안정적이라고 하지 않으셨습니까?' 하고 되물었다. 그거야 그랬다. 지금도 태자의 영혼은 벽난로 속 잔불처럼 고요했다.

하지만 그놈의 주신께 맹세컨대 저건 깨어있는 게 분명했다. 소행성 충돌에 대비해서 벙커 만드는 종말론자도 아니고, 일국의 태자가 침대 아래 생존 배낭을 준비할 이유가 어디 있단 말인가.

"100프로 안 잔다."

크리스텔이 이를 갈며 사내의 멱살로 손을 뻗었다. 작정했으면 일어나서 네 발로 걸으라고, 불여우 같은 게.

"크리스텔, 잠깐만요."

'저렇게 아이처럼 자는데 연기일 리가 없습니다.'

왕자가 그녀의 소매를 붙잡고 호소했다. 크리스텔은 금발의 미남자를 빤히 내려다보았다. 애는 무슨, 태자는 덩치가 산만 한 데다 꼬리도 여덟 개쯤 달린 놈이었다. 그냥 눈만 감고 있을 뿐이지 천사처럼 이쁘게 자는 것도 아니었다. 그런데 부탁하는 왕자님의 얼굴을 보자 신기하게 화가 쑥 가라앉았다. 미인 세러피가 대단했다.

"…제가 왕자님 봐서 넘어가는 겁니다."

"고맙습니다. 가방은 다비드가 챙겼을 겁니다. 혹시 모를 비상사태에 대비해서요."

'하늘에 구멍이 난 적도 있으니 그분이라면 걱정이 컸을 거예요.'

그가 소곤소곤 변호했다. 차라리 드립이었으면 좋겠는데, 왕자님은 진심으로 그런 상황을 가정하는 것 같아서 재미없다고 핀잔도 못 했다. 저 말대로라면 다비드는 종말론자였다.

결국 함가인은 입을 악다문 채 태자의 뺀질뺀질한 낯짝을 쏘아보고는 자리를 떴다. 침대 옆 탁자를 번쩍 들어 발코니로 옮겨놓고, 지붕의 요한 경과 문제없다는 사인도 주고받았다. 할 일을 마치고 돌아오니 왕자님이 종이에 무언가를 적고 있었다. 에테르 알갱이들이 의지를 가진 것처럼 그의 곁에 모여 빛을 보탰다.

-사각, 사각…

딱히 숨기는 것 같지 않아서, 크리스텔도 눈을 가늘게 뜨고 내용을 읽었다. 그건 프레데리크 황제와 부티에 추기경에게 남기는 편지였다.

'…그러니 태자님을 데리고 중립 지대에 다녀오겠습니다.

엘리서 왕세녀 전하를 만나 제가 무사하다는 사실을 알리고, 베르너르 국서의 만행에 대한 공식적인 사과와 재발 방지 약속을 받아내겠습니다.

다만 폐하의 승인이 필요한 부분은 저희끼리 자의적으로 판단하지 않겠습니다.

귀한 아드님을 위험한 곳으로 납치해서 정말 죄송합니다.

잠깐만 시간을 주시면 몸 건강히 제자리에 돌려놓겠습니다.

이는 모두 저의 주도로 이루어진 범행이고 오롯이 제 탓이니, 실수를 저지른 이들을 문책하지 말아주시기를 간곡히 청합니다.

돌아오면 어떤 벌이든 주시는 대로 달게…'

"저도 같이 받을게요."

"예?"

크리스텔이 속닥이자, 왕자가 놀라서 고개를 들었다. 그의 손이 삐끗하고 어긋난 선을 그렸다. 가인은 짓궂게 웃으며 손가락 틈에서 깃펜을 빼냈다. 그러고는 '제 탓'이라는 글씨 위에 줄을 죽죽 긋고서 '저와 크리스텔 경의 탓'이라고 고쳐 썼다. 두 사람의 무릎과 어깨가 살짝살짝 스쳤다.

"짝꿍이니까 뭐든 함께 해야죠. 공범인데 쏙 빼놓으시면 섭섭해요."

"…고맙습니다."

"ㅎㅎㅎ."

두 사람이 마주 보며 소리 죽여 웃었다. 들키면 안 된다는 생각 때문인지, 무얼 해도 심장이 콩당콩당 뛰고 짜릿해서 재미있었다. 여유 있는 상황이 아닌데도 서로의 얼굴을 보니 자꾸만 실소가 샜다. 그때,

"음."

"헉."

왕자가 소스라치며 몸을 물렸다. 태자가 낮은 신음을 내며 자세를 바꾼 탓이었다. 그의 고개는 이제 확실히 이쪽을 향하고 있었다. 크리스텔은 눈을 시퍼렇게 뜨며 덤벼들었다. 저 새끼 저거 안 잔다고!

"크리스텔, 제발요!"

왕자는 거의 애원하다시피 그녀의 옷자락에 매달려 속살거렸다. 그의 반응만 보면, 태자는 진짜로 꿀잠 자고 있는데 자기 혼자 이

상한 사람이 된 것 같았다. 데미는 즐거워 죽겠다는 양 입을 빵긋 거렸다.

가인은 분노로 턱을 꿈틀거리며, 업고 있던 티테를 조심조심 왕자님 품으로 옮겨주었다. 동시에 태자의 셔츠를 찢지 않고 작금의 상황을 합리화하고자 기를 썼다. 그래. 자는 척이든 진짜로 자는 것이든, 결과적으로 놈이 조용하니 좋지 않은가. 게다가 어차피 왕자님이 신탁으로 재울 놈이었다. 그녀는 사내가 낙타 등에 엎어질 때까지도 저렇게 있기를 바랐다.

"…"

왕자는 티테와 데미를 배에 동여매고, 등에 달린 날개도 한 차례 쓰다듬은 후 비장하게 고개를 끄덕였다. 이제 정말로 성소를 전개해 신탁을 걸겠다는 뜻이었다. 한 큐에 해결해야 하는 속전속결 미션이라 제법 긴장한 것 같았다. 평소 같았으면 크리스텔도 같이 긴장했겠으나, 지금은 태자 놈이 아니꼬워서…

-다그닥, 다그닥

흠칫. 크리스텔은 창밖에서 들리는 소리에 고개를 돌렸다. 설마?

"우리 마차일까요?"

"제가 확인하고 오겠습니다. 잠깐 대기해 주시겠어요?"

"네."

크리스텔은 왕자를 안심시키고서 잽싸게 발코니로 향했다. 베레니스 멘디 공녀가 왕자님에게 넘겨준 정보들은, 무척 유용하고 디테일했지만 몇 가지 치명적인 단점이 있었다.

먼저 현실적이지가 않았다. 편지의 내용 대부분이 사실이라고는 하는데, 모든 동선을 상상으로만 조합한 글이다 보니 실현 가능성을 따지면 쓸만한 게 많지 않았다. 이 루트는 이래서 안 되고, 저 방법은 저래서 버렸다. 주신 강림 대축일의 황궁이 평상시와 너무 다르다는 점도 한몫했다. 그리고…

"워어, 워."

화물칸 지붕에 두툼한 짚단을 쌓은 마차가, 로메로 정문 앞에 다다랐다. 왕자님이 최근 하사품으로 받았다는 차량 중 하나였다. 멀쩡한 여객 마차를 하루 만에 개조하는 데는 산지기 아녜스와 대장장이 프랑크의 도움이 컸다. 마부는 모자와 목도리로 얼굴을 절반 이상 가리고 있었다. 보초 두엇이 그녀에게 다가가 말을 걸었다.

"새벽 세 시에 화물 마차가 무슨 일이오?"

"쥘리에트 쪽에서 왔으니 식료품은 아니겠고."

두 번째 문제는, 그녀와 친구들이 한 몸처럼 일사불란하게 움직이지 않는다는 점이었다. 그래서 베레니스의 작전을 분 단위까지 정확하게 맞춰 실행할 수가 없었다. 똑같은 말을 들었으면 똑같이 행동해야 하는데, 모두가 천방지축 어리둥절 빙글빙글 돌아갔다. 왕자님도, 자신도, 심지어 추기경인 요한 선생님마저도.

"어허, 나도 이런 시간에 일하고 싶지 않았다니까. 한데 귀한 그림이 나왔다는 걸 어쩌겠소! 당장 전하께 모셔야 한다기에 급히 달려온 참이외다."

거기에 조안 드 아스 남작도! 크리스텔은 거칠게 앞머리를 쓸어 넘겼다. 도대체 무슨 일인지 조안의 도착이 너무 빨랐다. 느린 것보다는 일찍 오는 게 낫다고 했더니, 그냥 '일찍'이란 단어만 기억한 게 분명했다. 제국의 미술 천재는 그림 외의 모든 삶을 대충 사는 경향이 있었다. 일부러 저러는 게 아니라 그냥 타고나길 저랬다. 말투랑 목소리는 또 왜 저래? 미치겠네.

"귀한 그림?"

"조안 드 아스 말이오, 아스 남작. 설마 몰라?"

조안이 민망한 듯 코끝을 긁적거렸다. 크리스텔은 초조하게 상황을 살폈다. 병사들이 냉큼 삿대질을 했다.

"아스 남작을 누가 몰라! 유명한 천재 화가잖소."

"쥘리에트에 손님으로 와 계시는 분이지."

"그으래. 그분이 당장 오늘 새벽에 주신의 영감을 받고, 복도에 주저앉아 뚝딱 그림 한 폭을 그리셨다는 것 아뇨. 태자 전하께 대축일 선물로 바치겠다고…"

"맙소사!"

"크흠, 뒷문 열어보시오. 아주 대단한 작품이 들어있으니까."

"오오오."

병사 서넛이 우르르 마차 뒤편으로 향했다.

'살살 다루시오, 긁히면 경을 칠 거요!'

조안이 짐짓 엄하게 경고했다. 그걸 신호로 크리스텔은 후다닥 침대로 달려갔다. 왕자님도 정황을 대강 파악했는지 눈을 화등잔만 하게 뜨고 있었다.

"조안이 왜 벌써 왔답니까?"

"모르겠습니다. 하지만 이렇게 된 이상 움직여야 해요. 당장요."

"네."

왕자는 빠릿빠릿 끄덕이더니, 태자의 등 아래 팔을 넣고 그를 조심스레 일으켜…

"어우, 무거워."

못 일어난다! 크리스텔은 입술을 깨물며 팔을 뻗었다. 정말로 이러고 싶지 않았다. 웬만하면 평생 이놈과 접촉하지 않는 삶을 살고 싶었다. 이제껏 온갖 연기를 하며 소화한 스킨십만으로 충분히 과했다. 그러나 지금은 어쩔 도리가 없었다. 왕자님이 약하지 않다는 건 알지만, 황실 불여우는 일반인이 가누기에 너무 크고 무거웠다.

"제가 할게요."

"세상에."

신관의 목소리가 이상하게 흔들렸다. 크리스텔은 아랑곳하지 않고 태자를 일으킨 뒤, 왕자님이 그를 잡아주자마자 침대 앞에 등을 보이고 주저앉았다. 묵직한 태자의 몸이 뒤에서 자신을 짓누르자 울분이 절로 터져 나왔다.

적극적으로 납치 작전을 세웠던 어제의 자신이 원망스러웠다. 마음 같아선 아주 머리채를 잡고 싶었다. 왜 이렇게 뜨거운데, 시발! 덥다고! 내 귀에 숨 쉬지 마!

"자는 척흐즈 믈르그."

"…"

대체 뭘 위해서 이러냐고. '고결한 황족의 자존심'? 뒤진다, 진짜.

"무겁지 않으세요? 역시 제가 업겠습니다."

"아닙니다. 제가 성기사잖아요. 빨리 가시죠."

크리스텔이 늠름하게 태자를 업고 발코니로 이동했다. 왕자는 사죄문을 곱게 접어 베개에 올리고, 서둘러 태자 놈의 가방과 신발을 챙기고, 마지막으로 침실에 다른 흔적이 없는지 확인한 후 뒤를 따랐다.

–질질질…

"크리스텔, 태자님 다리가 끌리는데요."

"네, 쓸데없이 길어 가지고. 좀 잘라주시겠어요?"

"예?"

왕자가 식겁하며 되물었다. 가인은 사르르 눈웃음쳤다.

"어머. 농담이 좀 세게 나왔습니다. 큭!"

즉시 두꺼운 팔뚝이 그녀를 죄어들었다. 아! 이 새끼 안 자는 거 맞잖아–!

"즈는드, 느. 이그 안 프르?"

"감히."

"큭!"

이자벨–! 근육 흑돼지가 내 목 졸라요!

"괜찮으세요?"

태자의 도둑놈 발에 부츠를 끼우던 짝꿍이 놀라서 그녀를 올려다보았다. 크리스텔은 화가 나서 손에 닿은 태자의 허벅지를 꽝꽝 얼려댔다. 이놈이 뭐라고 신발까지 신겨줘요, 왕자님!

"그냥 버리고 가,"

"요한 경 신호입니다."

왕자가 긴급한 표정으로 지붕을 확인했다. 크리스텔은 등에 걸머진 짐승과 아르렁아르렁 씨름하며 생각했다. 저렇게 혼자 첩보 영화처럼 몰입하고 있는데 차마 환상을 깰 수도 없고, 진짜 인생 살기 겁나 힘들다고. 불여우 자식은 중간 이름 반납해야 한다고…

"먼저 내려가시죠. 저는 뚝심이 있어서 조금 늦어도 됩니다."

"으, 네."

크리스텔은 아까 내놓았던 협탁을 딛고 섰다. 지상은 그림을 구경하려는 병사들이 삼삼오오 모여 번잡했다. 소란스럽지는 않았지만 모두의 시선이 한데 묶여있었다. 적당히 어둡고도 밝아서 목표 지점이 확실히 보였다.

휘이잉, 요한 선생님의 바람이 발목을 한 번 휘감고 지나갔다. 재촉하는 기운이었다. 크리스텔은 이를 악물고 난간에 한쪽 발을 올렸다. 좋아, 빨리하고 끝내자.

-탓!

그녀가 허공에 몸을 던지자마자,

-퍽!

"아오!"

태자가 그녀를 거칠게 밀쳐냈다! 남녀의 몸이 깔끔히 분리되어 마차 지붕으로 느릿느릿 날았다. 어스름 속에서 청회색과 주황색 시선이 강렬하게 교차했다. 잠기운이라곤 눈곱만큼도 없는 눈동자가 용로처럼 뜨거운 빛을 내뿜고 있었다. 크리스텔은 부드러운 볏짚에 머리를 누이며 그를 죽일 듯이 노려보았다. 그리고 다시금 결심했다.

-털썩!

내가 언젠가는 저 새끼 고자 만든다…!

* * *

일단 로메로 궁 탈출은 성공이다!

"으어."

-뿌스럭, 뿌스럭!

나는 이상한 소리를 내며 푹신푹신한 볏짚 위를 나뒹굴었다. 용케 등부터 쓰러져서 배에 묶인 데미와 티테가 깔리지 않았다. 날개였던 뚝심이는 재빨리 굴뚝새로 변해 품을 파고들었다. 듬뿍 쌓인 짚단에선 고소하고 인심 좋은 에이츠 마을의 냄새가 났다. 나는 애물단지들을 쓸어주며 킥킥거렸다. 너희가 진짜 수고 많았다. 도와줘서 고마워.

"그럼 가보겠소. 봤겠지만 황제궁에도 전해드려야 할 그림이 있거든! 대축일 선물인데 일찍일찍 들여놔야 하지 않겠어."

"어어, 그래요."

마부석에서 조안의 희한한 목소리가 들렸다. 로메로 보초들이 그녀를 배웅했다. 도대체 어떤 그림을 그린 건지는 몰라도, 하얀 천 아래를 목격한 이는 무조건 입을 떡 벌렸더랬다. 나는 웃음을 참고자 입술을 말아 물었다.

끼익, 쿵! 차량 지붕에 누워있으니 화물칸 닫히는 소음이 온몸으로 울렸다. 이내 마차가 기세 좋게 출발했다. 눈앞의 까만 새벽하늘이 느릿느릿 옆으로 움직이기 시작했다. 나는 문득 옆을 확인했다. 동시에 크리스텔도 나를 바라보았다.

"흐흐흐."

"하하."

그녀는 분홍빛 머리카락을 이불처럼 흩뜨린 채 웃고 있었다. 아직 황궁 정문을 통과하지 않았는데도, 큰 고개 하나를 넘었다는 기분이 들어 유쾌했다.

'쉿.'

소리 없이 날아온 요한 경이 입술에 검지를 갖다 댔다. 그와 레서판다들 역시 즐거운 얼굴이었다. 이제 무사히 다음 단계로 넘어가기만 하면 됐다. 나는 곧장 반대쪽을 돌아보았다.

-다그닥, 다그닥

"…"

"…"

황태자가 비운의 미술품처럼 잠들어 있었다. 누런 짚풀 사이에 묻힌 어깨와 조각상 같은 턱선이 눈에 들어왔다. 날도 추운데 못 할 짓을 한 것 같아 미안했다.

나는 슬쩍 몸을 굴려 녀석의 가방을 뒤졌다. 손수건과 일반 수건까지 따로 든 걸 보면 진짜 다비드가 챙겨준 듯했다. 안에서 기다란 겉옷을 꺼내 덮어주고, 그래도 추울까 봐 복근 위에 짚뭇을 잔뜩 쌓았다. 불 속성인 걸 알지만 도리는 다해야 했다. 남의 집 귀한 자식 납치해서 감기까지 걸리게 하면, 두 어른을 뵐 면목이 없으니까.

"죽었으면…"

"예?"

뒤편에서 무시무시한 중얼거림이 들려 기겁했다. 눈이 마주친 크리스텔이 생긋했다.

"옷이 가죽이었으면 더 따뜻했겠다 싶어서요."

"아, 네. 그렇죠."

나는 머리를 끄덕이며 세드리크 태자를 돌아보았다. 그나저나 깊이 자네. 피곤했나 보다. 원래 엄청 예민하지 않았던가? 내가 업었으면 깼을 것 같은데 역시 크리스텔이 편했나.

* * *

─짹짹짹, 짹짹…!

"으음."

이런 아침은 오래간만이었다. 프레데리크 리에스테르는, 긴 햇살과 경쾌한 새소리를 만끽하며 잠에서 깼다. 숙면을 취한 소드마스터의 몸은 말 그대로 날아갈 듯 가벼웠다. 곁방에선 커피와 간단한 아침을 준비하는 시종들의 기척이 선연했다.

그녀는 늘어지게 기지개를 켜고 허리를 세웠다. 갓 구운 빵 냄새가 아침 공기와 어우러져 느긋한 분위기를 자아냈다. 어둑한 새벽에 일어나 식사보다 국정 보고를 먼저 받던 평일과는 달랐다.

휘장 너머로 보이는 광활한 침실 곳곳이 금빛과 보랏빛으로 장식되어 있었다. 협탁엔 보라색 튤립 화병과 대축일 카드 바구니가 놓였다. 피식 웃음이 났다. 올해 주신 강림 대축일은 제법 마음에 들었다.

"로라."

-딸랑딸랑…

황제가 은발을 쓸어 넘기며 종을 울렸다. 풀어헤친 잠옷은 그대
로 두었다. 대충 아홉 시가 넘은 듯하니, 공휴일이라고 해도 기본
적인 보고는 들어야 했다. 아침 시중을 받고 식사까지 마치면 오전
이 훌쩍 갈 터였다.

이후엔 대축일 기념으로 혈족 꼬마들을 접견하고, 용돈이나 넉넉
히 쥐여준 뒤 간만에 책을 읽을까 싶었다. 저녁에는 아들과 오붓하
게 식사 한 끼 하면 딱 좋겠지. 어쩌면 반려 이야기도 할 수 있을 것
이다.

-똑똑

"들어와."

그녀가 쇳소리 섞인 저음으로 명했다. 이내 낯익은 실루엣이 문
을 열고 다가와 휘장을 걷었다. 차르륵! 프레데리크는 반사적으로
눈살을 찌푸렸다. 순간 잠이 덜 깼나 싶었다.

"…내가 부른 건 시종장인데."

"나는 싫어?"

곱게 차려입은 오렐리 부티에가 침상에 걸터앉았다. 작정하고 온
것인지, 그녀는 품에 황제의 평복과 수건 따위를 안고 있었다. 뒤
쪽 수레엔 금으로 만든 세숫대야와 각종 세면용품이 보였다. 프레
데리크는 어처구니가 없어 헛숨을 뱉었다.

대축일이 올해 처음도 아닌데, 그녀의 종교적 반려는 어제오늘
유독 달게 굴었다. 제국에서 가장 신성한 수발을 받게 되었으니 싫

을 이유야 없었다. 다만 찜찜했다. 추기경이 세안을 돕는 동안 황제는 줄곧 꿍얼거렸다.

"노하지 않을 테니 솔직히 말해."

"무엇을?"

"어제부터 숨기는 거 있잖아."

"곧 알게 될 테니 말하지 않을래."

오렐리가 수건으로 그녀의 얼굴을 전부 가리며 웃었다. 황제는 근사한 눈썹을 찡그리곤 천을 떨쳐냈다. 젖은 머리칼에선 은방울꽃 향이 났다. 탈의가 이어지는 동안에도 추기경은 의뭉스레 웃을 뿐 영양가 있는 소릴 하지 않았다. 프레데리크는 험악하게 윗옷을 꿰입으며 톡 쏘았다.

"이러다 날 암살하려고?"

"어머나, 무서워라."

"계속 이런 식이면 나도 내가 어떻게 될지 몰라. 여태 영혼을 달아났군."

"참아줘. 오늘은 어린아이들도 올 텐데."

그것이 호기심이든 관심이든, 프레데리크는 오래 참는 이가 아니었다. 그럴 필요가 없는 환경에서 근 50년을 살았으니 당연했다. 어떤 궁금증도 오래지 않아 그녀가 보는 앞에서 해결되었고, 모황 셀린 리에스테르는 그것이 지당하다고 가르쳤다. 그러니 지금 인내하는 건 오직 상대가 '아당'이기 때문이었다. 핏줄의 충동만 따랐다면 진작 반려를 침대 기둥에 묶어놓았을 것이다.

-똑똑, 달칵

"로라?"

"예, 폐하. 밤새 강녕하셨습니까. 조식은 어디로 들이기를 원하시는지요?"

그제야 충직한 시종장이 등장했다. 그녀는 당연히 오렐리를 보고도 놀라지 않고 예를 차렸다. 황제가 턱짓했다.

"좋은 아침이군. 오늘은 여기서 들지. 너는?"

"난 먹고 왔어. 커피만 부탁할게."

추기경이 부드럽게 답했다.

'명 받들겠습니다.'

로라의 말과 동시에 황제궁 시종들이 소리 없이 들어와 식사를 준비했다. 따뜻한 수프와 신선한 채소, 상큼한 과일 내음이 차례로 퍼져나갔다. 몇몇은 높다란 휘장을 걷고 짧은 환기를 도왔다. 두 사람이 식탁 앞에 자리하자, 로라가 커피를 따르며 정중하게 입을 열었다.

"쥘리에트 궁에 머무르고 있는 조안 드 아스 남작이, 대축일을 맞아 폐하께 그림을 바쳤다고 합니다. 이른 시간에 마차가 다녀갔다는 소식을 접했습니다."

"호오."

식기를 들던 프레데리크가 흥미를 드러냈다. 바로 보기를 원하자, 시종 두엇이 흰 천에 싸인 커다란 캔버스를 들고 나타났다. 접시를 올리던 일손들이 흘끔흘끔 고개를 들었다.

'하더 O. 얀선'이라 불리던 천재 화가는 이제 본명으로 더욱 유명했다. 최근 제국 사교계는 조안의 비극적 가족사와 독특한 차림새,

그리고 놀라운 무식함까지 열성적으로 소비하고 있었다.

예술가라는 수식어가 붙으면 무엇이든 매력으로 비치는 모양이었다. 말썽꾸러기들과 얽힌 인연도 한껏 과장되어 퍼져있었으니 말다 했다. 이런 조안에게 그림을 의뢰하기 위해서는 대기표를 받아도 최소 1년 이상 기다려야 했고, 대귀족이라도 예외는 없었다.

그녀의 1순위가 늘 예서 페네티안 왕자이기 때문이었다. 정확히는 그가 지정하는 장소에 그림을 그리는 것이 그녀의 '본업'이라고 했다. 귀족 신분을 되찾고 지난 죄를 사면받았는데도, 조안은 고집을 꺾지 않았다. 그러니 이것은 분명 의외의 선물이었다. 답례를 바라고 아스 가문을 복권한 것은 아니었으나…

"잘못을 바로잡으니 여러모로 좋은 일이 생기는군."

"하하하하."

황제의 농담에 좌중이 잔잔하게 웃었다. 오렐리는 가만히 커피를 음미할 따름이었다. 로라가 손짓하자, 어느 시종이 나서서 잽싸게 천을 걷었다. 사르륵!

"와!"

일시에 감탄사가 쏟아졌다. 짝짝짝! 작은 박수도 터져 나왔다.

"근사합니다, 폐하. 귀하신 아드님의 초상을 얻으셨습니다."

"축하드립니다. 주신께서 폐하의 생애에 기뻐하시기를."

"세상에. 정말 사막에 온 것 같습니다."

그림을 더욱 가까이서 보고 싶은 시종들이 까치발을 들었다. 시종장 또한 기꺼워하는 눈치였다. 때맞춰 황제에게 대축일 인사를 올리는 이들도 있었다. 프레데리크는 그 모든 소음 속에서 조용히 그림을 바라보았다. 거친 붓질과 깃털 같은 섬세함의 기적 같은 조화.

"…"

뜨거운 열기와 모래 냄새가 코밑에 훅 끼칠 만큼 생생한 작품이었다. 배경은 어느 사막의 저물녘이었다. 낙타를 탄 그녀의 아들 세드리크가, 형형색색의 가운과 터번을 두른 채 어딘가로 모험을 떠나고 있었다.

곁에는 비슷한 차림의 예서 왕자와 물방울 꼬마도 함께였다. 안장엔 화성의 혜검과 채찍은 물론 활과 창까지 매어져 있었다. 왕자의 손끝이 머나먼 신기루를 가리키고 있었으나, 어린 물방울은 다른 길로 가보는 것이 어떻겠냐고 묻는 표정이었다. 당장이라도 녀석들의 말소리가 귀에 닿을 듯싶었다. 그러나 그녀의 머릿속을 울린 것은 다른 이의 음성이었다.

'우리가 말썽 피운 게, 생각해 보면 아주 나쁜 짓만은 아니었던 것 같아.'

그녀의 아당. 일순 짜릿한 감각이 등골을 타고 올랐다.

'태자님과 저희가 대신 가도 괜찮지 않겠습니까?'

깨달음은 캔버스에 쏟아진 염료처럼 빠르게 번져 나갔다.

"…오렐리."

"응."

황제는 붉은 눈길을 돌려 자신의 반려를 바라보았다. 추기경은 달콤한 눈웃음을 짓고 있었다. 그를 보자 난데없이 허기가 돌고 뒷골이 뻐근하게 당겼다. 쾌락을 닮은 오싹오싹한 감각은 무척 오랜

만에 느끼는 것이었다.

웃을 일이 아님을 알건만 본능적으로 입꼬리가 올라갔다. 프레데리크가 돌격 직전의 맹수처럼 눈을 빛냈다. 오렐리는 반려의 이런 시선을 오랫동안 탐닉해 왔다. 그녀가 시나브로 영혼의 빗장을 풀었다. 아주 천천히, 하나뿐인 짝이 기갈에 애타도록.

"내 아들은 어디에 있지?"

"그 아이의 마음이 있는 곳에."

추기경이 노래하듯 답했고,

–쿠당탕!

"폐하."

"황공하옵니다!"

즉시 황제가 몸을 일으켰다. 의자가 넘어가고 은식기가 추락했다. 로라는 급히 허리를 낮추고 황명을 기다렸다. 어리벙벙한 시종들은 와르르 바닥에 엎드려 숨을 참았다. 갑자기 이게 어찌 된 일인지⋯

"지금 시간부로 추기경을 내 침실에 구금하고 태자를 수색한다. 국경 방향으로 가장 빼어난 군마 서른과 에르베 뒤엠을 보내라. 왕자와 물방울 꼬마도 반드시 생포해. 식사 시종은 필요 없겠군."

"분부 받잡겠습니다."

"로메로와 쥘리에트의 시종 총괄 또한 데려오도록. 프랑수아 뒤엠과 태사의 위치도 알아야겠다."

"예, 예, 폐하!"

로라가 차분히 반응했고, 나머지는 하얗게 질린 채 뒷걸음으로 방을 나섰다. 문이 채 닫히기도 전에 황제는 고개를 돌려 추기경을 바라보았다. 그제야 쓴웃음이 돌아왔다.

"미안해, 이브. 하지만 아이들도 생각이 있을…"

"입."

더는 듣지 않겠다는 뜻이었다. 그녀는 목줄 풀린 짐승처럼 달려들었다. 오렐리의 몸이 순식간에 번쩍 들렸다.

* * *

껌껌한 화물 마차 내부.

"하여 검문이 있겠다!"

"모두 짐칸을 열어 황실 근위대에…"

"왕자 전하."

누군가 다정히 속삭이며 내 어깨를 흔들었다. 얇은 벽 너머로 험악한 목소리가 쩌렁쩌렁 울려 퍼졌다. 으으. 나는 미미하게 신음하며 눈을 떴다. 새벽 내내 황궁을 빠져나오느라 기를 썼고, 무사히 가출한 후에도 계속 깨어있었는데 도대체 언제 졸았는지 알 수 없었다.

짚더미 속에서 몸을 세울 무렵엔 스스로의 허술함에 가슴이 철렁했다. 랑부예 카라반과 만날 때까지는, 아니지. 중립 지대로 넘어갈 때까지는 잠들면 안 되는데.

"죄송합니다. 잠깐 졸았습니다."

"괜찮아요, 크리스텔 경과 신수님들도 눈을 붙였어요. 그보다 상황이 조금 나쁘네요."

-삐뽀

나를 깨운 건 요한 경과 뚝심이었다. 성기사의 어깨 너머로 반듯이 누운 태자가 보였다. 크리스텔은 게슴츠레한 눈으로 이쪽을 향해 기어 오고 있었다. 그녀를 보자 몇 시간 전의 기억이 선명하게 떠올랐다. 로메로 궁을 벗어난 우리는 계획대로 황제궁에 잠입했고, 그곳에서 다시 한번 짐(조안의 그림)을 내린 뒤 다른 차량과 함께 곁문으로 나왔다.

몇 차례나 위기가 있었지만 전부 탈 없이 넘겼다. 마부 조안의 연기로, 요한 경의 돌풍으로, 때로는 티테의 강아지 소리 흉내로. 하마터면 길을 잘못 들어 서부 광역 포털까지 갈 뻔한 순간도 있었지만… 그때는 정말 아찔했으니 생각하지 말자.

"마차가 멈춘 겁니까? 동부 광역 포털에 도착한 건가요?"

내가 속닥속닥 물었다. 포털에 도착해서, 공영 차고지의 빈 마차를 훔쳐 타고 국경으로 이동하는 게 우리 작전이었다. 밤새 고생한 조안도 쉬게 해주고 그때부터는 교대로 마차를 몰기로 했다. 분명 그랬는데. 깜빡 선잠이 들기 전까지만 해도 모든 게 순조로웠는데:

"정확히는 포털 근처예요. 근위대가 모든 마차를 불심 검문 중이라 길이 막히고 있어요. 아무래도 우리를 찾는 것 같네요."

"네?"

크리스텔이 턱을 쩍 벌렸다. 그녀의 눈에서 잠기운이 싹 달아났다. 나는 경악한 나머지 금붕어처럼 입을 뻥긋거렸다. 뜨끈한 태자에게 엉겨 붙은 신수들만 세상모른 채 자고 있었다. 요한 경이 쓰게 웃으며 말을 이었다.

"방향을 잡는 게 너무 늦어진 듯해요. 폐하께서 알아차리신 거겠죠."

"세상에."

"그럼 에르베 경이 와있습니까?"

내가 다급히 물었다. 당장 생각나는 건 그뿐이었다. 그러자 요한 경이 진중한 얼굴로 나를 타일렀다.

"네. 하지만 전하, 그에게까지 부담을 지울 수는 없어요. 이미 새벽에 엘리자베트 경이 큰 도움을 주었고요."

"…맞습니다. 제 생각이 짧았네요."

정식으로 황명을 받고 온 사람에게, 폐하의 말을 어기고 못 본 척해달라 부탁할 수는 없었다. 그의 충심이 시험받은 건 지난 12월의 비극으로 충분했다. 나는 뚝심이를 쓰다듬으며 주먹을 쥐었다 폈다 했다. 초조함을 견디지 못한 크리스텔이 '그냥 뒤엠 경도 납치할까요?' 하고 무리수를 던질 무렵,

-쾅쾅쾅!

흠칫! 마차의 문이 거칠게 울렸다. 우리의 시선이 순식간에 한데 모였다. 벌어진 문틈으로 하얀 아침 햇볕이 들어오고 있었다. 저렁저렁한 근위대원의 목소리가 코앞에서 귓전을 두드렸다.

"마부! 황제 폐하의 명으로 짐칸을 수색하겠다!"

망했다.

"마부!"

"예에, 나리. 문 열어드리러 가요."

진짜 망했다. 조안은 그렇게 뇌까리며 몽그작몽그작 마부석에서 몸을 빼냈다. 지금까지는 그럭저럭 괜찮았다. 자신이 직접 칠한 찻간은 누가 봐도 그럴듯한 화물 마차였다.

비록 황도 시내를 헤매느라 세 시간 정도 허비했고, 왕자님의 책이 없었더라면-《완벽 가이드: 일주일 안에 황도 정복(지도 포함)》-아예 다른 동네로 가버렸을지도 모르지만, 좌우간 잘 해냈다.

태어나 처음 해보는 연기도 슬슬 몸에 익었다. 평소 생활 습관이 워낙 불규칙한 탓에 하루쯤 밤을 새우는 건 아무렇지 않았다. 새벽 다섯 시까지 그림만 그리다 자는 날도 있었고, 어떨 때는 다섯 시에 일어나 테레빈유를 찾기도 했으니.

-탁!

"제기랄."

땅을 딛은 그녀가 목도리와 모자로 얼굴을 가렸다. 나름 유명인이 됐으니 발각되지 않게 조심해야 했다. 요행히 날이 쌀쌀해 비슷한 차림의 마부가 많았다. 근위대원 하나가 굳은 물감처럼 딱딱하게 물었다.

"안에 무엇을 실었나?"

"아무것도 없습니다. 하차 끝내고 돌아가는 길입니다요. 다음 짐을 또 실어야 하니까요."

"우리가 확인해 보지."

"…네."

하지만 이런 데서 황실 근위대를 만날 줄이야! 조안은 정말이지 공권력과는 마주치고 싶지 않았다. 평생을 삐딱하게 자라기도 했고, 그녀의 1순위 의뢰인인 꽃송이 왕자님 역시 권위와는 거리가 멀었다.

같은 이유로 황제 폐하께서 돌려주신다는 자유 도시도 끝내 고사했다. 되찾은 가족의 명예와 아담한 저택, 꼬박꼬박 나오는 연금이면 충분했다. 원한다면 동생 놈 면회도 시켜주신다고 하니 잘된 일이었다. 누군가를 호령하는 높은 사람이 되고 싶지는 않았다.

그래서 조안은 부러 느릿느릿 손을 놀렸다. 근본적으로는 근위대에 협조하기 싫었고, 무엇보다 왕자님 일행이 들키면 끝장이었다. 안에서 볏짚이라도 꼭꼭 덮으셔야 할 텐데! 잠깐, 그걸로 되나? 마차 바닥 뜯어서 땅으로 숨어야 하는 거 아냐?

"서둘러! 살펴야 할 마차가 자네 것뿐인 줄 아는가?"

"아이고, 이게 밤새 얼었는지 잘 안 돌아가네요. 송구합니다."

조안이 대충 사과하며 자물쇠 여는 시늉을 했다. 찰카당찰카당, 초조하고 아슬한 기분에 절로 식은땀이 맺혔다. 화물칸 안에서는 불안하리만치 아무 소리도 들리지 않았다.

이런 상황은 가정하지 않았기에 떠오르는 대처 방안조차 없었다. 안에서 잠깐 빛살이 터지는 것 같긴 했는데, 밝은 햇빛에 섞여 잘못 본 건지 어쩐 건지 분간도 안 갔다. 이제 어떡하지? 바로 열어야 하나?

"거참! 아직인가?"

"다 된 것 같습니다. 자물통이 오래돼서 매년 말썽이라…"

그때,

-덜컹, 콰앙!

솥뚜껑만 한 남자의 손이 거칠게 자물쇠를 잡아당겼다! 쇠붙이는 종이 쪼가리처럼 구겨져 그의 주먹 안에 갇혔다. 조안은 기겁해서 옆을 돌아보았다가 턱이 빠져라 입을 벌렸다. 아무리 윗사람에게 무심한 그녀라고 해도, 쥘리에트 궁의 손님으로서 모를 수가 없는 얼굴이었다. 저렇게 크고 잘생긴 대귀족 근위대장은 둘이 될 수 없으니까! 젠장!

"…열렸군. 확인해."

"예! 대장님!"

에르베 뒤엠이 동굴 같은 목소리로 명했다. 으악! 사내의 연분홍빛 눈동자가 움직이기 직전, 조안은 잽싸게 머리를 돌려 정면을 바라보았다. 그와 정통으로 마주쳤다간 들킬 게 분명했다.

시몽 드 사르네즈의 재판 전후로 자주 본 데다, 그녀는 뒤엠 자매와도 제법 친분이 있었다. 심장이 벌렁거리고 숨이 가빴다. 그제야 자신의 손이 시야에 들어왔다. 밤늦게까지 붓질한 손가락 끝이 얼룩덜룩했다. 다급히 소매 아래 숨기고 추운 척을 했다. 설마 봤을까?

―끼이익!

이어 짐칸 문이 활짝 열렸다. 근위대원 서넛이 신속히 안으로 뛰어들었다. 조안은 레몬색 눈을 질끈 감았다!

―부스럭, 부스럭…

"아무것도 없습니다, 대장님!"

뭐? 눈꺼풀이 번쩍 올라갔다.

"상자도 전부 비었습니다. 이상 무!"

그럴 리가. 그럴 수가 없는데? 어떻게 된 거야?!

"마부석 깨끗합니다!"

"바닥과 천장도 평범합니다. 다음 마차로 넘어가셔도 되겠습니다!"

조안의 눈동자는 이제 쏟아지기 직전이었다. 할 일을 마친 근위대만 침착했다. 그들은 일사불란하게 하차하더니, 근위대장에게 경례하고는 척척 후방으로 이동했다. 뒤쪽 마차는 진작 화물칸을 열고 검문을 기다리고 있었다. 마차에서 내린 마부와 근위대 기마병들로 사방이 소란스러웠다.

화가는 목도리 밑으로 입만 뻐끔거렸다. 일단 다행인데, 아니지. 왕자님하고 크리스텔하고, 태자 전하에 백합 선생님까지 사라졌는데 이게 다행이야? 깜찍이들도 털오리 하나 없다고!

"바로 출발하도록."

움찔.

"교통에 방해가 되어서는 안 되니."

"예에… 고생하셨습니다, 나리."

조안은 일부러 거친 목소리를 내며 고개를 꾸벅였다. 쩽그렁! 근위대장이 쇳덩이를 버리고는 성큼성큼 멀어졌다. 긴 망토가 다음 마차 꽁무니로 사라진 후에야, 초보 남작은 허둥지둥 자물쇠를 주워 들었다. 그리고 식겁했다.

"맙소사."

자신이 어찌나 조몰락거렸는지, 출발할 때까지만 해도 새것이었던 자물통이 유채 물감으로 얼루룩덜루룩했다. 목덜미가 서늘해서 획 뒤를 돌았다. 근위대장은 어느새 코빼기도 보이지 않았다. 알면서 보내주는 건… 아니겠지? 역시 그건 아니지?

"검문 끝났으면 떠나게! 포털 근처가 정체되어선 안 돼!"

"알겠습니다요!"

어느 기사의 외침에 조안이 씩씩하게 답했다. 하늘로 솟았는지 바다로 빠졌는지, 짐칸이 텅 비어 난감하고 당황스럽지만 일단은 공영 차고지로 가봐야 했다. 혹시 아는가. 동에 번쩍 서에 번쩍 한다는 왕자님 일행이 먼저 도착해 있을지 말이다. 예술가 남작은 후닥닥 짐칸 문을 수습하고 마부석으로 내달렸다. 삐죽삐죽한 머리칼이 모자 바깥에서 하늘거렸다.

"…"

에르베는 슬쩍 목을 빼고 그녀를 지켜보다가, 작게 한숨지으며 눈길을 돌렸다. 미남은 괴로웠다.

* * *

"어…"

나는 순간 말을 잇지 못했다.

'서둘러! 살펴야 할 마차가 자네 것뿐인 줄 아는가?'

'아이고, 이게 밤새 얼었는지 잘 안 돌아가네요.'

'-파아아앗-!'

화물칸 문이 열리기 직전, 코앞이 온통 연보랏빛으로 밝아지더랬다. 눈부심을 이기지 못해 잠시 눈을 감았다 뜨니 이곳이었다. 크리스텔은 채찍을 꺼내든 채, 요한 경은 맨몸으로 주변을 둘러보고 있었다.

그새 잠에서 깬 신수들이 이곳저곳을 킁킁거리고 고개를 갸웃갸웃했다. 천장과 벽의 구분 없이 그저 새하얗게 트인 아공간. 여기가 어디인지는 확실히 알았다. 우리 중 이곳에 가장 익숙한 사람이 바로 나일 터였다. 하지만 갑작스럽고 놀랍긴 매한가지였다. 그러니까, 꼬맹이가 우리를 숨겨주려고…

"뚝심아?"

-뻬이!

사아아… 신비로운 소음과 함께, 발치에 작은 연보라색 구체가 움텄다. 나는 환하게 웃으며 빛 덩이를 양손으로 들어올렸다. 주인공이 눈을 땡그랗게 떴고, 요한 경은 나를 돌아보며 미소 지었다. 대강 예상했다는 표정이었다.

"여기가 신물 '비렴의 방주' 내부로군요."

"네. 어떻게 아셨습니까?"

"제 영혼과 같은 힘으로 가득하거든요. 감히 공기를 부리기 꺼려질 만큼 완벽히 지배받고 있는 곳이에요."

"우와. 그런데 하나도 불쾌하지 않네요?"

"공기 속성은 다른 속성과 충돌하지 않으니까요, 제자님."

'오오.'

스승의 설명을 들은 크리스텔이 내 손안을 들여다보며 눈을 반짝거렸다. 아직 뚝심이의 모습은 아니었지만, 빛 덩어리는 분명 굴뚝새 실루엣이었다. 꼬마를 알아본 신수들이 화닥닥 달려와 다리에 엉겨 붙었다. 친구의 본체를 보여주고자 손바닥을 내리는 순간,

-사아아아…!

뚝심이가 밝은 광휘를 뿜어내며 순식간에 쑥쑥 자라났다. 나는 황급히 녀석을 허공에 놓아주었다. 새의 윤곽은 간데없고, 방주는 어느덧 사람의 형태를 띠고 있었다. 크리스텔은 입을 헤 벌리고 신물의 변신을 구경했다. 보고 또 봐도 신기한 광경이었다.

-…이렇게 만나는 것은 오랜만이군요, 왕자. 그대와 벗들을 도울 수 있어 기쁩니다.

믿을 수 없을 만큼 근사한 목소리가 울려 퍼졌다. 광채가 잦아들었다.

"안녕하세요, '니키'. 정말 고맙습니다."

내 인사에 아청빛 눈동자가 아름다운 호선을 그렸다. 크리스텔이 숨을 들이켜며 두 손으로 입가를 가렸다. 요한 경도 드물게 매우 놀랐다.

"세상에. 알렉상드르 국서 전하 아니십니까? 미모 무슨 일이야. 아니, 제가 방금 소리 내서 말했나요?"

그때였다.

-스릉!

니키의 배후에서 새카만 검신이 뽑혀 나왔다. 화르르! 정확히 목을 노린 날 끝에선 새빨간 불꽃이 피어올랐다. 나는 깜짝 놀라 한 발짝 움직였다. 뒤가 아닌 앞으로.

"네놈의 죄를 알 것이다."

"태자님."

황태자의 얼굴엔 약간의 잠기운도 없었다. 그는 밤새 깨어있던 사람처럼 생생하게 작열하고 있었다!

"감히 내 아버지를 모욕하는가?"

주홍빛 홍채가 격노로 펄펄 들끓었다. 그림자 한 점 없이 밝은 공간이건만 눈가엔 먹구름이 드리웠다. 평소 한 치의 흔들림도 없던 칼끝이 잘게 떨리고 있었다. 요한 경과 크리스텔은 물론, 니키 역시 제자리에 가만히 섰다.

대마법사의 장발이 검은 재처럼 흩날렸다. 우리 가운데 그가 분노하는 이유를 모르는 사람은 없었다. 돌아가신 아버지, 그것도 제국의 애서愛壻로 행세하는 이에게 긍정적인 마음을 먹을 순 없을 것이다. 나는 불타는 혜검을 향해 조심스레 손을 뻗었다. 데미가 그

서브 남주가 파업하면 생기는 일 6

러지 말라는 양 부츠에 매달렸지만…

-끼이이

"뚝심이가, 방주가 아버님의 친구였다고 합니다. 이미 아시겠지만요."

"…"

화르륵! 꽃불이 나를 한껏 경계하며 몸집을 부풀렸다. 다가오지 말라는 경고 같았다. 쏘아보는 눈길에 금방이라도 화상을 입을 듯했다. 하지만 세드리크 태자를 그냥 둘 수는 없었다. 나는 녀석의 친구이고, 지금 그는 부친의 모습을 한 존재를 보며 슬픔과 충격을 느끼고 있으니까. 눈물이 없다고 해서 비통하지 않은 것은 아니다.

"많이 가까웠나 봐요. 다른 사람의 형상은 저렇게 완벽히 빌리지 못합니다."

-화르르르…!

"미리 말씀드리지 않은 점 죄송합니다. 마음 아프게 할까 봐 저어했습니다."

내가 소곤거렸다. 손끝이 살며시 혜검에 닿았다. 화륵, 화륵! 시뻘건 화화가 날름거리는데도 전혀 뜨겁지 않았다. 그저 따듯하기만 해서 입꼬리가 올라갔다. 니키가 나직이 입을 열었다.

-알렉상드르는 나를 연구했습니다.

"…"

-그대를 낮게 하고자.

'나는 벗으로서 나의 권능을 보여주었지요.'

상냥한 설명이 뒤따랐다. 친우를 잃은 남자는 아주 슬픈 표정을 짓고 있었다. 다만 뒤돌아 그것을 태자에게 보이지는 않았다. 나는 방주가 그에게 깊은 애정을 품고 있다는, 몹시 새삼스러운 사실을 깨달았다. 태자는 나의 움직임을 따라 천천히 검을 내렸다. 그러나 중저음은 여전히 화산처럼 뜨거웠다.

"내 아버지께서 돌아가신 것이,"

-그의 육체로는 주신의 시선을 이길 수 없었습니다.

"무슨 뜻이지?"

-나는 그대가 죄책감을 품길 바라지 않습니다. 알렉상드르도 같은 마음일 것입니다.

"'주신의 시선'이 무슨 의미인지 말해."

-…

니키는 무척 곤란한 낯빛이었다. 그는 한없이 자상한 눈길로 나를 바라보았다가, 크리스텔에게 한 걸음 다가갔다. 주인공의 뺨이 벌겋게 달아올랐다.

-알렉상드르는 주신을 만나고 싶어 했습니다.

"세상에."

나는 넋을 놓고 중얼거렸다. 태양을 닮은 맞은편 눈동자에서 불티가 솟아올랐다. 아픈 아들을 낫게 하기 위해, 수천 년 묵은 신화 속 유일신을 직접 만나고자 했다고? 그게 대관절 말이나 되는 소리인가?

-'주신의 저주를 풀 수 있는 자는 주신뿐.' 그런 결론을 얻은 겁니다.

"헛소리."

-허황한 말로 들리겠으나… 진리에 가까운 답이었습니다. 나는 오늘날까지도 그의 용기와 결단력에 경탄하곤 합니다.

그렇게 말한 니키는 크리스텔을 한참이나 들여다보더니, 그녀의 손등에 천천히 키스했다. 나는 그의 몸짓에서 일종의 경의를 느꼈다.

-힘을 너무 많이 썼군요. 오래 잠들어야겠습니다.

남자가 속삭이듯 말했다. 나는 몇 초 후에야 그것이 방주 자신의 이야기임을 알아차렸다. 우르르… 이어 백색의 공간이 진동하기 시작했다. 크리스텔과 태자가 빠르게 사위를 둘러보며 경계했지만, 니키는 평온히 요한 경을 응시할 따름이었다.

-쩌저저적-!

천장 한편이 부서진 액정처럼 갈라지고, 이내 종잇장보다 날카로운 파편을 떨어뜨리기 시작했다. 쨍그랑, 쨍그랑! 콰과강…! 떨림은 이제 지진처럼 크고 험악해졌다. 주인 없는 방주의 신력이 더는 우리를 버티지 못하는 모양이었다.

크리스텔과 나는 후다닥 주저앉아 신수들을 품에 안았다. 겁 많은 레아가 길게 울며 로브 자락에 매달렸다. 엉망진창으로 번지는 시야에 흔들리는 태자의 모습이 담겼다.

-추기경인 그대가 지켜주세요.

그것이 니키의 마지막 말이었다.

"걱정 마십시오."

콰아앙! 아주 커다란 조각이 추락했다. 무슨 생각이었는지, 나는 고개 숙이는 시늉조차 하지 않고 방주 너머의 암흑을 올려다보았다. 무엇도 또렷하지 않은 상황 속에서.

-아우으, 아우으

"아…"

얇고 기다란 직사각형의 물체가, 순백의 빛을 내며 점멸하고 있었다. 그러나 그것이 무엇인지 추리하고 판단할 틈은 없었다. 싸아아아! 급격히 밝아진 광원이 우리를 집어삼킬 듯 가까워졌다. 눈이 멀 것만 같은 백색광이었다. 동시에 격렬한 파괴음이 귓등 너머로 스러졌다.

-쿠우웅…!

끝으로 다정한 실바람이 우리의 머리를 한 차례 쓸고 지나갔다. 반짝 눈을 떴을 때는,

-다그닥, 다그닥…

"이러! 옳지, 가자!"

벽 너머로 씩씩한 조안의 목소리가 들렸다. 우리는 숨을 몰아쉬며 서로의 상태를 확인했다. 다시, 국경으로 가는 화물 마차 안이었다.

* * *

방주의 안내자. 자아가 있는 신물. 이 세계의 원리와 다가오는 미래를 엿볼 수 있는 존재.

-덜컹, 덜커덩

-다그닥, 다각…

니키를 만나면 물어보고 싶은 게 많았다. 뚝심이는 인간의 말을

못 하지만 그는 할 수 있으니까.

"…"

예를 들면, 접때 내게 경고했던 것이 정말로 시몽 드 사르네즈의 모략을 의미했는지.

"…"

알렉상드르 국서가 진짜 크리스텔처럼 음치였는지.

"…"

우리가 처음 만나던 날, 나를 종탑 밖으로 떨어뜨린 이유가 있는지.

"…"

그가 알렉상드르의 말투까지 똑같이 흉내 내고 있는 건지. 뭐 그런 사소한 것들 말이다. 어쩐지 니키를 만날 때면 매번 상황이 긴박하고, 헤어지는 것도 갑작스러워서 평화롭게 대화할 수가 없었다. 이번이야말로 괜찮은 기회라고 생각했는데 내가 틀렸던 모양이다.

하기야 뚝심이는 주인이 없었다. 우리와 이런저런 모험을 함께하고, 제국 곳곳을 다니며 많은 인간을 만났지만 아직 마음에 차는 이는 발견하지 못한 듯했다. 그러니 방주의 형태를 오래 유지하긴 어려웠을 것이다. 이곳은 네 개의 신물이 한데 모였던 블랑케르 영주성 근처도 아니었다. 그는 순수하게 우리를 숨겨주고자…

'힘을 너무 많이 썼다.'

"고생했어. 고마워."

내가 뚝심이의 따뜻한 배를 쓸며 소곤거렸다. 손바닥 안의 굴뚝새는 곱게 잠들어 있었다. 동글고 조그만 가슴팍이 쉴 새 없이 오르락내리락했다. 신수들이 다가와서 뚝심이를 정성스레 핥아주었다.

고마움을 표하는 행동 같아 뭉클하고 기특한 마음이 차올랐다. 마지막으로 티테가 뚝심이를 지느러미발로 덮을 무렵, 나는 애물단지들을 한 번씩 안아주었다. 얼마나 잠들어야 하는지는 묻지 못했는데. 며칠이면 되려나.

"커헝! 커흐…"

흠칫하며 고개를 들었다. 두툼한 볏짚을 깔고 누운 조안이 드릉드릉 코를 골며 자고 있었다. 그새 많이 자란 레몬색 머리칼이 비죽배죽한 짚단과 절묘하게 섞였다.

크리스텔이 엉금엉금 기어가 그녀의 코트를 제대로 덮어주었다. 조안을 만난 건, 동부 광역 포털의 공영 차고지에 도착할 무렵이었다. 그녀는 짐칸에 다시 나타난 우리를 보고 아주 기절초풍을 했더랬다.

'뭔데, 뭔데! 참, 이게 아니지. 태자 전하를 뵙습니다!'

화를 내면서 주섬주섬 예도 차렸다. 궁정 화가 다 됐네.

'놀라게 해서 미안합니다, 조안.'

'알면 됐어, 왕자님. 도대체 무슨 짓을 한 거야? 흔적도 없이 사라졌다가 솟아나다니! 나 아까 근위대장님 앞에서 실신할 뻔했다고. 이것도 마법이야? 아니면 괴짜 후작님 마도구?'

'그게…'

니키의 존재를 빼고 간단한 자초지종을 설명하니, 그녀가 경악해서 뚝심이를 보았다. 그러고는 품에서 목탄을 꺼내 마차 내벽에 미친 듯이 무언가를 그리기 시작했다. 아무래도 제대로 영감을 받은 것 같았다.

우리는 그녀가 꽂힌 틈을 타 조용조용 움직였다. 요한 경이 갈아 탈 마차를 고르는 동안, 나머지는 짐을 옮기고 부지런히 자취를 지웠다. 다른 길로 빠진 척 가짜 흔적을 만들어 놓기도 했다. 주변에 아직 황실 근위대가 있으니 신중해야 했다. 레서판다들은 크리스텔의 까치걸음을 흉내 내느라 바빴고.

-끼잉

"…"

그리하여 현재. 일행은 여차여차 랑부예 카라반의 경로를 따르는 데 성공했다. 마부석엔 이제 요한 경이 앉아있었다. 이렇게 오솔길을 통해 빠르게 동남쪽으로 가면, 반가운 얼굴을 만날 수 있을 터였다.

국경 방향 마지막 포털에서 접선하기로 약속이 되어있었다. 이게 모두 나를 가엾게 여겨준 베레니스 공녀 덕분이었다. 그냥 포기할 수밖에 없었던 기회를, 그녀가 몰래 포장해서 내게 건네준 것이다. 꼭 잡아보라는 듯이.

-끼이, 끼이

"…"

페리가 황태자의 무릎에 매달려 자꾸 울었다. 나는 힐끔 사내의 눈치를 살폈다. 그는 레서판다에게 약간의 관심도 두지 않고 벽에 기대어 앉아있었다. 사실은 방주를 벗어난 뒤부터 저 녀석밖에 보이지 않았다. 아공간 너머로 목격한 정체불명의 막대기 모양 광원이나, 국서의 사연도 마음에 걸렸지만 당장은 눈앞의 친구가 더 중요했다.

이어지는 침묵이 신경 쓰이고 마주치지 않는 시선도 불편했다. 에테르를 전해도 되는지 알 수 없어서 수도꼭지만 한껏 풀어놓았다. 지금쯤 얼마나 슬프고 괴로울지를 생각하면, 먼저 말을 걸 용기가 안 났다. 많이 놀랐겠지. 내가 원망스러울까. 미리 알릴 걸 그랬나. 마음의 준비라도 하게 했어야…

"환궁하실 겁니까?"

나는 놀라서 눈을 깜빡였다. 그런 말을 툭 내뱉은 건 크리스텔이었고, 상대는 세드리크 태자였다. 두 남녀의 눈길이 허공에서 진하게 얽혀들었다. 서로를 노려보는 것 같기도 하고 별생각이 없는 것 같기도 했다. 나는 긴장해서 입술을 감쳐물었다. 내게 안겨 귤을 갉작이던 데미도 혀를 멈추고 둘을 바라보았다.

"원하시면 요한 선생님께 청하겠습니다. 마차를 돌려달라고요. 광역 포털에 아직 근위대가 있을 겁니다."

"…"

묵묵부답이었다. 사내는 크리스텔에게 던졌던 눈길을 미련 없이 거두었다. 그러고는 마차 바닥 어딘가를 뚫어져라 응시했다. 처음으로 답답하다는 생각이 들었다. 그는 황궁 고해소에서 만났던 세이디처럼 마음의 문을 꼭꼭 닫고만 있었다. 나도 녀석의 에테르를 느낄 수 있다면 좀 나을까. …달캉, 달카당. 쿨쿨. 돌부리 건너는 소음과 조안의 숨소리만이 간신히 적막을 채웠다.

"돌아가신다는 뜻으로 알겠습니다."

크리스텔이 조안 곁에서 벌떡 일어나 앞으로 향했다. 나는 바보처럼 그녀와 태자를 번갈아 보았다. 마땅히 보탤 말이 떠오르지 않았다. 지금은 어머니와 대모님 곁에 있는 게 나을까. 역시 그렇겠지? 그럼 납치해서 미안하다고 사과를…

"돌아가시던 날과 똑같더군."

우뚝. 벽을 두드리려던 크리스텔의 주먹이 멈칫했다. 태자의 목소리가 낮게 흘러나왔다.

"옷차림과 외양이."

"…"

"그것뿐이야."

달그락, 덜그럭! 다시금 마차 소리가 고요를 대신했다. 그가 드디어 나를 똑바로 바라보았다. 가닛 같은 눈동자가 어느덧 차분히 가라앉아 있었다. 우리가 묻지 않아도 녀석이 먼저 속내를 밝혔다는 사실에 가슴이 찌르르했다. 그러니까 대충 번역하면… 아버지 생전 그대로의 모습을 보고 크게 충격받았지만, 집에 돌아갈 만큼 힘들진 않다는 말 같았다. 맞나?

-사아아아…

제대로 이해한 건지 확신이 들지 않아서, 조심스레 성소를 열었다. 원이 마차 밖으로 삐져나가지 않도록 조그맣게 만들고 느릿느릿 힘을 전했다. 크리스텔과 애물단지들에게도 나누어 주자, 레아가 수염을 옴찔거리며 좋아했다.

샐쭉하는 게 지금의 나와 똑같았다. 에테르가 모세혈관으로 흘러나가는 듯한, 간지럽고 나른한 감각이 뒤따랐다. 태자는 곁을 맴도는 금빛 기운을 묵묵히 바라보더니… 쑤욱.

"하하."

거부하지 않고 힘을 받아들였다. 서클에 닿은 손바닥으로 에테르가 썰물처럼 빠져나갔다. 내가 작게 웃자 크리스텔이 '그럼 그렇지' 하며 털썩 주저앉았다. 아까의 심각한 분위기는 간데없고, 어느새 생글생글 까부는 낯이었다. 태자는 미간을 찌푸리면서도 에테르를 끊어내진 않았다. 신난 페리가 그의 허벅지 위를 고속도로처럼 뛰어다녔다. 주인공이 두 다리를 쭉 뻗으며 말했다.

"우리는 셋 다 아버지가 안 계시지 않습니까. 이해하려면 못 할 것도 없는 사이죠."

음, 굉장한 발언이었다. 심지어 전부 참이다!

"그러니 저희한텐 뭐든 털어놓으셔도 괜찮습니다. 하고 싶으시다면요. 그죠?"

그녀가 나를 돌아보며 씩 웃었다. 내 속을 훤히 읽은 듯한 문장이었다. 나는 밝게 미소하며 고개를 끄덕였다. 억지로 말하게 할 생각은 전혀 없으니, 우리가 언제든 귀를 기울일 거라는 사실만 기억해 주면 된다. 비단 태자 녀석만의 이야기는 아니었다. 여전히 이자벨과 상처를 극복 중인 크리스텔도 마찬가지⋯ 나도.

"두 분께 꼭 말씀드리고 싶은 게 있습니다."

그래서 불쑥 말했다. 그냥 그렇게 됐다. 혀끝에서 문장이 툭 떨어졌다. 더는 버틸 수 없었다는 것처럼.

"오, 뭔데요? 궁금합니다."

'표정 보니까 저녁 메뉴 얘기는 아닌 것 같아요.'

크리스텔이 앉은 자세로 궁둥이만 쓱쓱 움직여 다가왔다. 내가 그동안 그렇게 밥보처럼 굴었나 싶어 헛웃음이 났다. 어느덧 마차 지붕 틈으로 호박색 석양이 스며들고 있었다.

"기억하세요? 오렐리 전하께서 헤릿의 그릇을 살펴보셨던 날 말입니다."

나는 작년 가을의 기억을 더듬으며 입을 열었다.

'그야말로 일촉즉발이었습니다. 왕자님께서 고귀한 바비큐가 되실 뻔했다고요.'

크리스텔의 화난 음성이 이제껏 생생했다. 나는 몰랐지만, 내가 쥘리에트 궁에서 즉석 구이가 될 뻔한 순간이 있었다. 태자의 그릇에 문제가 있다는 것을 깨달았던 밤이었다. 그가 '신증'이나 그와 비슷한 질병을 앓고 있음을 알게 된 시간.

'혼자 꽁꽁 싸매고 있으면 다음에 또 언제 터질지 어떻게 알아요?'

우리의 주인공께서는 무뚝뚝한 남주를 혹독하게 다그치셨고,

'전하께서 말씀하시면 저도 비밀 하나 까겠습니다.'

돌연 거래 아닌 거래를 제시했다. 나는 진심으로 깜짝 놀랐다. 맥락상 크리스텔이 말하고자 하는 것은 '빙의'에 관한 진실이었다. 그녀는 자신이 지도에도 없고 하늘에도 없는, 완전한 별세계에서 떨어졌노라 고백하려는 거였다. 물론 태자가 쉽사리 자신의 사연을 터놓을 리 없었다. 크리스텔도 그를 알기에 자극제로서 내놓은 제안이라고 했다.

'딜?'

'…받아들이지.'

하지만 쇼킹한 건 쇼킹한 거였다. 크고 작은 두 주먹 사이에 낀

나는, 어떻게 대처해야 좋을지 당혹스러웠다. 나 역시 만만찮은 비밀을 숨기고 있었으니까. 지금까지 줄곧 그들을 기만하고 속여왔으니까.

"크리스텔이 태자님에게 충격적인 비밀을 말하겠다고 했잖아요."

"네. 전하께서 본인 이야기를 좀 하시는 날이 온다면요."

그녀가 턱을 까닥이며 답했다. 태자는 가소롭다는 양 코웃음 쳤다. 그래도 저렇게 반응하는 걸 보면 약속은 확실히 받아들인 모양이었다. 나는 둘을 갈마보며 속삭이듯 말했다.

"실은 저도 숨기는 게 있습니다. 아직 아무한테도 얘기한 적 없는데…"

"대박. 좋아하는 사람? 혹시 아이가 있으시다거나?"

"하하하. 그런 건 아니고요."

끝내 파안하자 크리스텔이 키득거리며 가까이 붙었다. 맞닿은 팔꿈치가 따뜻해서 긴장이 조금 풀어졌다. 태자가 우리를 찌를 듯이 쏘아보았다. 저 삼십 리 강짜.

"당장은… 자세하게 말씀드릴 준비까진 안 됐는데, 제가 중립 지대로 가고 싶었던 이유가 따로 있습니다."

"허어."

내 말에 주인공이 눈을 휘둥그레 떴다.

'어쩐지 조금 떼를 쓰시더라고요. 저야 좋았지만.'

그런 중얼거림도 이어졌다. 내가 진짜 나잇값을 못 했구나 싶어서 쓴웃음이 났다. 나 하나 절박하다는 이유로 사방에 울상을 짓고 다녔으니 유구무언이었다. 나는 가만히 태자와 시선을 마주했다.

"이유는 왕세녀 전하뿐이라고 거짓말을 해서 죄송합니다."

"…"

그러자 붉은 눈동자가 재처럼 어두워졌다.

"경계의 신전에 있는,"

"듣고 싶지 않군."

"예?"

말허리가 칼같이 잘렸다! 성반 이야기까진 하려고 했는데 흐름이 뚝 끊겼다. 얌전히 듣고 있던 애물단지들이 불만스레 꼬리를 흔들었다. 크리스텔 역시 오만상을 썼지만, 사내는 아랑곳하지 않고 자리에서 벌떡 일어났다. 야, 키도 전봇대만 한 게 그렇게 갑자기!

"머리 조심!"

-쿵!

아이고!

"뭐야! 방금 뭐가 터진 거야!"

조안이 화드득 잠에서 깨어나 사방을 두리번거렸다. 크리스텔이 엉엉 울며 옆으로 쓰러졌다. 엘리자베트 경까지 있었더라면 아마 찻간이 떠내려갔을 것이다. 나는 로판 남주의 머리에 혹이 날까 봐 홀로 전전긍긍했다.

"…헤인스 경과 교대하지."

그가 빈틈없는 표정으로 내뱉었다. 다행히 어지럼은 없는 것 같았다. 바깥의 요한 경도 충격음을 들었는지, 마차가 서서히 속력을 낮추었다. 때늦은 웃음이 터졌다.

＊＊＊

　진실이 덧붙지 않은 소문은 사그라들기 마련이며, 제아무리 뛰어난 영웅이라 해도 보이지 않으면 잊는다. 먼 곳의 죽음은 결국 먼 일로 남는다. 최근 페네티안 왕성은 제자리를 찾아가고 있었다. 그러한 진리의 결과로.

　- ♩ ♪ ♬ …

　동방의 아름다운 음악이 실내를 물들였다. 고급스러운 연보랏빛 휘장과 집채만 한 샹들리에가 이곳저곳에 꿈처럼 드리웠다. 베르너르 페네티안이 가장 좋아하는 연회장에선, 매일같이 값비싼 잔치와 무도회가 열렸다.

　국서는 본디 왕성의 누구보다도 호사를 즐겼다. 빌헬미나 스네이더르 공작이 처소를 다녀간 이후, 그의 사치벽은 겨울 산불처럼 걷잡을 수 없이 타올랐다. 하루에 네다섯 번씩 옷을 갈아입었으며 만취한 채로 작은딸을 찾는 일도 잦았다.

　온갖 패물과 귀한 가죽이 밤낮으로 그의 공간을 드나들었다. 누구도 그를 말리지 못했다. 혹은 그럴 필요를 느끼지 못했다. 스네이더르 공작이 방치했고, 국왕은 다시 이성을 잃었으며, 멀리 떠난 왕세녀가 돌아오지 않고 있었기에.

　"눈을 뗄 수 없을 만치 아름다우십니다, 전하."

　"고맙네."

　어느 귀족이 그의 손등에 정중히 입을 맞추었다. 상석에 앉은 국서는 쥘부채 아래로 그의 얼굴과 몸을 빠르게 살폈다. 제법 반반하고 어려 보였으나 객관적으로 자신에 비할 것은 못 됐다. 누님의 눈에 들어 왕의 침전에 누울 일은 없을 터였다. 그는 자연스레 손을 빼내고 자애로운 눈웃음을 지어 보였다. 얼굴 근육을 움직일 때마다 멍든 뺨이 욱신거렸다.

"…좋은 시간 보내게."

그간 치유 신관은 부르지 않았다. 당연하지 않은가. 자신이 누님에게 맞은 일은 아무도 몰라야만 했다. 치욕스러운 고통은 생애 한 번이면 충분했다. 관자놀이와 턱까지 시퍼렇게 번진 멍은 한 달이 넘도록 빠지지 않았다. 베르너르는 매일 두 시간씩 화장을 받아 가며 흉을 가렸다.

"황송합니다. 이리 전하를 뵌 것만으로 무한한 영광입니다."

남자가 깊이 절하고 물러갔다. 국서는 부채를 팔랑이며 매혹적인 눈빛으로 장내를 둘러보았다. 그와 시선이 닿은 이들은 너 나 할 것 없이 경외감을 드러내며 예를 차렸다. 수많은 귀족과 부자들. 반짝이는 위선자들. 권력에 빌붙고자 무엇이든 하는, 화려하고 사랑스러운 살인자들. 저들이 있기에 자신은 결코 혼자가 아니었다. 사생아 하나를 죽이겠다고 발버둥 치는 것쯤은, 아무것도 아니었다.

"마음에 드는군. 이제야 조금 평화로워."

"저의 기쁨입니다."

그의 시종 총괄이 허리를 숙였다. 국서는 그대로 눈길을 옮기다 멈칫했다. 일순 취기가 싹 달아났다. 거대한 대리석 기둥 옆, 큰딸의 수행 기사가 자신을 노려보고 서있었다. 홀로 흙먼지를 뒤집어 쓰고 흉한 갑옷을 입은 채.

* * *

"저자를 불러올려라."

베르너르는 마르티어 제일스트라와 마주친 눈을 피하지 않았다. 일국의 국서가 일개 신관의 시선을 받아내지 못할 이유는 어디에도 없었다. 게다가 저이는 엘리서의 오른팔이었다. 그는 큰딸에게 언제나 떳떳하고 완벽한 아버지로 남고 싶었다. 자식은 부모 마음대로 자라지 않는다지만, 자식의 마음에 뿌리내리는 이 또한 부모였다. 주인의 미소에서 불길함을 읽은 시종 총괄이 몸을 숙였다.

"전하. 기사들을 불러 끌어내시는 것이…"

"예까지 들어온 데는 이유가 있지 않겠느냐. 필시 입구에서 보초 여럿을 때려눕혔을 것이다."

"…"

"말을 올릴 기회를 주어야겠지."

그가 쥘부채를 살랑이며 속삭였다. 초콜릿처럼 달콤한 목소리였으나, 그의 음성이 다정할수록 내면의 독기가 강해진다는 것을 모르는 이는 없었다. 노복은 깊이 절하고 근처의 아랫것에게 손짓했다. 귀족들에게 색색의 퀴라소를 대접하던 시종 몇이 황급히 마르티어에게 다가갔다. 신관은 기다렸다는 듯 국서의 자리로 올라왔다.

-♬ ♩ ♪ …

-척, 철컹, 철커덩

아리따운 선율 사이로 여인의 갑옷과 군홧발 소음이 찔러 들었다. 주름진 눈매가 형형했다. 작고 다부진 몸에선 노골적인 반감이 뿜어져 나오고 있었다. 춤과 수다를 즐기던 페네티안 귀족들이 상석을 힐끔거렸다. 베르너르는 보란 듯 근사한 눈웃음을 지었다.

"제일스트라 경, 오랜만이네. 목이 말라 방황하다 연회장까지 왔는가?"

"하하하하!"

가까이 서있던 귀족들이 폭소했다. 껄껄대다가 술을 쏟아 소란이 일기도 했다. 마르티어는 고요히 국서의 목덜미 부근을 노려볼 따름이었다. 베르너르는 조롱을 멈추지 않았다. 물러갔던 취기가 그를 다시 잠식하고 있었다.

"세숫물을 찾아온 것일지도 모르겠군. 민머리가 흙투성이 오리 알처럼 보일 지경이니."

"와하하하!"

"짓궂으십니다!"

귀족들이 장내가 떠나가라 웃었다. 그새 말이 퍼졌는지 멀리 있던 객들도 이쪽을 보며 떠들고 있었다. 베르너르는 이쯤이면 되었겠다 싶어 부채를 접었다. 신관이 분노로 떨리는 입술을 간신히 비집어 열었다.

"…백성들이 굶고 있습니다. 이삼월은 전국적으로 가장 힘든 시기입니다."

"미안하네만, 간언하러 온 것이라면 줄부터 서게. 그런 이야기는 로세하르더 궁정백도 지겹게 하니까."

탁! 국서는 부채를 내려놓고, 금쟁반에서 아펠플랍 하나를 들어 부드럽게 쪼갰다. 달콤한 사과와 진한 계피 향이 코끝을 찔렀다.

그는 마르티어를 비롯한 상류층의 위선이 소름 끼치게 혐오스러웠다. 똑같은 부와 권력을 누리고 살면서, 자신들은 도덕적으로 우위에 있다는 양 행동하는 것을 보면 절로 결벽이 도지고 속이 메스꺼웠다.

적어도 베르너르 자신은 겉과 속이 똑같은 사람이었다. 그뿐인가, 그가 쓰는 돈은 전부 왕실 영지에서 걷은 세금이었다. 왕족이 정당하게 얻은 재화를 어디에 쓰든 언감생심 그녀가 참견할 바 아니었다. 아니, 설령 과정이 정당하지 않았다 해도 입을 놀려서는 안 됐다. 건방진 것이 주제도 모르고.

"용건은 그게 끝인가?"

"왕세녀 전하로부터, 국왕 대리의 이름을 돌려받고자 하지 않으셨습니까."

마르티어가 끓는 듯한 목소리로 말했다. 목과 이마에 울룩불룩 핏대가 선 꼴이 볼만했다. 국서는 바삭하고 부드러운 과자를 이로 찢었다. 잘게 깨물고 혀로 으깨니 황홀한 맛이 느껴졌다. 두 사람의 대화가 들리지 않자, 귀족들은 금세 흥미를 잃고 자기들끼리 재잘거렸다. 남자는 절반의 조각을 해치운 후에야 갈색 눈동자를 동그랗게 떴다.

"아. 내 정치력을 비판하려는 거군."

깜빡 잊었다는 투였다. 그가 천사처럼 미소 지으며 속삭였다.

"가엾은 비렁뱅이들이 아사하는 동안 국왕을 대리해 무엇을 했느냐 묻고 싶은가 보지?"

"그렇습니다."

여인의 흰자위가 터진 실핏줄로 붉게 물들었다. 국서는 귀신처럼 웃음기를 거두고 목소리를 낮추었다. 샹들리에 아래 연보랏빛 머리카락이 불온하게 반짝거렸다.

"나는 너희가 올린 구빈 정책 서류에 국새를 찍었다."

"…"

"세금을 올려 천것들을 돕자기에 받아주었고, 둑을 지어 건땅을 보호하겠다기에 대공사를 승인했지. 네놈들의 위선을 전부 허락한 것이 바로 이 몸이야. 한데 몽매한 것들이 제 앞가림 못하고 죽어나가는 것을 감히 내 탓으로 돌려!"

탈싹! 그가 마르티어의 얼굴에 남은 아펠플랍을 내던졌다. 장내가 싸늘하게 식었다. 고운 연주가 뚝 멎고, 거나하게 떠들던 귀족들이 석상처럼 굳은 채 둘을 돌아보았다. 베르너르는 이런 식의 눈총과 손가락질이 지긋지긋했다.

평생을 아무리 노력해도, 그를 있는 그대로 받아들이고 인정해주는 사람은 없었다. 그래서 어머니의 고양이를 죽였다. 그렇게 하면 그녀가 그깟 미물 대신 자신을 안고 쓰다듬어 줄 것 같았다. 그래서 아버지의 애마를 괴롭혔다. 그리하면 그가 그따위 짐승 대신 자신과 함께 교외로 나가줄 것 같았다. 그러나 어린 시절의 누구도 소년을 돌아보거나 가엾게 여기지 않았다. 오히려 뒤에서 쑥덕거리고 노골적으로 기피했다.

'도련님이 악마의 핏줄이래.'

'말도 마, 어찌나 잔혹하신지. 난 진작 다른 댁으로 가려고 마음먹었다니까.'

'빌헬미나 아가씨만 고생하시는 거지, 뭐. 주인님은 바깥일로 바쁘시잖아.'

…그런 베르너르를 불쌍히 여긴 것은 오직 베르너르 자신뿐이었다. 하나뿐인 아내도, 생때같은 자식들조차 그를 이해하지 못했다. 그러니 저깟 초라한 신관이 자신을 지적하는 것은 참을 수 없는 모욕이었다. 그가 울컥하고 손을 움직였다.

"감히!"

-콰당탕, 쨍그랑!

요란한 소리와 함께 쟁반이 넘어가고 크리스털 병이 깨졌다. 파편에 상처 입은 시동들이 혀를 깨물어 울음을 참았다. 마르티어는 팔뚝의 소름을 가까스로 억눌렀다. 분노와 증오로 당장이라도 무기를 찾아 쥐려는 양손을, 이를 악물고 제자리에 붙여놓았다. 온몸이 슬픔에 짓눌려 바들거렸다.

이런 자의 가문이 신국을 좌지우지하고 있었다. 이런 인간이 오랫동안 크리스타너 폐하를 대신하고 있었다. 악의와 무지로 빚어놓은, 주신의 일그러진 괴물이.

"왕세녀 전하의… 친서입니다."

신관이 겨우 말을 꺼냈다. 끈적한 사과 조각과 아몬드 페이스트가 볼을 타고 흘러내렸다. 그녀의 소매에서 나온 것은 백금색 술이 달린 작은 두루마리였다. 그게 끝이었다. 마르티어는 빈말로 사과를 올리지도, 국서 앞에 허리를 굽히지도 않았다. 시종으로부터 서신을 건네받은 남자가 실눈을 떴다.

"국새는 어디에 있느냐."

"…"

"대리의 자리를 돌려달라 했으니, 내 아이가 그것도 보냈을 텐데."

"국새는 없습니다."

"뭐?"

남자의 목소리가 커졌다. 중년인은 무뚝뚝하게 답했다.

"왕세녀께서 전하의 청을 거부하셨습니다."

'세상에.'

술렁임은 앞에서부터 차례로 퍼져나갔다. 베르너르의 시선에 파문이 일었다. 누님과 마지막으로 나누었던 대화가 환청처럼 귓전을 강타했다.

'큰아이는 오롯이 제 손으로 키웠습니다. 결코 배신하지 않을 겁니다.'

'피붙이로서 아비를 버리는 것과, 정치적으로 아버지를 배제하는 일이 같겠습니까?'

그럴 리가 없었다.

"…어느 안전이라고 거짓을 고하느냐."

그럴 수는 없었다. 자신의 완벽한 걸작품이, 엘리서가 그를 배반할 턱이 없었다. 베르너르는 욱신대는 뺨을 의식하지 않으려 기를 썼다. 귀족들이 그를 올려다보며 끊임없이 수런거렸다. 파티가 아니라 어느 전시회에 오기라도 한 것처럼.

"거짓이 아닙니다. 친서의 내용을 보면 아실 것입니다."

-부스럭부스럭!

국서는 다급한 손길로 두루마리를 풀어헤쳤다. 그러면서도 날카

8. 광야로 가는 길

449

로운 눈빛은 마르티어에게 단단히 고정했다. 예가 어디라고 언감히 허언을 지껄인단 말인가. 아무리 왕세녀의 수족이라 해도 봐주는 데 한계가 있는 법이었다. 경을 쳐도 모자랄-

'하여 국왕 대리의 자리는 왕위 계승자인 제가 유지하겠습니다. 이를 기반으로 중립 지대에서 유의미한 외교적 성과를 거둘 수 있도록 노력하겠습니다. 아버지께서는 모쪼록 옥체를 살피시고, 2왕녀를 돌보아 주시고, 지금쯤 콩짚과 나무뿌리 죽으로 연명하고 있을 빈민층을 구제하시어…'

-빠스락!

헉. 순간 숨이 턱 막혔다. 베르너르는 두루마리를 빠르게 눈앞에서 치웠다. 벌벌거리는 손을 숨기고자 가운 아래로 주먹을 꽉 쥐기도 했다. 그러나 한번 본 것은 뇌리에서 지워지지 않았다. 흡족하던 현실이 별안간 퀴퀴한 보랏빛 악몽으로 변했다. 어디선가 불쾌한 곰팡내가 나는 것만 같았다. 더러운 핏덩이의 냄새.

"…이는 이간질의 결과물이다."

그가 선언했다. 목청이 미세하게 울렁거렸다.

"왕세녀는 지금껏 나를 아버지로서 깊이 신뢰했지. 왕도에 그를 모르는 자가 있느냐?"

"…"

용맹한 딸이 국경에서 크고 작은 전투를 지휘하는 동안, 그는 왕성에 앉아 나라를 다스렸다. 적당한 사윗감을 찾느라 수많은 사교장을 몸소 뒤지기도 했다. 국왕을 대신한 이래 하루도 게으르게 산 적이 없었다. 한데 딸아이가 이런 식으로 자신을 등지려 하고

서브 남주가 파업하면 생기는 일 6

있었다. 상의 한마디 없이, 아비의 얼굴 한번 보지 않고 멋대로 결정하여.

"이 아이의 눈을 가리고 귀를 먹게 하는 존재가 곁에 있는 것이야. 필시 나에 관한 중상을 들었겠지. 다시 가서 전하거라."

"요사이 왕도의 언어유희가 복잡해졌나 봅니다. 아니면 중상의 의미가 바뀌었는지요?"

마르티어가 그의 말머리를 잘랐다. '저런 무례한…!' 좌중이 일시에 경악했다. 국서는 믿을 수 없는 불경함에 눈을 치떴다. 신관은 뺨에 묻은 음식을 소매로 쓱쓱 닦아냈다.

"중상이 아니었습니다, 전하. 왕세녀께서는 전하께 정당한 의문을 품었고, 이어진 측근과의 상의 끝에 타당한 결론을 얻으셨습니다. 이게 그분의 뜻입니다."

"대관절 무슨 의문이기에, 한 줄 논의도 없이 이리 결정한단 말이냐."

문장을 씹어뱉는 근육에 힘이 들어갔다. 얻어맞은 뺨의 아픔은 무의식 뒷자락으로 멀어졌다. 묵묵히 둘의 대화를 듣던 시종이 만류했다.

"전하. 나머지는 자리를 옮겨서 하시는 편이,"

휙! 그가 손을 올렸다. 닥치라는 의미였다. 노복이 침음하며 한 걸음 물러났다. 얼음장처럼 굳은 분위기에도 마르티어는 꼿꼿하게 대답했다.

"전하께서 이미 아실 것입니다."

"아니, 상상조차 못 하겠다. 평생 두 딸만 보고 산 아비에게 왕세녀가 의문을 가질 일이 무에 있어!"

"리에스테르 황제의 친서를 빼돌리시지 않았습니까!"

베르너르의 눈이 휘둥그레 커졌다.

"주신이시여!"

"방금 들었소?"

충격은 삽시에 들불처럼 연회장 곳곳으로 퍼져나갔다. 행사는 이제 고귀한 주최자를 맞은 잔치도, 유명한 작품이 걸린 전시회도 아니었다.

"뭐라고…?"

그저 천박한 곡예요 구경거리였다. 베르너르의 입술이 파르르 울렸다.

"프레데리크 리에스테르 황제는 평화주의자로 널리 알려진 현군입니다. 국왕 대리인 왕세녀께서 보내신 친서를 무시하고, 국경의 충돌이 날로 격해지는 것을 두고 볼 위인이 아니란 말씀입니다. 한데 대축일 기간이 시작되기 직전까지도 연통이 없었습니다!"

베르너르가 자리에서 벌떡 일어났다. 확장된 동공이 미친 듯이 소용돌이쳤다.

"그게 나와 무슨 상관이란 말이냐. 나는 아무것도 하지 않았다!"

"제발 그만하십시오!"

마르티어가 고통스레 외쳤다. 그러나 베르너르는 물러서지 않았다. 물러설 곳도 없었다. 자신은 늘 벼랑 끝에 홀로 남은 아이였다. 얼굴에 열이 쏠렸다. 뒤끓는 억울함과 분통함이 단전에서부터 치솟아 올랐다. 그는 무엇도 빼돌린 적이 없었다. 무고하며 결백했다!

"네가 지금 폐하의 반려인 나를 모함하는 것이냐!"

"전하! 이 늙은것을 봐서라도 고정하십시오!"

시종이 그의 발목에 절박하게 매달렸다. 마르티어는 죽음을 각오한 사람처럼 열변을 토했다.

"전하야말로 신국에 무슨 짓을 하고 계시는지 아십니까. 이는 외교 실패로 인한 참사나 다를 바 없습니다! 이러다 전쟁이 나면, 숱하게 사라질 목숨은 어찌 책임지려고 이러십니까!"

"이런 미치광이를 보았나…!"

"왕자 전하에 대한 사감으로 나라에 학살을 일으키고자 하십니까!"

"친위대! 왕성 친위대를 들이거라, 어서!"

시종 총괄이 절규하듯 명했다. 기겁한 시동들이 거대한 입구를 열어젖히고 달려 나갔다. 노련한 이들은 장내의 손님을 전부 밖으로 내보냈다. 베르너르는 무엇이든 손에 잡히는 대로 마르티어를 향해 던졌다.

쨍그렁! 와장창! 오색의 술잔과 뜨거운 음식이 여인의 갑옷에 마구잡이로 부딪히고 산산조각 났다. 그래도 수치스러움은 씻을 수 없었다. 일평생 누군가의 등만 보며 살아온 자신에게, 저따위 누명을 씌우려는 것이 분하고 비통하여 심장이 터질 것만 같았다.

"왕세녀의 신임을 믿고 이리 구느냐? 그렇다면 그 아이가 오기 전에 내 너를 죽일 것이다!"

"제일스트라 경, 실례하겠습니다!"

우르르! 밀물처럼 달려온 친위대가 마르티어를 급히 포박했다.

그녀는 저항하지 않고 끌려갔다. 베르너르는 시뻘겋게 달아오른 눈가로 나이프를 쥐었다. 핵! 마지막으로 신관을 노리는 순간,

"이러다 혼절하시겠습니다!"

시종이 눈물 젖은 낯으로 그의 팔을 붙들었다. 챙그랑! 은식기가 찢어지듯 울었다. 국서의 긴 팔다리도 털썩 무너졌다.

"콜록콜록! 쿨럭쿨럭!"

"전하, 전하…! 무엇 하느냐, 태의와 치유 신관을 불러라! 어서!"

"예, 시종 총괄님!"

남아있던 소수의 일손마저 썰물처럼 빠져나갔다. 면면이 하얗게 질려있었다. 베르너르는 가쁜 호흡으로 느릿느릿 고개를 들었다. 한쪽만 길게 내려온 옆머리가 바람 앞의 등불처럼 흔들리고 있었다. 텅 빈 연회장이 시야에 들어왔다. 실내는 사방에 튄 음식물과 객들이 버리고 간 물건 등으로 지저분했다. 그뿐이었다. 다시 혼자였다.

"…코르넬리서를 데려오거라."

그가 중얼거렸다. 시종은 귀를 의심했다.

"예?"

"그 아이와 함께 가야겠다."

"이 시간에 어디로…"

늦은 새벽이었다. 하지만 베르너르 페네티안은 개의치 않았다. 큰아이가 그의 손아귀를 벗어나는 일은 있을 수 없었다. 당장 오해를 풀어야 했다. 맨발로 불타는 모래를 밟는 한이 있더라도.

"내 딸이 방랑하는 사막으로 떠날 것이야."

엘리서는 그의 전부였다.

* * *

쨍쨍 내리쬐는 햇볕은 강렬하다 못해 고통스러울 지경이었다. 겨울이 오지 않는 땅이었다.

-휘이이이…!

뜨거운 바람이 휘몰아쳤다. 금빛 모래들이 일제히 들고 일어나 춤을 추었다. 순식간에 길이 사라지고 지형이 바뀌었다. 언덕은 평평해졌으며, 말굽이 닿았던 뒤쪽 땅엔 작은 사구가 생겨났다. 엘리서 페네티안은 말에 탄 채 묵묵히 전방을 응시했다. 거친 환경 탓에 눈 뜨기조차 힘들어야 마땅했으나, 그녀의 손엔 신물 '역풍의 예기'가 들려있었다.

황금 창은 한 톨의 모래알도 허락지 않겠다는 듯 고고하게 번쩍였다. 열병 같은 사풍沙風이 두 여인 근처에 닿지 못하고 걸음을 돌렸다. 휘우우우… 자닌이 걱정스러운 표정으로 입을 열었다.

"전하, 정녕 동굴에서 쉬어 가지 않으셔도 되겠습니까?"

"그래."

왕세녀가 선선히 대답했다. 평소라면 이러한 걱정을 받을 이유는 없었다. 그녀는 걸음마를 뗄 때부터 신동이라 불린, 신국의 자랑스러운 추기경급 성기사였다. 그러나 지금은 상황이 달랐다. 폭주 직전까지 갔던 엘리서를, 신관 열둘이 매달려 진정시킨 것이 겨우 보름 전의 일이었다.

'-화르르르!'

'헉! 허억, 크헉…!'

'전하! 왕세녀 전하, 정신을 놓으시면 아니 됩니다. 호흡 교육을 떠올려 보십시오!'

'아름다운 기억을 꺼내 보십시오. 2왕녀 전하를 생각해 주십시오!'

'저희를 따라 하시면 되옵니다. 들이마시고, 참고, 내쉬고…!'

추기경의 폭주는 주변 모두를 위험하게 하기에, 신관들은 그야말로 목숨을 걸고 그녀를 구해냈다. 화상을 입거나 사제복이 타는 것도 개의치 않았다. 자칫하면 지난 두 달간 전사한 병사보다, 그녀의 폭주에 휘말려 죽을 목숨이 훨씬 많은 상황이었다.

다행히 신국 군대는 그러한 사태에 대처할 줄 알았다. 신관들이 그녀의 폭주를 막아내며 실신과 출혈을 반복하는 동안, 병사들은 무기를 챙겨 군영에서 멀리 떨어진 곳으로 대피했다.

'윽! 크훗, 코르넬리서… 예서!'

'예, 전하. 사랑하는 동생분들을 생각하십시오. 웃는 옥안으로 다시 보셔야 하지 않겠습니까.'

'-치이익…!'

충직한 자닌은 눈물로 엘리서를 붙들고 달랬다. 열상으로 손바닥이 붉게 까지는데도 아랑곳하지 않았다. 일반인인 그녀는 곧장 위험 반경을 벗어나야 했지만, 오직 그녀만이 줄 수 있는 위안이 있었다.

엘리서는 왕성 심처에 있을 어머니와 가족 대신 자닌을 의지했다. 신국 곳곳을 살피고 있을 마르티어를 믿었다. 자신만을 바라보는 백성을 생각하고, 그로써 그녀 또한 폭주의 유혹을 견뎌냈다. 아버지에 관한 생각은 하지 않으려 애썼다. 목구멍에서 선연한 피맛이 올라왔다.

'-사아아아…!'

'커흑!'

…이내 눈앞의 뾰족한 태양빛이 가라앉았다. 무서운 충동질과 영혼을 집어삼키던 불꽃이 거짓말처럼 물러갔다.

'콜록, 콜록콜록! 하아, 하… 자닌?'

'맙소사! 정신이 드십니까!'

'주신이시여, 감사합니다…!'

에테르가 진정될 무렵엔 신관 절반이 기절해 있었다. 그러나 어쨌든 불 속성 추기경의 끔찍한 폭발을 막는 데는 성공했다. 그것만으로 국경의 신국군은 깊이 안도했다. 막사에서 오랫동안 안정을 취한 엘리서는, 제국이 어떻게 나오든 자신은 중립 지대로 가겠노라 선언했다.

더는 아버지의 판단을 믿고 맡길 수 없었다. 그가 황제의 친서를 빼돌렸다는 직감이 지워지지 않는 이상, 국왕 대리의 자리를 돌려주기란 불가능했다. 그녀는 무엇도 숨길 수 없는 사막에서 진실을 밝히고 귀환할 생각이었다.

함께 전장을 지키던 귀족들이 크게 근심했으나, 왕세녀는 고집을 꺾지 않았다. 평화를 이룩할 방법은 그뿐이었으니까. 그렇게 그녀는 자닌만을 데리고 모래땅으로 나아갔다. 마침 주신의 운명이 그들을 도왔다.

'로날트 뤼퍼르트 교황청 총대리가 중재를 원한다는 소식입니다, 전하.'

어느 숙박소에서, 두 사람은 대단한 소문을 접했다. 수많은 카라반과 소수 민족이 오가는 지역이었다.

'잘되었구나. 설령 리에스테르 황족이 오지 않는다고 해도, 총대리에게 우리 입장을 증명할 수 있을 것이다.'

'예. 어쩌면 제국도 그에게 친서를 전할지 모릅니다.'

다행히 주신 강림 대축일 기간이 끝날 때까지는 여유가 있었다. 엘리서와 자닌은 대륙 어디서든 통하는 금화로 가방을 채우고, 수통과 식량도 넉넉히 준비했다. 신국 최고의 준마들이 두 여인을 보필했다.

지도가 있기야 했으나 매일같이 모습이 변하는 사막에선 참고 문헌 이상의 가치를 지니지 못했다. 오랜 옛날 융성했던 우니오^{Únio}의 수도는 이제 흔적조차 없었다. 유적은 숨어버렸고, 유물은 묻혀버렸다. 그저 막막한 광야만이 펼쳐져 있을 따름이었다. 그곳에서 엘리서는 창을 들어 지평선을 가리켰다.

"저기 신전이 보이는구나, 자닌."

"아…"

'우우우.'

사령邪靈의 울음소리 같은 것이 그들의 귓가를 스쳤다. 덜컥 소름이 돋았으나, 중년인은 꿋꿋이 두려움을 이겨냈다. 그간 주인의 창 끝에서 쓰러진 황야의 사특한 것들을 떠올리면 불현듯 용기도 샘솟

앗다.

그녀는 침착히 왕세녀의 손끝을 바라보았다. 믿을 수 없는 광경에 복면 아래 입술이 스르르 벌어졌다. 고열로 이글거리는 황야 한복판, 웅장한 고대의 건물이 서 있었다. 멀리 왼쪽으로는 드넓은 야청빛 강물과 수풀이 보였다.

"세상에, 저것이… 전하."

"그래. 양국의 경계를 가르고, 주신과 대륙의 경계를 지키는 신전이다."

엘리서가 답했다. 왕세녀는 어릴 때 저곳을 방문한 적이 있었다. 어머니가 아직 굳건하시고, 신관 미카엘이 살아 숨 쉬던 시절이었다. 건축물은 그날과 똑같은 모습이었다. 푸룽, 푸르룽. 말들이 콧김을 내뿜었다. 그녀의 푸른 시선이 먼 곳을 헤아리듯 아득해졌다가 현실로 돌아왔다. 지금, 2천 년의 고도古都가 다시 코앞에 아른거리고 있었다.

"가보자. 가까워 보이는 것이 신기루일지도 모르니 전속력을 낼 필요는 없다."

"예."

자닌이 고개를 끄덕였다. '헛!' 엘리서가 박차를 가했다.

-싸아아아…

말이 떠난 자리는 금세 모새로 뒤덮여, 어떠한 자취도 남지 않았다.

* * *

-다그닥, 다그닥!

거대한 달이 차오르는 밤이었다. 고작 한나절 달렸지만, 확실히 남쪽으로 내려오니 공기가 온난했다. 나무들도 뜨문뜨문해지는 것이 드디어 숲을 벗어나는 모양이었다.

"대박! 왕자님, 저기 보입니다. 랑부예 카라반이에요!"

"하하하. 그러네요."

크리스텔과 나는 동시에 웃음을 터뜨렸다. 마부석엔 이제 우리 둘이 앉아있었다. 한참을 혼자 운전하던(페리와 레아가 동석하긴 했다) 황태자와 교대하고, 황궁에서 싸 온 음식으로 맛있게 저녁을 해결하고, 다시 몇 시간을 질주한 결과였다.

포털을 이용했다간 발각될 게 뻔하니 으슥한 숲길만을 통하고 있었다. 운이 억세게 좋았는지, 황도 동부를 벗어난 후로는 한 번도 황실 근위대를 맞닥뜨리지 않았다. 오솔길 지도는 프랑수아 뒤엠 후작이(《격주간 리에스테르》 선정, 성력 1614년 리에스테르에서 가장 매력적인 독신남 3위) 제공해 주었다.

그는 대축일 기간을 맞아 궁에 머무르고 있는 데다, 전시戰時 포털 기록 복원에 힘쓰느라 지도를 수십 장씩 마차에 싣고 다녔다. 요컨대 우리의 대형 사고를 돕기엔 딱 좋은 포지션이었다. 게다가 이건 황실 자료이니 빼돌리면 큰일…

"음."

꿀꺽, 새삼스럽게 침이 넘어갔다. 통신용 마도구 귀걸이, 목걸이, 비밀 지도. 전부 건사해서 꼭 돌려줘야지.

"할머니! 저예요, 크리스!"

서브 남주가 파업하면 생기는 일 6

그때, 크리스텔이 말고삐를 놓고 환한 얼굴로 양팔을 흔들었다. 나는 허겁지겁 고삐를 대신 잡았다.

'아우웅!'

그녀의 무릎에 누워있던 티테가 즐겁게 울었다. 꼬마가 여태 잠도 안 자고, 갈수록 주인공 닮아가는 것 같아서 큰일이다!

"아이고! 우리 분홍 타마!"

멀리서 나이 든 목소리가 외쳤다. 숲이 끝나는 길목에 지붕 달린 높다란 수레가 서있었다. 바로 옆에는 어느 노부부와 산트, 그리고…

"이자벨!?"

"너무 좋다, 어머니도 같이 가시나 봐요!"

편한 차림의 이자벨까지 나와있었다! 나는 식겁해서 입을 떡 벌렸다. 크리스텔이 모친에게 작전을 미리 전했다는 건 알았다. 그녀의 도움으로 카라반 경로도 정확히 짚을 수 있었다.

하지만 설마하니 이자벨이 딸과 동행하겠다고 나설 줄은 몰랐다. 반갑고 놀라워서 헛숨이 터져 나왔다. 이내 화물 마차가 느릿느릿 사람들 앞에 멈추어 섰다. 크리스텔은 티테를 안고 화드득 마부석에서 내려 어른들에게 달려갔다. 랑부예 자작 부부는 피 한 방울 섞이지 않은 손주를 듬쑥 부둥켰다.

"우리 공주! 예까지 오느라 얼마나 고생이 많았는가."

"아니에요, 할머니. 친구들하고 교대했어요. 쉬면서 왔어요."

"귀한 내 새끼. 무거운 마차 몬다고 살 내린 것 좀 보아."

"아버지, 크리스텔은 원래 말랐어요. 며칠 전에도 보셨으면서."

이자벨이 다정하게 지적했다. 나는 실제로 마차를 몰아준 말들에게 고맙다고 인사한 뒤, 조심스레 가족에게 다가갔다. 그동안 짐칸에선 덜컹덜컹하는 소리가 났다. 세 남녀가 애물단지들을 챙겨 내리는 모양이었다.

'끼이, 끼이, 끼이!'

신난 데미의 목소리도 들렸다. 서두르라고 재촉하는 투여서 실소가 절로 나왔다.

-저벅, 저벅…

이어 단정한 발소리가 울렸다. 뒤를 돌아보지 않고도 누구인지 알 수 있었다. 노부부와 이자벨은 즉시 우리를 향해 절을 올렸다. 지극한 예를 차리는 한편 놀라진 않는 모습에서, 이들이 노련하고 여유로운 귀족 상인임을 알 수 있었다. 산트도 허둥지둥 허리를 숙였다. 따뜻한 월광이 그들 머리에 축복을 내렸다.

"제국의 작은 태양과 주신의 달을 뵙습니다."

"태자 전하, 예서 왕자님. 무한한 영광입니다."

"어서 오십시오."

"만나서 반갑습니다, 랑부예 자작. 자작 부인."

'이자벨, 산트.'

나는 차례로 인사를 건넸다. 어른들에게 듬뿍 귀염받고 있는 크리스텔을 보니 어쩐지 코끝이 찡하고, 내가 다 행복한 기분이 들었다. 세드리크 태자는 턱을 한 차례 까닥이는 것으로 답을 대신했다. 한참 자다 깬 얼굴의 조안과, 전혀 지치지 않은 요한 경도 그들에게 인사했다.

-끼잇

-아욱

"그리고 요 녀석들은 순서대로 데미, 페리, 레아, 티테… 전부 신수입니다. 이쪽은 뚝심이라고 합니다. 지금은 피곤해서 자고 있어요."

내가 안주머니에서 살살 굴뚝새를 꺼내 보여주자, 자작 부부가 혀를 찼다.

'저런. 귀하신 몸께서.'

인심 좋아 보이는 낯에 걱정이 그득그득했다.

"저희가 비단 둥지를 내어드리겠습니다. 먼 길 침상으로 딱 좋을 겁니다."

"비단 둥지요?"

나는 눈을 휘둥그레 떴다. 우아한 스카프를 두른 이자벨이 눈꼬리를 접으며 설명했다.

"사막으로 가는 랑부예 카라반엔 없는 것 빼고 다 있답니다, 왕자님. 둥지는 물론 전용 이불까지 받으실 수 있지요."

그러고는 저편을 가리켰다. 모두의 시선이 움직였다. 두 남자를 제외한 우리는 동시에 숨을 들이켰다. 끝도 보이지 않는 낙타와 우마차의 행렬이, 국경 방향의 마지막 포털을 빙 두르고 있었다!

-끄르르르…

-끄어어어!

낙타는 저렇게 우는구나!

"와, 미쳤다. 저게 총 몇 마리예요?"

"시기가 시기인지라 많이 줄었단다. 지금은 낙타 500필 정도밖에 안 돼. 하지만 전쟁 시대 전에는, 1만 2천 필씩 데리고 가서 1년 넘게 장사하고 오셨지."

자작 부인이 손주의 손을 주무르며 답해주었다. 묵묵히 듣고 있던 요한 경마저 감탄했다. 1만 2천 필이라니, 진짜 어마어마한 대상大商 집안이잖아.

"낙타… 낙타 처음 봐…"

조안이 넋을 놓고 중얼거렸다. 나는 어릴 때 동물원에서 봤지만, 이런 데서 마주하니 덩달아 처음 보는 기분이 들었다. 낙타 근처에서 일사불란하게 움직이는 자작가와 상단 일손들이 눈에 들어왔다. 어이쿠!

"데미, 안 돼! 모르는 친구 놀래주는 거 아니야."

나는 낙타 무리로 달려가려는 레서판다를 냉큼 품에 안았다. 녀석이 불만스러운 태도로 통통한 강아지풀 꼬리를 흔들었다.

-끼이이!

"천천히 친해져야지. 다짜고짜 가서 '까꿍' 하면 실례야."

"하하하하."

그러자 크리스텔을 포함한 가족이 와르르 웃었다. 클레망 랑부예 자작이 점잖게 손짓했다.

"가시지요. 제가 직접 모시겠습니다. 감히 궁전의 편안함에 비할 바는 못 되겠으나, 폭신한 침대와 기름진 음식이 여정 내내 함께할 겁니다."

"후회하지 않겠나?"

태자가 불쑥 물었다. 우리는 그를 올려다보았다. 짧은 침묵이 일행을 휘감고 지나갔다. 사내의 말뜻을 모르는 이는 없었다. 아들 납치에 진노한 프레데리크 황제가 분명 뒤를 쫓을 테고, 자칫 국경 검문소에서 잡히기라도 하면 함께 끌려갈 텐데 정말 괜찮겠느냐 의미였다. 이것은 그가 윗전으로서 자작가에 내리는 최후의 시험이자 은혜였다. 발을 빼려면 기회는 지금뿐이었다. 이윽고 노인이 인자하게 미소 지었다.

"전하와 왕자님께서는 저희 딸과 손녀를 지탱해 주셨지요. 한결같이 믿고 손을 잡아주셨습니다."

"…"

크리스텔 모녀가 나를 바라보며 함박웃음을 지었다. 나는 아무것도 하지 않았기에 민망해졌다. 배려라면 알게 모르게 태자 녀석이 더 많이 했을 터였다. 내가 한 일이라고는 조용히 있다가 식사를 챙겨주고, 푹 쉴 수 있게 신탁을 내린 것뿐이었다. 두 사람은 오롯이 둘만의 힘으로 시몽 드 사르네즈에게 맞섰다. 엘렌까지 셋이서 어깨동무를 한 채 굳건히 버텼다.

"그러니 허하신다면, 이번에는 저희가 오아시스의 매혹으로 안내하겠습니다."

'최고로 안전하고 더없이 즐거울 겁니다.'

그가 덧붙였다. 갑자기 무슨 디즈니랜드에 온 것 같았다.

"난 좋아. 사실 분홍 공주님이 국경 넘자고 했을 때부터 무조건 찬성이었어!"

조안이 가장 먼저 손을 번쩍 들고 크리스텔 옆에 붙어 섰다. 그랬더니 태자 녀석과 요한 경이 양옆에서 나를 빤히 바라보았다.

"왜, 왜 이러십니까?"

갑자기 여기서 내 의견이 중요하냐?

"저는 여전히 가고 싶은데요… 혹시 두 분은 마음이 바뀌셨는지."

"흥."

태자가 그럴 줄 알았다는 양 코웃음 치며 쌩하니 나아갔다. 요한 경은 자상하게 눈꼬리를 휘었다. 이럴 거면 뭐 하러 물어봤는지 어이가 없어서 헛웃음이 났다. 나는 신수들을 챙기며 마지막으로 뒤를 돌아보았다.

파스스… 노란 낙엽 하나가 흙바닥을 굴렀다. 우리가 달려온 어슬한 길목이 벌써 멀어지는 환상이 보였다. 지금쯤 발칵 뒤집혔을 황궁을 생각하니 죄송하고 또 죄송했다.

"…몸 건강히 다녀오겠습니다."

그래서 소리 내어 속삭였다. 두 어른과 남은 친구들에게 닿진 못하더라도.

「-쌔애액!

그녀와의 첫 만남을 또렷이 기억한다.

"안 돼!"

-푸욱!

"헉, 쿳⋯!"

끔찍한 소리가, 남자와 황태자의 귓가를 동시에 찔렀다. 전장의 다른 소음들은 거짓말처럼 의식 밖으로 멀어졌다. 숨이 콱 막히고 시야가 순식간에 고꾸라졌다. 고통은 기실 아픔보다 충격에 가까운 느낌이었다. 모래성처럼 무너지는 자신에게 커다란 손이 닿았다.

-털썩!

더는 장갑을 끼지 않는, 소드마스터의 악력이.

"막사의 태의를 불러라!"

"예, 전하!"

"으⋯"

호흡 대신 신음이 터져 나왔다. 나동그라진 몸뚱어리 위로 붉은 눈동자가 태양처럼 드리웠다. 티 없이 맑은 절반의 하늘을 올려다보며, 예서 페네티안은 자신이 무모한 짓을 했다는 것을 깨달았다.

우스운 일이었다. 운동 신경이라곤 없는 몸이 그토록 빨리 움직였는데, 머리 회전은 이리도 느렸다. 허탈한 마음에 실소가 샜다. 거기까지 생각하니 갑자기 모든 것이 덧없게 느껴졌다. 죽음이 이렇게나 쉬운 것이었구나.

"하하…"

평생을 다 바쳐 피해왔는데.

"조용히. 이번에는 웃음으로 빠져나가지 못할 테니."

내뱉는 말은 평소보다 조금 빠른 듯했다. 카앙, 캉! 지척에서 검 부딪는 소리가 날카로웠다. 멀리 병사들의 함성이 메아리쳤다. 예서가 힘겹게 대꾸했다.

"그렇, 습니까."

그러자 보석처럼 견고한 시선이 당혹으로 물들었다. 냉철하기 짝이 없는 그의 연적이 보기에도, 자신의 상태가 심각한 모양이었다. 왕자는 온몸의 힘을 끌어모아 간신히 입꼬리를 올렸다. 반대로 세드리크 리에스테르의 미간에는 주름이 팼다. 그가 붙든 어깨가 불타는 듯 뜨거웠다. 태자는 끓는 목소리로 말문을 열었다.

"도대체 무슨 생각으로,"

"슬퍼, 할… 겁."

끅. 온전한 문장 대신 목구멍에서 울컥 피가 올라왔다. 그러나 왕자의 의미는 분명히 닿은 듯했다. 그가 잘못 본 게 아니라면, 주신의 천사가 죽음의 베일로 눈앞을 교란한 것이 아니라면…

"큭, 쿨럭."

태자의 얼굴이 희게 질리고 있었다. 예서는 그가 이런 표정도 할 수 있다는 걸 처음 알았다. 흙먼지를 입고 신국군의 피를 묻힌, 어느 때보다 인간적인 낯빛의 사내.

"세드리크…! 젠장, 빌어먹을!"

-챙, 채챙, 카강!

이건 엘리자베트 무테 경의 목소리였다. 이제야 이쪽의 상황을 파악했는지, 검사가 분노에 찬 욕설과 함께 검기를 뿜어냈다. 우웅, 콰과광! 그녀의 레이피어가 굉음을 내며 적군을 갈랐다.

'으아아악!', '살려줘, 제발!' 울음과 비명이 전쟁터의 또 한 자락을 검게 물들였다. 아니, 어쩌면 잿빛으로 번지는 것은 자신의 시야일지도 모른다.

"눈 감지 마."

"졸린, 데…"

"명령이다."

태자가 흑표범처럼 으르렁거렸다. 예서가 눈꼬리를 휘었다. 그가 진정으로 자신을 으르지 않은 날은 없었지만, 오늘만큼 위협적으로 느껴지기는 처음이었다. 결 좋은 금발이 붉게 젖어갔다.

"크리스텔에게… 미안, 하다고, 컥."

"입 다물어."

황족은 유언조차 받아주지 않았다. 공증인으로서는 최악이었다. 예서는 피와 쓴웃음을 동시에 토해냈다. 그들이 처음 만나던 날에도 이와 비슷한 말을 들은 기억이 났다.

어느 봄날의 추억이 주마등처럼 목전을 스쳐 갔다. 호사스럽게 꾸민 스트로다 궁의 정원과, 짝지어 아네모네 사이를 걷던 연인들. 아는 얼굴 하나 없던 새봄의 무도회.

금빛 샴페인 잔을 벗 삼아 홀로 달구경 하던 발코니. 세상이 느려지고, 청아한 목소리가 귓전을 가득 울렸다.

'와, 미친. 딸이 3년 만에 깨어났는데 약혼 밀어붙이는 인간이 있네.'

예서는 눈을 휘둥그레 뜨며 뒤를 돌아보았다. 열린 문 사이로 연주와 왁자르르한 소리가 새어들었다. 자타가 공인하는 '신국의 난봉꾼'으로서, 그는 사교계의 다양한 어휘와 비밀스러운 몸짓에 익숙했다.

'왕위에 관심이 없으며 그럴 자격조차 없는' 1왕자를 만드는 데 추문만큼 좋은 건 없었다. 정말로 여성 편력이 있는 건 아니지만, 여러 귀부인과 귀공녀의 도움으로 이제껏 살아남았다.

바로 그렇기에 왕족은 자신의 귀를 의심했다. 저렇게 고운 음성으로 저리 험한 말을 하는 아가씨는 처음이었다. 혹시 황궁의 하인은 아닌지 확인해야만 했다. 그런데.

'…아.'

'안녕하세요, 마드무아젤.'

그의 인사에, 쨍한 하늘색 눈동자가 동그랗게 커졌다. 여인은 누구라도 한눈에 반할 법한 미인이었다. 장밋빛 뺨과 벚꽃을 닮은 입술이 아름다웠다. 흔치 않은 분홍색 머리카락이 달빛을 받아 비

　　　　　서브 남주가 파업하면 생기는 일 6

단처럼 흘러내렸고, 긴 속눈썹은 밤마실을 나온 나비처럼 팔랑거렸다.

언뜻 봐도 고급스러운 연보랏빛 드레스는 하인이 입을 수 있는 종류가 아니었다. 찰나 그런 생각이 들었다. 어쩌면 자신이 연보라색을 좋아하게 될지도 모르겠다는… 그런 우스꽝스러운 감상.

'안녕하세요. 제가 여기 좀 나와있어도 괜찮을까요?'

'물론입니다.'

아가씨가 발코니를 선점한 자신에게 허락을 구했다. 곱게 제국식 절도 올렸다. 충격적인 어휘를 구사하기에 말괄량이가 아닐까 예상했는데, 이번엔 또 점잖았다.

예서는 자신의 짐작을 벗어나는 공녀가 흥미로웠다. 원하는 답을 들은 그녀는 씽긋하고 발코니 문을 잠그더니, 씩씩하게 난간 쪽으로 걸어왔다.

'-부우욱!'

'이런 시발.'

아니, 그러려고 했다. 놀란 왕자가 입을 벙긋거렸다. 하마터면 샴페인 잔을 떨어뜨릴 뻔했다. 방금 뭐라고…

'어머. 들으셨어요?'

우뚝 선 공녀가 웃음 반, 당황 반으로 얼버무렸다. 찢어진 속치마가 드레스 밖으로 삐져나왔다. 뭐라고 대답해야 좋을지 알 수 없었다.

솔직하게 말하면 숙녀의 치부를 알게 되었노라 고하는 셈이었고 (이미 더한 것도 목격했지만), 거짓말을 하기엔 양심에 찔렸다. 결국 예서는 자신이 할 수 있는 것을 하기로 했다.

'…초면에 대단히 실례인 줄은 압니다만, 공녀께서 허하신다면 그것을 해결해 드리겠습니다.'

그가 침착하게 속치마를 가리켰다. 여인은 잠시 망설이다가, 닫힌 입구를 한 번 바라보고는 고개를 끄덕였다.

역시 이대로 나가 주목을 받기는 싫은 듯싶었다. 아마 부모나 샤프롱의 잔소리 또한 잔뜩 듣게 될 것이다. 어느 댁 아가씨인지는 몰라도.

'음, 감사합니다. 그럼 부탁드릴게요.'

냉큼 답이 나왔다. 왕자는 피식하며 그녀 앞에 한쪽 무릎을 꿇고 앉았다. 샴페인 잔은 난간에 올려두었다.

'-부스럭, 부스럭…'

그리고 조심스럽게 드레스를 걷었다. 공녀가 민망하지 않도록 최대한 사무적인 표정을 유지했다. 그는 길게 찢어진 속치마 자락을 끈처럼 접어, 단순하고도 단단한 리본을 묶었다. 그게 전부였다.

'끝났습니다. 댁에 돌아가실 때까지는 풀리지 않을 겁니다.'

왕자가 몸을 일으켰다.

'아, 벌써요? 고맙습니다. 진짜 감쪽같네요!'

그녀가 기뻐했다. 비져나와 있던 부분이 더는 보이지 않았다. 별 것 아니었다. 왕자의 사랑스러운 동생, 어린 코르넬리서는 본인의 치마를 자주 밟았다. 툭하면 찢어진 리본이나 레이스를 끌고 자신에게 오곤 했다.

바지를 입으면 되는데 드레스를 고집하는 건, 종처럼 생긴 것이

썩 마음에 든다는 깜찍한 이유에서였다. 반짇고리가 있으면 예서가 기워주기도 했지만 역시 침방針房에 맡기는 결과물이 가장 좋았다.

그래서 그는 아이가 걸려 넘어지지 않도록 임시로 천을 묶어 고정해 주었다. 그러면 아무리 뛰어놀아도 밤에 침의로 갈아입을 때까지는 티가 나지 않았다.

'…'

왕자는 모국에 두고 온 누님과 동생을 떠올리며 미소했다. 그 얼굴을 멍하니 보던 공녀가 말했다.

'저는 크리스텔 올리비에 드 사르네즈라고 해요. 공자님은 성함이 어떻게 되십니까?'

흠칫. 예서는 다시 한번 놀랐다. 정확히는 세 차례 놀랐다. 먼저, 중간 이름은 몹시 귀한 것이었다. 방금 만난 이에게 함부로 알려줘서는 안 됐고, 그건 리에스테르에서도 마찬가지였다.

한데 그보다 더 신기한 점은 그녀가 자신을 알아보지 못한다는 사실이었다. 금발과 보라색 눈동자는 예서 페네티안의 상징과도 같았으며, 그는 제국에 온 이후로 한 차례도 뭇시선에서 벗어나 본 적이 없었다. 게다가 지금 걸친 예복도 신국풍이었다. 설마 자신의 관심을 끌기 위해 모르는 체하는 걸까?

'…하하하.'

그럴 사람으로 보이지는 않았다. 그가 웃자 크리스텔이 설핏 미간을 찌푸렸다. 마지막으로 그녀는, 신국 사교계에서도 제법 유명한 사르네즈 공작가의 딸이었다. 와병 중이라는 소문을 들었는데 지금은 건강해 보였다. 이리 만나게 되었으니 기쁘다고 해야 할까.

'죄송합니다. 저는 예서 페네티안이라고 합니다.'

정말로 그랬다. 그는 제국에 오고 나서 처음으로 즐거움을 느꼈다.

'예서 페네티안 공자님이시군요.'

크리스텔이 왕자의 존명을 입속으로 굴렸다. 이름이 독특하고 예쁘다는 칭찬도 이어졌다. 이런 경험은 처음이라 헛웃음이 나왔다.

'잠깐, 페네티안요? 그거 이웃나라…'

'숙녀분께 춤을 신청해도 될까요?'

뒤늦게 역사서의 내용이 떠오른 모양이었다. 예서는 부드럽게 화제를 돌렸다. 자신의 신분이나 처지 때문에 어색해지고 싶진 않았다. 재밌는 귀공녀와 한 곡 추고 쥘리에트 궁으로 돌아가면, 그것만으로도 며칠은 흥겨울 듯싶었다.

하여 정중하게 허리를 숙였다. 크리스텔은 그의 손을 내려보고, 실내 쪽을 일별하더니 순순히 손을 맞잡았다. 궁에서 은은하게 흘러나오는 음악이면 충분했다. 남녀의 머리 위엔 화려한 샹들리에 대신 수수한 달 조각이 걸렸다.

'-♫ ♩ ♪…'

이후 10여 분간, 둘은 무척 즐거웠다. 그는 어쩌면 예서 페네티안이 리에스테르에서 보낸 가장 유쾌한 일각이었을 것이다.

'윽.'

발도 종종 밟혔다. 왕자는 그날 처소로 돌아가서야 발등에 멍이 든 것을 확인했다.

'죄송합니다! 죄송해요. 일부러 그러는 건 아닌데 춤은 살짝 자신 없는 분야라…'

'괜찮습니다. 누구나 처음은 있는 거죠.'

'실은 이것도 연습한 겁니다.'

그런 대답엔 파안할 수밖에 없었다. 그가 눈 끝을 접자 크리스텔이 진짜라며 큰소리쳤다. 별처럼 빛나던 순간은 금세 흘러갔다. 이내 음악이 멎었고, 두 사람은 서로에게 깍듯이 예를 차렸다. 웃느라 한참을 들썩거렸지만 어쨌든 형식은 만족했다.

'어우, 운동 제대로 했네요. 저 이거 한 모금만 마셔도 될까요?'

한 치 앞을 예상할 수 없는 아가씨는, 기어코 폭탄 발언을 던졌다. 외간남자가 마시다 만 샴페인까지 노리고 든 것이다. 왕자는 이제 더 키들거릴 힘도 없어 그러시라고 손짓했다. 분명 한 모금이라고 했으면서 공녀는 꿀떡꿀떡 술을 들이켰다.

그러고는 잔을 비운 뒤에야 '오메!' 하고 특이한 탄식을 내뱉었다. 스스로의 몰염치함에 경악한 낯이었다. 예서가 싱그레하며 그녀의 턱을 쓸어주었다.

'여기 한 방울 흘리셨습니다.'

'…'

엄지에 샴페인이 묻었다. 그제야 거리가 너무 가깝다는 사실을 깨달았다. 두 쌍의 눈빛이 길고도 깊게 얽혔다. 예서는 입술을 달싹였다.

'-똑똑똑!'

그때, 누군가 다급히 발코니 문을 두드렸다. 남녀는 소스라치며 눈길을 돌렸다. 유모로 보이는 여인이 애타게 이쪽을 응시하고 있었다.

'아기씨…! 아버님께서 찾으십니다, 빨리요!'

'아, 알았어요. 갈게요!'

크리스텔이 허겁지겁 발코니를 나섰다. 둘은 서로 당황한 탓에 작별도 하는 둥 마는 둥 했다. 유모 역시 왕자를 제대로 보지도 않고 예를 갖춘 후 사라졌다.

'…'

그 순간 예서는 무도회장 중앙에 선 사내를 발견했다. 희한한 일이었다. 며칠 전 정원에서 불운하게 마주쳤을 때만 해도, 태자의 홍채는 분명 주황빛이었다.

'지금은 루비 같네.'

비둘기의 핏방울처럼 짙붉은 시선이 그를 쏘아보고 있었다. 당시엔 왜 만사에 화가 난 표정인지 알 수 없었는데.

─덥석!

"정신 놓지 마."

거친 손길이 그의 멱살을 압박했다. 커흑, 예서는 피를 쏟으며 눈을 떴다. '콰아앙!', '끄아아악!' 참혹하고 불길한 전성戰聲이 잇달아 고막을 때렸다. 눈앞은 온통 그였다. 마법에 걸린 봄날, 크리스텔과 왈츠를 추며 자신을 경계하던 태자가…

"할 말이 있으면 제국에서 직접 하도록."

이런 말도 할 줄 알게 되었다. 왕자는 그게 못내 다행이라고 생각했다. 그가 그녀로 인해 변한 것이. 조금씩 좋은 사람이 되어가고 있는 것이. 그리하여 자신에게 행복을 준 크리스텔이, 앞으로 더욱 행복한 나날을 보내리라는 사실이.

"코르넬리서, 읏. 욱."

예서는 작고 어린 동생을 떠올렸다. 오라비가 약속을 지키지 못해서 미안하다고. 100일의 밤을 억겁이나 반복한 후에야 만나게 될 거라고… 사과해야 하는데.

"태의-!"

"전하, 태의가 화살을 맞았습니다!"

더는 아프지 않았다. 왕자는 가까스로 고개를 돌렸다. 자신의 복부를 관통한 황금의 창 너머, 창공에서 연보랏빛 유성우가 쏟아지고 있었다. 그날의 드레스처럼.

"예서! 안 돼…! 아아악!"

아주 머나먼 곳에서, 누님의 환청이 들렸다. 예서는 느릿느릿 입을 뗐다.

"괜찮…"

그리고 말을 맺지 못했다.

달이 없는 날이었다.」

- 《퇴사했더니 이계 공녀》 중에서

-《서브 남주가 파업하면 생기는 일》 7권에 계속

서브 남주가 파업하면 생기는 일 6

초판 1쇄 인쇄 2025년 10월 1일
초판 1쇄 발행 2025년 10월 15일

지은이 | 숙임
발행인 | 강봉자, 김은경

펴낸곳 | (주)문학수첩
주소 | 경기도 파주시 회동길 503-1(문발동633-4) 출판문화단지
전화 | 031-955-9088(대표번호), 9534(편집부)
팩스 | 031-955-9066
등록 | 1991년 11월 27일 제16-482호

ISBN 979-11-7383-018-1 04810
(세트) 979-11-93790-92-2